HEYNE
BÜCHER

SCIENCE FICTION

Herausgegeben
von Wolfgang Jeschke

Von **Paul J. McAuley** erschien in der Reihe
HEYNE SCIENCE FICTION & FANTASY:

Der **ALIEN-ZYKLUS:**

Vierhundert Milliarden Sterne · 0605306
Verborgene Harmonien · 0605307
Ewiges Licht · 0605308

Roter Staub · 0605351 (in Vorb.)

Paul J. McAuley

VIERHUNDERT MILLIARDEN STERNE

Erster Roman des ALIEN-ZYKLUS

Aus dem Englischen übersetzt von
PETER PAPE

Deutsche Erstausgabe

WILHELM HEYNE VERLAG
MÜNCHEN

HEYNE SCIENCE FICTION & FANTASY
Band 0605306

Titel der englischen Originalausgabe
FOUR HUNDRED BILLION STARS
Deutsche Übersetzung von Peter Pape
Das Umschlagbild malte Michael Hasted

Redaktion: Wolfgang Jeschke

Erstausgabe by Sphere Books Ltd, A Division of Macdonald & Co
(Publishers) Ltd / Orbit House, London

Printed in Germany 1995
Umschlaggestaltung: Atelier Ingrid Schütz, München
Technische Betreuung: M. Spinola
Satz: Schaber, Satz- und Datentechnik, Wels
Druck und Bindung: Ebner Ulm

ISBN 3-453-08562-0

Inhalt

Erster Teil

CAMP ZERO

Sie zogen Dorthy Yoshida die Kleider aus und hüllten sie in einen engsitzenden Raumanzug, gaben ihr ein Beruhigungsmittel und schoben sie behutsam in eine Sinkkapsel. Sie füllten den Innenraum mit Aufprall-Gel, verriegelten die Schleuse – und schossen sie dann rücklings aus dem Orbit.

Eine lange Minute schwebte sie in freiem Fall. Sauerstoff zischte leise in ihren Helm. Wenige Zentimeter von ihrem Kopf entfernt blinkten Kontrollanzeigen, zur Bedeutungslosigkeit verzerrt durch das transparente Gel. Ihr kam es so vor, als sähe sie sich selbst in einer dieser trivialen Fernseh-Unterhaltungsshows. Sie wußte, ihre momentane Losgelöstheit rührte von dem Tranquilizer, aber auch dieses Wissen hatte keine Bedeutung für sie. Sie schwebte über allen Dingen.

Und es war gut, endlich allein zu sein. Trotz ihres Implantats war sie nie gänzlich frei von den Emotionen der Mannschaft und der anderen Passagiere in den engen Kabinen des Schiffes gewesen, die ihre Gedanken färbten und wie ein schädliches Gas in ihre Träume einsickerten.

Ein nicht unwesentlicher Faktor, warum sie nach Auslaufen ihres Vertrages beim Kamali-Silver-Institut Astronomin hatte werden wollen, war die in diesem Beruf unvermeidbare Loslösung aus den überschäumenden Energien der Zivilisation, aus den Stürmen von Emotionen, die Tag für Tag gegen sie anbrandeten wie das Meer gegen die Küste und langsam, aber stetig, ihre körperlichen und geistigen Ressourcen aufzehrten. Die Wochen im Transit waren so aufreibend gewesen wie ein ganzes Jahr in einer x-beliebigen Stadt. Daher empfand sie die Minute in freiem Fall wie ein winziges Stückchen des Nirwana: als Salzkristall oder als Schneeflocke – sie verschmolz darin.

Dann setzten die Retrojets ein. Das Aufprall-Gel drückte sich schützend um ihren Körper – und verfestigte sich etwas. Einen Moment lang war sie wieder schwerelos.

Ein Ruck!

Und noch einer.

Die Sinkkapsel jaulte. Etwas, das hinter Dorthys umnebelter Losgelöstheit noch funktionierte, sagte ihr, daß die Kapsel in die Atmosphäre eintauchte. Man hatte ihr die Abfolge der Ereignisse oft genug erklärt, als man sie auf den Abwurf vorbereitete, und sie versuchte gerade vergeblich, sich daran zu erinnern, was als nächstes kam, als sich ihr Körpergewicht, austariert durch den sanften Gegendruck des zähflüssigen Gels, wieder aufbaute. Die Sinkkapsel vibrierte, ihre dünne Außenhülle begann zu ächzen, als sie tiefer in die obere Atmosphäre eintauchte. Interferenzen zuckten durch das Gel, schaukelten Dorthys Körper hin und her und ließen den Schein der Leuchtanzeigen zerfließen. Unterhalb des gerippten Bodens unter ihr wurde der äußere Hitzeschild immer heißer, glühte rot, glühte goldgelb und dann weiß, rann nach hinten davon und schoß flüssige Glut in die Atmosphäre.

Dorthy spürte nur ihr zunehmendes Gewicht, das sich offenbar zwischen ihren Brüsten zentralisierte, sich auf ihr Herz legte und ihren Körper fester in das elastische Gel preßte. Sie konnte nicht mehr atmen, ihre Mundwinkel wurden schmerzhaft nach unten gezerrt. Die Augäpfel in ihren Höhlen wurden flach.

Der entsetzlichste Moment beim freien Fall. Sie schnappte nach Luft, doch im selben Augenblick baute sich ihr Körpergewicht wieder auf.

Irgend etwas krachte. Eine ganze Reihe der kleinen Leuchtkontrollen glühte rot auf.

Und dann war es vorbei. Eins nach dem anderen begannen die Lämpchen wieder in ihrem freundlichen Grün zu blinken. Der Druck auf Dorthys Brust ließ nach, ihr Gewicht normalisierte sich auf einen Wert wenig unterhalb ihrer Erde-Norm. Sie fühlte die Kapsel weite Achten schwingen, ein Foucault'sches Pendel, aufgehängt unter dem blütenähnlichen Dach des Fallschirms. Ein gebieterisches Knacken in ihrem rechten Ohr – und eine blecherne Stimme sagte etwas zu ihr.

Im gleichen Augenblick schien sich der chemische Riegel, der ihr TALENT abschirmte, aufzulösen. Es war, als ob ungebündelte Weißglut durch die Wände der Sinkkapsel schösse, hier und da abgemildert durch harte Bruchteile von Intelligenz, verstreute Edelsteine im Schlamm einer labyrinthischen Welt. Dorthy wurde in die langweilige Routine des Abwurf-Controllers verstrickt, dessen Versuche, aus dem brodelnden Gewirr von Hunderten anderer Gehirne in seiner Umgebung heraus mit ihr Kontakt aufzunehmen, ihr inneres Ohr strapazierten.

Das ist ja noch schlimmer als im Schiff, dachte sie, und dann fühlte sie, wie etwas hinter dem Horizont hervorkam. Eine Nova flammte auf und sandte ihren blendenden Strahl zu ihr herüber. Es war zu viel. Sie bestand nur noch aus Gefühl, wurde, das Innerste nach außen gekehrt, hart an das Feuer gepreßt, konnte nichts davon abwehren oder ausklammern. Durch die roten Nebel der aufkeimenden Panik versuchte sie sich krampfhaft an das beruhigende Ritual ihrer Übungen zu erinnern. Aber das Licht war zu stark, zu hell. Wie eine Fallkapsel in zu steiler Sinkkurve, wie Ikarus, dieser arme Nachtfalter, zog sie eine glühende Bahn über den flammenden Himmel.

Und erlosch.

Lange Zeit schwebte Dorthy im Dämmer zwischen Schlaf und Erwachen – wie sie manchmal dicht unter der Oberfläche im Meer beim Great Barrier Reef schwebte, wo das Wasser die Temperatur von Blut hatte. Man konnte sich hier mit dem Gesicht nach unten treiben lassen, das Röhrchen, das sie oben mit der Welt voller Luft verband, durchstieß die schillernde Silberhaut dicht über ihrem Kopf. Und unter ihr dehnte sich die blaue Unterwasserwelt. Dabei mußte man aber sehr achtsam sein. Ein zu tiefes Luftholen würde den Körper auftreiben und beim Auftauchen eine Rolle drehen lassen. Der Schnorchel würde ins Wasser tauchen, während die Sonne die Tropfen auf der Maske aufblitzen ließ, und der nächste Atemzug würde in einem würgenden Husten enden. Atmete man dagegen zu flach, sank man den abgerundeten Korallenbuckeln und den Patrouillen-Fischen entgegen, weg von der silbernen Oberfläche und den hellen Sandbänken, der unergründlichen Tiefe und Dunkelheit entgegen.

(Irgendwo ging eine Tür auf. Ein Luftschwall drang herein, der einen Geruch nicht unähnlich dem einer Flensfabrik mit sich trug. Eine Stimme sagte geduldig: »Noch nicht, Colonel. Nein, kann ich nicht. Vielleicht eine Reaktion auf den Tranquilizer, den sie für die Landung verabreichen, vielleicht die Allergen-Impfungen, vielleicht auch was anderes. Ich werde Ihnen sofort Bescheid geben, wenn sie aufgewacht ist. Aber das wird noch eine ganze Weile dauern.« Dorthy versuchte, die Augen zu öffnen, doch die Anstrengung war zu groß. Sie sank aus der silbrigen Helle zurück ins Dunkel.)

Ehe man sie weggeschickt hatte, war der Geruch der Flensfabrik allgegenwärtig gewesen. Wie die weißen Tupfer der Möwen, die über den Flachdächern der würfelförmigen Gebäude kreisten und genau den Standort der Fabrik anzeigten. Dort wurden die riesigen nachenförmigen Walleiber nach Abziehen der Haut an großen, langsam vorwärtsrollenden Kranbrücken zerlegt, Walfischspeck und Muskelfleisch von der Wirbelsäule abgetrennt. Danach pickten kleinere Kräne wie ein Schwarm Aasgeier an den übriggebliebenen Knochen herum.

Hier arbeitete Dorthys Vater.

Manchmal zeigte er Dorthy, wie die Wale von der Bucht, in die man sie geschleppt hatte, in die Rutsche schwammen. Das Wasser in dem Betonkanal war so flach, daß sie die runden Augen sehen konnte, die für solch große Lebewesen viel zu klein schienen. Sie hätte den Tang und die Entenmuscheln auf der vorbeigleitenden verkrusteten Haut der Tiere fast greifen können, hätte sie den Mut aufgebracht, zwischen dem Geländer des Laufsteges hindurchzufassen.

Sie trug dabei immer einen weiten Poncho, denn manchmal gab ein Wal noch einen übelriechenden öligen Blas von sich. Dorthy mochte das überhaupt nicht. Sie haßte auch den Moment, in dem sich die Elektroden anlegten und einen kurzen heftigen Stromstoß durch den langen Walkörper jagten. Es roch dabei immer nach verbranntem Wasser. Sie selbst pflegte jedesmal in diesem Moment zusammenzuzucken. Ihr Vater nahm sie dann immer auf den Arm und lächelte sie an. Für ihn war das offensichtlich ein Spaß.

Auch ihr Onkel Mishio arbeitete hier. Dorthy fürchtete sich vor seinem vernarbten, einäugigen Gesicht.

Der Gestank des ranzigen Blubbers hing den ganzen Sommer über der Fabrik und der kleinen Stadt. Mit Beginn der Walsaison war jeder innerhalb von Tagen heiser, und die Luft in den kleinen Wohnungen wurde stickig, weil man die Fenster nicht mehr öffnen konnte. Aber es war auch der Gestank des Geldes. Die Stadt lebte von der Walfabrik, der einzigen Industrieansiedlung am Ort.

Jeden Abend brachte Dorthys Vater diese übelriechende Duftwolke mit heim und verlor sie erst allmählich im heißen Bad, das die Mutter ihm schon vorsorglich bereitet hatte. Dorthy und ihre jüngere Schwester Hiroko hatten sich still zu verhalten, während der Vater sich im dampfenden Wasser entspannte, das Abendbrot verzehrte, das seine Frau ihm brachte, und dabei das triviale Zeugs im Fernsehen anschaute. Danach verließ er meist das Haus, um Onkel Mishio in einer der Kneipen zu treffen.

Dorthys Mutter war keine Japanerin, und durch die Heirat mit ihr hatte der Vater sich die Mißbilligung und den dauernden Unmut seiner Familie zugezogen. Wie zur Sühne dieser unseligen Trennung begann er fanatisch die alten orthodoxen Lebensweisen zu praktizieren, die vor dem Exodus gebräuchlich waren, und machte seine Frau damit zur Märtyrerin seines Fanatismus. Wahrscheinlich war dies auch der Grund für ihren frühen Tod und den darauf folgenden Ruin des Vaters, verursacht durch Trunkenheit, schlechte Gesellschaft und noch weniger Glück. Doch das wurde Dorthy erst Jahre später klar.

Die kleine Wohnung mit ihren Betonwänden, hinter Vorhängen aus Papier versteckt, dem Steinboden, den *tatami*-Matten bedeckten, dem bunt lackierten Shinto-Altar in einer Ecke, dem Holzkohleofen mit dem ständig summenden Teekessel darauf, neben dem Dorthys Mutter im Knien das Fisch-Stew anzurühren pflegte … Und die anderen zwei Dutzend Apartmentblocks, die kurze Straßenzeile mit kleinen Läden und Kneipen, die großen Villen der Fabrik-Ingenieure und -Manager auf dem Hügel, der sich über die kleine Stadt erhob, den Ozean zur einen, das lichte Busch- und Waldland zur anderen Seite, darüber die Stille des blauen leeren Himmels, die nur gelegentlich von dem entfernten Heulen eines Luftwagens unterbrochen wurde …

Von all dem hatte Dorthys TALENT sie weggeführt, wie es sie auch aus ihrer Forschungstätigkeit im Orbit von Pluto herausgeführt hatte. Da draußen war es so still gewesen. Kein anderes Gehirn außer dem ihren. Und die Sonne war dort so winzig – nur ein heller Stern unter Myriaden anderen Sternen.

Dorthy wurde in einer Finsternis wach, die antiseptisch roch, ein stechender Duft, der einen anderen, irgendwie vertrauten Geruch überlagerte. Ihr erster Gedanke war, sie habe es wieder nicht richtig gemacht. (Einmal hatte sie es mit Bleichmittel, ein andermal mit einem scharfen Besteckmesser versucht, das dritte Mal wollte sie sich im kugelförmigen Pool mitten im schwerelosen Zentrum des Instituts ertränken.) Ein heftiger Druck lastete auf ihren Schultern und wurde noch spürbarer, als sie ihren Körper zu drehen versuchte. Sie war nicht im Institut. Das war doch schon Jahre her. Befand sie sich immer noch in der Sinkkapsel?

Dann flutete Licht in den kleinen Raum. Ein Gesicht tauchte aus dem Nebel vor ihren Augen. Dorthy drehte sich von ihm weg. Etwas stach in ihren Arm.

Ein sanftes Abgleiten in pures Silber. Schlaf.

Später, nach ihrer Zeit im Institut, schien es Dorthy, als ob ihr TALENT ständig gegenwärtig sei. In ihrer frühen Kindheit dagegen war es nur latent vorhanden, untrainiert und nicht zielgerichtet, und sie hatte es nicht als das erkannt, was es wirklich war. Welches Kind mag schon die Vorstellung, daß es anders ist als die anderen Kinder?

Es war immer in ihren Träumen gewesen. Im Schlaf mischte sich ihr Geist unter die Lichter anderer Geister – wie die Fünkchen oder Kreise, die sie hervorrief, wenn sie die Fingerkuppen fest gegen die geschlossenen Augenlider drückte, wie die Sterne, jeder abgeschirmt für sich, keiner sich des Vorhandenseins der anderen bewußt. Manchmal, im wachen Zustand, wußte Dorthy, was andere Leute im nächsten Moment sagen würden, erlebte im voraus komplette Unterhaltungen, die dann in der Realität für sie natürlich so langweilig und uninteressant waren wie die Wiederholungen dieser Trivia-Shows. Nur selten erinnerte sich Dorthy ihrer Träume, und sie war zu jung für die Erkenntnis, daß ihr ständiges *déjà vu* alles andere als normal war. Erst nach ihrer vertraglichen Berufung an das Kamali-Silver-Institut wurde ihr allmählich bewußt, wie sehr sie sich von ihren Mitmenschen unterschied, und welche Tragweite das hatte. Als sich ihr TALENT zum erstenmal öffentlich zeigte, bemerkte keiner, was da geschah, nicht einmal Dorthy selbst.

Sie war damals sechs Jahre alt und ging noch nicht lange zur Schule, wußte aber schon bald, daß sie sie nicht mochte. Es waren viele Japaner-Kinder dort, die sich aber wegen ihrer Mutter von ihr fernhielten und sie verächtlich das kleine Halbblut nannten, wenn sie überhaupt mit ihr redeten. Und die anderen Kinder wiederum mochten aus Gründen, die Dorthy nicht verstand, die Japaner-Kinder nicht und bezogen Dorthy in ihre Abneigung ein. So war Dorthy völlig isoliert, gehörte weder zu dieser noch zu jener Welt und wurde zum Opfer der Frustrationen der anderen.

Die meisten der nichtjapanischen Schüler, die *gaijin*, reflektierten lediglich die Vorurteile ihrer Eltern und beschränkten sich auf höhnische Bemerkungen und Hänseleien. Nur ein Mädchen, Suzi Delong, fand besonderes Vergnügen daran, jedes Japaner-Kind, das noch klein genug dazu war, zu quälen. Zu diesem bewußten Zeitpunkt platzte sie fast vor Boshaftigkeit, und ihre dünnen Arme und Beine bebten, während sie Dorthy mit einer Hand festhielt und mit der anderen kräftig in deren Arme kniff. Dabei stieß sie pausenlos Verwünschungen aus: Alle Japsen würden stinken, sie sollten sich davonscheren und den richtigen Leuten Platz machen, sollten dahin zurückgehen, woher sie gekommen waren, und die anderen Menschen in Ruhe lassen. Ihr Gesicht lief rot an, ihre Verwünschungen wurden immer ausgefallener – eine unaufhaltsame

Flut, der sich Dorthy nicht zu entziehen wußte. Ihr ganzer Körper bebte vor Entrüstung und Scham, während sie sich in der Umklammerung ihrer Gegnerin wand, und Tränen stiegen ihr in die Augen, ließen die Nase prickeln.

Und in dieses Prickeln hinein formte sich unversehens ein Bild. Dorthy wußte nicht, wo es herkam, hörte sich aber plötzlich aus seiner hell scheinenden Mitte heraus sprechen: »Deine Mutter veranstaltet gerade ein nettes Spielchen mit Seyour Tamiya. Sie spielen es ohne jeden Fetzen Kleidung am Leib.«

Dann war das Bild verschwunden – und Suzi rannte mit ihren X-Beinen über den Spielplatz davon. Dorthy rieb sich die schmerzenden Arme und war froh, endlich in Ruhe gelassen zu werden. Aber eine der Lehrerinnen hörte von der Sache. Nach dem Unterricht mußte Dorthy mit ihr zu Seyoura Yep, der Schulleiterin.

Seyoura Yep, eine große blasse Frau, saß aufrecht hinter einem Schreibtisch mit integriertem gläsernen Bildschirm. Dorthy stand vor dem Tisch und sah zu, wie die Leiterin mit einem Gerät, das wenig Ähnlichkeit mit einem Stift hatte, auf das Glas schrieb. Sie schrieb lange, ehe sie das Ding endlich mit einem energischen ›Klick‹ beiseite legte. Dann faltete sie die großen weißen Hände zusammen und fragte, was es gebe.

Über Dorthys Kopf hinweg schilderte die Lehrerin die Angelegenheit. Seyoura Yep wandte dabei keinen Blick von Dorthy. Zuerst wurde dem Mädchen heiß, dann kalt. Irgend etwas schien sie angestellt zu haben. Aber war das nicht alles Suzis Schuld, hatte sie nicht zuerst angefangen? Schließlich hatte Suzi ihr weh getan, das bewiesen doch all die dunklen Flecken auf ihren Armen. Aber Dorthy war noch zu jung und wagte nicht, die willkürliche Autorität der Erwachsenen in Frage zu stellen. Außerdem war sie es, die hier im Büro der Schulleiterin stand. Also mußte sie etwas angestellt haben.

Schließlich kam ihre Lehrerin zum Ende. Seyoura Yep seufzte und lehnte sich über ihre gefalteten Hände nach vorn. »Nun, wir sollten keine Märchen erzählen, nicht wahr? Suzis Eltern haben zwar Probleme. Du darfst sie aber nicht damit ärgern. Verstehst du das, Kind?« Sie schrieb etwas auf das Glas und drückte auf einen Knopf. Aus einem Schlitz kam ein kleiner Bogen Papier. Seyoura Yep riß ihn ab und sagte: »Zeig das deinen Eltern. Und tu so etwas nicht wieder, ja?«

Dorthy nahm den Zettel und sah ihre Lehrerin an. Sie schickte sie hinaus. Während sich die Tür langsam schloß, hörte Dorthy Seyoura Yep leise sagen: »Diese Japsen. Leben immer noch wie zu Zeiten des Überflusses und der Verschwendung. Jedenfalls die meisten. Sie sind fast so schlimm wie die Yankees.«

Nachdem Dorthys Vater den Zettel gelesen hatte, zog er den Gürtel aus der Hose und versetzte Dorthy der Form halber damit drei Schläge über den Po. Sie waren nicht sonderlich schmerzhaft, und Dorthy nahm sie gern in Kauf, denn Suzi ließ sie seitdem in Ruhe. Dorthy vergaß die Sache mit dem Bild, das aus dem Nichts aufgetaucht war, bis zu dem Moment zwei Jahre später, in dem sich ihr TALENT zum zweitenmal bemerkbar machte.

Dieses zweite Mal begann mit einem Traum.

Eins der Kinder aus dem Wohnblock, ein Junge kaum älter als Dorthy, verschwand plötzlich. Die Eltern gingen von Tür zu Tür und fragten nach ihm. Später kamen dann zwei Polizisten vom Werkschutz der Fabrik und machten viel Wirbel, als sie die Wohnungen durchsuchten, konnten aber den Jungen auch nicht finden. Am nächsten Tag untersagten die Erwachsenen ihren Kindern das Spielen auf der Straße. Die Frauen waren aufgeregt wie aufgescheuchte Vögel hinter den neuesten Gerüchten her, und die Männer standen in kleinen Gruppen an den Straßenecken zusammen, ließen Flaschen kreisen und unterhielten sich gedämpft. Es war gegen Mitte des Winters, Ende Juni, traditionell eine Zeit für Unruhen in der Stadt. Die Walherden tummelten sich in den Ozeanen auf der anderen Seite der Welt, und die Flensfabrik wie auch fast die ganze übrige Stadt waren geschlossen. Jeder im Wohnblock befürchtete, das Verschwinden des Jungen sei ein erstes Warnzeichen für ein neuerliches Pogrom gegen die Japaner. Viele konnten sich noch an das letzte, kaum zwanzig Jahre zuvor, erinnern. Viele hatten dabei Angehörige verloren.

In dieser Nacht hatte Dorthy ihren Traum, obwohl sie sich nicht daran als solchen erinnerte. Sie fand sich neben der Schlafmatte ihrer Eltern in der kühlen Dunkelheit stehend, mit bohrenden Kopfschmerzen und einem üblen Geschmack im Mund. Die Erinnerung an die Worte, die sie sagte, als man sie aus ihrer Trance rüttelte, hallte wie ein Echo durch ihren Verstand.

Die alten Lagertanks in der Fabrik!

Daß man diesem ungewöhnlichen und wenig glaubwürdigen Hinweis unverzüglich nachging, bewies das Ausmaß der Besorgnis in der kleinen Gemeinde. Eine Gruppe Männer drang in die geschlossene Fabrik ein. Die meisten wurden vom Werkschutz vertrieben, doch zwei fanden schließlich den verschwundenen Jungen zusammengekauert in der Ecke eines nicht mehr benutzten Lagertanks, in den er hineingefallen war. Das Mannloch befand sich unerreichbar für ihn zwei Meter über seinem Kopf.

An diesem Abend kam Onkel Mishio vorbei, um zu bereden, was jetzt zu tun sei. Er war der einzige in der Familie des Vaters, der noch mit ihnen verkehrte. Dorthy lauschte ihren Stimmen, den steigenden und fallenden Kadenzen, untermalt vom Klirren des Porzellans. Sie lag im Schlafraum ihrer Eltern, wo sie den ganzen Tag verschlafen hatte. Sie fühlte sich abwechselnd heiß und kalt, hatte schon wieder dieses hoffnungslos undefinierbare Schuldgefühl.

Das Stimmengemurmel ging weiter, und schließlich schlief sie ein. Als ihr Vater sie weckte, fiel das erste Dämmerlicht in den Raum. Er grinste breit, sein Gesicht war vom Reiswein gerötet. Dorthy begann sofort zu weinen, weil sie in ihrer Verwirrung glaubte, der Vater wolle sie bestrafen. Doch er fuhr sich nur mit dem Handrücken über den Mund und meinte: »Du bist anscheinend etwas ganz Besonderes, Tochter, verstehst du? Aber um das festzustellen, gehen wir morgen nach Darwin.«

Ihr Onkel Mishio schlug dem Vater auf die Schulter. Sein runzliges Gesicht schien sich um das einzige schwarze Auge zusammenzuziehen. »Du hast eine große Zukunft vor dir, Mädchen – in einer anderen Welt als dieser hier.«

Und hinter ihm schob sich die Mutter eine widerspenstige Locke aus dem Gesicht und lächelte zaghaft. Die tiefen Falten um ihren Mund wurden noch deutlicher. Dieses Bild der Mutter sollte Dorthy nach ihrem Tod für immer im Gedächtnis haften bleiben – das Bild einer vom Lebenskampf erschöpften, verhärmten Frau, zerstört von der Unbeständigkeit ihres Mannes. Ein zerbrechliches Gefäß der Liebe.

Auf diese Weise wurde über Dorthys weiteres Leben entschieden. Nach den Tests wurde sie in das Forschungsprogramm des Kamali-Silver-Institutes aufgenommen und entfloh somit der engen Welt ihrer Kindheit, den heruntergekommenen Wohnblocks und dem Gestank der Flensfabrik, der ständig über der kleinen Stadt an der westaustralischen Küste hing.

Und trotzdem nahm sie, obwohl sie jetzt fünfzehn Lichtjahre von der Erde entfernt in einem Krankenzimmer aufwachte, einen Geruch wahr, der sehr stark dem traurigen, alles beherrschenden Geruch ihrer Kindheit ähnelte.

Das Zimmer war fast dunkel. Eine Weile lag sie ganz still und dachte über ihre schlimmen Träume nach. An das glitzernde Netz von Gehirnen, an das eine, einzige, das hinter dem Horizont aufgeflammt war – ein Quasar im Vergleich zu den matten Plejaden in der menschlichen Kolonie.

Ein kalter Schauer rann ihr über die Haut. Sie hatte nicht geträumt. Es war alles wirklich geschehen. Sie war unten, gelandet auf der Oberfläche des eingenommenen Planeten.

Sie setzte sich auf. Der Druck lastete nicht länger mehr auf ihrem Körper, war nur noch wie ein Laken, das bis an die Hüften verrutscht war. Sie betastete die ungewohnte Schlaf-Tunika, bemerkte den Tropf, dessen Schlauchkanüle in eine Ader an der linken Ellbogenbeuge mündete und peristaltisch pulsierte. Bernsteinfarbene Sternbilder flimmerten über ihrem Kopf und am Fußende des Bettes: Kontrollämpchen der diagnostischen Geräte.

Eine Tür ging auf. Die Silhouette eines Mannes konturierte sich gegen das hereinfallende Licht. »Hören Sie, Dr. Yoshida«, sagte der Mann. »Sie müssen liegenbleiben und sich ausruhen.« Sanft drückte er Dorthy wieder in die Kissen, glättete das Laken und zog eine Spritze auf. Dorthy fühlte ein kurzes Stechen im Schultermuskel. Die Augenlider wurden schwer, und sie murmelte: »Ich hatte einen Traum ...« Dann verschwamm alles um sie herum, und sie schlief tief und fest.

Als sie erwachte, war der Arzt bei ihr. Rasch fragte sie: »Wie spät ist es?«

Der zierliche Mann, der das dichte schwarze Haar über dem schmalen Gesicht glatt zurückgekämmt trug, lächelte. »Schiffs- oder Ortszeit? Tatsache ist, daß das im Moment kaum einen Unterschied macht. Es ist kurz nach sieben Uhr früh – oder kurz nach Morgengrauen. Suchen Sie es sich aus. Wie fühlen Sie sich?«

»Ganz gut«, antwortete Dorthy ungeduldig, obwohl es nicht stimmte. Ein bohrender Kopfschmerz rumorte hinter der Stirn, und ihre Hand prickelte vor trockener Hitze. Sie erinnerte sich plötzlich wieder der überdeutlichen Reaktion ihres TALENTES, dieser merkwürdigen, gleißend aufstrahlenden Intelligenz. Da draußen war etwas – etwas Unheimliches, Tödliches.

Als sie sich aufzusetzen versuchte, unterstützte sie der Arzt mit einer raschen Bewegung. »Seien Sie vorsichtig. Ihr Körper hat gerade einen massiven systemischen Schock verkraften müssen, der Sie für ein paar Tage außer Gefecht gesetzt hat. Sie hätten sie über Ihr Implantat informieren sollen.«

»Ich glaubte, sie wüßten darüber Bescheid.« In Wirklichkeit dachte sie: *Zwei Tage also!*

»Irgendeiner da oben war mal wieder ziemlich unvorsichtig, und wie üblich müssen wir hier das ausbaden. Es hat eine Reaktion stattgefunden zwischen dem Tranquilizer, den man Ihnen verabreichte, und den Sekreten, die Ihr Implantat absondert. So viel habe ich inzwischen feststellen können.«

»Eine Reaktion?«

»Eine sehr heftige sogar! Aber Sie befinden sich schon wieder auf dem Weg der Besserung.« Der Mann hob die Hand und drehte an den Diagnosegeräten über ihrem Kopf herum. »Übrigens – ich bin Arcady Kilczer. Willkommen hier unten, Dr. Yoshida. Da Sie ja wieder wach sind, werde ich Sie jetzt genauer untersuchen, einverstanden? Fangen wir gleich mal mit der Atmung an.«

Während der Arzt sie mit der für seinen Beruf typischen sanften Grobheit und Distanz untersuchte, fragte sich Dorthy, wie es weitergehen sollte. Eigentlich hätte sie sich gleich nach der Landung zu einer der Inseln des Lebens in dieser planetenweiten Wüste, zu einer dieser Vertiefungen, begeben, dort ihre Arbeit erledigen und umkehren sollen. Die Navy hatte ihr versichert, dies sei alles, was man von ihr erwartete. Hatte sich jetzt das ganze Vorhaben verzögert? Oder hatten die anderen ohne sie weitergemacht und herausgefunden, was eigentlich sie hatte herausfinden sollen? Hatte man entdeckt, was diese Welt so verändert hatte? Mit aller Wahrscheinlichkeit waren es dieselben Außerirdischen gewesen, die auch den Asteroiden-Gürtel eines anderen in der Nähe gelegenen roten Zwergsterns besiedelt hatten …

Niemand wußte, wer oder was sie waren, nicht einmal, wie sie aussahen. Hier schien die Zivilisation nur langsam ausgestorben zu sein … (Und wieder erinnerte sie sich des gleißenden Lichts, das sie erst kürzlich wie eine aufflammende Nova berührt hatte.) Aber die fremde Zivilisation auf den Asteroiden war eindeutig emotionslos und feindselig. Sie war der *Feind!*

Dorthy fragte den Arzt, ob er etwas von der Expedition erfahren habe, aber er zuckte nur die Achseln, als sei dies ohne Bedeutung. »Duncan Andrews machte sich auf den Weg, als feststand, daß Sie für eine Weile nicht verfügbar waren. Er ist ein ungeduldiger Mann. Das ganze Camp spricht von der Auseinandersetzung, die er mit Colonel Chung gehabt hat. Sie wollte ihn ohne Sie nicht gehen lassen, aber er sagte, daß die Probennahme längst überfällig sei, und setzte sich auch schließlich durch. Ein Punkt für uns.«

»Für uns?«

»Die Wissenschaftler. Ach ja, von Haus aus bin ich natürlich als Mediziner qualifiziert und als solcher auch in der Ärzte-Vereinigung. In der Hauptsache aber beschäftige ich mich mit dem Nachbau des Nervensystems – ähnlich wie Sie, denke ich. Wenn ich nicht gerade verstauchte Finger behandle, Schnittwunden verbinde – oder Kollegen wie Sie aus dem Koma zurückhole. Man hat uns einen Robot-Arzt versprochen. Vielleicht können wir beide dann sogar zusammenarbeiten. Bitte jetzt nicht die Lider bewegen.«

Er leuchtete mit einer Lampe erst in ihr linkes, dann in das rechte Auge.

»Wann wird Andrews zurück sein?«

»Ich hoffe bald. Strecken Sie den Arm aus – nein, den anderen. In dem hier haben Sie schon genug Einstiche.«

Gehorsam schloß Dorthy ihre rechte Hand zur Faust und öffnete sie wieder. »Schauen Sie zur Seite«, meinte Kilczer und stach ihr eine Nadel in die Ader. Aber Dorthy hatte sich während der Jahre am Institut an Injektionen gewöhnt. Gleichmütig schaute sie zu, wie ihr Blut in den Glaszylinder der Spritze quoll, und fragte: »Alles in Ordnung mit mir?«

»Ich muß noch Ihre Titer kontrollieren. Haben Sie Hunger?«

»Das weiß ich nicht so recht.«

»Sie haben jetzt lange genug am Tropf gehangen. Wird Zeit, daß Ihr Magen-Darm-Trakt wieder was zu tun bekommt. Ich werde Ihnen etwas zu essen holen, während das hier weiterläuft.«

Kaum war der Arzt verschwunden, schwang Dorthy die Beine aus dem Bett und stellte sich aufrecht hin. Sie fühlte einen Schlag auf den Kopf wie von einem Gummihammer, und die Umgebung verschwamm zu einem wäßrigen Rot. »Wow«, seufzte Dorthy laut und begann im Raum auf- und abzugehen, bis das Schwindelgefühl allmählich nachließ. In einem Wandschrank fand sie ein paar Overalls und ein Paar Stiefel, zusammen mit den wenigen Habseligkeiten, die man ihr hierher mitzunehmen erlaubt hatte. Sie nahm alles heraus, und als Kilczer mit einer abgedeckten Terrine zurückkam, saß sie auf dem Bett und schlüpfte gerade in die Stiefel.

Mit gespieltem Ernst sagte er: »Ich hoffe, Sie sind nicht zu voreilig.« Aber Dorthy spürte deutlich seine Erleichterung. Sie fiel nicht mehr länger in seine Verantwortung. Sie nahm sich gerade noch Zeit, den gesüßten Haferschleim zu essen. Kilczer sah ihr dabei in beinahe väterlicher Art zu. »Wenn Sie fertig sind, möchte Colonel Chung sicher ein paar Worte mit Ihnen reden«, meinte er.

»Soll sie mich doch suchen«, antwortete Dorthy ungeduldig. Wenn sie erst mit dem Kommandeur der Basis sprach, würde sie ihr auch von ihrem Erlebnis in der Sinkkapsel berichten müssen, kurz bevor ihr die Sinne schwanden. Und dem fühlte sie sich im Moment nicht gewachsen – noch nicht.

»Das ist aber keine gute Idee ...«

»Ich möchte mich erst einmal umsehen. Ich bin doch kein Paket, das man beliebig herumreichen kann. Sie will mich sprechen. Schön. Dann soll sie mich eben suchen.« Sie zurrte die Verschlüsse ihrer Stiefel enger.

»Ich glaube kaum, daß Sie schon wieder so weit hergestellt sind, auf kleine Monster mit Facettenaugen Jagd zu machen«, brummte Kilczer.

»Wirklich – ich fühle mich prächtig.«

Abgesehen davon, daß es noch höllisch schmerzt, wenn ich grinse – und daß ich tödliche Furcht vor dem empfinde, was da draußen sein mag.

Der Stützpunkt war eine einzige Enttäuschung für Dorthy. Sie hatte etwas Exotisches erwartet, ihn sich so ähnlich wie ein Schiff vorgestellt – ständig kampf- und verteidigungsbereit. Statt dessen fand sie sich mitten im Nichts wieder, in einer erbärmlichen Ansammlung von Transportbehältern, langen Zylindern aus Wellblech, halb in der bröckligen Erde vergraben, alle fensterlos und anscheinend verlassen. Ein breites Gebäude im Blockhausstil hockte mitten im Zentrum. Über dem vergitterten Eingang ein mit Schablone gemaltes Schild: *Camp 0° 15′ S, 50° 28′ W.*

Ein leichter, überall verbreiteter Gestank, im Geruch ähnlich faulig wie Keton, hing in der trockenen Luft. Leuchtröhren an hohen Peitschenmasten verbreiteten ein kaltes, gleißendes Licht. Der Himmel war, eine rötliche Ecke ausgenommen, die wie im Schein einer ungeheuren, aber weit entfernten Feuersbrunst glühte, von undurchdringlicher Schwärze.

Dorthy ging in Richtung der farbigen Himmelssektion.

Die ebene, nicht asphaltierte Straße endete abrupt hinter dem letzten Transportbehälter. Dahinter gab es nichts außer einer flachen Sand- und Geröllebene mit großen Felsklippen. Und die Sonne.

Sie hing mitten über dem Horizont, ein schwachroter Ball mit einer Reihe schwarzer Flecken, die aussahen wie Krebsgeschwüre. Der Ball war so groß, daß Dorthys Blickwinkel nicht ausreichte, um seine Gesamtheit zu erfassen. Blinzelte sie zum einen Rand des flackernden Glutballs, konnte sie den gegenüberliegenden Rand nicht mehr sehen. Ihrem ersten Eindruck zufolge füllte er den Himmel zur Hälfte aus, doch in Wirklichkeit war er viel kleiner, sein Durchmesser vielleicht ein Sechzehntel, oder nur ein Zwanzigstel des Horizonts?

Trotzdem – er war riesig, ein kalter, roter MO-Zwergstern am flachen Ende des Hertzsprung-Russell-Diagramms, konstant im allmählichen Schmelzprozeß der Elemente. Dorthy hob ihm eine Hand entgegen, fühlte aber wenig Wärme, obwohl die Sonne kaum zwei Millionen Kilometer entfernt sein konnte.

Sonnenaufgang: Dies war die größte Leistung dieser Wesenheit, die diese Welt hier verändert hatte, denn wie jeder potentiell bewohnbare Planet eines roten Zwergsterns kuschelte auch sie sich nahe an die schwache Wärmequelle in der Radiusmitte einer gebremsten Rotation. Wie beim Mond der Erde sollte die eine Seite ständig dem Mutterplaneten zugewandt sein, in der Oberfläche günstigstenfalls eine zerklüftete Wüstenlandschaft; die abgewandte Seite dagegen eine sternenbeschienene Eiskappe, auf der Sauerstoff wie Wasser zerfloß. Aber diese Welt hier rotierte. Langsam zwar, aber immerhin ausreichend, um auf dem größten Teil ihrer Oberfläche erträgliche Temperaturen und eine Atmosphäre zu gewährleisten und zu verhindern, daß die gesamten Wasservorkommen auf der sonnenabgewandten Seite einfroren.

Der Sonnenaufgang stand symbolisch für die Größe einer solchen Leistung. Beim Blick in die Umgebung aber fragte man sich, aus welchem Grund jemand eine solche Kraftanstrengung vollbracht haben mochte.

Dorthy atmete tief durch, verzog das Gesicht wegen des Gestanks und ging weiter. Ihre Stiefel knirschten über groben Sand und vermehrten das Kreuz und Quer anderer Fußabdrücke und Fahrzeugspuren. Nichts wuchs hier, überhaupt nichts. Eine tote Landschaft, unberührt von jedem menschlichen Verlangen oder Bedürfnis, dem Wandel der unablässigen Erosion ausgeliefert. Und deshalb auch gestalt- und formlos für das menschliche Auge und Verständnis.

Natürlich war sie es nicht wirklich. Wie überall hatten auch hier die unveränderlichen physikalischen Gesetzmäßigkeiten Geltung. So zeigte jeder zerfurchte Felsbrocken auf der windabgewandten Seite ein kleines Geröllfeld, und jedes Stück Sandstein zerteilte sich bei Berührung in papierdünne Scheiben – jede eine jungfräuliche Schicht, entstanden im Schlick irgendeiner abgelegenen Lagune, unberührt von der primitivsten Form organischen Lebens. Hier hatte es nie Leben gegeben – bis der Feind kam.

Die meisten Welten weisen solche Landschaften auf – wenn sie nicht wie Jupiter fehlgeratene Sonnen waren, dachte Dorthy, während sie dem kaum erkennbaren Pfad durch ein Labyrinth von Felsbuckeln folgte. (Die meisten Brocken waren kaum größer als ihr Kopf, ein paar mannshoch, einige wenige so groß wie ein Haus.) Und auf seltsame Art leerer wirkten als das verwirrende Vakuum des tiefen Raums.

Da der größte Teil des Universums für menschliche Zwecke kaum nutzbar schien (aber wer konnte schon wissen, welch anderen Belangen es dienlich sein konnte), vertrat Dorthy schon seit langem den Standpunkt, daß die Menschen nur einen geringen Platz in der Ordnung der Dinge einnahmen und auch nie eine größere Rolle spielen würden. In den sechshundert Jahren, die seit dem Betreten einer anderen Welt vergangen waren, hatten sie gerade mal eine Raumblase von weniger als dreißig Lichtjahren Durchmesser, etwa hundert Sterne in einer Galaxie von 400 Milliarden, ein Dutzend bewohnbare Welten und halb so viele bedingt besiedelbare erforscht. Die Energiemenge, die die gesamte Menschheit seit ihrer Entstehung verbraucht hatte, reichte nicht im geringsten an die Energie heran, die ein Stern wie Rigel oder Wega in einer einzigen Sekunde abstrahlte, und war nur ein Regentropfen in dem Energiesturm, den ein Quasar produzierte. Wie all die Energie, die ungenutzt bis an die äußersten Grenzen des Universums entwich, war auch diese rotschimmernde Wüste hier von keinerlei erkennbarem Nutzen.

Wie zur Widerlegung dieser Tatsache führte der Pfad um eine zernarbte Erhebung und mündete in einer Senke, die man offenbar als Mülldeponie benutzte. Umgekippte Abfallbehälter, zerrissene Müllsäcke und verschrottete Metallgeräte aller Art lagen weit verstreut, zum Teil vom nagenden Wind der Erosion angefressen – die einzigartige Häßlichkeit der Zivilisationsentropie.

Und dazu Reihe um Reihe von Sinkkapseln, das gewellte Metall der konischen Hüllen versengt von der Reibungshitze beim einmaligen Einsatz. Einige waren umgestürzt und zeigten die brüchigen Überreste ihrer Hitzeschilde. An anderen hingen noch die Fallschirme, zerfledderte orangefarbene Bahnen, die sich im schwachen Wind hoben und senkten wie der müde Flügelschlag zu Tode erschöpfter Vögel.

Bei einer der Kapseln hockte eine Frau und schnitt einen Teil der Metallhaut heraus. Der grellweiße Fusionspunkt an der Spitze des Schneidbrenners blendete stark im düsteren Zwielicht. Der Körper der Frau warf einen langen Schatten in die Umgebung. Als Dorthy zu ihr trat, löschte die Frau den Brenner und schob die dunkle Schutzbrille auf die Stirn. Ihr breites Lächeln zauberte einen hellen Schimmer in ihr braunes Gesicht. »Man hat Ihnen schon erlaubt aufzustehen, Dr. Yoshida?«

»Weiß denn jeder im Camp über mich Bescheid?«

»Dies hier ist halt nur ein kleiner Ort.« Die Frau richtete sich aus ihrer Hockstellung auf. Sie war groß und hager, überragte mit ihren zwei Metern Dorthy fast um einen halben Meter.

»Das wird mir auch allmählich klar«, brummte Dorthy.

Das Lachen der Frau war hart und dunkel, wie das Schnurren einer großen Katze. »Jesus Christus, bleiben Sie noch ein paar Tage, Honey, dann *wissen* Sie es.«

»Können Sie mir sagen, wieso die Luft hier so übel riecht?«

»Was? Ach so, das kommt vom Meer.« Die Frau machte mit dem Brenner in ihrer Hand eine unbestimmte Bewegung. Hinter ihr knackte das erkaltende Metall.

»Was wollen Sie damit sagen?«

»Sie wissen es nicht?«

»Ich beginne gerade, mich ein wenig umzusehen.« Dorthy stieß mit dem Fuß einen Stein beiseite. »Dies ist meine erste fremde Welt – sieht man mal von Luna und Titan ab.«

»Fremde Welt ... yeah, das gefällt mir. Nun, sehen Sie es sich selbst an, wenn Sie wollen. Folgen Sie dem Weg bis hinter den Heliport. Ich denke, jeder sollte es sich selbst einmal anschauen.« Die grelle Lichtzunge des Brenners flammte auf, und die Frau setzte ihre Arbeit fort.

Halb geblendet vom Schein der Flamme ging Dorthy

weiter. Das Meer? Sie war an der Küste des Pazifik aufgewachsen und nach ihrer Zeit am Institut ans Meer zurückgekehrt, weil das Tauchen sie an das verlorene, angenehm träge Wohlgefühl des freien Falls erinnerte. Sie durchquerte den Müllplatz und folgte dem Weg, der sich einen Geröllhang emporwand. Nur einmal warf sie einen Blick zurück, sah aber niemand.

Hinter der Anhöhe erhob sich auf einem einigermaßen ebenen Sandplatz ein einzelnes Gerüst. An einer Seite befand sich ein Gewirr von Antennenmasten, auf der anderen eine Parabolschüssel, deren Empfangssonde zum Zenit ausgerichtet war. Eine Art Baracke schützte die Stützpfeiler vor der nagenden Erosion. Ansonsten gab es nichts außer einem Trampelpfad durch die geröllübersäte Felslandschaft.

Fünf Minuten später erreichte Dorthy die Küste. Die See erstreckte sich wie eine mit kaltem Blut gefüllte Schüssel, gesprenkelt mit Schaumgebirgen, die wie poröse Eisberge aussahen, zu einem gleichmäßig verlaufenden Horizont. Wind und Wellen hatten den Schaum entlang dem verkrusteten Küstenschelf aufgetürmt – ein sich windender Saum aus schmutzigem Weiß, der in der Brise leicht schaukelte. Die zerplatzenden Blasen erzeugten ein fortwährendes Knistern. Und dann der Geruch …

Zu Hause hatte ein Bach die Abwässer der Walfabrik aufgenommen, die nicht in den Ozean gespült werden durften, um die Walherden nicht zu vertreiben. Die Einwohner nannten ihn den Bubble-Billabong, den Blasen-Bach. Der dünne Gestank hier – es roch nach fauligen Abwässern und verrottenden Pflanzen, vermischt mit dem metallischen Geruch von rostendem Eisen – war zwar nicht so schlimm wie am Bubble-Billabong, erinnerte Dorthy aber sofort an ihre Kindheit. Sie fragte sich, ob der Schaum wohl irgendeinem Zweck diente. Bei dem Gedanken an Lebewesen, die nach Tod und Verwesung rochen, mußte Dorthy lächeln. Wie mochten solche Wesen wohl den Geruch von Menschen empfinden?

Sie ging eine kurze Strecke am Ufer entlang: Felsbuckel mit flachen Abhängen aus lockerem Geröll und Gischtberge, die in der Brise zitterten. Die Sonne hing immer noch über dem hügeligen Horizont. Irgendwo blinkten ein paar Sterne schwach am dunklen Himmel, helle Punkte – wie winzige Blasen in der beschichteten Rückseite eines alten Spiegels. Eine fremde Welt, in der Tat – und acht Lichtjahre entfernt kämpften und starben Menschen und Außerirdische in der Nähe eines weiteren roten Zwergsterns, wie dieser hier so unscheinbar und bedeutungslos, daß beide trotz ihrer Nähe zu Sol keinen Namen, sondern lediglich Katalognummern trugen.

Der Feind. Hier war seine Zivilisation offenbar ausgestorben. Jedenfalls vermutete man dies aufgrund der Tatsache, daß die Navy auf der Oberfläche dieses Planeten problemlos einen Stützpunkt hatte einrichten können. Wenn Dorthy an das versengende Hitzegefühl im letzten Moment vor ihrer Ohnmacht während des Landeabstiegs dachte, war sie sich dessen nicht so sicher. Trotz ihrer stark erhöhten Sensibilität, ausgelöst durch die Reaktion zwischen Tranquilizer und ihrem Implantat, schien es unmöglich, daß ein Wesen um den halben Planeten herumreichen konnte, um sie zu berühren. Was für eine Kreatur, was für ein Gehirn mußte das sein?

Während sie noch darüber nachgrübelte, wurde das Gefühl, beobachtet zu werden, immer stärker und lenkte ihre Gedanken von diesem Problem ab. Schließlich drehte sie sich um und sagte: »Sie können ruhig herauskommen.«

Nach einem kurzen Moment trat Arcady Kilczer, der Arzt, hinter einem haushohen Felsen hundert Meter weiter hervor, stand als schwarze Silhouette vor dem weiten geschwungenen Ball der Sonne. Während sie auf ihn zuging, rief er gespielt fröhlich: »Ich hätte wissen sollen, daß ich mich vor einem TALENT nicht verstecken kann.«

»Warum gehen Sie mir nach?«

»Colonel Chung macht sich Sorgen, weil Sie so kurz nach Verlassen des Krankenbettes schon allein hier herumlaufen.«

»Sie meinen, sie sorgt sich um mein TALENT.«

Er lehnte sich an eine zernagte Säule aus Sandstein und verschränkte die Arme vor der Brust. Die Ärmel seiner Tunika hatte er heruntergerollt und den Kragen hochgestellt. »Sehen Sie darin einen Unterschied?«

»Wieso nicht?«

»Tun Sie es in diesem Moment?«

»Was? Ihre Gedanken lesen?« Dorthy lächelte. »Das wäre zuviel Aufwand, wo ich Sie doch nach allem, was ich wissen will, fragen kann.«

»Ich bin ein offener Mensch, Dr. Yoshida, das ist richtig. Aber ich bezweifle, daß ich so zugänglich bin, wie Sie es sich wünschen.«

»Vielleicht erzählen Sie mir trotzdem etwas über dieses Meer. Warum ist es so?«

»Das Wasser ist voll von photosynthetischen Bakterien einer einzigen Spezies. In jedem Tropfen sind Millionen davon. Tagsüber vermehren sie sich wahnsinnig, sterben aber in der Nacht zum größten Teil ab. Daher der seltsame Geruch. Davon abgesehen sind sie der Hauptlieferant für den Sauerstoff auf diesem Planeten. Also müssen wir uns wohl oder übel mit ihrer Existenz abfinden. Wenn Sie mehr über sie erfahren wollen, fragen Sie Muhamid Hussan. Er ist unser Experte dafür.«

»Sehen die anderen Camps ähnlich aus?«

»Die Ergebnisse der Fernaufklärung wurden zur Geheimsache erklärt. Und Duncan Andrews erzählt uns nicht, was seine Leute oder das Team von Major Ramaro dort draußen entdeckt haben.«

»Und es gibt keinerlei Gerüchte ...?«

»Hier im Camp kursieren Gerüchte über alles und jeden. Ich denke, Colonel Chung wird Ihnen alles sagen, was Sie wissen müssen. Den Rest werden Sie dann selbst herausfinden.«

»Was sind Sie denn? Ihr Botenjunge?«

In dem diffusen Licht zeigte sich die Zornesröte, die ihm ins Gesicht schoß, als dunkle Flecken auf den Wangen. »Früher oder später werden Sie mit dem Colonel sprechen müssen, Dr. Yoshida.«

»Ich bin doch kein Paket, das man beliebig herumschieben kann. Das habe ich Ihnen schon einmal gesagt.«

Ihr eigener Zorn entsprang der neuerlichen Einsicht, daß sie keinem Problem aus dem Weg gehen konnte. Das war schon am Fra Mauro-Observatorium so gewesen. Durch ihre Art hatte sie jede sich anbahnende Freundschaft im Keim erstickt. Doch hier wußte sie genau, daß sie irgendwann darüber Bericht erstatten mußte, was sie gespürt hatte – daß sie beim Abstieg von irgend etwas berührt worden war.

»Ich bitte Sie, Dr. Yoshida. Wir anderen Wissenschaftler müssen uns doch auch mit der Anwesenheit der Militärs abfinden, müssen mit ihnen leben«, sagte Kilczer. »Immerhin haben sie uns hierher geholt. Duncan Andrews darf sich da draußen im Feld austoben. Wir aber müssen das Lagerleben ertragen – zumindest für eine Zeit. Sie sind aufgrund Ihres TALENTS privilegiert. Ich hoffe nur, daß wir anderen nicht darunter zu leiden haben.«

Dorthy zuckte die Achseln. »Erstens wollte ich überhaupt nicht hierher. Zweitens möchte ich so schnell wie möglich zurück und habe daher nicht die geringste Lust, meine Zeit mit irgendwelchen aufgeblasenen Administratoren zu verschwenden. Okay?«

»Ich bin auf eigenen Wunsch hier. Schauen Sie sich doch mal um – hier gibt es genug Arbeit, um tausend

Leute von uns für tausend Jahre zu beschäftigen. Nehmen Sie zum Beispiel diese Bakterie: Sie hat zwölf Enzyme und drei strukturelle Proteine, eine Lipid-Membran und dieses photosynthetische Pigment. Das ist alles. Trotzdem wächst sie, teilt sich und produziert Sauerstoff. Dies alles tut sie offenbar ohne das auf diese Befehlsinformation programmierte genetische Material. Sie braucht dazu weder Schwefel noch Kalium noch die Hälfte der anderen Elemente, die jeder gewöhnliche Organismus benötigt. Sie wurde auch nicht maßgeschneidert – nicht in der Form, in der wir Organismen für unsere Zwecke zu manipulieren pflegen. Diese Bakterie wurde völlig neu erschaffen, Dr. Yoshida, von Experten entwickelt und gebaut. Und wir wissen nicht mal, wer sie sind. Hier im Camp Zero hängen rund zwei Dutzend Wissenschaftler herum, die eigentlich über den ganzen Planeten verteilt sein sollten. Aber die Leute, die alles vom Orbit aus steuern, befürchten offenbar, daß unsere Technologie ganz oder teilweise in die Hände oder die Flossen des Feindes geraten könnte.«

»Oder in seine Tentakel vielleicht?«

»In was auch immer«, fuhr Kilczer fort, »die Navy benutzt Sinkkapseln mit Brennstoffzellen anstatt Shuttles mit Katalfissionsbatterien. Und dabei befinden wir uns auf einer Welt, deren Rotationsgeschwindigkeit auf irgendeine Weise künstlich erhöht wurde, ohne daß die Oberfläche, wie es normal wäre, dabei schmolz. Verrückte Typen, diese Militärs, das ist schon wahr. Aber wir müssen mit ihnen leben und den Mund halten, auf welche Krumen im All sie uns auch immer absetzen.«

»›Laß nicht Ehrgeiz deinem nützlichen Bestreben Hohn sprechen!‹«

»Wie bitte?« Kilczer rieb die Hände aneinander. »Ah ja, ich merke, Sie zitieren mich. Nun, glauben Sie mir, ich möchte niemandem hier in den Rücken fallen. Keiner von uns will das. Immerhin sind wir ja hier. Beim

Bart von Marx – dieser Wind geht mir durch alle Knochen. Ich werde mir jetzt einen Becher Kaffee holen – und würde am liebsten darin baden. Kommen Sie mit?«

Dorthy seufzte. »Warum eigentlich nicht? Hier draußen gibt es doch nichts für mich zu tun.«

»Jetzt sind es vierzehn Enzyme, Dr. Yoshida. Sehen Sie, die Bakterien, die die Dunkelheit überstehen, entwickeln bei Sonnenaufgang an der Zellwand zwei neue, das eine als eine Art Allzweck-Abbaumittel, das andere, um die sich daraus ergebenden Kohlenstoff-Bausteine aufzunehmen. Die sie hier gerade verlieren. Vielleicht bekommen wir dadurch auch den üblen Geruch weg.«

»Ich verstehe nicht viel von Biologie«, brummte Dorthy.

Muhamid Hussan tätschelte lächelnd ihre Hand auf der Kunststoffplatte des Tisches. Dorthy zog sie rasch zurück. »Aber das ist doch hochinteressant, finden Sie nicht?« fuhr er fort. »Ein solch spezifisches System, eine reine Einzeller-Kultur, die sich unter geringstem Aufwand auf unbeschränkte Zeit selbst erhält. Und wir hier haben seit unserer Ankunft nicht mal einen einzigen Planeten-Tag hinter uns gebracht. Es gibt noch viel zu lernen.«

Seine leise, rauhe Stimme war im Lärm der Gemeinschaftsunterkünfte kaum zu hören. In einer Ecke des Raums verfolgten ein halbes Dutzend Leute einen Trivia-Streifen über den Kampf bei BD Zwanzig, ein Nachrichtenband, das mit demselben Schiff angekommen war wie Dorthy. Irgendwo betrank sich das Navy-Personal. Im lauten Lachen und in der hysterischen Ausgelassenheit der Leute ging die ernsthafte Diskussion der kleinen Gruppe von Wissenschaftlern, die sich um Dorthy geschart hatte, fast unter. Neben ihr sagte Arcady Kilczer gerade zu Hussan: »Woher wissen Sie, daß der Gestank nicht noch schlimmer wird?«

»Ich weiß es nicht.« Hussan fuhr sich mit beiden Händen durch sein schwarzes Kraushaar. »Ich kann es nur hoffen.« Seine Augen lagen hinter dicken, altmodisch geformten, dunkel getönten Brillengläsern verborgen. Er beugte sich über den Tisch vor, und Dorthy konnte ihr Gesicht betrachten, das die Gläser doppelt reflektierten. Sie sah schrecklich aus.

»Hat dieser Kommunist Ihnen schon die interessanteste Eigenschaft dieser Bakterien verraten?«

»Jesus Christus, Hussan, Sie langweilen sie noch zu Tode – wie Sie uns alle damit fast umgebracht haben.« Das war die Stimme der dunkelhäutigen Frau, der Dorthy auf dem Müllplatz begegnet war. Sie lächelte Dorthy zu und fragte: »Was halten Sie von all dem hier, Dr. Yoshida? Ein verrückter Ort, stimmt's?«

»Da könnten Sie recht haben.«

»Was die Unterschiede in der Geologie angeht, könnte ich ebenso auf dem Mars sein«, klagte ein anderer. »Ich würde mir ja zu gerne mal diese Vertiefungen ansehen. Ich habe mit der Kartographen-Crew gewettet, daß sie vulkanisch sind, und nicht von Meteoriten-Einschlägen ...«

»Und wie wollen Sie Ihren Gewinn einkassieren?« fragte Hussan. »Unsere werten Kollegen von der Bildstelle sind längst wieder im oberen Stock, ehe wir eine Leiter nach oben kriegen, sobald diese Sache hier erledigt ist.«

»Ist das wahr?« rief Dorthy. »Es gibt keine Möglichkeit, von hier in den Orbit zu gelangen?«

»Nicht mit dem, was wir hier zur Verfügung haben«, bestätigte Kilczer.

»Aber man hat mir doch versichert, ich könne sofort zurückkommen, sobald ich meine Arbeit erledigt hätte.«

»Da hat man Ihnen sicher was Falsches erzählt«, brummte der schmächtige Geologe mit kaum verhohlener Befriedigung – als habe jemand damit eine zweifelhafte Heldentat vollbracht.

»Vielleicht schicken sie ein Shuttle«, meinte Kilczer beruhigend. »Aber ... wo wollen Sie denn hin?«

»Zu Colonel Chung. Ich denke, es wird Zeit, daß ich ein paar Worte mit ihr rede.«

»Sie können aber nicht ...« Er stürzte durch die anwesende Menge hinter ihr her nach draußen in die dünne kalte Luft. »Sie können nicht so einfach zu ihr hineinspazieren«, rief er.

»Diese verdammte Sonne hat sich kein bißchen bewegt. Als ob die Zeit stillstünde ...«

»Um ein paar Grad sicherlich. Morgen wird sie über den Nasen der Frachtbehälter hängen. Zur Kommando-Zentrale geht es übrigens hier entlang.«

Dorthy fuhr herum. »Sie sollen mir nicht überallhin nachlaufen.«

»Was fühlen Sie jetzt«

»Wut.«

Kilczer schob das vom Wind zerzauste Haar aus der Stirn. »Man hat Ihnen wirklich verschwiegen, daß es für Sie ein Einbahn-Flug hierher sein wird? Wozu, glaubten Sie, gibt es die Sinkkapseln?«

»Als man mich hineinschob, war ich so high von dem Tranquilizer, daß ich mich nicht mal mehr erinnerte, wohin die Reise überhaupt ging. Und merken Sie sich endlich, daß ich niemanden brauche, der mich an der Hand nimmt und mir zeigt, wohin ich zu gehen habe. Verstanden?«

»Voll und ganz«, sagte Kilczer und drehte sich um. Nach ein paar Schritten rief er ihr nach: »Schauen Sie bei mir vorbei, wenn Sie beim Colonel gewesen sind. Bis dahin – viel Glück!«

Dorthy drehte sich nicht um.

Im blockhausähnlichen Betonbau des Kommandozentrums wurde Dorthy zu einem Fahrstuhl eskortiert, der zehn Sekunden lang beinahe in freiem Fall in die Tiefe raste. Die Wucht der Bremsphase hieb sie fast von den

Beinen, und ihre Begleiterin, eine stämmige Frau aus Polynesien im Matrosenrang mit einer Reaktionspistole packte sie gleichmütig um die Hüfte und gab ihr Halt.

»Schätze, ich habe den Landeabstieg noch nicht ganz überwunden«, murmelte Dorthy verlegen, aber die Frau reagierte nicht mal mit einem Achselzucken und führte sie einen kahlen Gang hinunter. Die Türen vieler unbeleuchteter Räume standen offen. Hinter einer der wenigen verschlossenen hörte Dorthy das Summen eines Lichtschreibers. Wie groß mochte diese Anlage sein? Wie in einer Bienenwabe stellte sie sich Ebene um Ebene von Korridoren und Räumen vor, die sich tief in das Grundgestein hineinbohrten aber zu welchem Zweck? Jede Stelle des Planeten war höchst verwundbar, ganz gleich, wie tief unter der Oberfläche sie lag.

Der weibliche Matrose betätigte den Schließmechanismus einer Tür und winkte Dorthy hindurch. Der kräftige Sergeant hinter dem Schreibtisch deutete auf einen zerbrechlich wirkenden Plastik-Stuhl und quittierte den strammen Gruß der Matrosenfrau vor ihrem Abtreten mit einem gelangweilten Kopfnicken.

»Colonel Chung erwartet mich«, sagte Dorthy.

Der Sergeant machte sich einen Vermerk auf seinem Schreibtischschirm und antwortete ohne aufzuschauen: »Das ist richtig, Dr. Yoshida. Es dauert aber noch etwas.«

Erschöpft setzte sich Dorthy auf den Stuhl. Ihr Kopfschmerz kam nun verstärkt in bohrenden Wellen. Sie hatte genug über diese ›Beeil-dich-und-warte‹-Mentalität der Navy erfahren, um zu wissen, daß jedes Aufbegehren sinnlos war. Schön und gut – ein Astronom hatte, wenn schon nichts anderes, zumindest seine Geduld zu bewahren und zu kultivieren. Ihr Zorn darüber, daß sie wie alle anderen hier unten festsaß, hatte sich verflüchtigt. Im Augenblick war sie nur von nervöser Erwartung erfüllt. Die Navy war in der stärkeren Position, konnte mit ihr machen, was sie wollte – einfach alles.

Der Sergeant ignorierte sie weiterhin. Dorthy versuchte, diesen blendenden Augenblick des Kontaktes während ihrer Landung zu rekonstruieren. Sie bemühte sich gerade, die passenden Worte dafür zu finden, als der Sergeant endlich seinen Schirm abschaltete und auf den angrenzenden Raum deutete.

Colonel Chung war eine kleine feingliedrige Frau mit kurzgeschnittenem Grauhaar und der Aura eines klerikalen Computers. Ihr Büro wirkte kahl, es war nur mit einem Schreibtisch, zwei Stühlen, einem Feldbett und einem Metallspind am Fußende ausgestattet. Eine Figurine aus Jade auf der Schreibtischecke war die einzige persönliche Note.

Colonel Chung nahm die Figur in die Hand und ließ ihre Finger spielerisch darüber hinweggleiten, während sie Dorthy höflich eine Tasse Tee anbot.

»Nein, vielen Dank!« Dorthy kam gleich zur Sache. »Was ist mit der Expedition?«

»Ach ja, die Expedition. Tut mir leid, daß Sie aufgrund Ihres Zustands nicht daran teilnehmen konnten. Duncan Andrews wird in zwei Tagen zurück sein und Sie dann mit nach draußen nehmen.«

»Können Sie mich nicht hinfliegen lassen?«

»Wir haben nur wenige Flugzeuge zur Verfügung, Dr. Yoshida, und die meisten sind schon für Dr. Andrews' Expedition im Einsatz. Wir hoffen, daß wir bald einige dazubekommen. Ich fürchte, Sie werden also hier warten müssen. Tut mir leid, daß es keine Möglichkeit gibt, Ihren Fall zu beschleunigen.«

»Ich möchte nur schnellstens meinen Auftrag erledigen, mit dem man mich hergeschickt hat, und dann wieder verschwinden. Und genau das ist, wenn ich richtig verstanden habe, nicht möglich. Wie komme ich wieder von dieser Welt herunter, Colonel Chung?«

»Ich bin sicher, das Orbitalkommando hat die Sache im Griff.«

»Aber Sie wissen es nicht. Hören Sie, Colonel, ich

mag vielleicht noch sehr jung sein, aber ich bin weiß Gott nicht naiv. Vielleicht sollte ich mich doch besser gleich an Admiral Orquito wenden.«

»Das denke ich nicht. Zwar unterstehe ich ihm direkt und handle strikt nach seinen Befehlen, aber selbst ich kenne nicht alle Details. Und möchte sie auch nicht kennen. Vorsicht, Dr. Yoshida, lautet unsere Devise. Ich hoffe, auch Sie werden das noch verstehen lernen.«

Wie mit tausend Nadelstichen wühlte der Kopfschmerz hinter Dorthys Stirn, und des Colonels maliziöse Art brachte sie auf. Sie wollte nicht nach dieser schrecklichen, grellen Intelligenz suchen, nicht mal den Plan der Navy ausführen. Sie sehnte sich nach der stillen Abgeschiedenheit, aus der man sie herausgerissen hatte, nach der tiefen Besinnlichkeit, unberührt von wirren menschlichen Affären. Statt dessen sah sie sich selbst Woche um Woche daran verschwenden, einen sorgfältig programmierten Schritt nach dem anderen zu tun – obwohl sie es besser wissen sollte.

»Ich glaube, ich habe ein Recht darauf, mit dem Admiral zu sprechen«, forderte sie matt.

»Wir hier unten befinden uns in einer Art Kriegszustand, Dr. Yoshida. Wir haben nur einen einzigen Kanal zum Orbitalkommando – und der ist ausschließlich verschlüsselten und autorisierten Nachrichten vorbehalten.«

»Ich verstehe.« Man brauchte Dorthy nicht zu sagen, wer die Meldungen autorisierte. »Nun, Colonel, ich möchte nicht, daß Sie wegen mir etwas Unerlaubtes tun. Ich erwarte nicht mal, daß Sie sich für mich aus Ihrer Gruft hier herausbemühen.«

»Wir müssen sehr vorsichtig sein, Dr. Yoshida. Wir haben gerade mal einen Fuß auf diesen Planeten gesetzt und noch nicht identifizieren können, wem oder was er gehört. Wenn es diesen Jemand oder dieses Etwas überhaupt noch gibt. Dr. Andrews glaubt, daß der Feind hier ausgestorben ist, nachdem er P'thrsn eine Planetenform gegeben hat.«

»P'thrsn?« Das Wort klang wie eine Mischung aus Spucken und Niesen.

Colonel Chung gestattete sich ein kurzes Lächeln. Dorthy konnte sich den Grund denken. Schließlich wußte sie so gut wie nichts über diesen Planeten. (*Streng geheim* – hatte man ihr erklärt, als sie nach Einzelheiten gefragt hatte. Und: *Sie sind ohnehin nur ein paar Tage dort.* Und bestimmt zum zwanzigstenmal: *Machen Sie sich keine Sorgen. Man wird gut auf Sie achtgeben.*) Wenn sie also etwas wissen wollte, mußte sie danach fragen. Der Colonel schien die Ironie der Situation, eine Gedankenleserin mit Informationen füttern zu müssen, richtig zu genießen. Dorthy spürte den Hauch von Befriedigung in ihren Gedanken, als der Colonel erklärte: »Während Sie sozusagen aus dem Verkehr gezogen waren, förderte eine Fernuntersuchung bei einem der Außenposten Schriftzeichen zutage. Man fand sie im Zentrum einer Art Siedlung. Die Leute vor Ort machten nur wenige Entdeckungen, und der Name dieser Welt ist eine davon. Sie glauben auch zu wissen, wie sich der Feind nannte: die Alea. Und das zumindest ist einfach auszusprechen.«

»›Gib einem Nichts einen Namen und eine lokale Zuordnung.‹«

»Wie bitte?«

»Ein Zitat – frei nach Shakespeare.«

Das Achselzucken des Colonels ließ den Schluß zu, daß sie noch nie von Shakespeare gehört hatte. Es schien sie aber auch nicht zu stören, was wiederum Dorthys langjährige Ansicht untermauerte, daß alle Chinesen in kulturellen Belangen Barbaren seien.

»Trotzdem muß Ihr Auftrag durchgeführt werden«, fuhr Chung fort. »Ich bin mir ihrer Dringlichkeit durchaus bewußt. Wenn hier immer noch Abkömmlinge des Feindes leben sollten, könnten wir vielleicht genug über sie erfahren, um den Krieg bei BD Zwanzig zu einem Ende zu bringen. Zur Zeit wissen wir nicht, wie wir mit dem Feind kommunizieren könnten. Wir wissen nicht mal, wie er aussieht. Und die Kriegskosten steigen mit jedem Tag ins Unermeßliche. Selbst ein Sieg über den Feind könnte die Föderation in den Bankrott treiben. Ich bin überzeugt, Sie teilen meine Ansicht, daß es besser ist, über einen Frieden zu verhandeln – sobald wir einen Weg gefunden haben, mit dem Feind in einen Dialog einzutreten. Sie, Dr. Yoshida, können uns möglicherweise dabei helfen, den Schlüssel zur Eröffnung eines solchen Dialogs zu finden.«

»Ich fühle mich überaus geschmeichelt, Colonel. Darf ich aus Ihren Worten schließen, daß die Expedition noch keine Spur vom Feind gefunden hat? Von den Alea?« Das Wort vibrierte in ihrem Mund.

»Es gibt da… Anzeichen, Hinweise. Mit Ihrer Hilfe…«

»Nun – es ist gut möglich, daß ich schon etwas entdeckt habe«, meinte Dorthy. Ihr Mund war plötzlich wie ausgetrocknet. Aber vielleicht brachte es ihr einen kleinen Vorteil, wenn sie es Chung erzählte. »Als ich in der Sinkkapsel lag, neutralisierte der Tranquilizer, den man mir verabreicht hatte, die Sekretion meines Implantates.«

»Dr. Kilczer berichtete mir von einer Reaktion.« Der Colonel hatte den Blick von Dorthy abgewendet und studierte angelegentlich die Figurine. Es war ein alter Mann oder eine alte Frau, erkannte Dorthy, gebückt unter der Last eines gefüllten Abfallkorbes.

»Was soviel heißt, daß mein TALENT funktionsfähig blieb.« Dorthy schwieg einen Moment lang und wählte dann sorgfältig ihre Worte. »Es arbeitete sogar mit ungewöhnlicher Intensität. Ich konnte zum Beispiel die Gehirne aller Leute hier im Camp visualisieren. Aber ich erfaßte auch etwas anderes. Etwas weit

Entferntes – und doch so intensiv, daß es heller strahlte als das ganze Camp. Ich glaube, es war auf mich ausgerichtet.«

»Dann war es kein menschliches Bewußtsein.« Noch immer sah der Colonel Dorthy nicht an.

»Ich weiß nicht, was es war. Mit Sicherheit war es aber nichtmenschlich.«

»Davon ist auszugehen – bestimmt!«

Unter des Colonels äußerer Gelassenheit nahm Dorthy etwas anderes wahr. Dunkel, formlos, aufkeimend.

»Vielleicht. Aber es bedeutet, daß dort draußen wirklich *etwas* sein muß. Ich würde vorschlagen, alles daranzusetzen, um herauszufinden, *was* es ist. Ich habe es nur für einen kurzen Moment gesehen, dann wurde ich ohnmächtig. Aber es kam von irgendwo hinter dem Horizont auf der anderen Seite des Camps.«

»Ihrer Landungskurve zufolge müßte es sich also östlich von uns befinden – wenn es nicht aus dem Meer kam. Kommen Sie, Dr. Yoshida, ich zeige es Ihnen.« Der Colonel drückte auf eine integrierte Taste. Die glatte Oberfläche des Schreibtisches flackerte und beruhigte sich dann zu einer groben Oberflächen-Karte aus sich überlappenden Rechtecken. Holos – vom Orbit aus aufgenommen. Hier und da waren schwarze Streifen zu sehen – Gebiete, die der Vermessung aus irgendwelchen Gründen entgangen waren. Im großen und ganzen war die Karte aber vollständig. Zerfurcht von rötlichen Canyons, übersät mit Kratern.

Der Colonel deutete auf eine dunkle Fläche von der Größe ihrer Hand. »Wir sind hier, direkt an der Küste. Und hier …« Sie drückte auf einen anderen Schalter, und über ein Dutzend grüner Punkte, mehr oder weniger an der Äquatoriallinie entlang verstreut, flackerten auf. Mit ihren langen Fingernägeln deutete der Colonel auf einen davon. »Dies ist der Außenposten, wo Andrews' und Major Ramaros' Team arbeitet. Er liegt in derselben Richtung wie das Ding, das Sie, wie Sie es nannten, erfaßten. Ist das die korrekte Umschreibung dafür?«

»Das Wort paßt so gut wie jedes andere.«

»In dieser Richtung liegen noch vier weitere Außenposten.« Der Colonel zeigte nacheinander auf sie. »Wissen Sie, wie weit dieses Phänomen entfernt gewesen sein könnte?«

»Nein, mein TALENT arbeitet nicht auf diese Weise.« Dorthy merkte, daß die Frau ihr nicht recht glaubte. Oder ihr nicht glauben wollte. Sie verspürte einen Anflug von Verzweiflung. »Aber wenn ich es finden soll…«

»Sie verfügen über sehr wertvolle Fähigkeiten, was Ihr TALENT betrifft, Dr. Yoshida. Wir werden Sie nicht opfern. Sollte für Sie die geringste Gefahr bestehen, werden wir unsere Pläne ändern.«

»Vielen Dank«, antwortete Dorthy unbeeindruckt. Es war, als hätte sich zwischen ihnen ein großer Spalt aufgetan, in dem Dorthy langsam zu versinken glaubte.

Der Colonel schaltete die Tischplatte aus und legte die Hände zusammen, wobei die langen Fingernägel ein trockenes Kratzen erzeugten. Dorthy ihrerseits verschränkte die Hände, um ihre zu kurz geschnittenen Nägel zu verstecken.

»Die Leute im Orbitalkommando sind jedenfalls der Ansicht, daß die feindliche Zivilisation hier mit Bestimmtheit zusammengebrochen – und möglicherweise sogar völlig ausgestorben ist. Dies ist auch der einzige Punkt, in dem sie und Dr. Andrews Übereinstimmung erzielen. Sie sind hier, um… nun, um diese Meinung zu untermauern und andere Möglichkeiten auszuschließen. Und nicht, um neue Ansichten darüber ins Spiel zu bringen.«

»Was ist, wenn beide, das Orbitalkommando wie auch Dr. Andrews, damit falsch liegen?«

»Sie sollten mit Dr. Andrews sprechen. Ich bin sicher, ihr habt eine Menge zu bereden. Aber vergessen Sie nicht, Dr. Yoshida, daß dieses Unternehmen unter meine Zuständigkeit fällt. Ich muß sehr vorsichtig vorgehen.«

»Schon gut. Ich habe verstanden.« Dorthy erhob sich von ihrem Stuhl. Für einen kurzen Moment ließen ihre Kopfschmerzen nach, und sie erfaßte einen Hauch der Gefühle ihres Gegenübers – wie einen schwachen Duft, den eine sachte Brise heranträgt und gleich wieder verweht. Colonel Chung war auf eine Weise ebenso voller Furcht wie Dorthy – und ebenso hilflos. Sie wußte genau, sie befand sich auf Gedeih und Verderb in der Hand des Orbitalkommandos, und aus irgendeinem Grund war dieses Wissen für sie erschreckend. Doch kaum hatte Dorthy diese Regung geortet, als die Brise verflachte, der Hauch erstarb. Übrig blieb nur die sichere Erkenntnis, daß hier etwas ganz und gar nicht in Ordnung war.

Es schien, als ob es für Dorthy bis zur Rückkehr von Duncan Andrews nach Camp Zero nichts zu tun gäbe. Sie versuchte, dem Arzt, Arcady Kilczer, von ihrer Entdeckung in der Gedankenwelt Colonel Chungs zu erzählen. Aber er tat es mit einem Achselzucken ab und stellte es als Scherz hin, indem er erklärte, jeder hier unten auf der Oberfläche sei ein wenig verrückt. Dorthy war sehr aufgebracht darüber. »Wollen Sie damit sagen, ich sei paranoid?« Der Kopfschmerz, obwohl inzwischen schwächer, pulste in ihren Schläfen.

»Natürlich nicht«, meinte Kilczer sanft und hantierte dabei vorsichtig an einem Sensor aus Kupfergeflecht für seinen Nervensystem-Nachbau herum. »Ich will sagen, es liegt an unserer Situation hier. Von jeder Verbindung nach draußen abgeschnitten, überall hinter dem Horizont das große Unbekannte… Niemand würde etwas anderes erwarten. Als Arzt muß ich…« – vorsichtig schob er den komplizierten flexiblen Sensor in einen Nylon-Schutzmantel – »…regelmäßig eine große Menge psychotropischer Arzneimittel verabreichen.«

»Und wegen meines TALENTS gehöre ich automatisch zu diesem Patientenkreis?«

»Das haben Sie gesagt, nicht ich. Ich bitte Sie – vielleicht haben Sie sogar recht mit Ihren Vermutungen. Ich für mein Teil kann nur hoffen, daß Sie sich irren. Ändern kann ich ohnehin nichts daran, denn ich stehe unter Colonel Chungs Befehl.«

»Werden Sie ihr davon erzählen?«

Er beugte sich über seine Konstruktion, versuchte, den geschützten Sensor in das enge Geflecht einzupassen. »Nein, natürlich nicht. Nur, wenn ich danach gefragt werde. Mein Rat: Warten Sie, bis Duncan Andrews wieder da ist.«

Dorthy starrte auf Kilczers schmale, hängende Schultern, auf den weißen Streifen im Nacken unter dem Ansatz seines schwarzen Haares. Sie hatte das Gefühl, als habe man vor ihrer Nase eine Tür sanft, aber entschieden, ins Schloß gedrückt. Doch trotz seiner Weigerung, ihr Verbündeter zu werden, hatte Kilczer ihr einen Funken Hoffnung gelassen. »Kann Andrews etwas tun?« fragte sie.

»Wenn überhaupt einer hier unten – dann er.« Kilczer schwang seinen Drehstuhl zu ihr herum. Seine Augenränder waren dunkel verfärbt. Sicher hat er zu viel gearbeitet, dachte Dorthy und vergaß dabei – einfach, weil sie sich ungern solcher Dinge erinnerte – ganz, daß sie noch bis vor wenigen Stunden ganz seiner Obhut und Pflege anvertraut gewesen war.

»Warten Sie auf Andrews«, wiederholte Kilczer seinen Rat. »Und machen Sie sich bis dahin möglichst keine Gedanken darüber, was Sie gespürt oder gesehen haben. Vielleicht hat es überhaupt nichts zu bedeuten.«

Er hatte gut reden. Er würde niemals die Intimität ihres TALENTS begreifen können, eine Berührung, tiefer als jede Zärtlichkeit eines Liebenden. Er würde nie auch nur annähernd verstehen können, wie sie für einen kurzen Augenblick in Chungs Gedankenwelt eingedrungen war und wie ein Probenroboter aus den Tiefen ihres Bewußtsein-Ozeans die undefinierbare, dunkle Berührung mit der Furcht dieser Frau zutage gefördert hatte. Aber allein konnte sie nichts tun, und so folgte sie Kilczers Rat, hielt den Mund und wartete. Schließlich wurde Andrews schon bald zurückerwartet.

Aber sie mußte noch fünf Tage auf ihn warten; und als er endlich kam, tobte ein heftiger Sandsturm.

Die Wartezeit überbrückte Dorthy, indem sie den Geochemikern half, Bodenbohrungen durchzuführen. Die entnommenen Erdkerne, Schicht für Schicht in den Neutronen-Dichtigkeitszähler eingegeben, konnten Aufschlüsse über die Geschichte des Planeten bringen.

Im Kern jeder Bohrung gab es eine Schicht Vulkanasche, zu einer feinen dunklen Linie zusammengepreßt. Sie kündeten von dem Jahrtausende währenden Druck, dem der einstmals gezeitenblockierte Planetenball ausgesetzt war, und dem darauf folgenden Bombardement mit Eis-Asteroiden, das die flachen Meere geschaffen hatte. Nahe der Küste erlaubte mit Schliffen durchsetztes fossilienhaltiges Sedimentgestein eine ziemlich genaue Altersanalyse (und damit übrigens auch eine Zeitskala für die länger werdenden Tage; in ungefähr zehn Millionen Jahren würde der Planet wieder gezeitenblockiert sein). Man konnte grob schätzen, daß die Planetenformung dieser Welt vor ungefähr einer Million Jahren stattgefunden hatte.

Und ein winzige Spur tiefer in der Fossilschicht gab es eine ungleichmäßige, haarfeine Lage winzigster Chondriten und unreiner Schmelzflocken aus Metall, die auf ein zweites Bombardement mit Nickel-Eisen-Asteroiden schließen ließen.

Es kursierte die abenteuerliche Hypothese, daß die

zweite Welle von Einschlägen vorsätzlich herbeigeführt worden sei, um die mineralienarme Planetenkruste mit Metallen anzureichern – einige Pflanzen- und Tierüberreste in den Proben zeigten relativ hohe Metallkonzentrationen in ihren Geweben. Was aber nicht erklärte, wieso diese Anreicherung erst nach und nicht vor dem Auftreten erster primitiver Lebensformen auf diesem Planeten stattfand.

Dorthy war an diesen Problemen nicht sonderlich interessiert, aber die körperliche Arbeit lenkte ihre Gedanken ab. Jeden Abend sank sie erschöpft in tiefen, ungestörten Schlaf. Arcady Kilczer hatte ihr gestattet, im Krankenrevier des Medizinischen Zentrums wohnen zu bleiben – außerhalb der klaustrophobisch engen Gemeinschaftsunterkunft für die übrige Camp-Besatzung. Trotzdem litt Dorthy zeitweilig immer noch an starken Gedankeneinbrüchen. Kilczer konnte nichts dagegen tun. Obwohl er ihr Implantat tief abtastete, überstieg schon die Feststellung, ob es auch *richtig* arbeitete, seine Möglichkeiten. »Was ist es überhaupt?« wunderte er sich über das Bild auf dem Monitor, das Farbabstufungen vom lichten Rosa bis zum tiefsten Purpur zeigte.

»Das Derivat eines Plattwurms, eines Parasiten im Blutsystem«, klärte Dorthy ihn auf. »*Shistosoma japonicum*, um genau zu sein.«

»Solche Dinge habt ihr auf der Erde noch immer? Ich merke schon, das ist eine sehr seltsame Welt. Also, Ihr Implantat sondert eine Pharmakopöe ab, aber ich kann nicht sagen, ob es das auch in der richtigen Weise tut. Serotonin, Acetylcholin ... und was diese Kurve da bedeutet, frage ich mich schon die ganze Zeit.« Er zeigte auf eine gezackte Linie auf dem Ausdruck.

»Eine Art Noradrenalin-Derivat. Ich kenne mich da nicht so gut aus. Ich bin Astronom, kein Biochemiker.«

Kilczer fuhr sich durch das schwarze Haar. »Mit Bestimmtheit sagen kann ich nur, daß es nicht abstirbt. Hoffen wir, daß es sich nur um abklingende Nachwirkungen handelt. Treten Ihre Anfälle in den letzten Tagen vermehrt auf?«

»Ich habe zwei oder drei am Tag – nicht mehr, nicht weniger. Ich versuche, viel zu schlafen.«

»Das ist mir schon aufgefallen. Hören Sie, Dr. Yoshida, die Leute beschweren sich schon darüber, daß Sie sich zu sehr zurückziehen. Dies und die Tatsache, daß Sie nach draußen zu einem Forschungsstützpunkt gehen werden, sorgt bei den anderen Wissenschaftlern zunehmend für Unmut.«

»Zum Teufel damit, was die anderen denken. Ich will nur wieder von diesem verdammten Planeten herunter. Ich habe nicht darum gebeten, hierherzukommen. Man hat mich gegen meinen Willen hergebracht, dabei mein Implantat beschädigt – und hier ist niemand, der es richten kann. Zu allem Überfluß muß ich hier tagelang herumhocken und auf diesen Kerl, diesen Duncan Andrews, warten. Begreifen Sie doch endlich – *ich habe starke Schmerzen,* wenn bei einem meiner Anfälle zu viele Menschen in der Nähe sind. Sie können das sicher nicht verstehen, aber so ist es nun mal. Also lassen Sie mich gefälligst in Frieden, verstanden?«

Ihre Schläfen schwollen vor Zorn, Tränen stiegen ihr in die Augen. Sie atmete mehrmals tief durch.

Leise sagte Kilczer: »Ich weiß, ich kann nichts für Sie tun. Das tut mir sehr leid. Ich habe schon den Kommandierenden Arzt beim Orbitalkommando konsultiert, aber sie weiß darüber ebensoviel wie ich – nämlich nichts. Ihr Implantat ist urheberrechtlich geschützt, und wir können kaum den ganzen Flug zur Erde unternehmen, um uns das Gen-Display dafür zu besorgen und die Kopiergebühr zu bezahlen. Ich könnte Ihnen ein Beruhigungsmittel geben. Aber ein Tranquilizer hat das ganze Dilemma ja erst verursacht.«

»Tut mir leid, ich wollte Sie nicht so anfahren. Aber es ist schon frustrierend, verstehen Sie das nicht?« Dorthy lächelte unsicher. »Normalerweise habe ich mein TALENT unter Kontrolle – mehr oder weniger.«

»Duncan Andrews wird bald hier sein. Dann können Sie Ihren Job erledigen.«

»Nehmen wir mal an, ich tue, was ich kann – und man läßt mich nicht nach oben. Was dann?«

Arcady Kilczer hob die Schultern. »Was soll ich dazu sagen? Ich bezweifle, daß selbst Colonel Chung das gesamte Vorhaben kennt.«

Dorthy erinnerte sich wieder an das kurze Aufblitzen verdeckter Furcht im sonst fein säuberlich geordneten Bewußtsein des Colonels.

»Vielleicht kann Duncan Andrews ein gutes Wort für Sie einlegen«, fuhr Kilczer fort. »Er hat Einfluß.«

»Vielleicht.« Aber Dorthy glaubte nicht daran. Zu vieles hatte sie bisher über Andrews gehört – über seinen ständigen Kampf mit der hydraköpfigen Navy-Administration, über seinen sagenhaften Reichtum, über seine Langlebigkeit (es ging das Gerücht, er sei über ein Jahrhundert alt – älter als die Föderation). Über *ihn* ärgerten sich die Wissenschaftler draußen in der Station oder im Camp nicht. Im Gegenteil, sie verehrten ihn dafür, den wissenschaftlichen Part der Expedition erst möglich gemacht zu haben. Sie schilderten ihn als eine unglaubliche Kombination aus Einstein und Beowulf. Dorthy wußte zu viel über menschliche Fehleinschätzungen, um nur die Hälfte dessen zu glauben, was sie über den Mann hörte. Trotzdem keimte in ihr etwas Hoffnung auf, daß er für ihre Nöte ein wenig Sympathie und Verständnis aufbrachte und einen Weg fand, ein Shuttle für sie anzufordern. Bis dahin minimierte sie externe Irritationen dadurch, daß sie den anderen Menschen hier nach Möglichkeit aus dem Weg ging, und versuchte, ihre inneren Ängste durch hartes Arbeiten und weite Läufe in die wirre Landschaft außerhalb des Camps zu beschwichtigen. Sie ging früh zu Bett und schlief, erschöpft von der schweren Arbeit bei den Probebohrungen, auch sofort ein. Weil Kilczer ihr während der Erholungsphase ihres Implantates Arzneimittel auf chemischer Basis verweigerte, wachte sie meist früh am Morgen auf – in dem beständigen roten Licht der Sonne, die sich um kaum wahrnehmbare Gradbruchteile immer weiter über den zerrissenen östlichen Horizont schob. Das Lager, dem Tagesrhythmus der Erde angepaßt, war noch still und wie verlassen.

Dorthy hatte sich einen Overall so zurechtgeschnitten, daß er Arme und Beine fast gänzlich bloß ließ. Darin absolvierte sie ihre Läufe.

Die leichten Schuhe knirschten durch staubigen Sand und über rauhe Felsflächen, die Muskeln wurden erst hart, lockerten sich aber rasch wieder in der im Vergleich zur Erde etwas niedrigeren Schwerkraft. Trotz der riesigen Sonnenscheibe war dieser langwährende Morgen kalt, und in der trockenen Kühle verdunstete der Schweiß schnell, so daß es Dorthy nie zu heiß wurde, während sie am Rand des riesigen Kraters entlanglief, der sich mehrere Kilometer vom Camp nach Süden und Osten dehnte, über halbvergrabene Felsbrocken spurtete – Aufschlagsplitter wie die Felsen beim Camp, verwitterter Sandstein in einem vorzeitlichen Ozean, der verschwand, als der Planet seine natürliche Rotation verlor – oder über die tiefen Einschlagslöcher von Weltraumschutt hinwegsprang.

Zum Teil schien die Planetenformung durch ein Bombardement mit Eis-Asteroiden bewerkstelligt worden zu sein. Dieser Krater zum Beispiel war das Überbleibsel einer zweiten Einschlagserie, nachdem die erste mit ungeheurer Wucht das Becken für die See geschaffen hatte. Eine Million Jahre – man stelle sich das vor. Die grelle Intelligenz hatte Dorthy im Moment aus ihren Gedanken verdrängt. Vor einer Million Jahren hatte es noch keine Menschen gegeben. Wie mochte es wohl in einer Million Jahren auf der Erde aussehen ...?

Dorthy lief und lief, bis die kalte Luft wie mit Messerspitzen in ihren Lungen stach. Im gemächlichen Trab ging es dann zum Camp zurück: heißer Kaffee, die harte Tagesarbeit, und dann wieder die dankbare Loslösung vom eigenen Bewußtsein im Schlaf. Mit den restlichen Mitgliedern des Bohrtrupps, untergeordneten Navy-Angehörigen im Matrosenrang, redete sie kaum. Trotzdem akzeptierten diese stillschweigend – und eher als die anderen Wissenschaftler – ihre Anwesenheit. Kilczer hatte recht: Ihre wissenschaftlichen Kollegen entwickelten Ressentiments gegen sie.

Zwei Tage nach ihrer Genesung schickte das Orbitalkommando einen Frachtbehälter herunter. Die meisten Campbewohner begaben sich zur Küste, um die Landung zu beobachten. Das Entfalten des weißen Fallschirms, der plötzlich hell am dunklen, sternenübersäten Himmel aufblühte, begleiteten sie mit begeistertem Klatschen und Füßestampfen. Die Bohrmannschaft ließ heimlich eine Flasche mit Schnaps kreisen, den jemand illegal aus der kargen Bierration der Gruppe gebrannt hatte. Dorthy nahm ebenfalls einen Schluck, als man ihr die Flasche reichte, und unterließ es dabei bewußt, den Flaschenhals vor dem Trinken abzuwischen. Der herbe, noch gärende Stoff brannte im Mund und trieb ihr die Tränen in die Augen. Sie mußte husten. Eine Frau klopfte ihr auf den Rücken, eine andere tröstete sie, ihr Gaumen würde sich schon daran gewöhnen, denn dies sei ein guter Tropfen, immerhin fast eine Woche alt. Dorthy stellte fest, daß ihr diese sanfte Neckerei nichts ausmachte. Um sie herum wurde wieder applaudiert, und als sie sich herumdrehte, sah sie gerade noch, wie der Fallschirm draußen auf dem schaumigen Wasser sanft in sich zusammensank. Der fliegende Kran mit seinem langen Greifarm brummte über die Köpfe der Zuschauer hinweg und schlug einen weiten Bogen auf den dahintreibenden Behälter zu. Als Dorthy mit der übrigen Bohrcrew zur Arbeit zurücktrottete, begegneten sie einer Gruppe Wissenschaftler. Muhamid Hussan sah sie und drehte sich sofort zu dem großen Meteorologen mit der gebeugten Haltung um. Seine Verachtung drang teilweise zu Dorthy durch, doch sie störte sich nicht daran und eilte weiter, um mit ihrer Mannschaft Schritt zu halten. Der Schnaps brannte in ihrer Kehle, in ihrem Bauch. Wäre das Implantat nicht gewesen, hätte sie noch mehr getrunken, nur um diese Wärme zu erhalten. Statt dessen arbeitete sie, so hart sie konnte. Sie arbeitete gut und verdiente sich auf diese Weise den Respekt der übrigen Mannschaft. Und sie schlief. Und sie lief. Manchmal hatte sie den Wunsch, immer weiter zu laufen, weg vom Camp, weg von den Menschen, weg von ihren Aufgaben – immer weiter, leichtfüßig durch dieses konstant rote Licht, eine Staubspur wie einen Kometenschweif über das tote, vertrocknete Land ziehend.

Dann, am fünften Tag ihrer einförmigen Routine, als sie gerade den weiten Bogen vom Camp in Richtung Krater unter ihre Laufschuhe nahm, sah sie, daß die riesige Sonnenscheibe, die nun fast zur Hälfte ihres Durchmessers über dem Horizont stand, ihr Licht durch einen wabernden, lohfarbenen Schleier verstrahlte. Eine leichte Brise wehte über das Land aus Sand und Fels, und die Luft schien kälter, frischer geworden zu sein. Beim Laufen schlug Dorthy die Arme um die Brust, um ihre Blutzirkulation in Gang zu bringen. Als sie den Kraterrand erreichte, wehte der Wind mit Sturmstärke und peitschte Sandkörner gegen ihre bloßen Arme und Beine. Sie mußte die Augen zusammenkneifen, um noch sehen zu können.

Wenige Kilometer entfernt war der gegenüberliegende Kraterrand hinter hohen orangefarbenen und braunen Wolkenmassen, die sich zusehends immer höher auftürmten, verschwunden. Die Sonne schimmerte nur noch als blutroter Fleck durch die Sandschleier.

Ein Sandsturm!

Dorthy machte kehrt. Im Camp zurrten Matrosen die Frachtbehälter mit langen Seilen aneinander fest. Die Luft war mit feinem Staub gesättigt, die Glühschüsseln der Lampen von einem körnigen Lichthof umgeben. Dorthy zog sich um und begab sich zum Frühstück in die Gemeinschaftsunterkunft. Der Leiter des Planetologen-Teams war schon dort und spülte ein paar belegte Brötchen, deren Krumen sich in seinem ungepflegten Bart festsetzten, mit einigen Tassen Kaffee hinunter. Er klärte sie darüber auf, daß ein Sturm im Anzug sei und sie deshalb die Ausrüstung sichern müßten.

Als Dorthy zur Bohrstelle kam, trieb der Wind bereits Wolken von Sand über die Felsen. Der ganze östliche Himmel war nun eine einzige heranrollende Wolkenfront, die sich immer höher ausdehnte und mit den anderen herantreibenden Wolkengebirgen verschmolz. Die Sonne war jetzt ganz darin verschwunden, und überall herrschte eine schattenlose chthonische Düsternis.

Dorthy half einem halben Dutzend anderer Leute, den Bohrer abzumontieren – eine Arbeit, die über eine Stunde in Anspruch nahm, weil der Wind immer wieder umsprang und aus einer anderen Richtung wehte. Mehrfach drohte er das ganze Bohrgerüst umzublasen. Ihnen blieb gerade noch Zeit, den Proton-Bohrer einigermaßen zu sichern, ehe sie sich selbst in Sicherheit bringen mußten. Dorthy stürzte einmal mitten im Laufen und prallte gegen einen Felsen. Dabei schrammte sie sich die Wange auf, Sand knirschte zwischen ihren Zähnen. Sie richtete sich taumelnd auf, spuckte aus und lief, von Windböen geschüttelt, hinter den anderen her. Auf eine Art fand sie das Spiel der Naturkräfte belebend. Der Wind war eine starke, unpersönliche Gewalt, kapriziös und äußerst machtvoll, eine Kraft, gegen die Dorthy nur ein Staubkorn darstellte – mit einem völlig unbedeutenden Schicksal.

Als sie mit der restlichen Crew das Camp erreichte, hatte man dort alles fest mit Seilen gesichert. Die Glühschüsseln der Lampen schimmerten milchig im trüben Dunst und gaben kaum noch Licht. Dorthy duschte, wobei überraschend viel Sand und Staub aus ihrem Haar herausgeschwemmt wurde, und begab sich zum Essen in die Gemeinschaftsunterkunft.

Der Himmel hing jetzt noch tiefer, die Wolken dehnten sich über ihrem Kopf wie eine matte, bronzefarbene Zimmerdecke. Schwankende Säulen aus Staub wirbelten an ihr vorbei und sackten an den Wänden der Frachtbehälter in sich zusammen.

Der Wind wurde stärker und stärker. Jedesmal, wenn einer der Campbewohner die Tür zur Kantine öffnete, schaufelte der Sturm eine Wolke von Sand und Staub herein. Der Wind schwoll zu einem lauten, konstanten Heulen an.

Dorthy nippte an ihrem heißen grünen Tee und sah sich vielleicht schon zum zehntenmal eine Wiederholung der letzten Nachrichten an. Plötzlich war sie froh, hier in der bevölkerten Kantine zu sitzen, einer winzigen Schutzblase in diesem Sturm. Warm und in Sicherheit.

Auf dem Trivia-Schirm verschwand das j-förmige Diagramm eines Einmann-Kampfschiffes in Gefechtsbereitschaft und wurde durch die Bilder eines riesigen Felsbrockens ersetzt, der plötzlich mit unerwarteter Wucht unter grell aufzuckenden Blitzen auseinanderplatzte. Etwas sauste auf die Kamera zu. Ein schneller Wechsel der Bildeinstellung zeigte dann aus sicherer Entfernung das Aufflammen und Erlöschen eines rötlichen Feuerballs. Der Ansager verlas Schätzungen der feindlichen Verluste und spekulierte über die Funktion des Asteroiden: Bei Annäherung des Einmann-Schiffes hatte er sich selbst auseinandergesprengt – eine inzwischen vertraute Taktik. Denn bisher hatte man keinen einzigen der Feinde gefangennehmen können. Ebenso wenig hatte man an den Wrackteilen, die man unter immensen Kosten geborgen hatte, keinen Tropfen Blut entdecken können. Ob der Feind überhaupt Blut im Körper hatte?

Als nachträgliche Ergänzung fügte die Stimme hinzu, daß drei Einmannschiffe bei der Aktion verlorengegangen seien, und – knips – zeigte der Trivia-Schirm nun Bilder aus Rio de Janeiro, zeigte die Menschenmenge, die sich unter Palmen die breiten sonnigen Avenidas entlangschob. Souveränitätstag. Genau eine Woche bevor Dorthy das Solarsystem verlassen hatte – und am Ende für den Krieg eingezogen worden war.

Lange Zeit war BD Zwanzig für sie kaum wichtig gewesen; wie für die meisten Bewohner der Föderationswelten war es eine weit entfernte, irrelevante Affäre, in sicherer Quarantäne gehalten durch die interstellare Distanz. Ganz unscheinbar hatte sie mit dem Verlust einer unbemannten Sonde begonnen. Diese Dinger verschwanden häufig. Ehe die Sonde ihre Funksignale einstellte, hatte sie noch durchgeben können, daß der Stern, dem sie sich näherte, kein Planetensystem, sondern nur einen breiten Gürtel von Asteroiden besaß, die wie mißlungene Kopien einiger Welten von Erdgröße wirkten. Diese Daten schlummerten zwanzig Jahre lang ungenutzt, ehe ein Telemetrie-Student auf der Suche nach Fakten für seine Dissertation eine vorläufige Sichtung dieser Daten vornahm und herausfand, daß der Asteroiden-Gürtel gespickt war mit nadelkopfgroßen Neutrinos, von denen sich viele entgegen der allgemeinen Orbitalrichtung bewegten. Nur nukleare Wechselwirkungen erzeugen Neutrinos: Sterne sind hervorragende Erzeuger, wie auch Fusions- und Fissionskraftwerke.

Eine bemannte Expedition wurde ausgeschickt. Einen Monat später kehrte sie schwer angeschlagen zurück: Die Hälfte der Teilnehmer war tot, die Schiffshülle ziemlich durchlöchert, die Lebenserhaltungssysteme fast völlig vernichtet. Etwas sehr Feindseliges und Gefährliches lauerte in der Nähe von Bonner Durchmusterung +20° 2465.

Dorthy steckte mitten in den Vorbereitungen zum praktischen Teil ihrer Dissertation, verfolgte aber wie alle anderen in der lockeren Atmosphäre des Fra Mauro Observatoriums die Berichte, lauschte den Meinungen in den Bars und Cafés und tat manchmal sogar ihre eigene Meinung dazu kund. Viele ihrer Kommilitonen und auch andere Leute waren bitter enttäuscht, daß die ersten wirklich intelligenten Außerirdischen, auf die man traf, so unmittelbar und unwiderruflich feindlich eingestellt sein sollten. Doch die Astronomen zuckten nur die Achseln. Das Universum war für das Leben im besten Fall eben doch nur ein kleiner Randbereich.

Für Dorthy bestätigten sich damit wieder einmal ihre Kindheitserfahrungen: Dinge sind eben doch nicht das, wozu man sie macht (auch wenn der längst verlorene amerikanische Optimismus, der einmal die halbe Erde beherrschte, dies immer wieder propagiert hatte), sondern sie sind immer das, was sie sind, und dabei weder gut noch schlecht. Das potentiell Böse hängt nicht in den Sternen, kommt auch nicht von den Sternen, sondern ist in uns selbst.

Zudem hatte die Macht über ein TALENT wie das ihre sie gelehrt, daß jede Entdeckung, jeder scheinbare Gewinn im besten Fall doch nur ein Geschenk mit zwei Seiten sein kann.

Sie erarbeitete gerade das Instrumentarium für ihre Experimente, als auch eine zweite Expedition bei BD Zwanzig zurückgeschlagen wurde. Das bedeutete offenen Krieg. Frachtschiffe wurden mit Phasen-Antrieben ausgerüstet, Aufklärer bewaffnet, gewöhnliche Linienschiffe der Gilde beschlagnahmt. Es kursierte sogar das Gerücht über den Bau von Schlachtschiffen. Doch war niemand sonderlich beunruhigt. Die Außerirdischen, die jeder jetzt den FEIND nannte, schienen den Phasen-Antrieb nicht zu kennen und mußten sich mit weniger als Lichtgeschwindigkeit begnügen. Für sie konnte eine Reise von Stern zu Stern Jahre dauern, nicht nur ein paar Wochen. Es war daher unwahrscheinlich, daß sich der Konflikt über ihr eigenes Sternensystem hinweg ausweitete.

Mitten in dieser Aufrüstungsphase begab sich Dorthy auf ihre Solo-Expedition, die in einem langen und langsamen Kurs durch die Oort-Wolke führte, um dort die Wasserstoff-Kondensation im Bereich der Solarwinde zu erforschen. In der ersten Woche, während sie einen Orbit nach dem anderen passierte, verfolgte Dorthy intensiv die Nachrichten, die ihr täglich in Fünf-Sekunden-Maserwellen überspielt wurden. Doch das änderte sich, als sie schließlich mit ihrer Arbeit begann. Die Botschaften von Erde häuften sich manchmal tagelang, ehe sie die Zeit fand, sie abzurufen, und sie verlor allmählich das Interesse an den Nachrichtenübertragungen. Erst eine Eilmeldung, deren vorrangige Behandlung sie von ihren Experimenten wegholte, informierte sie über die Entdeckung einer künstlich geformten Welt, die einen weiteren unbedeutenden roten Zwergstern umkreiste. Man hatte Dorthy als Verstärkung eines Erkundungsteams ausgewählt. Ausgewählt? Sie war schanghait, hineingezwungen, gekidnappt worden!

Drei Tage nach Eingang der Nachricht tauchte ein Frachtschiff auf der Kreisbahn ihres Einmann-Schiffes auf, verschluckte es einfach und brachte sie wie einen zögerlichen, verängstigten Jonas zur Erde zurück.

Und das alles nur wegen ihres TALENTS, weshalb sonst? Es war schon eine bittere Ironie, daß ihr, weil sie den Einsatz ihres TALENTES nach Verlassen des Kamali-Silver-Institutes verweigert hatte, die nötige politische Rückendeckung fehlte, mit der die anderen ausgereiften TALENTE der Einberufung entgangen waren.

In ihren schwachen Momenten pflegte Dorthy ihr TALENT als eigenständiges Wesen zu betrachten – ein Parasit, der nur zwecks Verfolgung seiner eigenen Ziele ihr Dasein teilte. Und nun – wo hatte es sich selbst – und damit auch sie – hingebracht? In ein Barackenlager in einem miasmatischen Ödland – und mit Bestimmtheit in tödliche Gefahr! Dorthy fiel wieder dieser grelle Moment ein, und sie erschauerte. Sie nippte an ihrem Tee: kalt.

Sie holte sich neuen und lauschte mit einem Ohr der Stimme vom Trivia-Schirm und dem Gemurmel der kleinen Gruppe Wissenschaftler am anderen Ende des langen Tisches, die sich um ein dreilagiges Schachbrett drängte (eine neue Mode, die sich von Nowaja Semlja aus allmählich in der gesamten Föderation ausbreitete). Der lange Meteorologe sagte gerade erschöpft: »Nein, ich weiß nicht, wie lange der Sturm dauern wird. Werft einen Blick auf die Satellitenbilder und macht euch selbst einen Reim drauf. Es könnte nicht schlimmer sein…«

Er schwieg plötzlich. Auch die anderen im Raum verstummten. Die blecherne Stimme aus dem Trivia-Schirm hallte dumpf in der plötzliche Stille.

Dorthy drehte sich um und sah, wie ein kräftiger rothaariger Mann inmitten einer Wolke aus Staub und Sand hinter sich die Tür ins Schloß drückte. Erst als er an den langen Tischreihen entlangstapfte, flackerten die Gespräche wieder auf. Zwei oder drei Leute der Navy-Besatzung hoben die Hände, mit der Handfläche nach außen. Der Mann klatschte seine Hand dagegen und grinste breit, als jemand etwas zu ihm sagte. Dorthy hörte nicht, was er antwortete, aber zwei Matrosen sprangen sofort auf, zogen sich im Laufen Gesichtsmasken über und eilten nach draußen.

Der Rothaarige schritt weiter durch den Raum. Im Moment übertrug der Trivia-Schirm aus dem dicht gefüllten Quadrado de Cinco Outubro die Ansprache des Präsidenten, einer kleinen Gestalt vor einem weitläufigen Hintergrund mit der Flagge der Wiedervereinten Nationen und einem Riesenplakat mit dem aufgemalten Halbkreis der neun Welten. Flankiert wurde das Bild zu beiden Seiten von großen weißen Gebäuden, die sich hart gegen den tiefblauen Himmel von Erde abhoben.

»Immer der gleiche Bockmist«, bemerkte eine Stimme dicht neben Dorthys Ohr. Als sie aufschaute, grinste der Rothaarige. Die Wissenschaftler beim Schachbrett starrten zu ihnen herüber.

»Sie sind sicher Dr. Yoshida«, sagte der Mann, zog sich einen Stuhl heran und nahm ihr gegenüber Platz. Sein Glas stellte er vorsichtig auf die zerkratzte Tischplatte aus Kunststoff. Der bernsteinfarbene Inhalt sprudelte, Schaum rann an den Seiten herunter. »Ich bin Duncan Andrews. Sie haben bestimmt schon von mir gehört.«

»Von nichts anderem.« Sie hörte die Verblüffung in ihren Worten.

Er lachte. »Glauben Sie bloß nichts davon.« Sand hatte sich in seinem kurzgeschorenen Haar, in den Falten seiner sommersprossigen Stirn festgesetzt. Er beugte sich vor. Die Augenwimpern waren blaß, beinahe unsichtbar. Die Pupillen zeigten ein durchsichtiges Blau, die linke trübte ein leichter brauner Fleck.

»Wie geht es Ihnen inzwischen? Haben Sie sich etwas erholt?«

»Vielen Dank!« Der Drang, ihm alles zu erzählen, war beinahe von sexueller Intensität. Ihre Hände zitterten, Schweiß sammelte sich in ihrer Brustspalte. »Wie sind Sie hergekommen?«

Er zog eine Braue hoch. »Geflogen.«

»Bei diesem Sturm?«

»Yeah, ich dachte, ich könnte vor ihm herfliegen, aber er war schneller, als ich vermutet hatte. Bin die letzte Stunde nur mit Radar geflogen. Hatte Angst, die Düsen des Choppers würden sich zusetzen. Aber nun bin ich ja hier. Was halten Sie von P'thrsn?«

»Ich…« Sie senkte den Blick vor seinen blauen Augen und bemerkte, wie Arcady Kilczer sich durch den vollen Saal drängte. Sie suchte nach den richtigen Worten, fand aber alles, was ihr in den Sinn kam, viel zu banal.

»Diese… diese Welt ist nicht gerade das, was ich mir vorstellte. Trotzdem würde ich erst gern mehr davon sehen.«

»Sollen Sie, sollen Sie! Sobald sich dieser Sturm ausgetobt hat.«

Sie faßte sich ein Herz. »Ich möchte Ihnen erzählen…«

Die Stimme von Kilczer unterbrach sie. »Ich brauche euch wohl nicht mehr miteinander bekanntzumachen, richtig? Welcher Teufel hat Sie geritten, bei diesem Wetter zu fliegen, Andrews?«

Andrews schenkte Kilczer ein leichtes Lächeln. »Als ich startete, war es noch nicht so wild, sonst hätte ich es gelassen. Sagen Sie, ist McCarthy in der Nähe? Ich habe eine kleine Überraschung für sein Biologen-Team mitgebracht.«

»Tatsächlich?« Kilczer faßte sich ans Kinn. »Sehr gut. Wo…?«

»Die Navy wird es für ihn ausladen.«

»Ich hätte… ich meine, vielleicht wissen sie nicht, wie wichtig… Ich glaube, ich hole besser McCarthy.« Kilczer machte auf dem Absatz kehrt. »Und vielen Dank auch!« sagte er noch über die Schulter, ehe er davoneilte.

Andrews kippte mit einem kräftigen Zug das halbe Bier hinunter und verzog das Gesicht. »Verdammtes künstliches Gesöff! Schade, daß man uns nichts Stärkeres erlaubt. Nun, Dr. Yoshida, ich hoffe, Ihr TALENT hat den Abstieg überlebt.«

»Mehr oder weniger.«

Er zog die Augenbrauen hoch.

»Ich sehe Lichtblitze, wenn es trotz meines Implantats durchbricht. Der Tranquilizer hat irgendwas damit angestellt, als ich aus dem Orbit herunterkam. Ich sah ... ich will sagen, ich erfaßte alle Gehirne im Camp – und noch etwas, draußen, jenseits des Horizonts. Etwas ...« Sie zuckte zusammen, weil seine Hand plötzlich ihr Handgelenk umklammerte. Die Berührung war kühl und trocken.

»Augenblick mal. Fangen Sie von vorn an. Das Beruhigungsmittel hat etwas mit Ihrem TALENT angestellt?«

Dorthy schluckte, ihre Wangen glühten. Sie war verwirrt. Andrews ließ ihren Arm los und hob das Bierglas, trank aber nicht, sondern musterte sie über den Rand hinweg.

»Ich habe ein Implantat in meiner Leber-Pfortader, das verschiedene Sekrete absondert, um mein TALENT zu bremsen. Sie müssen wissen, daß es, nachdem es durch Behandlungen und Training erst vollends aktiviert ist, auch ungewollt in Aktion tritt. Es ist so, als ob man nie die Augen schließen könnte, nie in der Lage wäre zu schlafen. Der Schaden, den ein unkontrolliertes TALENT anrichtet, wäre in der Tat durchaus vergleichbar mit einer Schädigung, die durch chronische Schlaflosigkeit oder einen Mangel an REM-Schlaf infolge von Alkoholsucht verursacht wird. Halluzinationen, Wutanfälle, Gewebsveränderungen im Rückenmark, möglicherweise Tod.

Das Implantat hält also mein TALENT in Schach. Will ich es einsetzen, nehme ich ein Gegenmittel ein, das die Sekretion des Implantats für eine Weile unterbricht. Kennen Sie den Tranquilizer, den man für den Abstieg verabreicht?«

»Natürlich.« Dieses breite, helle, leichte Lächeln! »Ich hätte damals eine doppelte Dosis davon vertragen können.«

»Es war eine Reaktion zwischen dem Beruhigungsmittel und dem Implantat, die mein TALENT aktivierte. Ich erfaßte etwas, weit draußen jenseits des Camps, etwas ...« Sie schauderte bei der Erinnerung an dieses Licht.

»War es nur ein Ding, oder waren es viele?«

»Ich weiß es nicht. Es war, als ob hundert Gehirne zu einer einzigen, unglaublichen Intelligenz komprimiert worden seien, aber ich vermute ... Entschuldigung! Es war jedenfalls mit nichts zu vergleichen, das mir je im Leben begegnet ist.«

»Und wissen Sie, wo diese unglaubliche Intelligenz lokalisiert war?«

Trotz seines leichten Lächelns spürte sie das brennende Interesse hinter dieser Frage.

»Ich weiß nicht genau. Irgendwo im Osten, würde ich sagen. Colonel Chung zeigte mir, daß es dort in der Nähe mindestens ein halbes Dutzend Außenposten gibt.«

»Das ist ja interessant. Ich hatte gerade eine kurze Unterredung mit Colonel Chung. Sie hat mir nichts davon erzählt. Sie weiß also davon? Wie hat sie reagiert, als Sie es ihr schilderten?«

Dorthy sagte es ihm.

»Aha, das war ja zu erwarten. Im Osten also.« Andrews leerte sein Glas. »Sie wissen, daß der Krater, den wir zur Zeit untersuchen, östlich von Camp Zero liegt?«

»Colonel Chung erwähnte es.«

»Wie redselig von ihr. Aber machen Sie sich darüber keine Gedanken, Dr. Yoshida. Das wird zwischen dem Colonel und mir geklärt werden. Ich möchte, daß Sie etwas weit weniger Gefährliches untersuchen – die Hüter in den Ebenen.«

»Die Hüter ...?«

»Ich dachte mir, daß Sie nichts darüber wissen. Dieses übertriebene Sicherheitsdenken ist schon in ruhigen Zeiten eine idiotische Angelegenheit. Dieses Camp ist davon regelrecht verseucht – wie vom Gestank des Meeres. Obwohl der zur Zeit vom Sturm davongeweht worden sein dürfte.« Er stand auf. »Kommen Sie, ich will Ihnen etwas zeigen. Können Sie sich gegen den Sand schützen?«

Dorthy nickte. »Mit dem Schal. Was …?«

»Sie werden schon sehen. Ich zeige Ihnen mal eben, was ich mitgebracht habe.«

Dorthy folgte ihm durch die Tischreihen, wickelte sich dabei den Schal über Mund und Nase und verknotete ihn im Nacken. Andrews stülpte eine Gesichtsmaske über, öffnete die Tür und trat hinaus in den brausenden Wind, den wirbelnden Sand.

Dorthy klammerte sich mit beiden Händen an das straff gespannte Haltetau. Die Enden des Schals flatterten um ihr Gesicht. Sie blinzelte aus zusammengekniffenen Augen nach unten, wagte nicht, den Blick vom Boden zu heben, wo sich sofort kleine Sandhügel um ihre Stiefelsohlen bildeten. Sie ahnte Andrews vor sich mehr, als sie ihn sah. Dicht hinter ihm bückte sie sich unter einem Seil durch, das ein rechteckiges Areal begrenzte. Vor ihnen erhob sich eine gewölbte Metallwand, vor der sich Wehen gebildet hatten, von deren Kuppen der Wind immer wieder den Sand aufpeitschte. Andrews stemmte die Schulter gegen eine Einbuchtung in der Wand. Sie glitt nach innen. Dorthy stolperte hinter ihm durch die Tür.

»Jesus Christus, macht die verdammte …«

»He, Duncan, schauen Sie sich mal das Rasterbild hier an …«

»Gefüllt bis oben hin – ausschließlich mit Schwermetallen. Die Proteine chelatieren sie nicht – sehen Sie, Chrom im Rückgrat dieses Wesens. Trotzdem gewebebildend, oder?«

»Also ist er oder es mit reproduktionsfähigem Gewebe ausgestattet, mein Freund. Für den Anfang scheint es mal haploid zu sein, wenn sich die Zellen wirklich teilen. Aber woher soll ich das wissen? Bei Occams Skalpell, haben Sie was Besseres?«

»Sagen Sie mir doch mal, wie Sie es gefangen haben, Andrews. Hoffentlich nicht mit Hilfe eines Stoffes, der seine Blutzusammensetzung zerstört hat. Es ist schon so seltsam genug.«

Ein Dutzend Wissenschaftler in grauen Uniform-Overalls oder weißen Kitteln drängten sich um Arbeitstische mit Instrumenten und Glasbehältern. Dorthy kannte die meisten schon. Sie gehörten alle zum Biologen-Team. Die Frau, die sie auf dem Müllplatz getroffen hatte, pipettierte gerade eine strohgelbe Flüssigkeit, füllte sie tropfenweise in ein Gestell mit Reagenzgläsern. Arcady Kilczer war dabei, eine Display-Einheit zu verkabeln. Die Worte der Leute hallten in dem kahlen Arbeitsraum mit der gewölbten Decke wider. Trotzdem wurden sie vom Heulen und Winseln des Sturmes fast verschluckt. Die Biologen umstanden einen Maschenkäfig, in dem sich etwas bewegte. Die Haut zeigte das schmutzige Weiß eines Leichnams und glitzerte in dem harten Licht. Es hatte keinen deutlich ausgeprägten Kopf oder Schwanz. Dicke Borsten wuchsen aus den Rillen der Ringsegmente, die in einem Paar Stummelflossen endeten. Im zentralen Segment pulsierte ein kammartiger Lappen in unregelmäßigen Abständen über einem feuchten Loch, das ungefähr die Größe von Dorthys Kopf hatte. Diese sonderbare Kreuzung zwischen Gürteltier und Schnecke war vielleicht zwei Meter lang.

»Wir haben Lachgas genommen – ganz einfach«, klärte Andrews Jose McCarthy, den Abteilungsleiter mit dem dunklen Teint, auf. »Himmel, es hat einen Sauerstoff-Metabolismus. Möglich, daß es jetzt etwas Kopfschmerzen hat, aber eure Blut-Titer dürften davon unbeeinflußt geblieben sein.«

»Kopfschmerzen, wie?« Arcady Kilczer hob den

Blick von seinen Instrumenten. »Dieses Wesen hat keinen Kopf, sieht man mal von dem dritten Segment ab, wo sein Mund sitzt. Seht ihr das Rasterbild hier? Sehr wahrscheinlich ist jedes Segment völlig autonom, unabhängig von den anderen. Jedes hat einen Nervenkranz, aber es gibt kein Rückenmark, sondern lediglich einige wenige Verbindungen zwischen den Kränzen. Vielleicht sind diese Knoten da Ganglien, vielleicht auch nicht. Das sage ich euch später. Dicht geflochten, vermute ich mal. Wie verhält es sich?«

»Es frißt«, sagte Andrews grinsend, »und das ist schon fast alles, was es tut.«

»Zerbrechen wir uns morgen den Kopf darüber, wie das alles zusammenpaßt«, meinte McCarthy und zwirbelte dabei das eine Ende seines hängenden Schnurrbartes. »Im Moment sollten wir abwarten, bis es wieder völlig wach ist, und weitere Informationen sammeln.«

»Es wird sich wahrscheinlich wieder erholen«, murmelte Kilczer. »Wieviel von dem Zeug haben Sie ihm verabreicht, Andrews?«

»Genug, um es für den Flug ruhigzustellen. Ich wollte nicht, daß es überall herumkriecht.«

»Ich weiß nicht, ob ich es unbedingt hier herumkriechen lassen möchte. Hallo, Dr. Yoshida!« Kilczer lächelte Dorthy zu und wandte sich wieder seinen Displays zu. Eine verwischte Linie verengte sich zu einer Reihe hoher Zeigerausschläge.

Dorthy trat beiseite, als jemand mit dem langen Extensor, mit dem er dem Wesen gerade eine Hautprobe entnommen hatte, an ihr vorbeieilte. Sie registrierte plötzlich das Prickeln, das einem Aufwachen ihres TALENTS immer vorausging. Nicht jetzt, dachte sie nur, denn so begannen gewöhnlich ihre Hellsichtigkeits-Schübe.

»Dies ist eins von den Viechern, die sie hüten«, sagte Andrews zu ihr. »Die Hüter, von denen ich Ihnen erzählt habe. Was meinen Sie?«

»›Ein ach so armes, einfältiges Monster‹«, zitierte Dorthy.

Er ignorierte ihre Antwort. »Diese Critter, wie wir sie nennen, fressen nur und bewegen sich dabei von einem Bissen zum nächsten. Meiner Meinung nach ist dieses Ding da genmanipuliert – wie auch die Bakterien draußen im Meer.«

»Und die Hüter ernähren sich von diesen Crittern?«

»Da können Sie Ihren Kopf drauf wetten. Vielleicht ist das die hiesige Art eines urzeitlichen Beefsteaks. Mein Geschmack ist es beileibe nicht. Die Hüter leben in der Ebene, die sich rings um den Krater in allen Himmelsrichtungen erstreckt, mit einer großen Herde dieser Critter. Jeweils ein dominantes Weibchen mit ihren jeweils zehn oder zwanzig zugehörigen Männchen. Die sollen Sie für mich untersuchen. Wenn hier unten überhaupt noch etwas vom Feind übrig geblieben ist, dann sind es diese Hüter oder Hirten in der Nähe der Krater. Abgesehen von Ihrer einzigartigen übersinnlichen Erscheinung natürlich. Wir müssen uns bald mal genauer damit befassen. Für meine Hypothese über diese Welt ist sie jedenfalls verdammt ungünstig. Und für meine Arbeit ebenfalls. Ich versuche mit aller Kraft, die Erforschung dieser Welt voranzutreiben. Gewinnt die Navy aber den Eindruck, daß hier unten Gefahr im Verzug ist, wird sie genau das Gegenteil tun und hier alles stoppen.«

»Ich habe nicht gesagt, daß es gefährlich ist.« Dorthy mochte einfach nicht an diese Möglichkeit denken. »Warum sind Sie so sicher, daß die Hüter der FEIND sind?«

»Sie waren einmal der FEIND«, brummte Andrews und deutete auf den Käfig. »Schauen Sie, es hat sich bewegt. Ich glaube, es kommt wieder zu sich. Wo waren wir stehengeblieben?«

»Wieso dachten Sie ...« Dorthy beobachtete die massige Segmentkreatur, begann sich beengt und unwohl zu fühlen in dem hektischen Treiben um sich herum. In dem hohen, widerhallenden Halbrund der Halle hing ein seltsam stechender Geruch. Von dem Wesen?

»Die Hüter verfügen über keine Technologie, haben außer Astgabeln oder geflochtenen Körben kein Werkzeug, keine Hilfsmittel. Immerhin haben sie Feuer... Sind Sie okay, Dr. Yoshida?«

»Nur ein Anfall von Klaustrophobie. Riechen Sie etwas?«

Andrews sog die Luft durch die Nase. »Nein, ich wüßte nicht...«

»Einen warmen, salzigen Geruch? Es scheint...« Dorthy schüttelte den Kopf. Sie hatte das Gefühl, daß da etwas nicht stimmte, ungreifbar, nicht zu definieren, aber stärker werdend. So, als ob sie irgendwo anders sein sollte.

Das Wesen rollte jetzt ein Körperende von einer Seite zur anderen, verharrte danach aber wieder regungslos.

»Ich habe seine Bewegungsmotorik koordiniert«, rief Kilczer. »Da, schon wieder!« Die Kreatur begann wieder zu schaukeln, richtete das eine stumpfe Ende auf und hieb damit gegen die Maschen des Käfigs.

Dorthy fühlte einen Druck hinter den Schläfen, als ob sich ein ehernes Band um die Stirn immer enger zöge. Der üble Geruch verschlimmerte sich und stach ihr in die Nase. Alles schien plötzlich wie in Sirup getaucht, alles bewegte sich nur noch langsam und verzerrt. Die Lampen begannen zu schwanken, waren im nächsten Moment von Lichthöfen umgeben, vervielfältigten sich. Wie aus weiter Ferne hörte Dorthy jemand sagen: »Das ist es. Es kommt jetzt heraus...«, und jemand anderen: »Jesus, soll das etwa sein Maul sein? Wie kriegen wir das überhaupt vollständig ins Bild...?«

Dann verwischten sich Ton und Bild wie bei einer

Zeitlupen-Aufnahme, und zwischen dem Hier und Jetzt schien sich ein Kanal zu öffnen – wohin nur? Dorthy fühlte sich wie in einem Sog darauf zuschweben – schneller, immer schneller … Für einen Augenblick ein Licht – gnadenlos blendende Helle! Dann war es verschwunden, und das Nachbild hing vor ihren Augen wie ein silbriger Vorhang, durch den sie in eine alles umfassende Dunkelheit sank.

* * *

Dorthy erwachte in sanftrotem Licht inmitten zahlloser diagnostischer Geräte am Fuß- und Kopfende ihres Bettes. Sie schwang die Beine heraus und fühlte die Kälte des Metallbodens unter den nackten Füßen. Sie tappte in den angrenzenden größeren Behandlungsraum und trank zwei Gläser Wasser. Der Zeitmesser an ihrem Arm klärte sie darüber auf, daß inzwischen fast vierundzwanzig Stunden vergangen waren, seit Andrews ihr diesen seltsamen Critter gezeigt hatte. Ihr Kopf schmerzte noch immer, aber sie spürte zumindest nicht mehr diese prickelnde Sich-Ausweiten ihres übersensiblen TALENTS. Der Anfall war vorüber.

Als Arcady Kilczer nach ihr schaute, saß Dorthy angekleidet auf dem Bettrand und las in dem Buch, das sie den ganzen weiten Weg hierher begleitet hatte. »Ich hatte gehofft, daß Sie schon wieder auf den Beinen sind«, meinte Kilczer lächelnd. »Denn ich stecke mitten in den Vorbereitungen für meine Versuche.« Trotzdem las er gewissenhaft die Diagnose-Geräte ab.

»Ich brauche unbedingt etwas Eßbares«, erklärte Dorthy. »Wo finde ich Andrews?«

»Oh, er ist schon vor ein paar Stunden weg. Aber ich denke, Sie werden ihn bald wiedersehen. Sie wissen, daß Sie nach Ihrer Ohnmacht rund um die Uhr geschlafen haben? War das wieder einer Ihrer Anfälle?«

»Wenn mir niemand eins auf den Kopf gegeben hat.

Ich glaube, das Wesen, das Andrews mitbrachte, hat mich außer Gefecht gesetzt.«

»Sie machen Witze. Aber jetzt weiß ich wenigstens genau, daß es Ihnen wieder besser geht.«

»Nein, es stimmt. Einen Augenblick lang war es so, als befände ich mich wieder in der Sinkkapsel. Es war hell – zu hell, um erkennen zu können, was es war …«

»Diese Kreatur reagiert nur aufgrund zufälliger Reflexe. Sie wird nicht zentral gesteuert. Sie sagen, sie sei wie das Phänomen, das Sie in der Sinkkapsel ohnmächtig werden ließ?«

Dorthy zuckte die Achseln. Kilczer zapfte ihr etwas Blut ab.

»Mit mir ist alles in Ordnung.«

»Das werden wir sehen.«

Aber nichts war in Ordnung.

Diesmal erhob Colonel Chung keine Einwände, Dorthy hinauszufliegen. »Dr. Andrews hat mir versichert, daß der Krater ungefährlich ist. Außerdem haben wir jetzt zwei Chopper mehr. Morgen kommt ein Robotdoc herunter, so daß auch Kilczer mit Ihnen fliegen kann. Dr. Andrews möchte, daß er diese seltsamen Bewohner da draußen näher untersucht.«

»Diese Hüter? Aber ich dachte …«

»Dr. Kilczers Instrumente werden eine wertvolle Ergänzung zu Ihrem … äh … TALENT sein. Außerdem könnten Sie ja wieder einen Ihrer Anfälle bekommen.«

Dorthy hatte das Gefühl, in ein tiefes Loch zu fallen. »Dr. Kilczers Instrumente können viel weniger ausrichten als ich.« Der kleine Strahl der Hoffnung, Andrews würde sie für ihre Dienste belohnen, erlosch. Offenbar hatte der Zusammenbruch vor seinen Augen seine Hoffnung, sie und ihr TALENT sinnvoll einsetzen zu können, erheblich geschmälert und so die Wahrscheinlichkeit verringert, daß sie auf seine Empfehlung diesen Planeten bald verlassen konnte.

Gefangen, dachte sie. *Ich sitze in der Falle.*

Colonel Chung legte ihre Hände zusammen und berührte mit den Fingerspitzen das Kinn. »Ich übermittle hier nur Dr. Andrews' Wünsche. Wenn Sie damit nicht einverstanden sind, sollten Sie *ihm* das sagen.«

»Dazu dürfte es schon zu spät sein. Kilczer wird draußen nur seine Zeit verschwenden, wenn er mitkommt. Das versichere ich Ihnen, Colonel.«

»Wenn das so sein sollte, werde ich auch mit Dr. Andrews ein deutliches Wort sprechen müssen. Ich hoffe, Sie werden mich auf dem laufenden halten.«

Es folgte ein kurzes Schweigen, dann fügte der Colonel hinzu: »Viel Glück, Dr. Yoshida. Viel Glück bei Ihrer Mission.«

Und zu Dorthys Überraschung stand sie auf und reichte ihr die Hand – als wolle sie ihre Worte dadurch absegnen.

Zweiter Teil

DIE BURG

Der Chopper flog in geringer Höhe über die öde Planetenoberfläche. In der Stille der kuppelförmigen Kabine betrachtete Dorthy Yoshida die vorbeigleitende tote Landschaft. Mit Geröll übersäte Hänge, Erhebungen aus Schwemmsand, die sanft erodierten Rundungen der Meteoriten-Krater. Alles schimmerte im Licht der riesigen sterbenden Sonne rötlich und karmesin. Nur der wandernde Lichtkreis des Chopper-Suchscheinwerfers enthüllte – den Leuchtpanelen in Ernsts ›Tag und Nacht‹ – phantastisch ausgekehlte Felder in Cyanid und Gelb, Säulen aus glitzerndem Quarz und Feldspat, bizarr gestaltete Sanddünen aus hellem Glimmer. In einem anderen Licht betrachtet könnte diese Welt wunderschön sein, aber unter dem bösartigen Auge des roten Zwerges wirkte sie nur trübe und unheilvoll. Und nirgends eine Spur von Leben in der Wüste. Diese Welt war umgewandelt worden, aber nur bis zu einem gewissen Grad.

Zu ihrer Überraschung sagte Kilczer plötzlich: »Nicht mal eine Stunde. Glauben Sie, das da vorn ist es?«

Es war schon einige Zeit her, daß er, abgesehen von Positionsangaben, etwas gesagt hatte. Seine anfänglich munteren Gesprächsversuche waren nach und nach immer spärlicher geworden und infolge von Dorthys brütendem Schweigen schließlich ganz versiegt. Für ihre mißliche Lage machte sie ihn im gleichen Maß verantwortlich wie Dr. Andrews und fühlte sich im Moment sehr allein auf weiter Flur, zumal sie inzwischen

Colonel Chungs verstecktes Angebot, sich auf ihre Seite zu schlagen, reiflich überlegt und abgelehnt hatte. Halte Abstand, bleibe sauber! Steh über diesem allzu menschlichen Unsinn, den kleinen Intrigen und nichtigen Streitereien. Erinnere dich lieber an die einzigartige, stille Beschaulichkeit des schimmernden Universums.

Dorthy beugte sich vor und sah, daß der Horizont jetzt einen dunklen Rand aufwies. »Ist das der Krater?«

»Der Anfang davon, denke ich.« Kilczer hielt den Steuerhebel in einer Hand und machte sich mit der anderen an der Fernpeilung zu schaffen.

»Der Boden ist tatsächlich lohfarben – mit einem grünen Auge in der Mitte«, murmelte Dorthy.

»Auch wieder frei nach Shakespeare?«

»Ich dachte schon, ich sei hier die einzige Person, die ihn gelesen hat.«

»Auf Nowaja Rosja haben wir uns mit ihm beschäftigt – manchmal sogar seine Stücke aufgeführt.« Kilczer erwartete offenbar, daß sie ihn über Nowaja Rosja ausfragte. Doch sie schwieg, und so fuhr er fort: »Wieso sollte jemand auf einer Welt wie dieser leben wollen? Sie ist ja noch schrecklicher als meine Heimat.«

»Vielleicht kann ich Ihnen schon bald den Grund nennen«, sagte Dorthy kurz angebunden.

Kilczer zuckte die Achseln und tat so, als ob er sich auf das Steuern des Choppers konzentrieren müßte. In Wirklichkeit flog dieses Gerät fast völlig automatisch. Kilczer brauchte kein Gedankenleser zu sein, um Dorthys eisige Ablehnung und Feindseligkeit zu spüren.

Dorthy versenkte sich wieder in die Betrachtung der Landschaft. Die Wüste wich langsam niedrigem Buschwerk mit knorrigen Zweigen ohne Blätter, das seinerseits allmählich in ein verdorrt aussehendes Grasland überging. Wenn das, was da unten im Licht der Sonne tiefviolett, im Scheinwerfer des Choppers bläulichgrün schimmerte, wirklich Gras war! Vereinzelt standen kleine Bäume mit flachen Kronen – eine kärgliche Steppenlandschaft, die sie stark an den australischen Outback erinnerte. Aber daran mochte sie nicht mehr denken.

Weiter vorn stieg das Land an. Baumbedeckte Hänge, von Spalten und Canyons durchzogen, dehnten sich bis in die Wolken hinauf. Der Chopper-Antrieb summte leiser, als die Maschine in der dünnen Luft höher stieg und einer engen, gewundenen Schlucht folgte. Dorthy sah eine Herde großer Kreaturen auseinanderspritzen und zwischen den niedrigen Bäumen Schutz suchen. Kilczer steuerte den Chopper auf sie zu und ging dabei so tief, daß der Fallwind der Rotoren die Äste der Bäume peitschte. Dorthy erspähte ein halbes Dutzend langmähniger, elefantengroßer Wesen, die in einer Reihe hintereinander hertrotteten. Sie hatten stämmige, gedrungene Hinterbeine und längere Vorderläufe sowie große, bewegliche Schnauzen …

Kilczer sagte etwas auf Russisch und flog eine enge Schleife. Die plötzliche Wendung preßte Dorthys Schulter schmerzhaft in den Sicherheitsgurt. Jetzt schwebten sie genau über den Tieren.

»Megatheria«, wiederholte Kilczer. »Sie können doch nicht parallel … Aber was …?«

»Sie wissen, was das da unten für Kreaturen sind?«

»Ich glaube schon. Riesenfaultiere – wie es sie vor etwa einer Million Jahren auch auf Erde gab.« Er stieß den Steuerhebel vor. Der Chopper nahm wieder Fahrt auf und schraubte sich in die Höhe.

»Vor einer Million Jahren«, murmelte Dorthy. Sofort dachte sie an die Schicht Vulkanasche in den ausgebohrten Bodenproben, an die verschwindend dünne Schicht Meteoritengestein darüber. Eine Million Jahre!

Wieder machte sich ein drückendes Schweigen breit. Das Land unter ihnen glättete sich allmählich zu einem bewaldeten Hochplateau. Vor ihnen dehnte sich ein riesiger See bis zu den Bergen hin. Kilczer folgte dem

Uferstreifen und überprüfte immer häufiger die Fernpeilung.

Wenig später entdeckte Dorthy einen orangefarbenen Tupfer am Ufersaum. »Das Camp«, bemerkte Kilczer überflüssigerweise. Dorthy fühlte seine Erleichterung.

Sie kreisten und schwebten eine Zeitlang über einem flachen Bodenareal, um vor der Landung das Frachtnetz auszuklinken. Der Chopper berührte den Boden und hüpfte nochmals hoch, ehe er völlig zum Stillstand kam. Kilczer fluchte und stellte die Antriebe ab. Zu beiden Seiten verstummten die Motoren. Dorthy sah zwei Personen auf das Fluggerät zulaufen.

Kilczer öffnete die Luke. Kalte Luft, vermischt mit dem vertrauten Duft von Pinien, drang herein. Kilczer nieste. Duncan Andrews grinste breit und rief von unten: »Also habt ihr es doch noch geschafft. Willkommen an der Front!«

Sein Begleiter, der schwarze, kraushaarige Biologe Angel Sutter, war schon dabei, das Netz von den mitgebrachten Nachschub-Behältern wegzuzerren.

»Also los!« Andrews klatschte in die Hände. »Dann wollen wir das Zeugs da mal verstauen.«

Die nächste halbe Stunde schleppte Dorthy gemeinsam mit Andrews, Kilczer und Sutter Ausrüstungsteile in Plastikbehältern und Säcke mit Verpflegung und Nachschub. Andrews redete dabei ununterbrochen und erzählte ihnen begeistert, daß alles glänzend laufe, daß sie hier keinerlei Probleme haben würden, daß es hier gottverdammt das reinste Paradies sei, daß die Zwillinge (wobei er einfach vergaß, ihnen zu sagen, wer das war) in der Gegend herumturnten und einigen Hütern folgten, um Proben von Flora und Fauna zu sammeln. Kilczer fragte nach den Megatheria, aber Andrews tat die Frage mit einem Achselzucken ab. »Sie haben sicherlich recht. Die meisten bekannten Welten und auch ein paar, von denen wir nichts wissen, sind geplündert worden, um diese Welt hier einzurichten. Aber das ist auch schon alles, was ich weiß.« Und als Kilczer nachhaken wollte, fügte er rasch hinzu: »Dazu sollten Sie die Zwillinge befragen. Die wissen alles über diese Dinge.« Im gleichen Atemzug erzählte er ihnen, daß sie an einen Zeit- und Arbeitsplan gebunden seien, der aber so knapp bemessen sei, daß sie ihn nie einhalten konnten. »Also zum Teufel damit. Wir hier draußen entscheiden in letzter Instanz, was wichtig ist, nicht die Verrückten da oben im Orbit. Machen Sie sich deswegen nur keine Sorgen.«

Er war noch aufgedrehter, als Dorthy ihn bei ihrer ersten Begegnung erlebt hatte, ein gutmütiger Riese, der alle dominierte, sogar den stattlichen Angel Sutter. Dorthy lächelte höflich zu seinen Worten und hievte einen kleinen Behälter auf einen wenig größeren neben dem beleuchteten orangefarbenen Kuppelzelt. Sie lehnte sich gegen die Kisten und schaute über die kilometerweite schwarze Wasserfläche zu den sich im See spiegelnden Bergen hinüber, die links und rechts des Ufers ihre von dichten Wolken verhüllten Gipfel in den Himmel reckten. Sie spürte die Realitätsverzerrung, die alle Reisenden plagt, eine Überlagerung der Identität durch reine motorische Abläufe, die einen alles Fremde erst akzeptieren läßt, ohne es vorher zu hinterfragen: den Teppich aus violetten Ranken, der den Boden bedeckte, in den um das Kuppelzelt herum schon staubige Trampelpfade hineingetreten waren, den Sternenhimmel am Tag, die von Krebsgeschwüren gefleckte riesige Sonnenscheibe, oder den dichten, verfilzten Wald hinter dem schmalen Wiesenstreifen, der die Konturen des Uferverlaufs nachzeichnete. *Vor kaum drei Wochen war ich noch auf Erde,* dachte sie, *in Galveston …*

Aber das schien jetzt ebenfalls ohne realen Bezug zu sein.

»Achtung – aufgepaßt!« Duncan Andrews setzte einen großen Behälter ab, richtete sich auf und rieb sich mit einer Hand über die Schulter. »Jesus!« Er stand jetzt dicht neben Dorthy und verströmte einen heißen männlichen Geruch. »Schätze, das ist jetzt sicher genug gestapelt. Hoffentlich ist nichts zerbrochen. Die nächste Zeit werden keine Lieferungen von Camp Zero mehr kommen. Habe meinen letzten Rest von Geduld und Höflichkeit aufbringen müssen, um den Colonel zu überreden, Sie und Arcady herfliegen zu lassen. Ich frage mich allen Ernstes, wofür sie ihre kostbaren Chopper überhaupt hat auspacken und montieren lassen. Egal, jetzt sind wir hier.«

Er rief Sutter und Kilczer herbei. Gemeinsam betraten sie das Kuppelzelt und unterzogen sich in der kleinen Schleusenkammer der reinigenden Dusche. Beißender Dampf nebelte sie von allen Seiten ein. Kilczer hustete mehrmals hinter vorgehaltener Hand.

Als der Dampf abgesaugt wurde, zwinkerte Andrews Dorthy zu. »Sie werden sich daran gewöhnen.« Er öffnete die innere Tür. Der Hauptraum in der Mitte des Zeltes war vollgepfropft mit Ausrüstungsgegenständen. Auf dem Boden, auf den Bänken stapelten sie sich, sogar einer der luftgefüllten Sessel platzte fast unter dem Gewicht von Monitoren und anderen Gerätschaften.

Dorthy sah sich um und rümpfte die Nase. Es roch nach verdorbenem Essen und altem Schweiß.

»Sie werden sich daran gewöhnen«, wiederholte Andrews, nun sichtlich ungeduldig. »Wie geht es Ihnen?«

»Ich bin okay.«

»Das hoffe ich. Es könnte sehr unglücklich enden, wenn Sie hier draußen schlappmachen – besonders in der Nähe der Hirten oder Hüter, wie wir sie nennen. Sie sind scheu und ernähren sich hauptsächlich von ihren Crittern, aber sie sind auch geschickte Jäger. Und gefährlich. Wir dürfen nicht mal einen Warnschuß auf einen von ihnen abgeben, verstehen Sie? Es könnte als feindlicher Akt verstanden werden.«

»Ich werde es mir merken.«

Angel Sutter hockte sich auf die Lehne des überladenen Sessels und zog ihre Stiefel aus. Dann schaute sie auf. »Das ist auch besser für Sie, Honey, denn die da oben nehmen solche Befehle sehr ernst. Als man mich darüber belehrte, fragte ich – natürlich nur so zum Scherz – ob ich wenigstens strampeln dürfte, wenn mich eins dieser Viecher zu fressen versuchte. Wissen Sie, was der Bursche mir antwortete? *›Nicht mal zum Rülpsen dürfen Sie es bringen!‹* Niedlich, nicht wahr? Duncan, zeig mir doch noch mal, wie man aus diesem Ding da einen Kaffee bekommt.« Sie deutete mit der Hand auf einen Spender. Während Andrews sich über die Tastatur des Gerätes beugte, lächelte sie Dorthy zu und fuhr fort: »Ich bin auch erst seit gestern hier. Duncan hat mich hergeflogen. Darauf habe ich *sehr, sehr* lange warten müssen.«

»Hier – mit den besten Empfehlungen des Hauses.« Andrews reichte Angel Sutter einen Becher und füllte zwei weitere, die er Dorthy und Kilczer gab. Danach hob er seinen eigenen wie bei einem Trinkspruch, nahm einen Schluck und verzog das Gesicht. »Es wäre ja möglich, daß Sie auf der Flucht vor einem dieser Biester stürzen, Dr. Yoshida. Nein, ich werde Sie Dorthy nennen. Ich hoffe, Sie haben nichts dagegen. Angenommen also, Sie würden in der Nähe einer Herde dieser Critter – in sicherem Abstand natürlich – zusammenbrechen, so wäre das für mich ein entschuldbarer Grund zum Schießen. Wir wollen doch auf keinen Fall gerade jetzt unseren einzigen Empathen verlieren, nicht wahr. Es wäre auch eine Möglichkeit, für unsere Studien an einen dieser Hüter heranzukommen, anstatt wie eine Horde schmutziger alter Männer ihnen durchs Gebüsch nachzukriechen. Wir leben zwar jetzt hier draußen, haben aber trotzdem eine Menge Regeln zu beachten. Wenn ich Sie also mal anraunze, nehmen Sie das bitte nicht persönlich. Wir alle stehen hier unter äußerster Nervenanspannung.«

»Keine Sorge, das werde ich schon nicht.« Dorthy nippte an ihrem gezuckerten Milchkaffee und stellte den Becher auf die Ecke der Bank neben dem Innenleben einer defekten Maschine ab. Andrews trank seinen Kaffee aus, zerdrückte den Becher und warf ihn zielsicher in den Mahltrichter an der anderen Zeltwand. Danach legte er seine großen Hände zusammen und sagte: »Nun, ich schlage vor, wir fliegen zum Kraterrand und schauen mal nach, wie Ramaros Fernaufklärer vorankommen. Wollt ihr beide mitkommen?«

»Natürlich«, rief Kilczer sofort und schob sich das schwarze Haar aus der Stirn. Sein Grinsen war breiter als das von Andrews.

»Wenn es niemand stört, würde ich mich lieber etwas ausruhen«, meinte Dorthy.

»Aber Sie könnten sich die Burg anschauen, bekämen einen Eindruck von dem, was uns erwartet.«

»Sie ist erschöpft, Duncan. Laß sie in Frieden.« Angel Sutter zwinkerte Dorthy zu. »Machen Sie sich nichts draus. Er ist halt von dem Wahn besessen, hier alles selbst im Fluß zu halten.«

»Tatsächlich habe ich das Gefühl, daß hier überhaupt nichts vorangeht. Ich bin in ein paar Stunden zurück. Es sei denn, Ramaro hätte was Interessantes entdeckt. Er versucht, die Herkunft der Gebäude zu rekonstruieren, Arcady.«

»Das tun jede Menge Leute im Orbit auch.«

»Stimmt, aber mit denen kann ich nicht reden.« Andrews wandte sich an Sutter. »Zwei Stunden – mein Wort drauf. Fühlen Sie sich wie zu Hause, Dr. Yoshida – äh… Dorthy. Ruhen Sie sich aus. Wir werden Ihren Einsatz auf morgen verschieben.« Er lächelte kurz und trat in die kleine Schleuse. Kilczer folgte ihm, ohne sich nochmals umzudrehen.

»Jesus Christus, er ist einfach unglaublich.« Angel Sutter lächelte und rieb sich die breite, flache Nase. »Er ist überzeugt, daß hier überhaupt nichts geht, wenn er nicht seine großen Hände tief hineinsteckt. Aber er packt die Probleme auch wirklich an, das muß ich ihm lassen. Wir wären bestimmt nicht hier, wenn er den Typen von der Navy nicht ständig auf die Füße treten würde. Er hat vielleicht nicht viel von einem Wissenschaftler, aber dafür ist er eindeutig auf unserer Seite.«

»Dann kenne ich jetzt ja wenigstens den Schuldigen für meine Misere. Sagen Sie, wo soll ich schlafen?«

»Den Schuldigen? Ach richtig, man hat Sie ja eingezogen.«

»Gekidnappt – so nenne ich das. Wirklich, ich …«

»Natürlich …« Angels Gesichtsausdruck wechselte schlagartig, zeigte Bestürzung, Besorgnis. »Ich denke, dies muß doch sehr verwirrend sein, Ihre Gedankenleserei und alles.«

»Im Moment tue ich es ja nicht – nicht wirklich. Ich möchte nur ein wenig ausruhen.«

»Sicher, selbstverständlich. Da drüben wohnen Sie.« Sutter hob die Plane von einer von mehreren nebeneinander liegenden Schlafnischen. Sie enthielt lediglich ein Feldbett und ein Ablage-Bord, sonst nichts. Aber Dorthy war schon für die Illusion, einen privaten Winkel zu haben, in den sie sich zurückziehen konnte, dankbar. Sie nahm ihren Rucksack auf, schob sich an Sutter vorbei und ließ die Plane fallen.

Trotz der Anstrengung des langen Chopperflugs war Dorthy zu aufgekratzt zum Schlafen. Nachdem sie ausgepackt hatte, setzte sie sich auf die Kante des Feldbetts. Das einzige Buch, das sie hatte mitbringen dürfen, lag geöffnet auf ihren Knien. Die vertrauten Verse, so präzise und beständig in ihrer Vollkommenheit, beruhigten sie etwas. Sie hatte noch nicht lange gelesen, als Sutter die Plane beiseite schob und fragte: »He, wie fühlen Sie sich jetzt?«

Dorthy schaute auf. Die Frau lächelte (schneeweiße Zähne in einem sehr schwarzen Gesicht) und trat näher. Die Plane fiel hinter ihr herab. Sutter setzte sich neben Dorthy auf das Feldbett, nahm ihr das Buch aus der Hand und blätterte darin. »Das ist Literatur – Dichtung, richtig? In welcher Sprache? Englisch?« Sie betrachtete den Umschlag. »Was – Shakespeare! Wie nennen Sie dieses Ding?«

»Das ist ein Buch.«

»Wirklich? Hören Sie, es tut mir leid, wenn ich Ihnen zu neugierig erscheine, aber ich denke, wir müssen uns eben zusammenraufen – wo wir so einfach zusammengewürfelt worden sind.«

»Je schneller ich hier wieder wegkomme, um so besser. Sie wissen, ich habe nicht darum gebeten, hierher zu kommen.«

»Aber Sie wollen doch sicher auch das Beste daraus machen, oder?« Sutter gab ihr das Buch zurück, und Dorthy nahm es erleichtert entgegen. »Übrigens – stören Sie sich nicht an Duncan Andrews. Im Gegensatz zu Ihnen ist er regulärer Angehöriger der Navy – so regulär dort nur jemand sein kann. Er ist ganz in Ordnung, solange man nicht zu sehr mit ihm streitet. Er glaubt wirklich, wir seien hier, um uns die Einheimischen zu unterwerfen, aus ihnen so viel Wissenswertes wie möglich in Erfahrung zu bringen versuchen, um uns dann aufzumachen und den Krieg bei BD Zwanzig zu einem Ende zu bringen.«

»Er ist bei der Navy? Aber die Art, wie die Leute in Camp Zero über ihn sprachen ...«

»Aber natürlich gehört er zur Navy, ist mindestens Oberst und kam von einer Vermessungseinheit der Gilde hier herüber – wie viele andere hier auch. Er steht rangmäßig also auf gleicher Stufe wie diese kleinärschige Chung und kann deshalb hier viele

Dinge durchsetzen. *Sie* ist von der Democratic Chinese Union Security Force hierher abkommandiert. Der Himmel weiß, *was* sie denkt, warum sie hier ist. Andrews ist zwar auf unserer Seite, aber auch nur, weil wir zufällig brauchen, was er haben will. Wenn man so will, schubst er uns auf die gleiche Art herum wie die da oben in der höheren Etage.«

Dorthy dachte darüber nach. Es war ihr nie ganz klar geworden, wer die Abfolge der Ereignisse, die mit der Ablösung von ihren Forschungsaufgaben und dem Transport hierher endeten, so sehr beschleunigt hatte. Schon möglich, daß Andrews so lange auf diesem Vorschlag beharrt hatte, bis man ihn schließlich ausführte. Andererseits aber tat er ihr TALENT immer so beiläufig ab ...

»Ich habe all den Klatsch mitbekommen – oben im Orbit, und auch während der Zeit, als ich in Camp Zero vom Warten Schwielen am Hintern bekam«, knurrte Sutter. »Man sollte sich einfach selbst seine Meinung über Andrews bilden. Ich könnte Ihnen auf der Stelle drei völlig widersprüchliche Geschichten über ihn erzählen. Wußten Sie, daß er einer dieser Maniacs, ein Agatherin ist?«

»Ich hatte es mir schon gedacht. Immerhin ist er der älteste Sohn eines elysischen Fürsten. Außerdem verhält er sich so wie ein Aktionssüchtiger, zeigt die typische Mischung aus Autorität und Impulsivität sowie ein grenzenloses Selbstvertrauen ... Ich habe das schon bei anderen erlebt.«

Sutter rieb sich die Nase. »Dachte mir schon, daß Sie in diesen seltsamen Kreisen verkehren.«

»Aufgrund meines TALENTS?« Dorthy lächelte. »Ich bin Wissenschaftler wie Sie. Astronomin, um genau zu sein – und keine Giles Riahrden oder Kitty Flambosa-Brown.« Tatsächlich hatte sie ein Jahr in diesen Kreisen verkehrt, um Hiroko zu unterstützen (aber Hiroko war auf die Ranch in der Wüste zurückgekehrt und hatte nur diese seltsamen Abschiedsworte zurückgelassen, die Dorthy seitdem so verwirrten) und das Geld zu verdienen, das sie zur Finanzierung ihrer Studien am Fra Mauro benötigte.

Sie hatte sich dafür selbst prostituiert.

»Sie hätten nie erwartet, daß solch ein Mann mal hier oben endet, nicht wahr?«

Sutter zuckte die Achseln. »Vermutlich nicht.« Dann fragte sie mit völlig veränderter Stimme: »Können Sie wirklich in dem Bewußtsein anderer lesen?«

»Wenn ich muß. Im Moment aber nicht. Ich habe ein Implantat, das mein TALENT so lange blockiert, bis ich ein Gegenmittel einnehme.«

Sutter dachte einen Moment lang nach. »Und Sie werden es wirklich schaffen, in die Bewußtsein dieser Hüter einzudringen?«

»Das müßte man erst ausprobieren. Aber ich glaube nicht, daß es besonders schwierig sein wird.«

Die Nova, am Horizont aufflammend, mit ihrem grellen Schein die Wandung der Sinkkapsel durchdringend! Diese transferierte Angst des gefangenen Critters, dieses darauffolgende sengende Flackern ...

Und jetzt erwartete man von ihr, daß sie ihr bloßes Bewußtsein gegen das Unbekannte einsetzte.

Nicht besonders schwierig, wie? Ich fürchte mich bis ins Mark ...

Aber sie durfte sich das nicht eingestehen. Jede Schwäche würde zusätzliche Befürchtungen und Komplikationen hervorrufen – genau das, was sie nun überhaupt nicht gebrauchen konnte. Sie hatte ihre Rüstung schon lange geschmiedet, und Selbstmitleid konnte diese nur zerfressen.

Dorthy zwang sich zu einem Lächeln. »Als Kind habe ich mich auch an Tieren versucht«, sagte sie zu Sutter. »Sie wären überrascht, was alles in ihren Köpfen vorgeht.«

Sutter lachte: rauhes Metall, mit zerknittertem Samt

überzogen. »Ich kann mir häufig kaum vorstellen, was in den Köpfen anderer Menschen vorgeht. He, kommen Sie, wir essen etwas. Hat keinen Sinn, damit auf Andrews und Kilczer zu warten. Wette, sie werden nicht vor ein paar Stunden zurück sein.«

Sie behielt recht. Dorthy aß etwas und nahm in den engen Sanitärräumen eine ausgedehnte Dusche, ehe sie sich in ihre Schlafnische zurückzog. Lange Zeit lag sie wach. Der ersehnte Schlaf wollte einfach nicht kommen. Sie hörte Sutter draußen herumgehen, das Klirren von Glas auf Metall, als die Biochemikerin ihre Apparaturen aufbaute, die leise Musik eines Quartetts von Mozart...

Und als sie mit einem Ruck aufwachte, zeigte der Zeitmesser, der in die Haut oberhalb ihres Handgelenkes implantiert war, 7.26 Uhr morgens.

Die beiden Männer waren noch nicht zurück.

Während Dorthy verschlafen an ihrem brühheißen schwarzen Kaffee nippte, versicherte Sutter ihr mehrfach, es gäbe keinen Grund zur Sorge. Aber Dorthy spürte doch die Aufregung unter der äußerlichen Ruhe der Frau. »Sollten wir sie nicht anfunken und fragen, was ...?«

»So einfach ist das nicht. Wir arbeiten hier unter absoluter Funkstille – für den Fall, daß wir von wem oder was auch immer überwacht werden. Wir haben auch keine Verbindung mit Camp Zero. Nicht mal mit den Gruppen draußen im Gelände. Der einzige erlaubte Funkverkehr ist ein codiertes Zwei-Sekunden-Signal an das Orbital-Kommando, wenn es genau über dem Horizont steht. Und selbst das wird gelasert, damit jede Möglichkeit zum Abhören ausgeschlossen ist. Aber machen Sie sich keine Gedanken. Die beiden werden sicher bald auftauchen.«

Dorthy trank ihren Kaffee aus, während Sutter an einem Versuch zur Erkennung von Proton-Resonanzen arbeitete, um für ihre ersten Probennahmen vorbereitet zu sein. Sie sollte die photosynthetischen Bahnen des pflanzlichen Lebens im Krater erforschen und spezifische Inhibitoren entwickeln, die man auf die verschiedenen vom FEIND besiedelten Asteroiden rund um BD Zwanzig einführen konnte. Dorthy schaute ihr ein paar Minuten lang zu und verkündete dann: »Ich werde draußen einen Spaziergang machen.«

Sutter sah von ihrer Arbeit auf. »Wenn ich hiermit fertig bin, gehe ich mit Ihnen.«

»Nein, nein, ich möchte mir nur etwas die Beine vertreten.« In Wirklichkeit wollte Dorthy allein sein.

»Das ist zwar gegen die Vorschriften – aber zum Teufel damit! Ich kann Sie schließlich nicht festbinden, stimmt's? Aber seien Sie vorsichtig. Hier soll es zwar sicher sein – weshalb man hier auch den Stützpunkt eingerichtet hat. Aber ich weiß nicht, wie es in der weiteren Umgebung aussieht. Schließlich bin ich auch nur einen Tag länger hier als Sie. Aber nehmen Sie doch ein paar Sammelbeutel mit. Sie können für meine Versuche ein paar kleinere Pflanzen sammeln, die Sie unterwegs finden. Notieren Sie nur, wo Sie sie gefunden haben. Einverstanden?«

Sie drehte sich um, zog eine Handvoll Beutel aus einer Kiste und schob sie über die Bank Dorthy zu.

»Geht klar«, antwortete Dorthy und verschwand durch die enge Schleuse.

Der Teppich aus verfilzten Ranken gab unter ihren Füßen leicht nach und dämpfte das Geräusch ihrer Schritte. Sie bückte sich und zupfte einen Strang heraus – in Wirklichkeit drei eng verschlungene Ranken mit dicken Knoten, aus denen jeweils drei federartige Blätter wuchsen. Diese Komplexität weckte ihren Sinn für Wunder: Jenseits allen menschlichen Wissens hatte sich dies hier (nicht hier, sondern irgendwo anders) so weit in einer solch unvorstellbaren Landschaft entwickelt, daß es der Sonne Energie abzapfen konnte ...

Sie ließ die Ranke wieder fallen, denn sicherlich hatte Sutter schon Proben davon, und ging weiter dicht am Rand der dunklen Wasserfläche entlang, die sich in die Weite dehnte, eine perfekte euklidische Fläche, die die fernen Berge, die Sonne und die schwachen Tagsterne reflektierte. Der Rankenteppich reichte bis dicht an die Wasserlinie, war hier und da unterbrochen von großen, hohlstämmigen Pflanzen, die, eingehüllt in lichtdurchlässige schuppenförmige Blätter, die Höhe von Dorthys doppelter Körperlänge erreichten und im Wind gegeneinanderstießen. Es gab keine Insekten, überhaupt kein Anzeichen tierischen Lebens. Es war, als wandere sie durch eine vorzeitliche Parklandschaft … und vielleicht war es ja auch eine, verödet, aber sich selbst verewigend.

Dorthy schaute zurück und stellte fest, daß sie sich schon sehr weit vom Kuppelzelt entfernt hatte. Es lag wie ein orangefarbener Tupfer nahe beim Ufer – ein Fremdkörper, nicht hierher gehörend. So wie sie.

Der sauber gezogene Uferrand des Sees bog sich in sachtem Schwung bis zu einem entfernten Punkt, an dem das Ufer auf der anderen Seite sehr naherückte. Nur ein schmaler Kanal dunklen Wassers trennte ihn davon. Dorthy ging auf den Wald zu. Die Bäume, Koniferen auf Erde ähnlich, hatten große Nadeln, die in Büscheln aus den Zweigenden wuchsen. Die dichten Äste waren leicht gekrümmt, die Rinde feinporig wie die menschliche Haut, die Wurzeln höckerig oder weit nach außen gewölbt. Diese Baumart kam jedenfalls nicht von Erde.

Dorthy fragte sich, ob die Bäume von einem anderen bekannten Planeten stammen könnten, von Serenity vielleicht, oder von Elysium. Die Wesen, die sie und Kilczer vom Chopper aus sahen, hatten Ähnlichkeit mit Riesenfaultieren und waren auf jeden Fall von Elysium verschleppt worden. Wie viele andere Welten mochten geplündert worden sein, um diesen Planeten hier mit einem gewissen Tierbestand auszustatten. Diese und andere Fragen gingen ihr durch den Kopf, während sie sich ihren Weg zwischen den Bäumen hindurch suchte. Ihre Stiefel sanken tief in den Teppich aus braunen Nadeln zwischen den Wölbungen der Wurzeln ein. Unter den Bäumen wuchs sonst nichts: Der Wald war sauber wie eine Obstplantage, das Licht so schwach, daß Dorthy nicht die einzelnen Farben unterscheiden konnte, die Luft so drückend wie in dem umgebauten Frachter, der sie zu dieser Welt gebracht hatte, wobei zwei Dutzend menschliche Gehirne ständig ihr eigenes Bewußtsein beeinflußten. Sie hatte das absurde Gefühl, beobachtet zu werden – und irgendwie war es sehr real. Ihre Haut prickelte. Sie machte kehrt, um zum Außenposten zurückzugehen. Und erblickte im nächsten Moment das Wesen – keine zehn Meter von ihr entfernt.

Es war größer als ein Mensch und duckte sich in den Schatten einer dicken, sich hochwölbenden Baumwurzel. Dorthy konnte gerade noch das schmale Gesicht mit der langen Schnauze unter einer lockeren Haube sehen, den geschmeidigen Körper mit dem schwarzen Pelz – und dann floh die Kreatur, stürmte mit lautem Getrampel zwischen den Bäumen davon und war verschwunden.

Ob es auf zwei oder vier Beinen lief, konnte Dorthy nicht mehr sehen, weil auch sie im selben Moment davonrannte. Dabei stolperte sie über eine Wurzel und fiel der Länge nach auf den weichen, trockenen Nadelteppich. Ihr Herz raste. Sie sprang auf und lief weiter – hinaus in das blutrote Licht der riesigen Sonne. Das Zelt war ein winziger orangefarbener Lichtfleck weit unten am Ufer, ein farbiger Punkt zwischen den ellipsenförmigen Linien des dunklen Waldes und des noch dunkleren Wassers. Dorthy lief über den weichen Pflanzenteppich darauf zu und bemerkte beim Näherkommen, daß jetzt wieder zwei Chopper beim Zelt abgestellt waren. Andrews und Kilczer waren zurück.

»Ein Hüter«, meinte Duncan Andrews sofort. »Ganz sicher war es einer. Hatte er ein Art Kapuze um das Gesicht?«

»Ich hielt es für eine Haube.« Dorthy umfaßte mit beiden Händen den Kaffeebecher. Trotzdem zitterte die schwarze Flüssigkeit darin noch immer beträchtlich.

»Dunkles Fell, keine Schlammverkrustungen am Körper? Eine Kapuze aus Haut? Das war ein Hüter, ohne Zweifel. Also schön.« Andrews hockte sich auf einen hochlehnigen Stuhl und stützte den Ellbogen auf die Kante der mit Instrumenten vollgepackten Bank. Langsam und methodisch brach er kleine Stücke aus dem Rand seines Plastikbechers und ließ sie in den flacher werdenden Behälter fallen. Unter seinen Augen lagen dicke, dunkle Tränensäcke, und tiefe Kerben seitlich der schmalen Lippen zogen die Mundwinkel nach unten. Aber trotz seiner sichtlichen Erschöpfung schien er hellwach.

»Da draußen tut sich was«, brummte er. »Kein Hüter hat sich bisher bis in die Wälder hier oben vorgewagt. Das war auch einer der Gründe, warum ich diesen Platz hier für den Außenposten wählte. Gott, ich wüßte zu gern, ob sie uns beobachten.« Er warf den Becher in Richtung des Mahltrichters. Er prallte gegen den Rand und fiel zu Boden, wobei ein paar Tropfen brauner Flüssigkeit umherspritzten.

Andrews fuhr sich mit beiden Händen durchs Haar und verschränkte sie hinter dem Kopf. »Können Sie draußen etwas erkennen?« fragte er Kilczer.

»Nichts von Belang.« Kilczer stand, die schmalen Schultern gebeugt, vor dem flackernden Monitor. »Manngroß oder größer – da draußen ist nichts. Aber die Maschine spricht auch erst bei kurzer Distanz an.«

Andrews musterte Dorthy. »Vielleicht könnte Ihr TALENT das besser.«

»Es funktioniert ebenfalls nur auf kurze Entfernung – im Normalfall.« Dorthy nippte an ihrem brühheißen Kaffee.

»Gehen wir das ganze noch mal durch«, seufzte Andrews. »Sie haben nur einen einzigen gesehen?«

Während Dorthy den Vorfall nochmals Revue passieren ließ, wurde ihr bewußt, daß dieses Wesen, dieser Hüter, mindestens ebenso erschrocken gewesen sein mußte wie sie. Beide waren sie voreinander davongelaufen – der Fremde vor der Fremden. Trotzdem war ihr die Erinnerung an dieses schrecklich schmale Gesicht mit seinem wehenden Hautlappen, die großen, tief in den Höhlen liegenden Augen und den massigen, im Schatten nur schemenhaft erkennbaren Körper unangenehm. Irgendwo da draußen ...

Jetzt erst wurde ihr klar, wie wenig Schutz das Zelt mit seiner dünnen Außenhülle bot – eine ins blutrote Licht der Sonne tief eingesunkene Blase.

Andrews fuhr sich mit einem seiner spatelförmigen Daumen über die stopplige Wange und seufzte erneut. »Himmel, hätten wir doch die Leute hier draußen.« Abrupt sprang er auf und spähte über Kilczers Schulter auf den Schirm. Dann ging er um die Bank herum und zog sich am Spender einen frischen Kaffee. Ungeduldig zerrte er den Becher aus der Halterung. »Vielleicht kriege ich jetzt wenigstens mehr Hilfsmittel bewilligt. Erst die Lichter – und jetzt das. Die Situation verändert sich.«

»Lichter?« fragte Sutter. Sie räkelte sich wie ein irdischer Potentat in dem aufblasbaren Sessel.

Andrews nahm geräuschvoll einen Schluck aus dem Becher. »Bei der Burg. Deshalb sind wir gestern abend auch nicht mehr zurückgekommen.«

Kilczer drehte sich um. »Es scheint, daß sich die Stadt, diese Siedlung – oder was sonst es immer ist – in der Kaldera von selbst illuminiert hat.«

»Die Burg«, erklärte Andrews. »Mitten in der Kaldera gibt es eine komplexe Konstruktion aus Türmen und gewundenen Rampen – eher ein vertikaler Wirrwarr als alles andere. Wir wissen nicht, was es ist. Mit Sicherheit aber keine Stadt. Ich denke mir, daß sich die Konstruktion hinter dem Wassergraben gut verteidigen läßt. Vielleicht ist diese fremde Zivilisation in ein Adäquat des irdischen Mittelalters zurückgesunken, ehe sie unterging. Auf Elysium ist es ja ähnlich gewesen.« Andrews hockte sich wieder auf seinen Stuhl. »Auf alle Fälle haben wir eine Mannschaft mit Fernüberwachungsausrüstung draußen. Vielleicht ist die Illumination nur ein Versehen der Hüter gewesen, vielleicht ist sie zyklisch bedingt – aber gestern flackerte sie auf. Erzeugte ein Licht wie brennender Phosphor. Wir wissen noch nicht, welchen Sinn das haben soll, aber Ramaro arbeitet daran. Und ausgerechnet zur gleichen Zeit geht ein Hüter hier oben in den Wäldern spazieren. Irgendwie macht das Sinn. Dorthy, was halten Sie davon, mal das Bewußtsein eines dieser Wesen unter die Lupe zu nehmen?«

»Ich würde es gern schnell hinter mich bringen.«

»Fein!« Andrews grinste breit und klatschte in die Hände. »Das ist sehr gut. Was ist mit Ihnen, Arcady?«

»Ich würde jetzt eine Runde Schlaf vorziehen«, antwortete Kilczer lächelnd.

»Ich wünschte, wir hätten dafür Zeit. Immerhin haben Sie im Außenposten und beim Rückflug geschlafen. Sie können doch nicht das ganze Leben verschlafen. Hör zu, Angel. Während wir weg sind, könntest du den Wald überprüfen, ob sich noch mehr Hüter darin aufhalten. Meiner Ansicht nach verstecken sich da noch weitere. Wir bräuchten dringend eine Luftaufklärung, doch das muß eben noch eine Weile warten. Aber geh nicht zu tief in den Wald hinein.«

»Werde nicht mal 'nen Fußbreit in seinen Schatten setzen. Bist du verrückt?«

»Komm schon, du brauchst doch nur deine Sachen hinten auf den Gleitschlitten zu packen, und du kannst alles und jeden da draußen abhängen.« Andrews' Grinsen wurde breiter. »Zumindest denke ich, daß du es kannst. Willst du dich aber über mangelhafte Unterstützung hier draußen beklagen, bin ich nicht die richtige Adresse. Ich muß auch vieles selbst machen. Dorthy, holen wir Ihr Zeugs und machen uns davon! Arcady, brauchen Sie Hilfe an Ihren Überwachungsgeräten?«

Während Dorthy packte, hörte sie Angels protestierende Stimme, mal lauter, mal leiser, und dazwischen Andrews' knurrigen Baß. Schließlich lachte Sutter, und als Dorthy aus ihrer Schlafnische trat, sagte die schwarze Frau: »Also am Ufer auf und ab. Dabei will ich das überhaupt nicht. Aber vermutlich wirst du mich noch ermahnen, nicht zu schießen, wenn ich wirklich angegriffen werde. Mist!«

»Das bleibt ganz dir überlassen«, meinte Andrews milde. »Schließlich habe ich diese Vorschrift nicht erlassen. Arcady, Dorthy – gehen wir! Viel Glück, Angel!«

»Na sicher« knurrte die Frau. Aber sie lächelte dabei. Andrews hatte sie offensichtlich um den Finger gewickelt. Im stillen hoffte Dorthy, er werde auch bei Colonel Chung diesen Charme für sie spielen lassen.

Das Zelt am Seeufer wurde kleiner. Der See schrumpfte inmitten der Waldlandschaft. Während der Chopper höher stieg und einen weiten Bogen über das schwarze Wasser flog, beugte sich Dorthy, die sich auf die engen Fondsitze gezwängt hatte, nach vorn und rief Andrews zu: »Müssen wir nicht hinunter in die Plains?«

»Später. Zuerst muß ich die Lage im Außenposten am Kraterrand sondieren. Diese verdammte Funkstille macht es uns nicht gerade leicht, auf dem laufenden zu bleiben und jederzeit zu wissen, was draußen los ist. Und zur Zeit ist da verdammt viel los.«

»Warten Sie, bis Sie es selbst sehen, Dr. Yoshida«, bestätigte Kilczer. »Es ist unglaublich.«

»Langsam, Arcady«, rief Andrews, »nichts verraten. Keine Sorge, Dorthy. Wir werden Ihren Auftrag schon schaukeln. Die Hüter halten sich nicht an unsere Zeiteinteilung. Wir finden jederzeit genug Probanden für Sie.«

Dorthy lehnte sich zurück. Es war sinnlos, darüber zu diskutieren. Außerdem wollte sie es sich mit Andrews nicht verderben. Sie mußte ihn unbedingt auf ihrer Seite haben, denn er war ihr Rückflug-Ticket nach Hause.

Der See verengte sich. Wenig später flogen sie zwischen steil ansteigenden baumbestandenen Hängen entlang, folgten einem gewundenen Flußlauf, der als breiter Wasserfall über eine Felswand tief in ein gischtschäumendes Becken hinabstürzte, um sich dann wieder durch eine schmale Schlucht zu zwängen, deren steile Felswände eine üppige Vegetation aufwiesen. Starke Luftwirbel stießen den Chopper auf seinem Flug entlang des Flusses hin und her. Bäche von Kondenswasser rannen über die Wölbung der Kunststoff-Kabine, und das Licht des Suchscheinwerfers war milchig und verwaschen.

Andrews schaltete die Kabinenheizung ein und beugte sich über den Steuerknüppel. Aufmerksam überwachte er den Radarschirm und beobachtete aus seiner beengten Sicht die vorbeiziehende Landschaft. Kilczer hockte zusammengesunken in seinem Sitz. Er war sichtlich nervös und erschöpft. Hinter den beiden Männern durchdachte Dorthy alle möglichen Schachzüge, die die Notwendigkeit ihrer sofortigen Abreise begründen sollten, sobald ihre Arbeit hier erledigt war. Sie verwarf sie alle als zu weit hergeholt, zu wenig stichhaltig. Zweimal sah sie zu Andrews hinüber, hätte, um überhaupt etwas zu sagen, gern eine banale Bemerkung über die Zerrissenheit der Landschaft unter ihnen gemacht. Doch er konzentrierte sich völlig auf das Fliegen und lenkte den Choppper so vorsichtig mit seinen großen Händen, als sei er ein lebendes und hochgradig nervöses Pferd. Dorthy, die kurz vor Auslaufen ihres Vertrages zwei- oder dreimal mit einem Pferd an der Küste entlanggeritten war – kurz nach der letzten Konfrontation mit ihrem Vater (*aber sie sollte nicht mehr daran denken, es war alles vergessen und vorbei, beendet; nichts war geblieben als Hirokos rätselhafte Nachricht, die sie hinterließ, ehe sie auf die Ranch zurückkehrte, von der Dorthy sie weggeholt hatte*), wollte Andrews gerade fragen, ob er jemals geritten sei, ob es auf Elysium Pferde gab, als ein ganzer Schwarm schattenhafter Wesen mit weiten Flügeln aus dem Dunst hervorschoß. Wie windgepeitschte Blätter taumelten sie im Sog der Rotoren über und unter dem Chopper her. Der Adrenalin-Stoß des Schrecks riß Kilczer in seinem Sitz hoch. Andrews schob ungerührt den Knüppel nach vorn, und der Chopper rauschte an den Kreaturen vorbei, die sich, Flügel an Flügel, in einer einzigen Bewegung zur Seite neigten und im Dunst verschwanden.

»Sie begreifen die Funktion von Flugzeugen nicht«, übertönte Andrews' Stimme den Motorenlärm. Dabei steuerte er den Chopper langsam wieder auf den alten Kurs zurück.

Der Fluß unter ihnen war durch die Dunstschwaden hindurch kaum zu erkennen.

Dorthy verkniff sich die Antwort, die ihr auf der Zunge lag, wollte etwas anderes sagen. Doch schon war es zu spät dafür. Der Fluß unter ihnen war zu einem reißenden Bach geschrumpft, in dessen Bett große Felsbrocken lagen. Die Schlucht, jetzt kaum mehr als ein tiefer Spalt, teilte sich – und eine Minute später ein zweites Mal. Dann war sie plötzlich verschwunden, und der Chopper donnerte durch den blutroten Dunst über einer Geröllwüste dahin, die so kahl war wie eine Mondlandschaft.

Und dann kippte alles unter ihnen weg.

Der Chopper war über eine riesige Felsklippe hinweggeschossen, die links und rechts zurückwich und fast senkrecht zu einem welligen Hügelland abfiel. Dahinter senkte sich das Land in unregelmäßigen Terrassen ab, überzogen von dichtem dunklen Wald, der sich allmählich zu einer weiten, sanft absinkenden Ebene hin lichtete. Mitten darin lag wie die Pupille im Auge ein kreisrunder See. Nur der obere Rand der Sonne spähte über die wolkenverhangenen Gipfel des Kraterrandes, der diese weite Kaldera umsäumte. Das Kraterinnere war ein einziges Durcheinander von Schatten und mattem Zwielicht – außer an einer Stelle, die wiederum genau mitten im See lag.

Der Chopper gewann wieder an Höhe, und Dorthy sah über Andrews' Schulter einen großen, mehrfach abgesetzten Turmbau, an dem sich blitzende rote Lichtbahnen in einer bestimmten Konstellation emporwanden. Sie entsprangen dem Wasser des Sees, das gleichbleibend schwarz schimmerte.

»Was ist das?«

»Die Burg. Verstehen Sie nun, warum ich nochmals hierher mußte? Vor einem Tag war sie noch völlig dunkel.«

»Ist schon ein verrücktes Gebilde.« Kilczer war tief in den Anblick versunken. Seine Nervosität schien einer grenzenlosen Faszination gewichen zu sein. »Wir sind jetzt vielleicht zwanzig Kilometer entfernt. Nahe genug – für diesmal«, sagte Andrews.

Zwanzig Kilometer! In Dorthys Wahrnehmungsvermögen verdoppelte, verdreifachte sich die Größe des Beckens. Der Turm da mußte demnach höher als das Museum der Menschheit in Rio und in seinem Fuß breiter als der Raumhafen von Galveston sein, war kaum noch als Gebäude, sondern eher schon als ein kleiner Berg zu bezeichnen. Und dann war er verschwunden, geriet außer Sicht, als der Chopper den Kurs änderte und parallel zu der steilen Klippe flog, um dann wie ein Vogel, der noch einmal auffliegt, ehe er sich auf einem Ast niederläßt, nach oben zu ziehen und auf einem ebenen Fels in der zerklüfteten Oberfläche der Klippe zu landen.

Aus dem Halbschatten einer geschützten Felsnische schimmerten die Kuppeln von zwei Rundzelten herüber.

Noch ehe die Rotoren zum Stillstand kamen, war jemand beim Chopper und öffnete an Kilczers Seite den Einstieg. Unbeholfen kletterte Kilczer nach draußen. Dorthy folgte ihm. Der Mann, der die Tür geöffnet hatte, streckte ihr in altmodischer Höflichkeit die Hand als Stütze entgegen. Sie übersah die Geste und betrat vorsichtig den bröckligen Lavaboden. Der Klippenrand war keine zehn Meter entfernt. Die Turmspitze der Burg schimmerte kilometerweit durch die dunstige Luft herüber.

Andrews kam grinsend um das Fluggerät herum. »Luiz, wie geht es Ihnen? Dorthy, Dr. Yoshida – das ist Major Luiz Ramaro. Er ist für diesen Teil der Show verantwortlich.«

»Herzlich willkommen, Dr. Yoshida.« Der Mann, nicht viel größer und auch nur wenig älter als Dorthy, deutete ein knappe Verbeugung an (bei der über dem Gürtel seines Overalls unübersehbaren Bauchwölbung nicht ganz einfach) und musterte sie ungeniert. Dorthy versuchte, ihre Verlegenheit zu verbergen, und starrte zurück: in ein rundes, kaffeebraunes Gesicht mit breiter Nase und lebendigen schwarzen Augen – wie Johannisbeeren in einer Tortenglasur. Eine Narbe von einem Duell furchte seine linke Wange. Nach einem kurzen Moment nickte Ramaro, als ob er etwas bestätigt gefunden hätte, und wandte sich ab. Andrews fragte, wie die Sonden funktionierten, ob andere Aktivitäten registriert, ob irgendwelche Energiequellen gefunden worden seien.

»Ich bitte Sie.« Ramaro lächelte. »Lassen Sie uns

etwas Zeit, Andrews. Nein, es gibt keine nachweisbaren Energiequellen. Die Lichter scheinen wie Glotuben zu arbeiten, geben gespeicherte Quantenstrahlung ab, obwohl sie nur eine Beschichtung von der Stärke eines Moleküls haben. Weshalb sie gerade jetzt aufleuchten… an dem Problem arbeiten wir noch. Aber machen wir, daß wir aus diesem fürchterlichen Wind herauskommen. Seyoura, Ihnen ist sicher auch kalt, nicht wahr? Andrews, bleiben Sie diesmal länger hier?«

»Wenn wir Funkkontakt hätten, wäre ich überhaupt nicht hergekommen. Nein, wir sind auf dem Weg zu den Zwillingen unten in den Plains. Dr. Yoshida soll dort in die Gehirne der Hüter eindringen und sie lesen. Falls sie Gehirne haben.«

Major Ramaro musterte Dorthy mit einem halb berechnenden, halb belustigten Blick. Seine Stimme klang ablehnend. »Das ist also Ihr vielgerühmtes TALENT. Ich hatte mir schon etwas Ähnliches vorgestellt. Nun, viel Glück damit, Andrews.«

Dorthy empfand einen Anflug von Ärger, sagte aber nichts, weil sie wußte, daß ihr Protest nichts änderte. Zu offensichtlich war Ramaro ein Groß-Brasilianer der alten Schule, und die Duell-Narbe im Gesicht verriet ihn als männlichen Angehörigen einer Aristokraten-Familie. In deren Augen waren Frauen kaum mehr als ein kostbarer Besitz, Gebär-Tempel – eine Einstellung, die mehrere Jahrhunderte alt war. Während einer der Erbfolge-Kriege waren damals die meisten Frauen und Kinder von einer künstlich hervorgerufenen Seuche dahingerafft worden. Danach wurden in Groß-Brasilien Frauen gekauft und verkauft und wie ein kostbarer Schatz gehütet, insbesondere von der Aristokratie, die große Geldsummen dafür aufwandte, ihre Blutstämme aufzufrischen und zu erweitern. Dort hatte man erst vor vierzig Jahren den Frauen Erbfolge- und andere bürgerliche Rechte zugestanden, Jahre nach der Gründung der Wirtschafts-Föderation zwischen Erde und den alten Kolonien, die noch von Rußland und den Vereinigten Staaten gegründet worden waren. Aristokraten wie dieser Ramaro waren die letzten Bastionen dieser alten Voreingenommenheit gegenüber Frauen.

Der rundliche Major führte sie zum nahegelegenen Kuppelzelt und schob sie durch die Schleuse. Der schwach erhellte Innenraum war vollgestopft mit elektronischen Überwachungsgeräten. Ein halbes Dutzend Techniker hockte vor den Monitoren. Ihre Gesichter spiegelten den blutroten Schein der Bildschirme wider. Ramaro versorgte Andrews, Kilczer und Dorthy mit Kaffee, zog mit übertriebener Höflichkeit einen Bürostuhl für Dorthy heran – und ignorierte sie prompt, kaum daß sie sich gesetzt hatte.

Dorthy nippte an dem schwarzen Kaffee und betrachtete das Bild eines nicht besetzten Monitors, das die Burg inmitten ihres ruhig daliegenden Sees zeigte. Lichter wanden sich um ihre zahllosen Spitztürme wie Halsbänder aus fluoreszierenden Rubinen.

Andrews und Ramaro unterhielten sich halblaut darüber, welchen Zweck die Burg wohl haben mochte, und ob ihre Erbauer noch lebten. Kilczer stand etwas abseits, ließ den dampfenden Kaffee unberührt und beobachtete die beiden Männer. Als Andrews den Hüter erwähnte, dem Dorthy im Wald begegnet war, und seine Ansicht wiederholte, daß der FEIND auf dieser Welt allmählich degeneriert sei, und er die Hüter seine barbarischen Abkömmlinge nannte, nickte Kilczer leicht mit dem Kopf. »So, wie Ihre Vorfahren zur Barbarei zurückkehrten, als der Verkehr zwischen Erde und Elysium versiegte – vor fünfhundert Jahren?«

Ramaro lächelte, wobei die Augen fast hinter seinen rundlichen Wangen versanken. »Meiner Meinung nach versteckt sich der FEIND nur«, sagte er in Richtung von Andrews und Kilczer. »Entweder er versteckt sich, oder er wartet darauf, aus seinem Schlaf erweckt zu werden. Vielleicht wacht er gerade in diesem Augenblick auf, und die Lichter sind nur das äußere Anzeichen dieses Prozesses. Es wäre doch möglich, Andrews.«

Dorthy fragte sich, ob man Ramaro von der sengenden Intelligenz berichtet hatte, mit der sie zweimal in Berührung gekommen war, sagte aber nichts. Dies hier war nicht ihre Diskussion. Außerdem hatte sie vom ersten Moment an eine Abneigung gegen Major Luiz Ramaro gefaßt.

»Möglich wäre es – wenn Sie mir erklären könnten, warum der FEIND so etwas tun sollte«, meinte Andrews gerade. »Eine ganze Welt umbauen – und sich dann schlafenlegen? Warum? Das hier ist doch kein Kolonialschiff, das Jahre braucht für seine Reise von Stern zu Stern.«

»Wir sollten nicht vergessen, daß sie Aliens sind.«

»Das ist wohl kaum eine Basis für Spekulationen. Es erklärt alles und nichts.«

Ramaro zuckte die Achseln. »Sicher ist nur, daß ein ganzer Planet abgesucht werden muß, der zum größten Teil kaum kartographisch erfaßt und fast gänzlich unberührt und unerforscht ist. Wir brauchen mehr als fünfzig Teams wie dieses, um mit diesem Problem voranzukommen.«

»Genau das habe ich denen da oben schon so oft erklärt…« Andrews kratzte sich das stopplige Kinn. »Und angenommen, die Hüter kämen hier herauf? Was würden Sie dazu sagen?«

»Meiner Ansicht nach sind sie nur Tiere, gerade so intelligent wie Affen oder Delphine, nicht mehr. Im besten Fall könnten sie Wärter oder Diener sein, die die Ankunft ihrer Herren erwarten. Wo immer die sein mögen.«

»Genau diese Ansichten sind es, Liuz, die alle Forschungen hier behindern und auf ein Minimum beschränken. Solange die im Orbit an die Möglichkeit glauben, zufällig über den FEIND oder was immer zu stolpern, werden sie uns die Hilfsmittel, die wir brauchen, vorenthalten. Wenn wir ihnen aber erklären, daß hier alles geklärt ist, werden sie selbst für eine komplette Vermessung des Planeten plädieren, glauben Sie mir.« Andrews lehnte sich lässig mit der Hüfte gegen eine Konsole. »Wer von uns beiden auch recht behält – ich denke, wir werden von den Hütern eine ganze Menge erfahren. So oder so.«

Dorthys wachsender Ärger fand plötzlich sein Ziel. »Sie nehmen also an, ich kann diese Wesen eingehender abtasten als Menschen, Dr. Andrews!« rief sie. »Sie scheinen es aber nicht sonderlich eilig zu haben, die Sache in die Tat umzusetzen.«

Andrews zog die buschigen Brauen hoch. »Entschuldigen Sie, Dorthy. All das muß Sie schrecklich langweilen. Aber ich möchte sicherstellen, daß meine Pläne nicht von den Ereignissen überrollt werden.«

Ramaro drehte sich von Dorthy weg (ob absichtlich, um sie zu verletzten, oder aus seiner anerzogenen Verachtung für Frauen heraus, wußte Dorthy nicht zu sagen): »Sie sollten Ihr Camp am Seeufer aufgeben, so idyllisch es dort auch sein mag, und hier herauf verlegen. Jeden Tag, jede Stunde gewinnen wir hier neue Erkenntnisse. Zumindest sparen Sie dann die Zeit für das ständige Hin- und Herpendeln mit dem Chopper.«

»Nun habe ich aber mal zufällig eine Vorliebe für diesen Lagerplatz«, antwortete Andrews lächelnd. »Immerhin wurde das ganze Unternehmen von dort aus gestartet. Außerdem müssen wir noch das ganze biologische Programm durchziehen. Das Ökosystem dort ist ebenso ausgewogen wie die Optik in einer Ihrer Sonden. Ich bin nicht der Meinung, wir dürften diesen Teil unserer Untersuchungen vernachlässigen.«

Dorthy verspürte wieder dieses leise Prickeln, das zumeist einen ihrer Anfälle ankündigte. Aber vielleicht war es auch nur ein Anzeichen ihrer Verärgerung. Sie hoffte es jedenfalls. Verschnupft stellte sie ihren Kaffeebecher ab, ging zu einem der Techniker und fragte ihn nach der Toilette. Dort spritzte sie sich etwas kaltes Wasser ins Gesicht und befeuchtete die Schläfen. Ein paar schwarze Haarsträhnen hatten sich gelöst. Sie schob sie unter ihr Barett, bückte sich nochmals und spülte ihren Mund aus, spülte den bitteren Geschmack darin fort.

Als sie in den schwach erhellten Arbeitsraum zurückkam, drehte sich Andrews, der gerade eine Rolle mit Hologrammen studierte, zu ihr um. Kilczer hielt eines hoch und betrachtete es von allen Seiten.

»Entschuldigen Sie«, brummte Andrews.

»Sind Sie und Major Ramaro jetzt fertig?«

»Er ist dort drüben und prüft die telemetrischen Daten einer ferngesteuerten Sonde, die plötzlich Störungen hat. Hören Sie, ich kann diese Dinger hier auch gern mitnehmen. Ich möchte wirklich die Hüter so schnell wie möglich durchleuchtet haben.«

»Keine Sorge, ich werde keine Störungen haben. Ich möchte es nur endlich hinter mich bringen, um wieder an meine eigentliche Arbeit zurückkehren zu können. Das alles hier kommt mir etwas unwirklich vor.« Während sie noch sprach, hatte sie plötzlich das beunruhigende Gefühl zu gleiten – als ob das Zelt mitsamt allen Konsolen, Bänken und Personen ein paar Meter über die windige Felsplatte, auf der es stand, nach vorn, auf den Abgrund zu, verrutscht wäre. Angenommen, dachte sie plötzlich, Andrews liegt falsch, und die Hüter haben nichts mit dem FEIND zu tun? Was wird das Orbital-Kommando dann mit mir machen? Mich nach Hause schicken – oder mich sonstwo weitersuchen lassen?

»Auch für mich ist das alles etwas unrealistisch«, sprang Kilczer ihr bei. »Jetzt, wo ich hier bin, noch mehr als zu der Zeit, die ich in Camp Zero auf meinen Einsatz hier draußen gewartet habe.«

»Oh, es ist schon real«, erwiderte Andrews. »Also,

Dorthy, ich rede jetzt mit Ramaro, und dann gehen wir. Versprochen.«

Er durchquerte den Raum und besprach sich mit Ramaro, der Dorthy zweimal einen kurzen Blick zuwarf und seine Aufmerksamkeit dann wieder auf Andrews richtete.

»Sie streiten schon von Anfang an«, flüsterte Kilczer. »Aber meiner Ansicht nach sind sie sich sehr ähnlich.«

»Besessene!« knurrte Dorthy.

Kilczer sammelte achselzuckend die Hologramme ein.

Andrews beendete das Gespräch mit Ramaro, deutete einen knappen miltärischen Gruß an und kam zu Dorthy und Kilczer zurück. »Alles klar. Dann wollen wir euch beide mal schleunigst ans Arbeiten bringen.«

Als die Klippen unter ihnen wegsanken und der Chopper in einem weiten Bogen über die Kaldera zum Paß flog, fühlte Dorthy das erste Signal für das ungebremste Aufleben ihres TALENTS wieder schwächer werden und auf einen unfixierbaren Punkt zusammenschmelzen. Sie stellte sich vor, irgendwo draußen außer Reichweite befände sich ein Schalter, der es völlig erlöschen lassen würde. Wenn sie diesen Schalter finden könnte, würde sie nicht zögern, ihn sofort umzulegen.

Sie lehnte sich zurück und suchte nach einer möglichst bequemem Haltung für ihre Beine in der engen Kabine. Vor ihr führte Andrews den Steuerknüppel und ließ das Radar nicht aus den Augen, während sie Lage um Lage von Wolken und Dunst durchflogen. Neben ihm war Kilczer auf seinem Sitz eingenickt. Dorthy fühlte verschwommen das wirre Muster seiner unruhigen Träume.

Als sie den Paß durchquert hatten und wieder dem Flußlauf durch das Gebirge folgten, sagte Andrews über die Schulter: »Sie sind Astronom, Dorthy, das stimmt doch, oder?«

»Das würde ich manchmal auch gern denken.«

Sein Lachen war wie ein kurzes Bellen. »Vermutlich kommt Ihnen das hier alles ziemlich unwichtig und kleinkariert vor. Ich kannte mal einen anderen Menschen, der ähnlich dachte wie Sie. Er hörte sich gern sagen, daß das Leben eine gewagte Anomalie in diesem unseren Universum sei. Glauben Sie das auch?«

»Das ist eine ziemlich weitverbreitete Ansicht, denke ich. Immerhin – wie viele Sterne haben das passende Temperaturgefüge, warm genug für die Entwicklung von Leben, aber keine gebremste Rotation? Wie viele Sterne verfügen über Planeten innerhalb dieses Wärmefeldes, oder strahlen lange genug für die langsame Evolution von Leben. Wie viele dieser Planeten weisen Lebensformen auf? Ja, ich denke, Leben ist die Ausnahme im Universum – trotz seiner großen Zahl von Sternen. In dieser Galaxie mag es über vierhundert Milliarden Sterne geben, aber mehr als die Hälfte davon sind braune Zwerge, so klein und schwach, daß man nicht mal die in der Nachbarschaft von Sol vor Einführung der Masse-Interferenz-Holographie entdeckt hat. Und die meisten anderen – wie auch der dieses Planeten – sind nicht besser.«

»Also doch die alte Drake-Sagan-Gleichung«, rief Andrews. »Aber Sie haben dabei die Art nicht berücksichtigt, wie sich Leben ausbreitet, indem es die physikalischen Größen umkehrt und seine eigenen Gesetzmäßigkeiten schafft. Sehen Sie sich doch um …« Mit einer Hand deutete er nach draußen. Unter ihnen glitt der Baldachin des Waldes dahin. An den dunklen Bäumen baumelten faserige Kletterpflanzen im Dunst, wurden vom Luftwirbel des tiefergehenden Choppers gepeitscht. »Wir befinden uns hier auf einem Planeten, der noch vor nicht allzu langer Zeit keine Rotation besaß, weil er zu dicht bei seiner Sonne stand und von ihrer Anziehung auf der Stelle festgenagelt wurde. Doch irgend etwas hat ihn in eine Drehung versetzt, ein paar hundert Eisberge auf ihn fallen lassen und einige Dutzend Vulkane angeheizt, um die Atmosphäre anzureichern. Irgend etwas hat auf ihm den Keim des Lebens ausgesetzt. Das ist doch was, oder? Klar, ich weiß alles über Seyfert-Galaxien, Schwarze und Weiße Löcher, Quasare und all dies. Das ist doch nur ein Feuerwerk, das aufgrund einer zufälligen Konstellation gewisser Faktoren losgeht. Aber geben Sie uns noch eine weitere Million Jahre, und wir erschaffen vielleicht die richtige Art von Sternensystemen aus der Energie, die den Zentren kollabierender Galaxien entspringt. Himmel, wir würden das Universum ganz nach unseren Vorstellungen verändern, wenn es so weit kommt. Wir haben doch gerade erst angefangen. Mit dem Wissen – wie der FEIND beispielsweise diese Welt planetengeformt und besiedelbar gemacht hat – könnten wir uns rascher ausbreiten. Das wäre doch die Lösung. Wir müßten nicht mehr die wenigen Welten suchen, auf denen wir leben könnten. Wir könnten zehn oder zwanzig Welten im Umkreis der nächsten dreißig Lichtjahre auf der Stelle umwandeln. Man könnte die zeitlich begrenzte Bewohnbarkeit einiger Welten vergessen – sie wären für Millionen Jahre oder länger bewohnbar. Wissen Sie, damals, als Elysium gegründet wurde, in der schlimmen alten Zeit der russischen und amerikanischen Weltmächte vor dem Interregnum, waren meine Vorfahren eine kleine Gruppe von Menschen, die ihr Leben auf ihre Weise gestalten wollten. Sie waren nur eine Gruppe unter vielen, die man nach Elysium schickte, um sie loszuwerden. Gehen Sie nochmals tausend Jahre weiter – und jede Gruppe, die es wünscht, könnte eine Welt für sich allein haben. Und das würde sich noch ausweiten. Das wäre doch die Lösung. Pflichten Sie mir da nicht bei? Diese Galaxis, die Magellansche Wolke, die hiesigen Sternensysteme ...«

»Und wenn wir mehr über den FEIND erfahren, als uns lieb ist? Oder über sonst etwas?«

»Dann werden wir ihn bekämpfen oder uns mit ihm zusammentun. Was sonst ist denn das Leben? Die Evolution, verstehen Sie, nimmt keine Rücksicht auf die Langsamen oder die Sanftmütigen.«

»Und wenn wir nun zufällig diese Langsamen oder Sanftmütigen wären?« Die Vorstellung, daß Andrews so fest an solche Ideen glaubte, belustigte Dorthy ein wenig. Er schien regelrecht besessen von seinen Visionen.

»Der FEIND ist ein Test für uns. Wir werden draußen bei BD Zwanzig gewinnen, weil er nicht den Phasenantrieb hat. Er muß auf eigenem Territorium kämpfen, weil er sonst nirgendwohin gehen kann. Und hier? Auch hier ist er offenbar gescheitert. Also, machen Sie sich keine Sorgen, Dorthy.«

»Sie haben nicht ganz verstanden, was ich meine. Nehmen wir mal an, es gibt dort draußen noch weitere mächtige Zivilisationen: Weltreiche, Galaktische Bünde – nennen Sie sie, wie Sie wollen. Wir wagen uns mit unseren Phasen-Antrieben, unseren kleinen Waffen und unserem begrenzten Wissen dorthin. Wir könnten verschluckt werden, einfach aufgesogen. Ich bin eigentlich ganz zufrieden, mir die Sterne von einem netten, bequemen Aussichtspunkt aus anzuschauen. Ich muß sie nicht unbedingt erstürmen.«

»Diese Einstellung teile ich nicht mehr. Mein Vater würde Ihnen sicher beipflichten. Er sitzt zu Hause, überwacht unseren Teil des Kombinats und kommt nie von seiner Burg herunter.« Andrews lachte. »Ein großer Steinhaufen, über dreihundert Jahre alt, feucht, zugig, unbequem, an zwei Seiten vom Meer eingeschlossen. Der westliche Zwischenwall wird spätestens in zehn Jahren einstürzen, wenn nichts daran getan wird. Und auf eine Entfernung von fünfhundert Kilometern in allen Himmelsrichtungen nichts – absolut nichts! Das ist seine Welt – und dabei könnte mein Vater überall sonst sein, wenn er nur wollte. Wir haben zwei Häuser auf Erde, ein weiteres am Tallman-Hang auf Titan, ein Strandhaus auf Serenity. Er hat bisher keins davon auch nur gesehen, viel weniger darin gewohnt, und vertraut völlig mir und den Angestellten, die sich um alles kümmern. Und wissen Sie was? Es funktioniert. Sie müssen wissen, er ist über hundert Jahre alt. Er war vierzig, als Erde sich endlich dazu aufraffte, die alten Kolonien von der jahrhundertelangen Barbarei zu erlösen, in die sie hineingestolpert waren. Für meine Familie war das nicht sonderlich schlimm, denn schließlich waren wir die Herrscher in unserem kleinen Teil von Elysium. Oh, ich kann mich nicht mehr an alles erinnern, denn ich war erst fünf Jahre, als die Föderation gebildet wurde, und gerade zehn, als Erde eine Zentralregierung auf Elysium mit mehr oder weniger Druck durchsetzte und alle Besitzer von Grund und Boden zwang, dem ›Brunnen des Jungen Kombinats‹ beizutreten. Dort habe ich dann mein Alter abgelegt.«

»Sie sind sehr enthusiastisch«, stellte Dorthy fest.

Er schaute sich lächelnd um. »Das ist nett. Vermutlich bin ich das wirklich. Ich habe noch Elan, wie Sie sehen. Vor tausend Jahren hätte man mich noch einen Geläuterten genannt. Mein Vater hat nie verstanden, warum ich aus der Gilde austrat – wir haben sehr viel in die Gilde investiert – und beim ersten Aufflackern der Auseinandersetzung draußen bei BD Zwanzig in die Navy eingetreten bin. Er behauptete, er wolle ein weiteres Kind zeugen, wenn ich wirklich der Überzeugung sei, ein Mitglied jeder Familie solle beim Militär Dienst tun. Er kann auch nicht begreifen, was ich hier draußen mache. Meine Mutter hat da schon mehr Verständnis. Aber sie kommt ja auch gelegentlich von der Burg herunter.«

»Und was machen Sie hier draußen?«

»Ich bringe Sie und Arcady zu den Hütern, was sonst? Wachen Sie auf, Arcady!«

Der Neurobiologe reckte sich, so weit das in seinem Sitz möglich war, und gähnte herzhaft. »Sind wir bald da?«

Als Andrews das verneinte, nickte er sofort wieder ein, und sein Kopf sank zur Seite. Sein Profil hob sich hart gegen die große Scheibe der Sonne ab, die wolkenfrei über dem dunklen Wald stand, der sich weit in Richtung der Plains dehnte. Sie hatte ihren Aufstieg zum Zenit schon halb hinter sich und beherrschte den ganzen Himmel. Ihr Zentrum war mit Sonnenflecken gesprenkelt, Löcher, in denen ganze Welten hätten spurlos verschwinden können. Der Glutball strahlte so schwach, daß Dorthy minutenlang zu ihm aufschauen konnte, ohne dabei blinzeln oder den Blick abwenden zu müssen. Sie glaubte sogar die Körnung seiner Photosphäre ausmachen zu können.

»Jetzt kommen wir unserem Ziel schon etwas näher«, brummte Andrews.

Als der Chopper wenig später eine Linkskehre flog, lehnte sich Dorthy gegen Andrews' Sitz und schaute zurück. Der Wald hatte sich gelichtet. Große Buschinseln reichten tief in seine dunkle Fläche, die von flachen Trockenschluchten zerschnitten wurde. Der Fels schien im roten Schein der Sonne zu glühen. Der Boden verflachte zusehends. Nach vorn dehnte sich das Grasland bis zu den ersten Ausläufern des Ödlandes.

Andrews beobachtete den Radarschirm. »Sie waren in der Gegend hier, sind aber offenbar schon weitergefahren. Ich werde höher gehen und versuchen, die Spur ihrer Raupe wiederzufinden.«

Die Rotoren wirbelten für kurze Zeit schneller und lauter. Kilczer, der inzwischen wieder aufgewacht war, rieb sich die Augen und fragte: »Wen suchen Sie denn?«

»Die Zwillinge. Unser Biologen-Team. Sie folgten einer Herde der Hüter. Marta hatte die Idee, ihr soziales Verhalten auszuforschen.«

»Haben sie eins?« fragte Dorthy.

»Sie vögeln die meiste Zeit«, erklärte Andrews und grinste breit. »Der weibliche Boss beherrscht die Gruppe. Sie wählt sich selbst die männlichen Hüter aus, die sie beglücken dürfen. Aber auch die Männer vögeln sich gegenseitig, um dadurch ihre Vormachtsstellung dem im wahrsten Sinne des Wortes Unterlegenen gegenüber auszudrücken. Ist fast so wie in der Navy.« Er starrte auf den Radarschirm und zog den Chopper höher. »In welchem Zustand werden Sie sein, Dorthy, wenn Sie in ihre Gehirne eindringen? Wir haben hier draußen kaum die richtigen medizinischen Geräte für den Fall, daß Sie uns schlappmachen. Ich würde Sie ungern den ganzen Weg nach Camp Zero zurückfliegen müssen, während hier der Zauber losgeht.«

»Ich werde mein Bestes tun, Ihnen keine Unbequemlichkeiten zu bereiten.«

»Zum Teufel, so habe ich das nicht gemeint«, knurrte er ungeduldig. »Werden Sie okay sein?«

»Wenn ich darauf vorbereitet bin.«

»Darauf werde ich schon achten«, sagte Kilczer. Bei seiner Bemerkung schob Dorthy den Kopf vor, verkniff sich aber eine Antwort. *Halte dich zurück,* dachte sie. *Nur so kannst du deine Arbeit erledigen und dann verschwinden.*

»Das ist gut«, nickte Andrews. »Da ... ich glaube, ich habe sie. Zum Glück sind sie nicht viel weiter gefahren. Sonst hätte es Tage gedauert, sie wiederzufinden.«

Als der Chopper sich zur Seite neigte und tiefer ging, füllte die Sonne die Kabine mit ihrem Licht – trübe wie geronnenes Blut. Dorthy erkannte weit entfernt eine schmutzigweiße Kriechspur und, als sie näher kamen, die bullige Form eines Raupenfahrzeugs, das langsam durch die Büsche kroch. Andrews drückte den Knüppel nach vorn, und der Chopper sank nach unten, wirbelte Staub und Sand auf, drehte eine exakte Schleife und setzte auf dem Boden auf, noch ehe das Fahrzeug zum Stillstand gekommen war.

Jon Chavez, der Ökologe, war ein großer, schlanker Mann, dessen feingeschnittenes braunes Gesicht von schimmernden schwarzen Haaren umrahmt wurde. Sie wogten regelrecht auf dem Kopf hin und her, während er Andrews aufgeregt berichtete. »Sie kommen schon seit zwei Tagen aus den Plains. Wir haben die Spur der Hüter, denen wir zuerst folgten, verloren, als sie in den Wald hinaufstiegen. Marta ist immer noch verärgert deswegen. Sie muß jetzt ein komplett neues Namensregister für diese neue Gruppe von Hütern anlegen. Wir glauben, daß die da draußen auch in den Wald hinauf wollen.« Er deutete auf ein paar dunkle Punkte weit draußen in der Ebene.

Marta Ade, eine lebhafte Frau, groß und schlank wie Chavez, deren Haut im roten Licht ebenso schwarz glänzte wie sein Haar, bestätigte seine Worte. »Die erste Gruppe hatte eine Rast eingelegt, bewegte sich aber dann ganz plötzlich auf unser Camp zu. Wir hatten Glück, daß wir alles noch rechtzeitig verstauen konnten. Jon hatte nicht mal Zeit zum Anziehen. Völlig nackt hat er die Ausrüstung in den Laderaum der Raupe packen müssen.«

»Sie denkt, es war ein Jux«, grinste Chavez.

»Das war es auch«, beharrte sie.

»Und was ist mit der Herde? Wird sie irgendwo erneut rasten?« fragte Andrews.

»Da bin ich sicher. Aber ich kann nicht sagen, wann das sein wird. Es gibt da drüben eine Art See – besser gesagt, das, was davon übriggeblieben ist. Vielleicht machen die Hüter dort halt.«

Marta Ade drehte sich zu Dorthy um. »Sie haben keine festen Zeiten für ihre aktiven und ihre Ruhe-Perioden. Ich denke, das hat etwas mit den längeren Tag- und Nachtphasen hier zu tun. Schließlich haben sich diese Wesen ja nicht unter den hiesigen Bedingungen entwickelt.«

»Zumindest nehmen wir das als ziemlich sicher an«, fügte Chavez hinzu. »Doch wer will schon sagen, wie es da, wo sie herkommen, ausschaut?« Er stemmte die Arme in die Seiten und starrte über die Ebene zu dem schimmernden Wasserstreifen hinüber, der wie ein blanke Kupfermünze am dunstigen Horizont aufblitzte.

»Wie dicht kann ich an sie herangehen?« fragte Dorthy.

»Das weiß ich wirklich nicht.« Marta lächelte. »Näher als einhundert Meter würde ich mich nicht heranwagen. Ich kann schon schnell laufen, und trotzdem hätten mich die Männlichen fast erwischt, als ich mich einmal einer Gruppe auf vielleicht siebzig, achtzig Meter näherte.« Sie hob eine Hand, die rosarote Fläche nach unten gerichtet, und ließ sie flattern. »So zittrig war ich den ganzen restlichen Tag. Eine haarige Sache, meine Liebe. Aber zumindest vor den Crittern brauchen Sie sich nicht zu sorgen. Sie sind nichts als Freßmaschinen. Es könnte zwar passieren, daß sie Ihnen das Büschel Pflanzen, auf dem Sie gerade stehen, unter den Füßen wegfressen. Aber das ist es auch schon. Man muß ihnen nur kräftig aufs Maul schlagen, dann trotten sie davon. Auch die Hüter halten sie so mehr oder weniger unter Kontrolle.«

»Habt ihr immer noch keine Nachkommen, keine Kinder, entdecken können?« fragte Andrews.

Marta zuckte die Achseln. Parallele Ritual-Narben zeichneten ihre straffe schwarze Haut über den hohen Wangenknochen. »Bei der ersten Gruppe befanden sich zwei Männliche, die möglicherweise noch nicht ausgereift waren – oder einfach nur einer anderen Art angehörten. Vielleicht Freiläufer. Da gibt es eine Art, etwa so groß wie Affen, die meiner Ansicht nach eine andere Spezies darstellt. Die Kreaturen pflegen die Weibliche und die Männlichen, mit denen sie zur Zeit zusammen ist. Könnten eine Art Schoßtier oder Symbionten sein, vielleicht aber auch nur sehr, sehr junge Kinder. Zwischen ihnen und den ausgewachsenen Männlichen gibt es offenbar keine andere Altersklasse. Jedenfalls haben wir keine entdecken können.«

Marta lächelte Dorthy zu. »Sollten Sie zufällig Zeuge einer Geburt werden, während Sie draußen sind, geben Sie Bescheid. Ich komme dann schneller gelaufen, als ich vor diesen Männlichen geflüchtet bin.«

»Vielleicht legen sie Eier«, überlegte Chavez. »Denn sie haben Kloaken wie die Vögel, keine sichtbaren Genitalien.«

»Nur, daß wir bis jetzt nie ein Ei gesehen haben«, ergänzte Marta. »Dafür aber viel Sex – bis jetzt ohne Folgen. Vielleicht tun sie es nur zu gewissen Zeiten, vielleicht ist es sozusagen saisonal bedingt. Oder sie gehen dazu in den Wald. Der Planet hat eine Axialverschiebung, die aber hier am Äquator kaum Auswirkungen haben dürfte. Trotzdem muß es definitiv so etwas wie eine Regenzeit geben, sonst wäre die bewaldete Bodenwelle drüben nicht von all diesen ausgetrockneten Kanälen durchzogen. Gräbt man in einem, stößt man bald auf Wasser. Wir befinden uns momentan nur mitten in der Trockenzeit.«

»Vielleicht ist das auch der Grund, warum sie ihre Herden weitertreiben«, meinte Kilczer. »Weil die Plains ausgedörrt sind.«

»So vertrocknet sind sie nun wieder auch nicht. Das Grünzeugs auf dem Boden, dieser Grasersatz, hat Pfahlwurzeln, die sehr tief reichen und dort unten eine Menge Feuchtigkeit speichern. Es wächst sofort nach, wenn es von den Crittern abgeweidet ist.« Chavez bohrte die Stiefelspitzen in den staubigen Boden. »Schon nach wenigen Tagen merkt man nicht mehr, daß eine Herde durchgezogen ist. Offenbar ist es sehr gutes Futter. Selbst wir könnten davon leben, wenn man die älteren Pflanzen aussondert. Sie sind voller Schwermetalle. Die Critter fressen alles, aber die restliche Fauna begnügt sich mit den Pflanzenspitzen.«

»Die Hüter dagegen sind reine Fleischfresser«, ergänzte Marta.

Chavez grinste. »Wußten Sie das nicht?«

Dorthy schaute die beiden abwechselnd an. Die Art, wie sie dicht beieinander standen, sich gegenseitig verschmitzte Blicke zuwarfen und gegenseitig die Ausführungen des anderen ergänzten ...

Sie verstand nun, warum Andrews ihnen den Spitznamen ›die Zwillinge‹ gegeben hatte – und war sofort ein wenig eifersüchtig auf die offensichtliche Vertrautheit zwischen den beiden. Es war schon ein großes Glück, in dem sich ziellos ausweitenden Universum einen solch gegenseitigen Zusammenhalt zu finden. Dorthy hatte außer ihrer Mutter nie jemand wirklich geliebt, und auch das war ihr nicht bewußt geworden, bis die arme Frau starb, kraftlos geworden durch den ständigen Anspruch ihres Mannes, der wiederum seinen Ursprung in seiner Einsamkeit und der verlorenen Anerkennung und Liebe seiner Familie hatte.

Andrews erzählte den Zwillingen von den Lichtern an der Burg und von Dorthys Begegnung mit einem der Hüter im dichten Wald. »Ich komme immer mehr zu der Überzeugung, daß wir durch unser Auftauchen etwas ausgelöst haben«, sagte er und legte die Arme um die Brust. Hier am Äquator war es am späten Vormittag des langen, langen Tages immer noch sehr kalt. »Diese Wanderung, die Illumination – irgend etwas braut sich da zusammen. Vielleicht langsam, aber zielgerichtet. Ihr solltet alle ab sofort sehr vorsichtig sein. Ich möchte nicht, daß wir der Navy durch irgendeinen Vorfall einen Grund liefern, uns von hier abzuziehen. Colonel Chung wäre natürlich darüber hocherfreut.«

»*Wir* sind doch die Opfer eines feindlichen Aktes«, brummte Chavez.

»Es war, als ob unser Lager plötzlich zur lokalen Version der *Avenida das Estrelas* geworden wäre«, ergänzte Marta und lachte glockenhell. »Wirklich, Duncan, Sie hätten uns sehen sollen, wie wir gesaust sind.«

Andrews kicherte höflich, um dann abrupt in völlig sachlichem Ton vorzuschlagen, Kilczers Ausrüstung aus dem Chopper umzuladen.

»Bitte vorsichtig«, wiederholte der Neurobiologe inständig bei fast jeder Kiste, die Andrews herunterreichte. »Die Geräte sind sehr empfindlich.«

»Hoffentlich funktionieren sie auch, sonst muß ich dafür den Kopf hinhalten. Also, das hätten wir.« Damit reichte Andrews die zwei Rucksäcke mit Dorthys und Kilczers persönlichen Sachen herunter. Dann steckte er nochmals den Kopf aus der Kabine. »Ich komme in drei Tagen zurück. Fahrt nicht zu weit, damit ich euch finde.«

»Das hängt ganz von den Hütern ab«, meinte Chavez.

»Hört zu! Aufgrund der Funkstille dürfte ich verdammte Schwierigkeiten haben, euch wiederzufinden, wenn ihr euch zu weit wegbewegt. In drei Tagen treffen wir uns wieder hier, ganz gleich, was die Hüter machen. Stellt also euren Kompaß auf die örtlichen Koordinaten ein.«

Chavez wollte protestieren, aber Andrews kam ihm zuvor. »So machen wir es, und nicht anders«, sagte er bestimmt. »Ich möchte euch nicht verlieren.«

»Na schön«, nickte Chavez mit einem Blick auf Ade.

»Die Situation ist schon angespannt genug«, fuhr Andrews fort. »Gebt mir auf die beiden hier acht. In drei Tagen sehen wir uns wieder.« Damit zog er den Kopf zurück und schloß den Einstieg. Die anderen traten beiseite, als auf beiden Seiten der kugelförmigen Kabine die Triebwerke des Choppers ansprangen. Staub wirbelte auf, der Chopper hob ab und zog noch im Steigflug eine Kehre. Dorthy sah ihm nach, bis er außer Sicht war. Sie hatte das unbestimmte Gefühl, hier einfach ausgesetzt worden zu sein.

»Kommen Sie, laden wir die Sachen auf«, sagte Marta Ade knapp. »Die Herde trottet uns sonst noch davon.«

Im niedrigsten Gang rumpelte die Raupe hinter der langsam weiterziehenden Critterherde her. Chavez an der Steuerung umging nur die größten Hindernisse, ratterte steile Hänge hinauf und hinunter, walzte krachend verdorrtes Buschwerk nieder. Rotes Licht sikkerte durch den Staub, der sich immer wieder auf der Windschutzscheibe ablagerte und abrutschte, sobald die Schicht zu dick wurde. Ade saß im Drehsitz neben ihrem Geliebten. Dorthy und Kilczer hockten auf den schmalen Kojen dicht hinter ihnen und klammerten sich an den Haltestangen fest.

»Ich habe da eine Frage«, sagte Kilczer. »Ich komme hierher und finde etwas Unglaubliches – Kreaturen, die einer längst ausgestorbenen Art von Faultieren auf Erde ähneln. Liege ich damit falsch?«

»Zum Teufel, nein!« rief Chavez nach hinten. »Duncan Andrews hat Ihnen nichts gesagt?«

»Ich habe ihn danach gefragt, aber er meinte, Sie wüßten mehr darüber. Ich wollte ihn nochmals deswegen ansprechen, hatte aber keine Gelegenheit mehr.«

»Er hat die Frage einfach mit der Bemerkung abgetan, wir hätten noch nicht mal die Hälfte von allem gesehen.«

»Habt ihr auch nicht«, bestätigte Ade.

Chavez neigte den Kopf. »Hier gibt es ganze Gattungen aus Fauna und Flora von mindestens einem Dutzend Planeten, alle in dieses verrückte Ökosystem hier vermischt. Einigen Arten können wir die Ursprungswelten zuordnen: Erde, Elysium, Ruby, Serenity. Bei anderen kennen wir die Herkunft nicht. Die Hüter und die Critter gehören zur selben Gattung. Ihr Blut, das einen sehr hohen Schwermetall-Gehalt aufweist, enthält auch ein blaues, Sauerstoff bindendes Pigment.«

»Von Nowaja Rosja habt ihr nichts entdeckt?« Dorthy wurde von Kilczers Erregung angesteckt. Er beugte sich vor und stützte sich auf die Lehne von Ades Sitz.

»Jedenfalls haben wir bisher nichts gefunden«, erklärte die Frau. »Vielleicht haben die anderen Teams mehr Glück gehabt.«

»Zeig ihm die Liste, Marta«, meinte Chavez.

Während Kilczer die Aufstellung überflog, fragte Dorthy: »Der FEIND hat sich also eine ganze Menagerie zusammengesucht, um diese Welt damit zu bevölkern? Warum hat man nicht statt dessen einfach Erde oder Elysium kolonisiert? Das alles hier geschah vor einer Million Jahren. Nichts und niemand hätte sich ihm dort in den Weg gestellt. Warum dieser ganze Aufwand?«

Kilczer schaute auf und sagte ironisch: »Das habe ich Sie doch auch schon gefragt. Sie sagten, Sie würden es herausfinden.«

»Nach meiner Theorie entwickelte sich der FEIND auf der Welt eines roten Zwergsterns und kann keine hohe Lichtintensität vertragen«, erklärte Ade.

»Stimmt«, rief Kilczer. »Die Haut des Critters, den Duncan Andrews ins Camp brachte, ist empfindlich gegen ultraviolette Strahlung. Aber jene andere Welt müßte dann so wie diese hier gewesen sein – unbeweglich, mit nur einer der Sonne zugewandten Seite. Nicht sonderlich günstig für die Entstehung von Leben. Außerdem sind die Lichter an der Burg sehr hell. Rot, ja, aber sehr grell.«

»Vielleicht war der Heimatstern ein roter Riese?«

»Unmöglich«, sagte Dorthy. »Jeder rote Riese ist entweder ein Stern wie Sol, dessen stärkste Phase vorbei ist. Aber dann hätte er sich immer weiter ausgedehnt und jede bewohnbare Welt in seiner Nähe vernichtet. Oder es ist ein großer Stern, der sich in einen weißen Zwerg verwandelt. Aber große Sterne leben nicht lange genug, um auf irgendeinem ihrer Planeten Leben zu entwickeln.«

»Sie ist Astronom«, warnte Kilczer die anderen. »Also streitet am besten nicht mit ihr über diese Dinge.«

»Vielleicht sollte ich es dann wirklich besser Ihnen überlassen, die Wahrheit herauszufinden, nicht wahr?« Ade lächelte Dorthy zu, und sie erwiderte das Lächeln. Schließlich tat dieses Geplänkel niemand weh – und es kostete auch nichts.

Lange Zeit folgten sie der Herde. Dorthy versuchte dabei in ihrem Buch zu lesen, aber bei der schwankenden Fahrt der Raupe war das kaum möglich. Schließlich streckte sie sich auf der harten Koje aus und lauschte mit halbem Ohr Kilczer und den Zwillingen, die sich über die hiesige Ökologie unterhielten...

Plötzlich war sie wieder hellwach. Auf ihrer Zunge schmeckte sie den bleiernen Geschmack der Erschöpfung.

Die Raupe hatte angehalten – und dadurch war sie wach geworden.

Chavez reckte sich in seinem Sitz. Ade starrte auf einen Monitor, der das Bild des Kamera-Auges einer Sonde wiedergab. Nach einer Weile verkündete sie, daß die Hüter ihr Lager aufschlugen. Sie hatten am Ufer eines kleinen Sees offenbar haltgemacht, um die Critter zu tränken. »Vermutlich sollte ich jetzt mal mit meiner Arbeit anfangen«, sagte Dorthy sachlich, trotz ihrer innerlichen Erregung. »Wie lange werden sie voraussichtlich dort bleiben?«

»Vielleicht zwei Stunden, vielleicht auch zwanzig.«

»Zwei Stunden dürften mir reichen.« Dorthy nahm eine einzelne Tablette des Antiblockers, der ihr TALENT von seiner chemischen Sklaverei befreite, und spülte sie mit etwas saurem Orangensaft hinunter. Die Spender an Bord der Raupe waren technisch bei weitem nicht so ausgereift wie die in Camp Zero oder in Andrews' Zelt am Seeufer, sondern beschränkten ihre Kapazität auf einfache Getränke und nicht mal ein Dutzend Variationen von Proteingemischen und Gemüsepürees.

Kilczer, der eine Stange Konzentrat kaute, verfolgte in der Haltung eines Priesters, der während der Messe die Vorbereitung zur Kommunion zelebriert, wie Dorthy die Tablette einnahm. Sie mied seinen ernsten Blick und schob sich ihrerseits einen Streifen Konzentrat in den Mund, denn sie war hungrig. (Die Zeit verflog im Nu trotz der trügerisch unveränderten Lichtverhältnisse. Die Mittagszeit von Erde, genauer gesagt, die von Groß-Brasilien hierher übernommene, aber nicht reale Zeit, war schon lange vorüber.) Es würde etwa zwanzig Minuten dauern, bis ihr TALENT völlig aktiviert war. Sie lehnte sich auf der Koje zurück und wartete...

Und erwachte erneut, mit trockenem Mund. Ihr TALENT war jetzt voll da – eine viel hellere Illumination als das diffuse Licht, das durch die Windschutzscheibe hereinfiel. Deutlich erfaßte sie Kilczers bedächtige Gedanken. Sie waren wie Eisschollen, die sanft einen ruhig dahinströmenden Fluß hinuntertrieben, während er seine Geräte für ihre gemeinsame Aufgabe vorbereitete. Chavez' Gedanken waren dagegen ein zäher Quecksilber-Strom, unterlagert von einem schwachen Gefühl der Erschöpfung. Und Ades leicht sprunghafte Intelligenz? Drei verschiedene Melodien, die sich kaum gegenseitig überlagerten, und die Spur einer Zivilisations-Kakophonie, vor der Dorthy damals in die klare Stille des Raumes geflohen war.

Noch während sie über den ausgetrockneten Boden auf den in der Ferne blitzenden See zuging, spürte Dorthy die menschlichen Bewußtsein hinter sich wie ein verwirrendes Glühen außerhalb ihres Blickfeldes – und am deutlichsten das von Kilczer, der ihr mit seiner Ausrüstung, die ihm ständig schmerzhaft gegen die Hüften schlug, in gebührendem Abstand folgte.

Grindige Sandwellen, über die irgendwann Wasser geflossen sein mußte, knirschten unter ihren Stiefeln. Hier und dort reckten Buschwerk und Pflanzen fleischfarbene oder dornige, mit faserigen Blättern dicht bewachsene Äste empor. Sie hoben sich dunkel gegen das rötliche Licht ab. Manche waren hüfthoch. Von welcher Welt – einer erforschten oder einer unbekannten? Von der Erosion zerfressene Felsbrocken warfen ein verwirrendes Schattenmuster.

Dorthy stieg den sanften Hang einer Düne hinauf. Der Boden war mit einem Teppich aus niedrigen Flechtengewächsen bedeckt. Am Seeufer konnte sie Bewegungen erkennen, war aber noch zu weit entfernt, um mit ihrem TALENT etwas zu erfassen. Außerdem störte Kilczers Nähe ihre Konzentration – wie ein gelegentlicher Lichtschimmer oder das Rauschen eines Empfängers zwischen den einzelnen Kanälen. Dorthy zwang sich dazu, sich nicht umzusehen, und ging mit einem flauen Gefühl im Magen weiter. Es war nicht Furcht, sondern eher Erwartung. Selbst ihre Neugier war verschwunden; sie war wie eine leere Seite, die darauf wartet, beschrieben zu werden, wie die glatten Scheiben aus Sandstein, die sie bei ihrem ersten Spaziergang bei Camp Zero gefunden hatte – völlig unberührt.

Weiter, noch näher! Im schwachen Licht konnte sie jetzt schon einzelne Gestalten erkennen, und sie bewegte sich langsamer vorwärts. Mindestens hundert Critter paddelten mit ihren lächerlich kleinen Flossen im ruhigen Wasser des Sees. Zwei oder drei drehten sich unbeachtet langsam um ihre Körperachse. Sie waren wahrscheinlich tot. Ein Stück weiter entfernt am Seeufer standen eine Reihe Bäume mit flachen Kronen, und dicht davor schickte ein Feuer seine dünne Rauchfahne zum Himmel. Dort hielten sich, wie Ade sagte, gewöhnlich die Hüter auf – die Weibliche mit ihrem Harem von Männlichen.

Geduckt arbeitete sich Dorthy ein paar Meter vorwärts. Sie setzte ihre Schritte vorsichtig, um sich nicht zu verraten. Vor ihr ragte ein dicker Baum auf, verästelt wie eine Koralle; sie hockte sich in seinem Schutz im Schneidersitz auf den Boden und begann mit dem üblichen Ritual. Sie konzentrierte ihren Geist auf die bevorstehende Aufgabe, richtete ihren Oberkörper kerzengerade auf und begann tief ein- und auszuatmen. Unter dem sanften Rhythmus der Atemzüge tauchte sie allmählich immer tiefer in ihr hell schimmerndes Selbst hinein.

Jedes TALENT hatte seinen eigenen Weg der Vorbereitung und Konzentration. Einige dieser Leute waren in der Lage, mit geringer Konzentration Objekte zu erfassen. Sie konnten ihr TALENT so einfach handhaben wie das Heben einer Braue. Andere mußten da wie Dorthy schon tiefer in sich eindringen. Sie hatte herausgefunden, daß das Praktizieren des *Sessan Amuki,* einer Zen-Meditation, für sie die wirkungsvollste Technik war, bei der sie regungslos, der Welt des Guten und des Bösen aufgeschlossen, im Freien hockte, wie im Moment – den kalten, harten Sand unter ihrem Po, den schwachen Lichtschein auf ihren Lidern ignorierend, ohne einen Gedanken in ihrem Herzen zu erwecken. Zumindest keinen Gedanken an oder über sich selbst.

Aber da, dort – das schwache Flackern anderer Gedanken. Aus ... vorbei!

Nicht das schnelle, flüchtige Aufblitzen der Empathie, eine losgelöste, bedächtige, vertiefende Prüfung – da, dort im Samadhi, dem stillen, zentralen Punkt ungetrübter Reinheit, im perfekten Vakuum, wo das Leben verflachte. Nicht beobachtend – *werdend!*

Da!

Wie Flammen, die an einem Scheit entlangzüngeln, unbeholfen und träge wie die Bewegungen ihrer Schützlinge: die Gedanken und das Bewußtsein der Hüter! Die meisten schliefen, andere blieben trotz ihrer

Erschöpfung wach, von einer schwachen, weit entfernten Sehnsucht getrieben. Höher!

Verschwommenes Erfassen eines Sternenstreifens.

Höher!

Die Trance hielt Dorthy in ihrem Griff – perfekte Vermischung von Wollen und Tun. Höher hinauf zu den flimmernden Sternen, zu …

Es entglitt ihr, als sie es zu verstehen versuchte. Es war, als wolle sie einen Luftzug erhaschen und festhalten.

Es war da – und wieder nicht.

Höher, in die Sterne.

Höher …

… und Kilczer durchbrach ihre Trance.

Mit der Hand drückte er hart ihr Schultergelenk. Seine Stimme überschlug sich fast vor Zorn – und Furcht. »Hören Sie sofort auf mit diesem Unsinn, Was, glauben Sie, ist das hier?«

»Ich …« Dorthy schüttelte benommen den Kopf. Sie lag auf dem ausgetrockneten Moorboden. Ein paar Meter weiter raschelte etwas durch das Gestrüpp. Einer der Critter. Die Borsten streiften jedesmal die Äste während der Dehn- und Kontraktionsbewegungen der einzelnen Segmente. Die kleinen, flossenartigen Glieder schabten über den Untergrund. Ringsum bewegten sich weitere Tiere, und das verkarstete Seeufer war kaum ein Dutzend Meter entfernt. Wie war sie …?

»Sie sind einfach auf sie zugekrochen«, flüsterte Kilczer. Er warf einen furchtsamen Blick in die Runde. Dorthy konnte seine Panik deutlich spüren. »Meter um Meter. Wollen Sie unbedingt gefressen werden?«

»Ich dachte … ich dachte, ich stiege aufwärts … Nein, ich wollte …«

Doch was immer es gewesen war – es war ihr entglitten. Nur das leere Gefühl, etwas verloren zu haben, blieb. Auch ihr TALENT wurde schwächer. Sie warf einen Blick auf ihr Handgelenk. Die schwarzen Ziffern des implantierten Zeitgebers verrieten ihr, daß erst eine Stunde vergangen war, seit sie begonnen hatte, die Hüter zu ›lesen‹. Sie erschauerte, empfand plötzlich Furcht. Nie zuvor war sie so tief in einen andere Wesenheit eingedrungen, war so weit von ihrem Selbst weggezogen worden. *Ruhig, ganz ruhig! Suche die Mitte!*

Dorthy tat drei Atemzüge, sog beim ersten die Luft tief ein, atmete beim zweiten ruhiger und hielt beim dritten die Luft einen langen Moment an. Das Bewußtsein flutete in ihren Körper zurück und verursachte ein Kribbeln in den Fingerspitzen, an den Zehen. Ihre linke Wade zuckte unter einem verklingenden Krampf, und Dorthy verspürte großen Durst. An den trockenen Lippen klebten Sandkörner.

»Kommen Sie«, knurrte Kilczer. »Wir müssen weg hier. Langsam kriechen. Ich möchte nicht in die Verlegenheit kommen, davonrennen und Sie zurücklassen zu müssen.«

Vor ihnen am Seeufer hievte der Critter seinen unförmigen Leib ins Wasser und tauchte unter. Kleine Wellenkringel verliefen sich auf der glatten Oberfläche. »Die Hüter werden von einem Zwang, einem Bedürfnis getrieben. Sie müssen hinaufsteigen in die Berge. Es hat etwas mit den Sternen, oder mit den Lichtern der Burg zu tun. Sie sehen sie, schwach, verschwommen.«

»Erzählen Sie uns das alles später. Erst mal müssen wir zurück.« Kilczers Gedankenformen bebten und schwankten, wirbelten krachend wie schmelzende Eisschollen auf dem heißen, dunklen Strom seiner Angst. Dorthy, selbst von ihrer Furcht geschüttelt, nickte zustimmend.

Es war ein gutes Stück bis zu dem Platz, an dem Kilczer seine Ausrüstung zurückgelassen hatte. Vorsichtig krochen sie weiter. Auf halbem Weg verkrampfte sich Dorthys Wade erneut, und sie mußte die verhärteten Muskeln massieren. Kilczer lag in ganzer

Länge neben ihr auf dem Boden und beobachtete mißtrauisch den aufsteigenden Rauch aus einer entfernten Baumgruppe.

»Haben Ihre Geräte etwas auffangen können?« fragte Dorthy leise.

»Wird längere Zeit dauern, um das herauszufinden. Ich habe ja nicht wie Sie direkten Input. Ich muß erst herumtüfteln und eine Basislinie finden.«

»Das Problem habe ich auch.«

»Aber wir wissen immer noch nicht, ob sie der FEIND sind, oder?«

»Wenn sie es sind, wissen sie es sehr gut zu verbergen. Oder aber sie sind in ihrer Auflösung schon sehr weit fortgeschritten. Eins aber ist klar: Sie sind nichts im Vergleich zu dem Ding, das ich in der Sinkkapsel gespürt habe. Alles, was ich hier lesen konnte, war ein Zwang, ein Bedürfnis, eine Sehnsucht. Ich verstehe es nicht ganz. Nicht dieses Bedürfnis – den Grund, warum es vorhanden ist.« Sie reckte das Bein und beugte es wieder. »Wir können weiter.«

Sie erreichten schließlich Kilczers verlassen herumliegende Ausrüstung. Während er die Geräte zusammenpackte, fragte er: »Ist das alles, was Sie für uns haben? Ich sage Ihnen, da muß mehr sein, Ihrem Verhalten nach zu urteilen.« Er ließ das letzte Schloß zuschnappen, richtete sich auf und schob den Tragriemen der Box über die Schulter. »Wir werden jetzt aufrecht gehen. Vielleicht müssen wir sogar rennen, falls sie uns verfolgen sollten.«

Dorthy schaute zurück und war erstaunt, welch weite Strecke sie inzwischen hinter sich gebracht hatten. »Das werden sie nicht.«

»Erfahren Sie so etwas auch während Ihrer Sondierungen?«

Dorthy seufzte und ging an Kilczers Seite auf die Raupe in der Ferne zu. Neben der sich, wie sie jetzt feststellte, die orangefarbene Kuppel eines Rundzeltes wölbte. Sie fühlte die Dumpfheit, die sich jedesmal nach dem Einsatz ihres TALENTS einstellte – das Ergebnis zu hohen Serotonin-Verbrauchs während der aktiven Phase. Aber dieses Wissen um den zu niedrigen Pegel dieser Körpersubstanz half ihr auch nicht weiter. »Ich weiß nicht – da war etwas, aber ich kann mir den Sinn nicht erklären.«

»Dieser Zwang, hinaufzusteigen? Sie wollen sagen, Sie haben sie eine ganze Stunde lang gelesen – und nicht mehr als das herausgefunden?«

Dorthy blieb stehen. Kilczer drehte sich zu ihr um. »Hören Sie, ich habe nicht darum gebeten, hierher zu kommen. Offenbar muß ich das sämtlichen Leuten immer wieder ins Gedächtnis rufen. Ich habe gerade den ersten Versuch hinter mir. Das heißt doch nicht, daß ich beim nächsten nicht mehr Erfolg haben werde. Möglicherweise habe ich mich zu sehr auf eine Sache konzentriert und mich schließlich darin verfangen. Das kommt bei uns manchmal vor. Jetzt, wo ich in etwa weiß, was mich erwartet, habe ich beim zweiten Versuch vielleicht mehr Erfolg.«

Sie ließ ihn stehen und ging weiter, nahm ihm damit jede Möglichkeit zu einer Erwiderung. Sie war wütend, wütend auf Kilczer, wütend auf sich selbst wegen ihres Versagens. Hinter ihrem Zorn verbarg sich die unbestimmte Überzeugung, daß sie niemals in die stille Isolation ihrer Arbeit würde zurückkehren können, wenn sie diesen Leuten hier nicht greifbare Resultate brachte. Es war zum Verrücktwerden – die Navy, und auch Duncan Andrews, hatten ihrerseits aber auch verdammt vage formuliert, was sie eigentlich von ihr erwarteten! Sicher mehr als nur eine Auflistung der obskuren Wünsche der Hüter. Dorthy hatte einmal für ein paar Tage auf einer kleinen Sandinsel festgesessen, nachdem ihr Boot gekentert war. Jeder Kondensstreifen am blanken Himmel war wie ein gebrochenes Versprechen gewesen, und sie hatte jedesmal wieder das Gefühl, verraten worden zu sein. Auch jetzt, während sie ein gutes Stück vor Kilczer dem Camp zustrebte, empfand sie wieder diese Regung.

Im Zelt waren Chavez und Ade dabei, ihre Ausrüstung auf zusammenklappbare Böcke zu montieren. Ein paar nicht faltbare Möbel standen verstreut herum. In einer Ecke lag eine zusammengerollte Matratze, und der Getränkespender stand daneben.

Ade schaute auf, als Dorthy, in eine Wolke dieses scharfen Sterilisationsdampfes gehüllt, aus der Schleuse trat.

»Sie waren nicht erfolgreich, meine Liebe?«

»Nein – es klappte nicht so gut.« Dorthy ließ sich in einen der Sessel sinken. Der Kunststoff bog sich unter ihrem Gewicht.

»Ich habe Sie eine Zeitlang beobachtet, aber Sie verhielten sich so still, daß ich es schließlich aufgab. Wo ist Arcady?«

»Er kommt mit seinen Geräten nach.«

»Oh.« Ade merkte, daß da draußen etwas vorgefallen sein mußte, wußte aber nicht, wie sie ihre Frage formulieren sollte. Sie fürchtete sich etwas vor Dorthy und ihrem TALENT.

»Wieso schlagen wir hier ein Lager auf?« fragte diese. »Was ist, wenn die Hüter plötzlich weiterziehen?«

Am anderen Ende des kreisrunden Raumes schaute Chavez von seinem Mikroskop auf, das er gerade zusammensetzte. »Wir können sie jederzeit einholen. Sie bewegen sich nicht sonderlich schnell voran und hinterlassen eine deutliche Spur. Außerdem müssen wir uns ab und zu ja auch mal ausruhen und versuchen, unseren Arbeitsplan einzuhalten. Ich habe über ein Dutzend Fallen für die kleineren und scheueren Tiere aufgestellt. Vielleicht möchten Sie mir später dabei zur Hand gehen?«

»Ich passe, wenn Sie erlauben.« Dorthy wollte allein

sein, fürchtete aber im Moment die Einsamkeit. Sie sah, wie die Leuchtanzeige über der Schleuse von Grün auf Rot umsprang. Kilczer war ebenfalls eingetroffen.

»Ich habe bestimmt nichts dagegen. Werden Sie es nochmals versuchen?«

»Jon«, mahnte Ade mitfühlend. »Siehst du nicht, wie erschöpft sie ist?«

Hustend kam Kilczer herein. »Bleiben wir länger hier?« fragte er und schaute sich um.

»Jedenfalls lange genug für eine Mütze voll Schlaf«, brummte Chavez.

»Dann werde ich mir mal die Aufzeichnungen vornehmen. Möglich, daß zumindest meine Geräte etwas eingefangen haben.«

Dorthy bemerkte, wie Ade und Chavez einen Blick tauschten. Beide sagten nichts. Etwa eine Stunde saß sie, den anderen den Rücken zugekehrt, in ihrem Sessel und versuchte festzuhalten, was sie von den Hütern aufgefangen hatte. Die Aufzeichnung dauerte gerade etwas über drei Minuten. Dabei knabberte sie lustlos an einer dieser geschmacksneutralen Konzentratstangen und trank schlechten Kaffee. An der anderen Zeltwand beugte Kilczer sich über seine Geräte. Ihm gegenüber beobachtete Marta Ade einen Monitor, schaltete ruhelos von einer Beobachtungssonde zur anderen und ließ die Hüter keinen Moment aus den Augen. Neben ihr sezierte Chavez irgendein kleines Tier und murmelte dabei in seinen Recorder. Gelegentlich sprang er auf, um ein Stück von einem Organ abzuschneiden und es kurz unter dem Mikroskop zu betrachten.

Kaum hatte Dorthy ihre Tätigkeit beendet, fand sie ohne die Ablenkung durch die Arbeit die unwillkürlichen, kurzen Gefühlseinbrüche der anderen – die letzten emanzipatorischen Zuckungen ihres TALENTS – zunehmend irritierend und störend.

Schließlich fragte sie: »Wo soll ich schlafen?«

»Wie bitte?« Chavez schaute von seinem Sezierobjekt auf. »Gehen Sie besser in die Raupe. Arcady und Sie nehmen die Kojen, okay?«

»Nein, es ist nicht okay«, antwortete Dorthy mißgelaunt.

Alle drei schauten sie an, und sie fühlte einen scharfen Stich in der Brust – halb Verärgerung, halb Eifersucht. Sie wandte sich an Kilczer: »Sie wissen doch, daß ich allein schlafen muß – insbesondere nach einem Einsatz meines TALENTS. Ich brauche eine gewisse Zeit, bis ich wieder vollständig auf der Welt bin. Warum können Sie nicht hier schlafen? Platz ist doch genug im Zelt. Ich muß allein sein.«

»Das ist ein Luxus, den wir alle uns hier draußen nicht leisten können.«

Ade warf ihrem Geliebten einen Blick zu. »Außerdem arbeite ich immer sehr lange. Diese Hüter haben nicht mal ein ungefähres Zeitgefühl. Oder hatte ich Ihnen das schon gesagt?«

»Sie haben es doch auch im anderen Camp geschafft«, fügte Kilczer hinzu.

»Weil da nur eine einzige andere Person war, und weil mein TALENT damals noch nicht eingesetzt wurde.« Dorthy wußte, daß sie sich kindisch benahm, aber es war ihr gleich. Der glatte, kalte Panzer ihres Zorns machte sie für jede Einsicht unempfänglich. »Wenn ich erfolgreich arbeiten soll, muß ich mich ausruhen. Allein.«

»Sie wollen erfolgreich arbeiten? So wie beim ersten Mal?« fragte Kilczer ironisch.

»Was haben Sie denn mit all Ihren Geräten erreicht?« schoß Dorthy zurück.

»Ich gebe zu, ich brauche ebenfalls mehr Zeit. Ohne Basislinie ist es ziemlich schwierig. Die Nervenströme sind sehr schwach. Ich glaube, sie schlafen, auch wenn keine Traumaktivität in Form von Alphawellen feststellbar ist. Die da draußen sind schlechte Kandidaten für unsere FEIND-Vorstellung, denke ich. Diese vage Anziehung und der Zwang, in die Berge hinaufzusteigen – das ist wahrlich etwas dürftig.«

»Hören Sie, Tiere machen auch keine Pläne oder setzen sich Ziele. Das ist d*och wenigstens etwas.*«

»Nein, nein. Es kann nicht mehr sein als ein simpler Wandertrieb. Vergleichbar mit dem von Schmetterlingen. Glauben Sie mir«, rief Kilczer.

Ade schaute vom Monitor auf, schüttelte den Kopf und konzentrierte sich wieder auf ihre Arbeit. Ihr dunkles, rundes, hübsches Gesicht glühte im Widerschein des roten Lichts.

Kilczer holte tief Luft. »Dr. Yoshida, wir müssen nachweisen, daß diese Hüter nicht mehr als klügere Tiere sind – oder aber sie sind die Abkömmlinge der Wesen, die diese Welt hier planetengeformt haben. Und mit diesem Nachweis sollten wir uns ziemlich beeilen. Stimmen Sie mir darin zu? Hier unten sind über hundert Leute, und über tausend oben im Orbit. Alle schweben sie in höchster Gefahr, wenn der FEIND wirklich hier ist – und sich verbirgt, wie Ihr Erlebnis in der Sinkkapsel vermuten läßt. Also müssen wir ihn schnellstens finden, oder klären, was mit ihm geschehen ist. Heute sind wir keinen Schritt weitergekommen. Folgerichtig müssen wir es nochmals versuchen, sobald wir etwas geschlafen haben. Wenn wir dann wieder nichts finden, muß ich leider davon ausgehen, daß wir am falschen Ort suchen und nur unsere Zeit verschwenden. Also – schlafen wir etwas und versuchen es dann nochmals. Einverstanden?«

Dorthy erhob sich. »Das hat man mir nicht gesagt...«, begann sie. Vor Erschöpfung stiegen ihr die Tränen in die Augen. »Ich werde es noch einmal versuchen – wenn ich geschlafen habe.« Ihr saß ein Kloß im Hals, und sie schluckte und schluckte. Rasch ging sie auf die Schleuse zu. Sie wollte nicht, daß Kilczer oder die Zwillinge ihre Tränen sahen. Während sie die Plane der Innenschleuse löste, hörte sie Chavez sagen: »Wir sind alle müde. Hundert Leute hier unten – es sollten mindestens zehntausend sein. Gehen Sie, Dr. Yoshida, ruhen Sie sich aus, schlafen Sie. Arcady wird heute hier schlafen.«

Er meinte es wirklich gut mit ihr. Dorthy nickte, wagte aber nicht zu antworten. Sie duckte sich, ehe jemand noch etwas sagen konnte, in die Schleuse und verschloß die Plane hinter sich.

Sie floh regelrecht vor der Anwesenheit der anderen.

Marta Ade weckte sie. »Kommen Sie, meine Liebe.«

Dorthy gähnte und reckte sich. »Beeilen Sie sich. Wir müssen weg. Die Herde ist weitergezogen.« Ohne eine Antwort abzuwarten eilte sie aus der Raupe. Knirschend fiel die Einstiegsluke ins Schloß.

Als Dorthy angezogen ins Freie stolperte, war das Kuppelzelt schon abgebaut – ein orangefarbener Pfannkuchen, den Kilczer und Chavez auf dem unebenen Boden zusammenrollten. Dorthy half Ade beim Verstauen der ordentlich gepackten Transportkisten für die Ausrüstung, trug mit ihr den Spenderautomaten in die Kabine der Raupe und schloß ihn an. Kaum eine Viertelstunde später holperte die Raupe die kahlgeweidete Schneise entlang, die die gefräßigen Critter als deutliche Spur hinterlassen hatten. Nach einer halben Stunde sahen ihre Insassen die Staubwolken der Herde, und zehn Minuten später fuhren sie neben der weit auseinandergerissenen Vorhut her.

Dreißig Stunden lang zog die Herde ohne Unterbrechung weiter.

Alle vier wechselten sich beim Fahren der Raupe ab. Dorthy genoß ihre Schichten an der Steuerung. Während sie das unförmige, machtvolle Fahrzeug durch ausgetrocknete Wasserläufe und über bröcklige Hügelkämme lenkte, fühlte sie sich eins mit ihm, nahm jede Ecke seines trapezförmigen Aufbaus in Besitz, empfand die mahlenden Ketten und die schwer arbeitenden Maschinen fast als Teil ihrer selbst. Das nagende Gefühl der Enge und die Anwesenheit der anderen in der Kabine wich. Ansonsten klammerte sie sich an den Haltegriffen der einen oder anderen Koje fest oder hockte im Drehstuhl neben dem Fahrer und sah die einförmige Landschaft draußen vorbeikriechen. Sie konnte nicht lesen, mochte auch nicht mit jemand reden. Der unverändert rote Schein der riesigen Sonne hatte längst seinen anfänglichen Reiz verloren und war schlicht langweilig. Einmal hielten sie an, um ein paar Stunden zu schlafen: Ade und Chavez draußen unter der Raupe, Dorthy und Kilczer auf den Kojen im Innern. Dorthy war zu erschöpft, um gegen dieses Arrangement erneut aufzubegehren, war zu müde, um überhaupt darüber nachzudenken.

Und dann waren sie wieder unterwegs. Auf einer Seite stieg der Hang der Kaldera bis in die rosa getönten Wolken, auf der anderen Seite dehnte sich die dunkle Ebene bis zum waagerechten Horizont. Einmal passierten sie eine Herde rundschultriger Antilopen, die, wie Chavez sagte, von Ruby stammten. Ein anderes Mal schoß ein Wesen mit gewölbtem Rückenpanzer und einem breiten, schweren Schwanz, das aussah wie ein kleiner Geländewagen, vor der Raupe quer über den Pfad und zwang Kilczer zum Ausweichen. Die Raupe pflügte durch dichtes Buschwerk, harte Zweige schrammten über ihre Außenwandung. Kilczer steuerte sie wieder auf den Pfad zurück. »Ein Glyptodon«, erklärte er Dorthy, die neben ihm im Drehsitz hockte. »Ein ausgestorbenes Erdentier.«

Chavez, der sich hinter ihm an die Haltestange der Koje klammerte, rief laut: »Der FEIND scheint Pflanzen aus dem Gebiet der Arktis und Tiere aus ganz Südamerika eingesammelt zu haben. Der Himmel weiß, warum.«

»Ich weiß zumindest, wieso dieses Tier ausgestorben ist«, brummte Kilczer. »Wegen seines zu schlecht entwickelten Instinkts, Fahrzeugen aus dem Weg zu gehen. Riesenfaultiere haben wir auch schon gesehen. Alle Tiere hier sind Pflanzenfresser?«

»Sicher. Im Bereich unseres Außenpostens gibt es schätzungsweise zwanzigtausend Hüter«, erklärte Chavez, »jeder ungefähr so groß wie ein kleiner Löwe. Sind 'ne Menge Fleischfresser, die gefüttert sein wollen. Nur mit den Crittern können sie an Gefräßigkeit nicht konkurrieren.«

»Warum die Hüter nun andere Tiere jagen, wo sie doch die Critter haben – oder warum sie sich die Critter halten, wenn sie andere Tiere jagen«, ergänzte Ade, »dafür haben wir keine Erklärung. Wir haben die Oberfläche dieses merkwürdigen Planeten gerade mal ein bißchen angekratzt.«

Wenn Ade nicht fuhr, hockte sie vor ihrem Monitor. Ihre Sonden überwachten einen weiten Bereich rings um die Herde, die langsam über die staubige Ebene zog. Wenige Stunden, nachdem sich das Glyptodon vor die Raupe geworfen hatte, machten sie eine Jagdgruppe der Hüter aus. Der Fahrer stoppte die Raupe, und alle vier Insassen drängten sich, froh über die Unterbrechung der eintönigen Fahrt, um den Monitor.

Drei Hüter hatten eine Antilope gefangen. Jetzt schlachteten sie sie mit langen, an den Schneiden gekerbten Steinäxten. Die unglückselige Kreatur lebte noch, schlug mit den Beinen aus und zuckte heftig, als die Hüter über sie herfielen und Streifen von Muskelfleisch aus den Hinterläufen schnitten, wobei die Hautkapuzen über den schmalen Schädeln flatterten. Schließlich zogen sie die blutigen Äxte aus dem Kadaver und bewegten sich in großen Sätzen auf die Flanken der weiterziehenden Herde zu. Kaum waren sie weg, wurde die Erde um die tote Antilope herum lebendig. Der Boden hob sich, und Wesen, wolfsgroßen Maulwürfen mit schuppigen Häuten und buckligen Vorderkörpern ähnlich, drängten an die Oberfläche.

»Beim Barte des Propheten«, keuchte Kilczer und verfolgte angewidert das blutige Schauspiel, »wie kann ich mich bei meinen zukünftigen Ausflügen nach draußen jetzt noch sicher fühlen?«

»Diese Kreaturen kommen nur nach einer Tötung an die Oberfläche«, beruhigte ihn Ade.

»Das vermuten wir jedenfalls«, ergänzte Chavez und setzte sich wieder an die Steuerung. Als die Motoren der Raupe ansprangen, wandte Dorthy ihren Blick vom Monitor der trostlosen Landschaft draußen vor der Windschutzscheibe zu. Die Herde war als ferne, im staubigen Dunst verschwimmende dünne Linie zu erkennen. *Tiere …*, dachte sie, und hatte dabei wieder die grausame Tötung der Antilope durch die Hüter vor Augen, … *das reinste Schlachtfest. Tiere!*

Die Spur der Herde führte in leichtem Bogen auf den Saum der bewaldeten Hänge zu. Die Vegetation wurde dichter, wenn auch nicht üppiger, so doch zumindest weniger fadenscheinig. Immer wieder rumpelte die Raupe durch ausgetrocknete Bachläufe. Die Herde verschwamm jetzt nicht mehr im Staub, der Boden wurde zunehmend sumpfig. Ein breiter Schilfgürtel folgte, die langen Stengel bogen sich im Wind. Die Critter hatten sie nicht gefressen, sondern lediglich einen Pfad hindurchgetrampelt, dem die Raupe folgte. Und dann stoppte Ade plötzlich die Motoren.

Vor ihnen dehnte sich ein ausgetrockneter See, Hektar um Hektar ockerfarbenen Schlammes, zu riesigen Platten zerbrochen, aus. Hier und dort erhoben sich Hügel, verstreute Buckel, die im Wasser wohl Inseln gebildet hätten, wie bei Ebbe gestrandete Boote aus dem Schlamm. In nördlicher Richtung, nicht weit entfernt, begrenzten niedrige Klippen das Seebett, durchschnitten von einem breiten Canyon, aus dessen Mündung wie ein Fächer ein weiter Kieshang quoll. In entgegengesetzter Richtung war kaum einen Kilometer entfernt die Herde zu erkennen. Sie hatte sich um eine dieser Inseln gesammelt.

Eine Zeitlang beobachtete Ade sie durch einen Feldstecher. Dann fragte sie: »Sie haben angehalten. Was schlagt ihr vor?«

Chavez zog sich an der Rückenlehne nach vorn und schaute über die Schulter seiner Freundin nach draußen. »Ich denke, wir sollten uns eine Ruhepause gönnen. Ich würde gern ein paar Fallen aufstellen. Zudem sollten wir allmählich daran denken umzukehren, um unser Rendezvous mit Andrews nicht zu verpassen.«

»Einverstanden«, meinte Kilczer hinter Dorthys Rücken. »Ich würde nur nochmals gern einen Versuch mit Dorthys TALENT durchführen. Wie denken Sie darüber, Dr. Yoshida?«

»Jederzeit«, antwortete sie, eine indifferente Haltung einnehmend. Denn ihr war klar, daß ein weiterer Versuch mit den Hütern nur bestätigen würde, was sie schon wußte: Sie waren nicht intelligent genug, um der FEIND zu sein.

Sie schlugen also das Camp auf, wählten eine der Inseln als Lagerplatz für den Fall, daß sich die Herde in ihre Richtung bewegen würde. Die Raupe wurde den steilen Hang hinaufgewinscht, wobei Chavez und Ade den größten Teil der Arbeit erledigten, indem sie ihre Anstrengungen mit kaum mehr als gegenseitigen Blicken koordinierten. Chavez zog dabei das Oberteil seines Overalls aus, und Dorthy vermutete, daß Ade, wären sie allein gewesen, seinem Beispiel gefolgt wäre. Während Kilczer das Kuppelzelt ausrollte, ging Dorthy zum höchsten Punkt der kleinen Insel, stieg auf einen großen Felsen und beobachtete durch Ades Feldstecher die Herde.

Zuerst war es nur eine entfernte, weißgesprenkelte Staublinie, die langsam näher kam. Bald konnte Dorthy einzelne Gestalten in ihr ausmachen.

Die anderen holten die Kisten mit den Geräten aus der Raupe. »Da nähert sich eine weitere Herde«, teilte Dorthy ihnen später mit. »Offensichtlich wesentlich größer als die, der wir gefolgt sind.«

Marta Ade griff sich den Feldstecher und sprintete zu dem Aussichtspunkt. Dorthy, Chavez und Kilczer folgten ihr. »Eine sehr große Herde«, meinte Ade, die Ellbogen wie Flügel abgespreizt durch das Glas spähend. »Könnten mehrere Gruppen sein – obwohl ich vorher noch nie beobachtet habe, daß sich Herden vereinigen.«

»Was wird geschehen, wenn die Neuen auf unsere Gruppe treffen?« fragte Kilczer.

Ade zuckte die Achseln. »Ich weiß es nicht. Bisher glaubte ich, daß sich jede Gruppe nur innerhalb eines bestimmten Territoriums bewegt. Schon wieder ein Irrtum.« Sie reichte Chavez das Glas. »Schau mal durch. Ich muß meine Sonden überprüfen.« Damit lief sie zwischen den Felsen auf die am Hang verzurrte Raupe zu.

Als das Camp schließlich stand, hatten sich beide Herden vermischt und im Seebett verstreut. Die neu eingetroffene Critter-Herde wurde von drei Hütergruppen begleitet, meldete Ade von ihren Monitoren. Chavez hatte ihr ein paar Stangen Konzentrat anstelle einer richtigen Mahlzeit gebracht, und sie knabberte gerade an einer, war der Mittelpunkt der allgemeinen Aufmerksamkeit in der spärlich möblierten Zeltkuppel. Stakkatoartig gab sie Bemerkungen und Kommentare von sich. Weil sie sich eingeengt fühlte, ging Dorthy hinaus und spazierte am Rand der Insel entlang, stieß spielerisch das Treibgut umher, das die vertrocknete Wasserlinie markierte, kletterte dann wieder auf den Aussichtsfelsen und starrte über die Schlammpfannen zu den Herden hinüber, die nur als weiße Flecken zu sehen waren. Sie war todmüde, denn schließlich hatte sie kaum sechs Stunden in den letzten achtundvierzig Stunden geschlafen. Sie stieg von dem Felsen und ging zu den anderen im Kuppelzelt zurück, um zu sehen, was vorging und ob sie ihr TALENT nochmals würde einsetzen müssen.

»Jede Gruppe schlägt ein Lager auf. Insgesamt sind es vier«, berichtete Ade. »Jeweils genau an jeder Ecke eines Quadrates, dessen Mittelpunkt die Insel ist.« Über ihre Schulter hinweg erkannte Dorthy eine Handvoll dunkler Gestalten, die sich um den orangefarben flackernden Schein eines Feuers scharten, die Konturen durch den Rauch schemenhaft verwischt. »Die einzelnen Gruppen der Hüter halten Abstand voneinander, aber ihre Herden haben sich vermischt, als ob es gleich sei, wem welches Vieh gehört. Es ergibt einfach keinen Sinn«, murmelte Chavez' Freundin. »Ich habe keinerlei Interaktionen zwischen den einzelnen Hütergruppen feststellen können.«

Kilczer, der sich in einem nicht faltbaren Sessel räkelte, sagte kurz angebunden: »Vielleicht sollten wir jetzt nochmals rausgehen.«

Ade fuhr hoch. »Das würde ich euch nicht raten. Die Hälfte der Männlichen sind auf der Jagd, und ich weiß nicht, wie ihr euch dort unten vor ihnen verbergen wollt. Nirgends auch nur ein Busch als Deckung. Aber geht nur, wenn ihr unbedingt gefressen werden wollt.«

»Wenn die Umgebung eine Überwachung gestattet, tut sich nichts«, murrte Kilczer. »Vielleicht agieren sie just in diesem Augenblick – und wir können nicht nahe genug heran.«

»Das Leben ist schon schwierig«, lachte Chavez und schob eine weitere Organscheibe unter sein Mikroskop.

»Ich werde warten, ob sich uns nicht doch eine Chance bietet«, beharrte Kilczer.

»Und ich lege mich jetzt schlafen«, erklärte Dorthy kategorisch und ging wieder hinaus.

Die Raupe hockte über ihrem schräggezogenen Schatten an dem Sandhang. Ihre Metallflanken schimmerten matt im ewigen Zwielicht. Während sie auf das

Gefährt zuging, stellte Dorthy fest, wie ihre Frustration allmählich tief im dunklen Becken ihrer Erschöpfung versank. Sie öffnete den Riegel der Einstiegsluke am Schrägheck der Raupe, ließ das Sterilisationsgebläse über sich ergehen, öffnete die innere Luke und stieg an den Motoren und ihren archaischen Antriebsaggregaten vorbei nach vorn. Rotes Licht fiel durch die breite Sichtscheibe. Dorthy suchte und fand den Schalter, der das Glas polarisierte, entledigte sich im schwachen Schein der Kontrollanzeigen ihrer Stiefel und ließ sich auf eine der Kojen sinken.

Sie erwachte in der Gewißheit, daß Kilczer sich näherte. Einen Moment später hörte sie, wie sich die innere Schleuse summend schloß. Sie rückte das zerdrückte Kissen zurecht und gab vor zu schlafen. Er kam herein und brachte den säuerlichen Geruch des Sterilisationsmittel mit, machte aber kein Licht. Sie hörte das Knarren der Liege gegenüber unter seiner Last. (Er war so nah, daß sie ihn berühren konnte, wenn sie nur den Arm ausstreckte.) Zudem erfaßte sie die Entäuschung und Frustration in seinem Innern, die gelegentlich den Mantel seiner Müdigkeit durchdrangen. Schließlich spülte eine schwarze Flut ihre eigenen Gedanken fort.

Sie träumte wieder – von einer weiten Ebene unter einem sternenlosen Nachthimmel mit ein paar purpurroten Dunststreifen, an dem ein großer Mond aufging, dessen volle Scheibe verschwommene Flecken aufwies. (Oder war das Kilczers Traum?) Sie schüttelte ein paar Hautlappen beiseite, hob den Kopf und heulte laut und langgezogen, ehe sie sich weiter durch das dichte, schwarzblättrige Buschwerk voranbewegte, dessen beißender Kupfergeruch in ihre Nüstern stach, aber trotzdem die salzige Spur ihrer Beute nicht zu überdecken vermochte. Sie folgte dem gewundenen Pfad in langen Sätzen – und lief plötzlich zu einem hohen, zerfallenen Turm hinauf, über eine Rampe mit breiten Stufen, die sich zwischen grob verputzten Wänden emporwand. Ihre Klauen kratzten über harten, kalten Stein. Etwas stieg hinter ihr her, aber sie konnte sich nicht umdrehen. Über ihr lag die sichere Zone, doch noch während sie immer weiter nach oben lief, war das Ding plötzlich über ihr. Sein Schatten drohte ihr, ins Riesenhafte verzerrt, von den gewundenen Wänden. Dann stand sie irgendwie oben auf dem Turm, krallte sich ins feuchte Mauerwerk und stemmte sich gegen den heulenden Sturm unter einem finsteren Himmel, an dem nur ein einzelner Stern funkelte, ein winziger Lichtpunkt, der plötzlich heller strahlte – ein Funke, eine Lampe, ein Suchscheinwerfer, der ihren Schatten hart auf den Boden zeichnete und ihn mit dem Schatten des anderen Dings vermischte. Sie drehte sich gerade um, als der Sturm den Turm aus seinen Fundamenten riß. Zusammen mit ihm wirbelte Dorthy in den Himmel hinauf…

…und erwachte.

Die Raupe kippte aus ihrer steilen Schräglage zurück. Die Federung ächzte jämmerlich. Dorthy hielt sich an der Koje fest, als das Gefährt erneut zur Seite gedrückt wurde. Etwas krachte in die Sichtscheibe. Glas klirrte und splitterte mit lautem Krachen nach innen. An dem verformten Rahmen schabten borstige Ringsegmente entlang.

Kalte Luft, der Gestank von Aldehyd…

Kilczer schwang gerade die Beine von der Koje, als die Raupe erneut nach oben gerammt wurde, und wäre fast gestürzt. Er konnte sich im letzten Moment an einem Rohr über Dorthys Koje festhalten. Im gleichen Augenblick verlor Dorthy ihrerseits den Halt und schlug mit dem Kopf hart gegen die Seitenwand. Eine Sekunde lang wurde ihr schwarz vor Augen.

»Bleiben Sie hier«, rief Kilcer heiser. »Ich sehe mal draußen nach…«

Und dann rissen die Taue, die die Raupe am Hang

hielten. Das Gefährt rutschte seitlich weg und rammte mit dem Heck einen größeren Felsen. Die Luken sprangen auf. Dann zerplatzte das Gehäuse einer Antriebszelle, Flammen zuckten über die Motoren, loderten bei der Schleuse auf.

Kilczer packte Dorthys Arm und half ihr beim Aufstehen. »Ich kann allein gehen«, rief sie, bückte sich und schlüpfte hastig in ihre Stiefel. Dann stolperte sie nach vorn. Glassplitter knirschten unter ihren Sohlen. Kilczer entfernte mit dem Ellbogen messerspitze Glasscherben aus dem Rahmen der Sichtscheibe. Dichter Rauch wallte in der Kabine auf und hüllte die beiden Insassen ein. Draußen bewegten sich fortwährend Gestalten vorbei, buckelten in langsamem Trott über Steine und Sand. Kilczer stieg auf die Konsole mit den Kontrollanzeigen, langte nach hinten und zog Dorthy hinter sich her. Sie zwängten sich beide durch die zerborstene Windschutzscheibe. Dorthy stolperte über Kilczers Bein. Keinen halben Meter von ihrem Gesicht entfernt huschte etwas Großes vorbei und besprühte sie mit Sand.

Kilczer stand auf und drückte sich gegen die stumpfe Nase der Raupe. Aus dem leeren Rahmen der Sichtscheibe quoll dichter Rauch, der in der leichten Brise zu dünnen Fahnen zerfaserte. Dorthy duckte sich vor Kilczer hin und beobachtete fassungslos die Critter, die sich in dichtem Pulk an ihnen vorüberdrängten und dabei mit ihren platten Schnauzen wedelten. Einige versuchten sogar, ihren Artgenossen nachzusteigen, rutschten aber wieder zurück und wurden von den anderen niedergewalzt.

»Das Zelt! Wo ist das Zelt? Ich kann es nicht mehr sehen!« Kilczer hämmerte die Faust gegen die Außenhülle der Raupe. »Beim Barte des ...«

Wieder erbebte die Raupe und glitt ein Stück hangabwärts, als drei Critter gleichzeitig gegen sie prallten und mit idiotischer Beharrlichkeit versuchten, über sie hinwegzukriechen. Im Drehen streifte eines der Tiere Dorthy mit seinem Endsegment. Sie wurde weggeschleudert…

Im letzten Moment bekam Kilczer den Kragen ihres Overalls zu fassen. Dankbar klammerte sie sich an seinen Arm. In ihrem Rücken fühlte sie, wie sich die Hülle der Raupe immer stärker erhitzte. Die Critter machten nun einen größeren Bogen um das Gefährt, schlitterten und stolperten den Hang herunter, um sich auf den getrockneten Schlammpfannen des Seegrundes mit der Masse ihrer Artgenossen zu vereinen. Ein Rauchschleier legte sich über die weite Sonnenscheibe.

»Wir müssen hier weg«, raunte Kilczer Dorthy ins Ohr. »Wenn die Flammen die noch intakten Antriebszellen erreichen, fliegt uns das ganze Ding hier um die Ohren. Halten Sie sich an mir fest!«

Er umklammerte mit der Hand ihren Arm, und sie stolperten vorwärts, konnten gerade noch einem Critter ausweichen und warteten, bis ein weiterer vorbeigehüpft war. Kilczer deutete auf eine Lücke in der Flut der Tierleiber. Dorthy holte tief Luft, und gemeinsam rannten sie los. Die kalte Luft und der Gestank der Critter reizten die Kehle. Hustend erreichten sie den Schutz eines größeren Felsbuckels und verschnauften schweratmend. Dann stieg Kilczer hinauf, griff nach unten und zog Dorthy mehr oder weniger an seine Seite. Dabei krachte das Oberteil ihres Overalls in allen Nähten und löste sich schließlich. Dorthy stemmte sich mit Händen und Füßen gegen den Fels, rutschte mit dem Po über die rauhe Felsoberfläche – und war schließlich oben.

Unter ihnen schaukelten die Rücken der Critter vorbei. Kilczer begann zu husten, seine Brust hob und senkte sich heftig. »Ich denke immer noch, ich träume«, brachte er schließlich keuchend heraus. »Irgendwo ein Lebenszeichen von den Zwillingen?«

Gehorsam reckte Dorthy den Kopf. Ihr wurde

schwarz vor Augen, und sie wäre beinahe gestürzt. Sie fühlte, wie Kilczer wieder reaktionsschnell ihren Arm packte. »Ich bin schon okay«, murmelte sie. Aber alles erschien ihr plötzlich irgendwie zusammenhanglos.

»Sie haben einen ziemlichen Schlag abbekommen. Gibt vielleicht 'ne schöne Gehirnerschütterung. Verhalten Sie sich ruhig. Im Moment können wir nichts tun.«

»Ich hatte geträumt«, sagte Dorthy, als sei dies eine Erklärung für das Chaos um sie herum.

»Sie und Ihr verdammtes TALENT«, knurrte Kilczer. »Können Sie es wenigstens einsetzen, um die Zwillinge zu finden?«

Aber Dorthy erfaßte lediglich seine hilflose Furcht. Er hockte sich auf den rauhen Felsboden. »Sehen Sie sich das an«, rief er wütend. »Wie viele Critter sind das?« Dann, etwas ruhiger: »Das Zelt ist verschwunden. Ich sehe nur Critter.«

Zehn Minuten später war der Strom der Tiere immer noch nicht abgerissen, fluteten die Kreaturen immer noch an ihrem rettenden Felsen vorbei ...

Und im nächsten Moment gingen die restlichen Antriebszellen der Raupe in einer Reihe heftiger Explosionen hoch, schleuderten rotierende Flammengarben auf die wogenden Tierleiber.Die Critter im Seebett um die Insel wälzten sich unbeeindruckt weiter, als sei nichts geschehen. Am Hang oben trampelte die nachdrängende Herde die von den Explosionen zerfetzten Leiber ihrer Artgenossen immer tiefer in den Sand.

»Jetzt kommen nicht mehr viele«, rief Kilczer. »Es sieht jedenfalls so aus.«

Irgendwo unter der unsteten Oberfläche ihrer Verwirrung spürte Dorthy jetzt eine reale, tiefe Furcht aufkeimen. Sie verschränkte die Arme vor der Brust und beobachtete geduckt die vorbeiflutende Prozession von Tierleibern im matten, kalten Sonnenlicht.

Kilczer hatte recht, der Strom der Tiere begann sich zu lichten. Nach einer Weile eilten nur noch ein paar

Nachzügler an ihrer rettenden Felserhebung vorbei, dann versiegte der Strom völlig. Nur die zertrampelten Kadaver rings um die inzwischen ausgebrannte Hülle der Raupe blieben zurück.

Kilczer riet Dorthy, sich nicht von der Stelle zu rühren, und verschwand zwischen den Felsen am Hang. Fast eine ganze Stunde blieb er weg. Dorthy fror in der kalten Luft, wagte sich aber kaum zu rühren. Der Schlag gegen den Kopf hatte ihren Willen gelähmt. Die Zeit ging offenbar nicht vorbei – sie war nur einfach da.

Schließlich tauchte Kilczer wieder auf. Er hatte ein Gewehr über die Schulter gehängt. An seinem Gürtel baumelte eine Tasche aus orangefarbenem Zelttuch mit irgendwelchen Gegenständen darin.

»Die Zwillinge«, fragte Dorthy sofort, »haben Sie sie gefunden?«

»Ich habe Ade gefunden – und sie beerdigt. Von Chavez keine Spur! Wenn er mit dem Leben davongekommen wäre, würde er jetzt nach Marta suchen, da bin ich sicher. Das Zelt und alles darin ist ebenfalls zum Teufel. Kaum noch verwertbare Nahrungsmittel, kein einziger Sender. Aber wie geht es Ihnen?«

Dorthy mußte unwillkürlich an ihr Buch denken. Lange Zeit hatte es sie überallhin begleitet. Jetzt war es weg. Auf seltsame Weise traf sie dieser Verlust härter als der Tod der Zwillinge. Er machte alles, was geschehen war, irgendwie realer. »Es geht schon. Ich kann gehen.« Gehen? Wohin?

»Wir können nirgends hin. Wir werden hier warten. Vielleicht taucht Chavez ...«

»Er ist tot, Kilczer. Sehen Sie endlich den Tatsachen ins Gesicht: Wir sind hier allein, gestrandet. Aber hier können wir nicht bleiben. Es gibt kein Wasser, keine Nahrung. Wir müssen ins Hochland hinauf, müssen versuchen, den See und Andrews' Camp dort zu finden.«

»Vielleicht wird Andrews nach uns suchen.« Aber Kilczer glaubte selbst nicht daran.

»Sie wissen, daß er nach uns suchen lassen, uns aber sehr wahrscheinlich nicht finden wird. Wir sind über hundert Kilometer vom verabredeten Treffpunkt entfernt, und Andrews kann unmöglich wissen, in welche Richtung wir gefahren sind.«

»Also keine langen Diskussionen mehr!« Kilczer fuhr sich über das blasse, verkniffene Gesicht. »Unglücklicherweise haben Sie recht. Uns bleibt nur der Marsch durch die Wildnis. Die Vorstellung behagt mir zwar nicht, aber anscheinend bleibt uns nichts anderes übrig.«

Die Critter hatten auf den getrockneten Schlammpfannen eine breite, deutlich sichtbare Spur hinterlassen, die zu der angeschwemmten Randaufwerfung und weiter in den Canyon führte, der die Klippen am Seerand zerteilte. Bei ihrem Aufstieg passierten Dorthy und Kilczer immer wieder die Kadaver von Crittern, deren weiße Körper total zerfetzt und zertrampelt waren. Ihr Blut bildete jeweils einen schwarzen, gallertartigen Fleck rings um den Tierleichnam.

»Sie müssen sehr hart getrieben worden sein«, murmelte Kilczer. »Sehen Sie, sie haben nicht mal fressen können, sondern die Pflanzen nur niedergetreten.«

Dorthy antwortete nichts darauf. Sie stand immer noch unter dem Eindruck dieser seltsamen Klarheit, die sich inzwischen noch verstärkt hatte. Sie empfand auch keine Furcht mehr, sondern war jetzt nur hungrig und durstig. Während ihrer gelegentlichen kurzen Pausen verzehrten beide ein paar Schokoladenriegel aus der Notration, die Kilczer unter den Überresten im Zelt vorgefunden hatte. Der bittersüße Geschmack machte sie zwar noch durstiger, wirkte aber belebend. Während die letzten Krumen auf der Zunge schmolzen, hockte Dorthy sich auf den Boden und ließ den

Sand durch die Finger rinnen. Ein paar Partikel blieben an der Haut kleben. Glimmerkörner. Quarz.

Ganz allmählich drang die Erkenntnis ihrer ausweglosen Situation, ihrer völligen Isolation zu ihrem Bewußtsein durch und legte sich wie ein eisiger Mantel über ihre Gedanken. Trotz gegenseitiger Bemerkungen schien es völlig unmöglich, das Camp am See zu erreichen und so lange von dem, was die Einöde bot, zu leben, ohne einer allergischen Reaktion, einem Histamin-Schock zu erliegen oder einfach an Erschöpfung und Hunger zu sterben. Aber bis nach Camp Zero waren es mehr als fünfhundert Kilometer quer durch die leere Wüste. Es gab keine andere Möglichkeit für sie.

Kilczer hatte sich etwas abseits hingesetzt. Die eine Hand stützte sich auf den Kolben des Gewehrs, mit der anderen fuhr er sich mehrmals durch das widerspenstige Haar. Nervös, am Rand seiner Kraft, starrte er zu den niedrigen Klippen hinüber. Sein Uniform-Overall war auf dem Rücken über und über mit Sand bedeckt.

»Ich habe mich genug ausgeruht«, meinte Dorthy schließlich. »Gehen wir weiter.«

Mühsam richtete er sich auf, beugte sich plötzlich vor und hustete in seine vorgehaltene Hand. Danach spuckte er auf den Boden.

»Ich könnte jetzt einen ganzen Eimer Wasser leertrinken – wenn wir Wasser hätten.«

Dorthy fuhr sich mit der Zunge über die spröden Lippen. »Marta Ade sagte mal was von Wasser unter einem ausgetrockneten Flußbett – wie diesem beispielsweise.«

»Das war an einer anderen Stelle. Außerdem – wie sollen wir herankommen?«

»Wir graben mit den Händen. Kommen Sie, einen Versuch ist es zumindest wert.«

Sie kniete sich hin und begann mit den Händen Sand und Gestein beiseite zu schieben. Nach einem Moment kam Kilczer herüber und half ihr dabei. So gruben sie ungefähr fünfzehn Minuten. Kilczer benutzte zum Schluß ein Messer, um die gefrorene Unterschicht zu lockern, und Dorthy räumte das Geröll beiseite. Das Loch wurde immer größer, war schließlich zwei Meter breit und einen Meter tief. Unten gab es etwas Feuchtigkeit – zu wenig Flüssigkeit, um sie aufnehmen zu können. Dorthy lehnte sich zurück und kaute an einem eingerissenen Fingernagel herum.

»Es hat keinen Sinn«, brummte Kilczer enttäuscht.

»Ich habe da mal von einem alten Trick gelesen. Drüben vor den Klippen gibt es sicher Pflanzen, die die Critter nicht zertrampelt haben. Sehen Sie sie? Sie müssen den geringen Wasservorrat in der Tiefe anzapfen, um leben und wachsen zu können.«

»Das ist richtig. Aber die Möglichkeit eines allergischen Schocks ...« Kilczer wischte sich die Hände an den Hosenbeinen ab, klappte das Messer zu und steckte es ein.

»Was sonst sollen wir essen? Früher oder später müssen wir sie probieren. Außerdem – hat nicht einer der ... hat Marta Ade nicht gesagt, daß die Pflanzen eßbar seien?«

»Sehr proteinreich, mit hohen Schwermetall-Konzentrationen. Aber wenn wir nichts essen, sterben wir ohnehin.«

»Sehen Sie, das ist die richtige Einstellung.«

Dorthy riß eine Handvoll weicher Flechten aus dem Boden. Dunkler Saft rann über ihre Finger. Als sie ihn ablecken wollte, hielt Kilczer ihr Handgelenk fest. »Warten Sie. Nehmen Sie das.« Er riß ein Stück orangefarbenes Zelttuch aus dem Beutel, wickelte es um die ausgerissenen Stengel und preßte sie darin zusammen. Klare Flüssigkeit sickerte durch das Gewebe. Dorthy beugte sich vor und saugte etwas davon auf. Der Saft tröpfelte in ihre ausgedorrte Mundhöhle, bitter, aber hochwillkommen. Als nichts mehr aus dem Tuch kam, reichte sie es Kilczer zurück. Er riß ein paar neue Flechten aus dem Boden. »Nicht zu viel auf einmal«, mahnte er. »Für alle Fälle. Kommen Sie, wir gehen weiter. Wenn wir müde sind, machen wir halt. Wie fühlen Sie sich, Dr. Yoshida?« Er sah ihr in die Augen. »Ihre Pupillen haben beide normale Größe. Wahrscheinlich haben Sie keine Gehirnerschütterung.«

Vorsichtig berührte Dorthy die Schwellung am Hinterkopf. »Es wird schon gehen. Kommen Sie, brechen wir auf, ehe wir hier noch Wurzeln schlagen.«

Das Gehen wurde zu einem automatischen Vorgang. Nach einer Weile konnte sich Dorthy nur noch auf den nächsten Schritt konzentrieren – und darauf, ihre Stiefel genau in den geriffelten Abdruck zu setzen, den Kilczer dicht vor ihr in den Sand gedrückt hatte. Sie machten immer häufiger Rast, tranken etwas von der Flüssigkeit in den Pflanzenstengeln und dachten dabei nicht mehr an mögliche Reaktionen ihres Immunsystems auf die außerirdischen Proteine, wollten nur noch ihren brennenden Durst löschen.

Der Canyon verengte sich, die Wände wurden steiler. Immer noch folgten sie der Spur der Critter-Herde. Sie sahen keine Kadaver mehr. Kilczer meinte, daß inzwischen die schwächeren Tiere ausgesondert worden waren. Während sie hinter ihm herstapfte, empfand Dorthy ein schwindelerregendes Gefühl der Weite, in der Kilczers Gedanken so gleichmäßig aufblitzten wie Ochsen, die in beständigem Trott einen Schöpfbrunnen in Gang hielten: der von Wäldern umgebene See mit den aufragenden Bergen; die alptraumhafte Stampede der Critter; Ades zermalmter Körper, das unversehrte Gesicht voll Schmutz und Staub; wieder der See; die schwache Vision einer nackten Frau, die sich in einem dämmrigen Zimmer ihm zuwandte...

Dorthy akzeptierte diese Bilder wie eine Papierseite die Tinte, war einfach zu müde, um darüber nachzudenken. Ihre Beine schmerzten nun bis zu den Gelenken, und wenn Kilczer einen Halt vorgeschlagen hätte, wäre sie auf der Stelle zu Boden gesunken. Doch erbittert und frustriert setzte er einen Fuß vor den anderen, hatte dabei offensichtlich mehr Schmerzen als sie, und sie teilte seine grimmige Verbissenheit – zu erschöpft, um zu erkennen, daß es nicht ihre eigene war.

Und da war noch etwas.

Ziemlich schwach zuerst, von Kilczers Gedankenfragmenten kaum zu unterscheiden. Mit jedem Schritt aber wurde es deutlicher. Wachsamkeit, eine zögernde Furcht, unruhig, kommend und gehend, doch bei jeder Wiederkehr stärker spürbar.

»Irgend etwas beobachtet uns«, sagte sie.

Er löste das Gewehr von der Schulter und sah sich vorsichtig um. »Ihr TALENT arbeitet? Wo ist das Wesen?«

»Irgendwo weiter vorn, höher. Es schaut auf uns herunter. Nein, warten Sie!«

Sie fuhr herum. Im selben Moment trat die Kreatur aus dem Felsschatten am Ende eines Kiesabhangs heraus und löste, als sie auf allen vieren herunterkroch, eine kleine Gesteinslawine aus. Dorthy und Kilczer fuhren zurück. Die Kreatur erhob sich auf die Hinterläufe und streckte die Arme wie zu einer flehentlichen Bitte aus. Ein mittleres Paar verkümmerter Gliedmaßen hatte sie über die Wölbung ihres schwarzen Bauchfells verschränkt. Der kapuzenförmige Hautlappen flatterte um das schmale Gesicht. Unterhalb der Schnauze verjüngten sich die schwarzen Lippen zu einem spitzen, scharfen Horn.

Einen Augenblick stand Dorthy wie erstarrt. Dann spritzte ein paar Meter neben dem Hüter Sand auf. Das Wesen wirbelte herum und rannte geschmeidig auf allen vieren davon. Als ein zweiter Schuß Gesteinssplitter durch die Gegend streute, verschwand es hinter den Felsen.

Dorthy fand erst wieder zu sich, als Kilczer ihren Arm nahm.

»Tut mir leid, ich habe ihn verfehlt«, murmelte er. Und er meinte es wirklich so. Schweißtropfen rannen ihm über das blasse Gesicht. »Es wäre sicher nicht gut, seiner Spur zu folgen.«

»Ein Hüter?«

»Todsicher.«

Seine disharmonischen Gedanken störten ihren Versuch, das Wesen ausfindig zu machen. »Ich glaube nicht, daß er etwas Böses im Sinn hatte. Er versuchte, etwas zu beschützen.«

»Wir können uns ja mal da oben umschauen«, meinte Kilczer halbherzig.

Sie brauchten nicht lange zu suchen. Oberhalb des Geröllhangs teilte eine hohe Spalte die Klippe, und tief darin befand sich eine Kreatur, deren stumpfer Körper von einer lederartigen Schale umhüllt war. Runzlig, mit vielen Höckern, war sie gut einen Meter größer als Kilczer. Dorthy konnte in diesem rätselhaften Gebilde nichts erfassen, nicht mal das geringste Wissen um seine Art, das alle Tiere außer den primitivsten Lebensformen aufwiesen. Das Gebilde hätte ebenso gut eine Samenhülse oder ein Koffer sein können.

»Ich will verdammt sein«, knurrte Kilczer und schob sich das Haar zurück. »Da soll mich doch ...«

»Sie wissen, was es ist?«

»Ich habe jedenfalls eine Vermutung. Was ist der portugiesische Ausdruck für die Übergangsform einer Insektenlarve zum ausgewachsenen Insekt?«

»Ein Kokon. Oder eine Puppe.«

»Auf Nowaja Rosja haben wir Bienen, verstehen Sie? Mir dämmert langsam, Dr. Yoshida, was das da ist.«

»Ich werde nicht erst Ihre Gedanken lesen, um es zu erfahren. Hören Sie, der Hüter könnte zurückkommen. Sollen wir nicht besser verschwinden?«

»Ich will nur sehen ...« Kilczer zog sein Messer heraus

und drückte auf den Knopf. Sofort begann die schimmernde Klinge summend zu vibrieren. Als er die Hand ausstreckte, quietschte das große Ding. Kilczer zog ruhig das Messer zurück und setzte es anderer Stelle nochmals an. Als die Klinge die Haut berührte, geriet die Hülse in Bewegung und zuckte nach vorn. In der engen Spalte hallte ihr Quietschen laut wider. Kilczer wich zurück und stieß Dorthy dabei um. Beide stürzten und rollten in einer kleinen Lawine aus Sand und Geröll den Hang hinunter. Kilczer rutschte gegen einen Felsbrocken und hustete schwach. Dorthy rappelte sich auf und probierte ihre einzelnen Glieder. Nichts war gebrochen.

»*Yoi-dore kega sezu*«, sagte sie. »Säufer brechen sich keine Knochen.« Im nächsten Moment begann sie zu lachen. »Es hätte uns nichts tun können. Wir sind verrückt …«

Kilczer grinste und klopfte sich den Staub vom Overall. »Eine reine Verteidigungsreaktion, klar. Also, ich denke, wir lassen es in Ruhe. Ich habe so das Gefühl, wir werden noch mehr Überraschendes entdecken.« Er schulterte das Gewehr und schaute zum Canyon hinauf. »Kommen Sie, Dr. Yoshida. Machen wir, daß wir hier wegkommen. Vielleicht rückt dieser Babysitter bald mit Verstärkung an. Ich bin mit dem Gewehr hier nicht besonders treffsicher.«

»Es ist ein Schrotgewehr – und Sie handhaben es wie einen Laser. Lassen Sie die Waffe ruhig streuen, halten Sie sie nicht so steif. Drücken Sie langsam ab, reißen Sie den Hahn nicht durch!«

»Sie haben mit solch einer Waffe schon mal geschossen?«

Sie hatte einmal im Tier-Reservat auf den Philippinen an einer Jagdexpedition teilgenommen. Damals war es Teil ihres Jobs als Krankenschwester eines Neurotikers gewesen – damals, als sie ihr TALENT prostituiert hatte. »Vielleicht sollte ich es nehmen. Möglich, daß ich besser treffe.«

»In dieser Wildnis fühle ich mich wohler, wenn ich es trage. Ich werde versuchen, Ihre Hinweise zu beherzigen.«

Während sie weitermarschierten, fühlte Dorthy sich infolge des erhöhten Adrenalinausstoßes bei ihrer überhasteten Flucht vor dem Kokon etwas munterer. Sie versuchte, den Hüter zu orten, dessen plötzliches Auftauchen sie überrascht hatte, schaffte es aber wieder nicht. »Wollen Sie mich nicht über Ihre Vermutungen aufklären?« fragte sie. »Denken Sie, daß das Ding eben der Kokon eines Critters war?«

»Ja, das ist tatsächlich die Frage.«

»Und worin wird er sich verwandeln?« Plötzlich verstand sie. »In einen Hüter? Aber das ist doch verrückt. Die Hüter fressen die Critter.«

»Wie diese mythische Gestalt Medea, die ihre Kinder fraß. Aber die Hüter haben so viele davon. Man könnte das als eine Art Geburtenkontrolle betrachten. Das würde auch erklären, warum keine noch nicht voll ausgereiften Hüter zu finden waren. Oder besser gesagt, warum wir sie nicht als das erkannten, was sie sind. Warten Sie, bis ich das Andrews und McCarthy erzähle!«

»Zuerst müssen wir mal den Weg zurück schaffen.«

»Und genau das werden wir – durch diese ganze verdammte Wildnis.«

»Und ich glaubte immer, Sie seien von ihr so sehr begeistert – als Biologe!«

»Ich bin Spezialist für die Funktionen des Nervensystems – mit einer kompletten Ausbildung zum Medizin-Techniker. Ich habe etwas Biologie mitbekommen, als ich auf Erde war, aber ich bin kein Xeno-Ökologe. Auf Nowaja Rosja bleiben alle vernünftigen Leute in den Städten und Farmgemeinschaften. Nur Gauner, Verrückte und Glücksritter treiben sich in der Wildnis herum. Ich bin hier draußen, weil ich der Notwendigkeit gehorchte. Kein anderer war bereit, einen Hüter nach Camp Zero zu bringen. Hätte ich aber gewußt, daß ich zu Fuß durch die Einöde laufen muß, hätte ich mir den Einsatz nochmals gut überlegt.«

»Ich wünschte, ich hätte eine Wahl gehabt«, sagte Dorthy leise.

Sie gingen weiter, folgten dem Trampelpfad der Critter-Herde über einen sanften Hang, zwischen hohen Felswänden hindurch. Die Sonne stand riesenhaft aufgebläht über dem Rand des Canyons, und ihre offensichtliche Unbeweglichkeit strafte die vergehende Zeit Lügen. Schließlich blieb Kilczer stehen, legte das Gewehr vorsichtig zu Boden und setzte sich auf einen von irgendwelchen Wasserfluten geglätteten Stein. Dorthy sank mehr oder weniger neben ihm zusammen und lag dort lange Zeit ohne einen Gedanken. Sie atmete schwer und fühlte das Blut in ihren Füßen pochen. Blasen – so sicher wie das Amen in der Kirche! Die leichten Stiefel waren für einen Überlandmarsch nicht geeignet.

Nach einer Weile stand Kilczer auf und wanderte ein wenig umher. Nur gelegentlich blieb er stehen und hustete trocken. Dorthy blieb sitzen und beobachtete ihn, wie er ein Stück den Canyon hinaufging und dann wieder zurückkam.

»Ich glaube, die Hüter und ihre Kinder haben den ursprünglichen Weg verlassen und sind dort den Hang hinaufgestiegen.« Kilczer deutete auf einen steilen Felsanstieg, der sich zum Rand des Canyons hochschlängelte. Darüber war ein dunkler Saum von Bäumen zu erkennen. Sie sahen aus wie Pinien.

Dorthy zerrte die Stiefel von den Füßen und stöhnte laut, als sie sie über die geschwollenen Knöchel zog. »Wie weit, glauben Sie, sind wir gekommen?«

»Höchstens fünfzehn Kilometer weiter, würde ich sagen. Wie geht es Ihnen?«

»Ich glaube nicht, daß ich eine Gehirnerschütterung habe. Dafür habe ich mir aber ein paar hübsche Blasen gelaufen.« Sie warf einen Blick auf ihren Zeitmesser. Es war über zwölf Stunden her, seit die Critter-Herde das Camp niedergewalzt hatte, zwölf Stunden, seit Ade und Chavez umgekommen waren.

Kilczer, der immer noch vor ihr stand, strich sich mit den Händen ungeduldig über die Schenkel. »Ich denke, wir können hier für eine Weile pausieren.«

»Wir müssen weiter, oder wir verenden elendiglich wie die Critter, an denen wir eben noch vorbeigekommen sind. Haben Sie eine Vorstellung, wann die Herde lagern wird?«

»Wahrscheinlich erst, wenn sie die Burg erreicht hat. Ich würde sagen, wir folgen einfach ihrer Spur. Die Hüter wissen bestimmt, wohin sie gehen müssen. Also, Sie warten hier. Ich werde mich von dem Hügel dort mal ein wenig umschauen. Hier, nehmen Sie das.«

Er drückte ihr das Messer in die Hand und war schon weg, ehe sie gegen seinen törichten und allzu durchsichtigen Mutbeweis protestieren konnte. Denn damit, das wußte sie, wollte er nur seine tiefe Furcht vor dieser willkürlich zusammengemischten Natur, in die man ihn einfach hineingeworfen hatte, kaschieren. Wie ein schiffbrüchiger Matrose klammerte er sich fest an das Strandgut der Zivilisation, das mit ihm an die Oberfläche gespült worden war – an das Gewehr und diese orangefarbene Tasche mit den Überbleibseln aus dem zerstörten Camp.

Dorthy hätte Kilczer klarmachen können, daß es besser wäre, sich auszuruhen, daß sie mehr als er darüber wußte, wie man in der Wildnis überlebt. Aber sie war einfach zu müde. Sie beobachtete, wie er den langgezogenen Hang hinaufstieg. Er ging sehr langsam und blieb zweimal stehen – eine kleine Gestalt, die sich in dem gleichförmigen Licht dunkel gegen den glatten Hangrücken abhob. Als er schließlich hinter der Kuppe verschwand, humpelte sie zu einem nicht zertrampelten Pflanzenbüschel und preßte den Saft aus den Stengeln. Es war nicht mal ein Mund voll. Danach fuhr sie mit dem Zeigefinger über die Lippen und betastete die brennende, geschwollene Haut. Wahrscheinlich eine Reaktion auf den Pflanzensaft. Früher oder später mußte das ja kommen. Doch sie war zu erschöpft, um über ihre Lage etwas anderes als Resignation empfinden zu können. So legte sie sich einfach in den Sand und wartete auf Kilczers Rückkehr.

Er blieb lange Zeit weg. In ihrem Kopf kämpften zwei Vorstellungen um die Oberhand: Entweder war er auf einen umherstreifenden Hüter getroffen und lag irgendwo verwundet und hilflos, vielleicht sogar tot, oder er hatte sich auf und davon gemacht und sie einfach zurückgelassen, weil er in ihr lediglich eine Belastung sah. Nach einer quälenden halben Stunde war sie der Panik ziemlich nah, und ein ungeheures Gefühl der Erleichterung und des Glücks durchströmte sie, als sie ihn endlich den Hang heruntersteigen sah. In ihrer momentanen Lage empfand sie die Einsamkeit als etwas Unerträgliches.

Kilczer ging leicht gebückt und schleppte unter beiden Armen etwas heran. Ein Teil seiner Last entpuppte sich als ein Bündel trockener, wohlriechender Zweige mit spröden braunen Nadelfächern, die er im Wald oberhalb des Canyons gesammelt hatte. Gemeinsam brachen sie sie in kleinere Stücke und machten damit ein Feuer, das Kilczer mit einem Raumfeuerzeug anzündete, das er aus der Tasche fischte. Die Zweige brannten mit einer kräftigen gelben Flamme – ein köstlich vertrauter Anblick in diesem alles umfassenden, unwirklichen fremden Licht.

Kilczer legte einen flachen Stein mitten ins Feuer und holte das andere Mitbringsel. Langgestreckt, mit stumpfem Kopf, bedeckt mit feinen, überlappenden Schuppen, die im Feuerschein schimmerten, glich das Tier einer Kreuzung aus Gürteltier und Kaninchen. Dorthy überlegte, ob es mit den in der Erde lebenden

Aasfressern verwandt sein konnte, die sie draußen in der Ebene gesehen hatte. Mit ziemlicher Sicherheit dienten die stumpfen Krallen an den starken Vordergliedern zum Graben. Statt Augen besaß das Wesen lange, feine Nasenhaare, die oberhalb der Schnauze austraten.

»Ich habe mich an Ihre Anweisungen gehalten und den Abzug langsam durchgedrückt«, erzählte Kilczer etwas prahlerisch. »Zwei Schüsse.« Er nahm das Messer und machte sich daran, seine Beute aufzuschneiden.

Nur sehr langsam begriff Dorthy, was er vorhatte. »Sie wollen das essen?«

»Ich werde es mal kosten. Vom Pflanzensaft allein können wir nicht leben.« Mit einem heftigen Ruck zerrte er die Haut zurück. Die Sehnen darunter rissen mit einen glitschigen Geräusch. Über den gehäuteten Tierkörper gebeugt, begann er die dicken Muskeln über der Schulterpartie zu lösen, schnitt sie in Scheiben und legte diese auf den heißen Stein. Dabei erklärte er Dorthy: »Für uns ist es sicher ungiftig. Ich meine mich zu erinnern, daß ich es in Chavez' Auflistung gesehen habe. Es ist ein Tier von Serenity. Die Biosphäre dort ist mit der von Erde vergleichbar. Keine schädlichen Glukosid oder Zyan-Komplexe, wie sie die Tiere auf Nowaja Rosja haben. Eine ähnliche Aminosäuren-Struktur, energiespeichernde Moleküle, ATP und NADPH sehr verwandt, komplexe Zuckersäuren auf einem Phosphatgerüst als Träger der genetischen Information. Diese Kreatur hier hat nur vier Glieder. Kreaturen mit sechs Gliedern wie die Hüter haben hohe Schwermetall-Konzentrationen in ihren Geweben und verwenden statt eines eisenbindenden Proteins, wie es in den Körpern von uns und diesem Tier da vorkommt, ein Kupfer bindendes in ihrem Blut, um Sauerstoff aufzunehmen. Sie haben also blaues Blut, kein rotes.«

Doch in dem roten Licht der Sonne war das Blut an seinen Händen schwarz.

»Ich dachte, niemand hätte bisher einen der Hüter getötet. Woher wissen Sie das alles?«

Kilczer legte weitere Fleischstücke auf den Stein. Die ersten begannen schon zu brutzeln und wölbten sich. Er drehte sie um.

»Ich sagte – Kreaturen wie die Hüter. Chavez hatte vielleicht ein Dutzend davon katalogisiert, alles kleine Tiere. Darum hat er auch die Fallen aufgestellt. Und Sie haben den Critter vergessen, den Andrews mit nach Camp Zero brachte.« Mit der Messerspitze spießte er ein gegartes Fleischstück auf. Fett tropfte ins Feuer und verbrannte in einer orangefarbenen Flamme. »Wünschen Sie mir Glück«, sagte er, schob das Fleisch in den Mund – und verzog das Gesicht.

»Wie ist es?«

»Zäh«, antwortete er, heftig kauend. »Aber nicht schlecht. Etwa wie Schweinefleisch. Sie brauchen es nicht zu essen, wenn Sie nicht wollen. Vielleicht ist das sogar besser für den Fall, daß sich Nebenwirkungen zeigen.«

Doch der Geruch kitzelte Dorthy in der Nase und verursachte einen Aufruhr in ihrem leeren Magen. Sie verbrannte sich fast die Finger, als sie sich ein Stück Fleisch vom Stein angelte, verbrannte sich die Lippen, als sie es aß. Der Bissen ließ ihr das Wasser im Mund zusammenlaufen und beruhigte allmählich den Aufruhr in ihren ausgehungerten Körperzellen. Kilczer gestattete jedem nur fünf oder sechs kleine Bissen. »Essen wir mehr, riskieren wir eine sofortige Reaktion – wenn überhaupt eine auftritt. Und wir verlieren wieder all die Aufbaustoffe, die darin enthalten sein mögen.«

Schweigen breitete sich zwischen ihnen aus. Wenig später holte Kilczer einen Holowürfel hervor und betrachtete in sehnsuchtsvoller, hoffnungsloser Nostalgie immer wieder den Zwei-Minten-Zyklus, bei dem die junge Frau lächelnd in rauhem Flüsterton auf Russisch Zärtlichkeiten von sich gab.

Dorthy hatte keine solche Ablenkung mehr. Ihr Buch war verlorengegangen. *Die Welt wird um dich wehklagen wie um einen verlorenen Schatz.* Erschöpft streckte sie sich auf dem harten Boden aus und versank in einen unruhigen Halbschlaf.

Sie erwachte, als etwas Winziges, Kühles ihre Wange berührte. Eine weitere Berührung auf der Stirn, eine dritte an ihrem Auge. Sie öffnete blinzelnd die Lider. Regentropfen!

Eine ganze Weile blieb sie mit offenem Mund liegen und ließ sich von den Tropfen die brennenden Lippen kühlen. Die Glut um den flachen Stein zischte und dampfte.

Nach einem Moment fuhr Kilczer fluchend hoch. Inzwischen prasselte der Regen herab.

Sie sammelten ihre verstreuten Habseligkeiten ein und fanden unter einem niedrigen Felsüberhang etwas Schutz vor der Nässe. Dorthys Füße waren stark geschwollen, und sie mußte die Stiefel seitlich aufschlitzen, um hineinzukommen. Der Regen rann jetzt unablässig über den Rand des Überhangs. Wasser tropfte Dorthy in den Nacken.

»Erst sterben wir fast vor Durst, dann ertrinken wir«, brummte Kilczer. »Wo kommt dieser verdammte Regen plötzlich her?«

Dorthy versuchte sich an etwas zu erinnern – an eine Schulweisheit über Wasserläufe in der Wüste und Regen. Flutartige Überschwemmungen! Sie zupfte Kilczer am Arm. »Wir müssen höher hinauf. Kommen Sie!«

Er machte sich los und reckte die Schultern. »Sind Sie verrückt? Wir warten hier, bis der Regen aufhört.«

»Wir befinden uns in einem Flußbett, Sie Narr!«

Sein Gesicht zeigte Verblüffung. Dann verstand er.

Kleine Wasserrinnsale suchten sich ihren Weg über den nackten Fels, und immer wieder glitt Dorthy auf den flachen Sohlen ihrer Stiefel aus und mußte sich nach vorn werfen, um nicht nach unten wegzurutschen. Ihre Brüste, Hüften und Knie bekamen Prellungen und Schrammen, ihr Overall triefte bald vor Nässe.

Kilczer mit dem Gewehr auf dem Rücken und seiner Tasche kam auch nicht schneller voran. Sie hatten den Hang kaum zur Hälfte geschafft, als Dorthy ein seltsames Grollen vernahm. Der Fels unter ihren Händen bebte plötzlich. Sie klammerte sich fester an ihn und lehnte ihren Kopf an seine kalte, glitschige Oberfläche. Regentropfen rollten über ihre Lider und trübten ihre Sicht. Das Beben war zu einem so lauten Tosen angeschwollen, daß sie nicht mehr unterscheiden konnte, ob sie es hörte oder es am ganzen Körper fühlte …

Eine meterhohe Wasserwand schoß um den Hang herum in den Canyon. Weiße Gischt schäumte auf, als sie gegen die Felswand brandete. Herabstürzende Felsen versanken mit hohen Fontänen in den brausenden Wirbeln. Die Flutwelle zerteilte sich, die zweite Welle brach sich am Fuß der ersten und verursachte einen kreisenden Mahlstrom aus gelbbraunem Wasser.

All das geschah innerhalb eines Augenblicks. Im nächsten spülte die Flut den Boden unter Dorthys Füßen weg. Sie verlor den Halt und klammerte sich verzweifelt mit den Armen an den vorspringenden Fels. Kilczer, der schon etwas höher hinauf geklettert war, langte blitzschnell nach unten und packte den Kragen ihres Overalls. Die reißende Flut zerrte an Dorthys Beinen. Mit aller Kraft zog sie sich nach oben. Schmerzwellen tobten durch ihre Arme. Sie krallte sich mit den Händen ins Erdreich und schob sich weiter hinauf, weg von den wirbelnden Wassern, die nun die trübe Oberfläche einen tiefen, reißenden Flusses bildeten.

Schließlich erreichten beide die Hügelkuppe, und

Dorthy sank auf der mattenartigen Vegetation zusammen. Der Regen durchnäßte ihre verschmutzten Haare, tropfte von ihrem verschmierten Overall. Regenschleier trieben über die offene Fläche und zerrissen zwischen den Bäumen weiter oberhalb. Die Sonne war nur noch ein riesiger Lichtfleck in den niedrighängenden schwarzen Wolken.

Kilczer bückte sich und stellte Dorthy auf die Beine. Gemeinsam taumelten sie voran, auf den schützenden Wald zu, wobei die Füße fast bis zu den Knöcheln in den vom Regen überflutenen Flechten versanken. Die dichten Kronen der Bäume boten etwas mehr Schutz vor dem Regen. In kleinen Bächen rann er die Stämme herunter, durchweichte den Nadelteppich und tropfte von den gewölbten Wurzeln, über die Dorthy und Kilczer in der fast undurchdringlichen Finsternis immer wieder stolperten.

Nach dem dritten Sturz blieb Kilczer einfach liegen und begann zu lachen. Dorthy hockte sich auf eine nasse Baumwurzel und wischte sich übers Gesicht. »Was ist so komisch?«

»Wenn ich es nicht besser wüßte, würde ich meinen, daß es jemand wirklich darauf anlegt, uns zu kriegen.« Sein Lachen mündete in einen quälenden Husten. Sie hörte, wie er rasselnd Luft holte und ausspuckte. »Das ist verrückt. Wirklich – eine verrückte Kiste.«

Dorthy lehnte sich an den Baumstamm. Wasser rann ihr den Rücken herunter, aber sie war schon so naß, daß es ihr nichts mehr ausmachte. »Sie wußten es«, sagte sie nach einem Moment des Schweigens.

»Wer?«

»Die Hüter. Sie brachten ihre … ihre Kinder rechtzeitig aus dem Canyon, und auch dieser Kokon war hoch oben in den Klippen abgelegt worden. Die Flut konnte ihm dort nichts anhaben.«

Kilczer hustete erneut. »Das ist nur Teleologie, Instinkt, Fügung. Nicht Intelligenz. Sorgen Sie dafür, daß

Ihr TALENT einwandfrei arbeitet, und beweisen Sie Ihre These! Dann will ich sie gerne glauben. Aber ehrlich gesagt bin ich nicht der Ansicht, daß die Hüter die Ökologie erfunden haben, sondern sie sind nur ein Teil von ihr. Meine Aufzeichnungen haben das schon bestätigt. Sie sind nicht intelligent – kaum höherstehend als ein unmodifizierter Schimpanse. Andrews hatte unrecht. Sie sind nicht der FEIND. Sie sind nicht mal die barbarischen Abkömmlinge des FEINDES.«

»Ich weiß nicht, ob sie es sind oder nicht – noch nicht. Aber da war etwas …«

»Ach ja, Sie fühlten es, ich weiß. Mit Ihrem wunderbaren TALENT, das so viel präziser ist als meine Geräte.«

»Das, was ich mache, sind keine Taschenspielereien!«

»Dr. Yoshida, Sie müssen verstehen …«

Sie merkte, wie sich ihre Hände um die nasse Wurzel krampften.

Ihre Handflächen brannten. Sie war sehr müde.

»Es ist keine Zauberei …«, sagte sie nochmals.

»Wir sollten versuchen, etwas zu schlafen«, antwortete Kilczer, als habe er ihre Worte nicht gehört. Vielleicht hatte er sie im Heulen des Windes, der durch die Bäume fegte, und im Rauschen des Regens, der sich auf alle mögliche Art seinen Weg zum Boden suchte, wirklich nicht verstanden. Nach einer Weile fügte er beinahe verlegen hinzu: »Es ist verdammt kalt. Vielleicht sollten wir uns gegenseitig wärmen.«

Dorthy schlang die Arme um ihren Körper. »Mir geht es gut. Bitte, lassen Sie uns jetzt etwas schlafen.«

Aber frierend, voller Furcht, fand sie lange Zeit keinen Schlaf. Immer wieder durchlebte Dorthy die Ereignisse dieses langen Tages, an dem sie zweimal nur um Haaresbreite dem Tod entgangen war. Sie nickte ein – und wachte sofort wieder auf. Ringsum war kaum etwas zu erkennen, die Stämme der Bäume verschwammen in der Dunkelheit. Kilczer lag zusammengekauert auf dem Boden in ihrer Nähe. Sie dachte wieder an ihre erste Begegnung mit einem Hüter im Wald bei Andrews' Camp am See. Sie glaubte, die tiefe Stille in ihrem Rücken fast greifen zu können. *Da hinter dir ist nichts,* redete sie sich ein, *nichts als das Rauschen des Regens.* Und es war sein einlullendes Plätschern, gleichförmig und unschuldig in seiner Bedeutung, so vertraut trotz der seltenen Gelegenheiten in ihrer merkwürdigen Kindheit, in der sie es gehört hatte, daß es ihre unbestimmte Angst schließlich vertrieb und sie in einen erschöpften Schlaf sinken ließ.

Es regnete noch immer, als Dorthy aufwachte. Zumindest suchte das Wasser immer noch seine Wege durch die Baumkronen und tropfte auf den dicken Nadelteppich. Aber es war heller geworden, und sie konnte die schwarzen Ziffern an ihrem Handgelenk erkennen: 7.43 Uhr an einem irrelevanten Morgen irgendwo in Groß-Brasilien – und vielleicht die erste Morgenhälfte hier...

Kilczer lag auf einem Wurzelgeflecht etwa einen Meter entfernt. Das lange Haar verbarg sein Gesicht fast völlig. Er atmete rasselnd durch den geöffneten Mund.

Dorthy zitterte vor Kälte. Sie legte die Arme über die Brüste und rieb über den nassen Stoff ihres Overalls, um ihre Blutzirkualtion ein wenig in Gang zu bringen. Dann reckte sie sich, um das Prickeln der eingeschlafenen Rückenmuskulatur zu beenden, und gähnte. Zuerst spürte sie ein Ziehen der Haut um ihren Mund, dann platzte sie auf. Eine bittere Flüssigkeit quoll aus ihren Lippen, und sie spuckte aus. Dort, wo die Bläschen aufgeplatzt waren, berührten ihre Finger das rohe Fleisch. In der Höhlung einer Wurzel entdeckte Dorthy eine kleine Wasserpfütze. Sie bückte sich und trank. Wasser war ja nicht mehr das größte Problem. Um so mehr spürte sie jetzt ihren Hunger.

Sie erleichterte sich rasch und nervös in einiger

Entfernung, ging danach zu Kilczer zurück und weckte ihn, ohne darüber nachzudenken, auf die Art, in der ihre Mutter sie immer geweckt hatte. Sie streichelte sacht die Haut hinter seinem Ohr. Er warf sich herum, packte ihre Hand und zog sie zu sich herunter, so daß ihr Gesicht nur Zentimeter von seinem entfernt war.

»Also ist es doch Wirklichkeit«, murmelte er und ließ sie los.

Dorthy fuhr erschrocken zurück. Kilczer kam mühsam hoch und machte ein paar Schritte. Dann fuhr er sich mit den Händen durch das wirre Haar. »Können Sie laufen?« fragte er. »Meine Füße sind schwer wie Blei.«

Ihre blasigen Füße in den Stiefeln waren taub, aber sonst fühlte sie sich gut. Diese frühen Morgenstunden, in denen sie am Kraterrand unterhalb von Camp Zero entlanggelaufen war!

»Wenn Sie erst mal 'ne Weile gelaufen sind, merken Sie nichts mehr davon. Sie haben uns gestern auch ganz nett vorwärts getrieben«, meinte sie.

»Ich habe es halt eilig, in die Zivilisation zurückzukehren«, brummte er und hob das Gewehr sowie die orangefarbene Tasche auf. »Sie sehen so schlimm aus, wie ich mich fühle. Kommen Sie!«

Sie stolperten aus dem Wald heraus, und Dorthy konnte nun erkennen, was die Dunkelheit des Unwetters ihren Augen verborgen hatte: eine verwischte Spur, die den breiten Landstreifen zwischen der Schlucht und dem Waldsaum durchschnitt. Es regnete noch immer – ein dünner Nieselregen trieb wie ein Nebelschleier durch die Luft. Die schwarze Wolkendecke war aufgerissen und gab den Blick frei auf das kalte rote Feuer der Sonne.

Kilczer kreuzte die Spur, die die Herde hinterlassen hatte, und warf einen Blick in den Canyon hinunter. Dorthy folgte ihm. Schwarze Wassermassen gurgelten zwischen den steilen Felswänden hindurch. Von einem Pfad war nichts mehr zu sehen.

Während sie der Spur der Herde folgten, fragte Kilczer: »Was meinten Sie mit dem, was Sie über Zauberei, über Ihr TALENT sagten?«

»Was wissen Sie schon darüber, wie mein TALENT funktioniert?«

Kilczer trug das Gewehr geschultert und hatte den Arm quer über den Lauf gelegt. Er hob den Blick und schaute darüber hinweg zu ihr herüber. »Wollen Sie mir jetzt etwas über den Effekt der Quantenlehre erzählen, oder mir erklären, wie Sie das durch ihn ausgelöste Synapsenfeuer in Ihr eigenes Sensorium übertragen? Oder sollte ich Ihnen besser etwas über Ihre Grenzen erzählen, zum Beispiel über Ihre Unfähigkeit, sich Zugang zu Langzeit-RNA-Erinnerungen zu verschaffen? Mein Gerät zeigt dagegen wenigstens die Speichermengen an, und den Standort. Ich könnte Ihnen über jedes von beiden mindestens eine Stunde lang einen Vortrag halten.«

»Da bin ich sicher.«

»Also wissen Sie, daß ich es nicht für Zauberei halte.«

»Aber Sie benehmen sich, als sei es das. Merken Sie das nicht? Vielleicht war Ihnen das nicht bewußt, aber Sie erwarteten von mir, daß ich alles über die Hüter herausfinde, und das in Minutenschnelle, durch ein wenig Augenblinzeln und Konzentration. Duncan Andrews dachte ebenso, obwohl gerade er es eigentlich besser wissen müßte. Mein Problem ist, daß ich nie zuvor mit solchen Kreaturen zu tun hatte. Ich weiß nicht, ob sie intelligent sind oder nicht. Ich vermag nicht mal irgendwie einen Sinn in ihnen zu sehen. Wenn ich also beim ersten Versuch nichts gefunden habe, heißt das noch lange nicht, daß es nichts zu finden gibt.«

»Vielleicht. Aber Sie erfassen bei den Hütern nicht

diesen grellen Schimmer von Intelligenz, den Sie nach eigenen Aussagen jetzt schon zweimal gesehen haben. Beim Eindringen in ihr Bewußtsein sind Sie nicht umgekippt.«

»Nein, das nicht.«

»Also handelt es sich vielleicht um etwas anderes. Um etwas, das nichts mit den Hütern zu tun hat. Vielleicht ist es der FEIND – nicht die Hüter.«

Vier Schritte weiter fragte Dorthy: »Glauben Sie wirklich, daß es hier eine verborgene Zivilisation gibt?«

»Sind Sie nicht schon auf etwas gestoßen, das darauf hindeutet?«

»Schauen Sie sich doch um. Denken Sie an die Technologie in den Asteroiden um BD Zwanzig. Sie haben Raumschiffe in den verrücktesten Ausführungen, Stützpunkte, Waffen. Was ich Ihnen jetzt verrate, ist als geheim eingestuft. Aber es macht nichts, wenn auch Sie es wissen: Der FEIND ist in der Lage, eine sich selbst erhaltende Plasmakugel zu bauen. Fliegt sehr schnell, mit mindestens einem Viertel Lichtgeschwindigkeit. Das ist es, was so viele unserer Schiffe dort im Anziehungsfeld von BD Zwanzig ausschaltet …

Aber hier, auf diesem Planeten? Im besten Fall ist das hier eine Art Park, verlassen, die Besitzer tot oder sonstwo. Im schlimmsten Fall sind es die Überreste von etwas Größerem, wie Duncan Andrews glaubt. Ich glaube es nicht. Denken Sie doch mal nach, Dr. Yoshida. Wenn diese Hüter der FEIND und nur degeneriert sind, wieso ist dann die Burg wieder plötzlich zum Leben erwacht? Major Ramaro hat recht. Der FEIND ist hier – irgendwo.«

»Ich weiß nicht.« Dorthy ging ein paar Schritte weiter. »Aber warum beschäftigt Sie das eigentlich so stark?«

»Wegen der Möglichkeit, etwas Neues, Umwerfendes zu entdecken. Sicher nicht wegen dieses Spazierganges hier. Es ist eine große Ehre, zur Teilnahme an dieser Expedition aufgefordert worden zu sein. Aber ich weiß ja – Sie denken darüber anders.«

»Aber ihr wolltet doch alle herkommen – all die Wissenschaftler hier. Trotz eures Murrens über die Beschränkungen durch die Navy seid ihr doch alle freiwillig hier.«

»Die Erforschung des Nervensystems ist meine Lebensaufgabe, Dr. Yoshida. Ich könnte meine Forschungen am Menschen betreiben. Aber das tun viele. Oder auch an Tieren, aber dabei gibt es nur noch wenige Problemstellungen. Ich habe sechs Wochen auf Elysium mit dem Studium der Ureinwohner verbracht – und das war bis jetzt der Höhepunkt meiner Karriere. Natürlich habe ich mich sofort bereit erklärt, hierher zu kommen. Nirgendwo sonst kann ich intelligente Aliens studieren – sollten wir sie wirklich finden.«

»Und deswegen müssen Sie einfach glauben, daß es sie gibt.«

»Sie dagegen hoffen, daß hier nur die Hüter leben, damit Sie wieder schnell nach Hause zurückkehren können.« Aber das sagte Kilczer in gutmütigem Spott, ohne Bosheit. Was er wirklich dachte, lag für Dorthy im Moment völlig im dunkeln. Ihr TALENT brauchte eben seine Zeit. Vielleicht waren seine unregelmäßig auftretenden Blockaden inzwischen abgeklungen. Sie hoffte es.

Beinahe eine Stunde lang wanderten sie schweigend nebeneinander her. Der gleichmäßig fallende Regen störte sie nur, wenn der Wind ihn in scharfen Böen durch den Canyon ins Gesicht blies. Einige Male rissen die Wolken weit genug auf, um den Blick auf das allmählich ansteigende bewaldete Hochland freizugeben, das vor ihnen lag. Fünf Tage – oder gar sechs, um das Camp am Seeufer zu erreichen?

Dann machte der Canyon einen scharfen Knick, und die Spur, der sie folgten, wurde zu einem Pfad durch den Wald, mit niedergetretenen Pflanzen, umgerissenen Bäumen und abgebrochenen Zweigen und Ästen, die halb im schlammigen Boden begraben waren. Dem Wald folgte wieder ein weites, leicht ansteigendes Weideland mit dem gleichen flechtenartigen Bodenbewuchs, der auch am Ufer des Sees zu finden war. Hier verbreiterte sich die Spur der Herde. Die Tiere hatten einen weiten Korridor in die violettfarbene Vegetation gezogen. Und nicht weit vom Waldrand entfernt stießen die beiden einsamen Wanderer auf die Überreste eines großen Feuers.

Hier und da stieg noch ein wenig Rauch von den dicken Holzscheiten auf, die man einfach übereinander gehäuft hatte. Kilczer trat gegen ein kleineres Scheit, und sofort züngelten bläuliche Flammen auf und verdampften zischend die Regentropfen.

Kilczer hielt die Hände über die Flammen. »Diese Hüter sind stark – wie schön. Wir würden einen kleineren Lastwagen brauchen, um Bäume dieser Größe aus dem Wald zu holen.«

Dorthy spürte, wie die aufsteigende Wärme ihr Gesicht streichelte. Eine stärkere Brise ließ die Seiten ihres durchnäßten Overalls flattern. »Wie entzünden sie überhaupt ein Feuer?«

»Sie haben Anzünder bei sich – glimmendes Material in Lehmbehältern. So hat Ade es mir erzählt.«

Kilczer ließ seinen Blick über den Waldsaum und das weite Grasland schweifen. Vor ihnen stieg das Land an, bis es in den Wolken verschwand. »Können kaum mehr als ein paar Stunden Vorsprung gehabt haben, als sie hier aufbrachen.«

»Was werden Sie tun, wenn Sie sie einholen?«

»Wir, Dr. Yoshida. Warum reden Sie immer so, als seien Sie nicht hier? Ihre Anwesenheit ignorieren Sie immer.«

Dorthy dachte an ihre Mutter und schwieg.

Kilczer klatschte in die Hände und begann in der Asche herumzustochern. Auf der anderen Seite des

Aschezirkels fand er einen großen Knochen. Ein Fetzen Fleisch hing noch an der seltsam geformten breiten Gelenkpfanne, mit schwarzer Asche verschmiert. Kilczer reinigte das Fleisch, so gut es ging, und schob das Knochenende ins Feuer. Fett brutzelte, und gelbliche Funken tanzten in der bläulichen Flamme.

Dorthy mochte nicht daran denken, woher das Fleisch stammte, biß aber heißhungrig in das Fleisch und kaute heftig auf dem knusprigen Bissen herum. Kilczer riß ein größeres Stück des flechtenartigen Bodenbewuchses aus, probierte davon, spie aber sofort alles wieder aus. »Pfui, ich glaube, wir müssen doch Fleischfresser bleiben – wie die Hüter. Bei der nächsten Rast gehe ich wieder jagen.«

»Ich wünschte, Sie würden mir das Gewehr geben. Ich bin wirklich ein guter Schütze.«

Fast eine Minute lang sagte Kilczer kein Wort. Dann schob er das nasse Haar zurück und murmelte: »Ich wünschte, dieser Regen würde endlich aufhören.« Er begann wieder in der Asche herumzustochern. Dorthy hockte dicht beim Feuer und sah zu, wie der Knochen verbrannte. Einmal sagte Kilczer etwas auf Russisch, schwieg aber sofort wieder. Nach einer Weile kam er zu ihr und zeigte ihr die Dinge, die er gefunden hatte: ein Metallstück, einen halb geschmolzenen Plastikbecher, einen schlammverkrusteten orangefarbenen Stoffetzen, ein Stück gewickelten Draht. Kilczer trat gegen das brennende Scheit, bis die Funken kopfhoch aufstoben. »Ich wunderte mich schon, warum im Camp so wenig zu finden war. Was glauben Sie, warum sie unsere Sachen mitschleppen?«

Dorthy unterließ es, ihm die Antwort zu geben, die auf der Hand lag – nämlich, daß er bezüglich der Hüter unrecht hatte. Statt dessen schlug sie vor: »Sollen wir weitergehen? Meine Kleider sind inzwischen wieder halbwegs trocken.«

Kilczer nahm den Draht, als wolle er ihn einstecken.

Stirnrunzelnd betrachtete er ihn, ließ ihn dann wieder ins Feuer fallen und drehte sich um. »Gehen wir«, sagte er rauh und stapfte davon, ohne auf sie zu warten.

Etwa zwei Stunden wanderten sie weiter. Das offene Land wurde hügeliger und steiler. Große hölzerne Farngewächse wuchsen in Stauden aus dem Boden. Plötzlich krümmte sich Dorthy unter heftigen Magenkrämpfen. Kilczer stützte sie und hielt ihr die Haare zurück, während sie erst halbverdaute Fleischstücke, dünne, bittere Galle und zum Schluß nur noch hellen, klebrigen Chymus erbrach. Ihr Magen rumorte heftig, und sie empfand eine klägliche Scham. Als sie sich schließlich wieder aufrichtete, wurden ihre Augen von roten Strahlen geblendet, die das Schwindelgefühl im Kopf nur noch verstärkten. Durch einen breiter werdenden Spalt in der schwarzen Wolkendecke schien die riesige Sonne. Wenige hundert Meter weiter wurde Dorthy erneut von Krämpfen geschüttelt, aber da war nichts mehr, das sie hätte erbrechen können. Alles drehte sich, und sie setzte sich auf den Boden und lehnte ihren Kopf gegen einen Stein, konzentrierte sich ganz auf ihre Atmung und die kalte Berührung des Felsens an Wange und Kinn. Und ringsum sie herum die hallende Stille der außerirdischen Welt …

Kilczer hockte sich ein Stück abseits auf einen Flecken nasser Flechten. Sein schmales Gesicht war schneeweiß. »Das Zeug zu essen war halt eine Chance für uns«, meinte er leise.

Wenig später raffte er sich auf und verschwand in einer Waldzunge. Als er zurückkam, zerrte er mehrere lange, abgebrochene Äste hinter sich her. Mit dem Messer schnitt er die Zweige herunter, schälte die nasse Rinde von dem toten, trockenen Holz in der Mitte und schichtete die Stücke in ein Nest aus braunen, verwelkten Farnwedeln. Dann zündete er sie mit seinem

Raumfeuerzeug an. Die Wedel knackten und knisterten, wurden ein schneller Raub der Flammen. Endlich begann das Holz zu glimmen. Harzig riechender Rauch quoll auf. Dorthy sank neben dem Feuer zusammen und genoß dankbar die sich ausbreitende Wärme.

»Wir werden hier rasten«, sagte Kilczer. »Ist kein schlechtes Feuerchen, wenn ich es mir so anschaue.«

Dorthy gelang ein leichtes Lächeln. »Ich könnte im Moment sowieso nirgends hingehen.«

Für die nächsten beide Tage war das Feuer ihr Orientierungspunkt. Wer sich gerade dazu in der Lage fühlte, ging in den Wald und sammelte abgefallene Äste und tote Farnstengel. Das Brennmaterial wurde sorgfältig rings um die Feuerkuhle zum Trocknen ausgelegt und dann verbrannt. Ebenso willkommen wie die Wärme war der helle Feuerschein, und es schien Dorthy, als ob jegliche Hoffnung zu überleben schwinden müßte, sollte das Feuer erlöschen. Beide wurden sie von juckendem Ausschlag, Durchfall, Schüttelfrost und Hitzewallungen geplagt – Reaktionen ihrer Körper auf die nichtirdischen Moleküle im Fleisch.

Der Regen verzog sich, die Sonne beherrschte wieder den dunklen, wolkenlosen Himmel. Kilczers rasselnder Husten verschlimmerte sich wieder, je trockener die Luft wurde, doch ansonsten schien er nicht so mitgenommen wie Dorthy – wahrscheinlich, weil er schon über längere Zeiträume auf anderen Welten gelebt hatte. Um die Zeit totzuschlagen, erzählte er Dorthy von diesen Welten: von Elysium, Serenity, von Nowaja Semlja, von der Expedition zu dem binären weißen Zwergstern Stein 2051 – alles in jenen Tagen, als er sich mehr seinem Beruf als Medizin-Techniker und Arzt verbunden fühlte als seinem Forschergeist, ehe die Gilde ihm gestattete, seinen wirklichen Interessen auf dem Gebiet der Neurobiologie nachzugehen. Und er erzählte ihr von Nowaja Rosja, einst eine erdähnliche Welt, die vor einer halben Million Jahren Ziel eines solch massiven kosmischen Bombardements wurde, daß ihre Biosphäre bis auf ein Prozent völlig zerstört wurde. Nun waren nur noch die Pole dieser Welt bewohnbar. Die übrige Oberfläche versank unter den Wassermassen und in einem Kohlenwasserstoff-Gemisch, das sich beim Perihel des exzentrischen Planetenorbits in eine kochende Brühe verwandelte und sich beim Aphel zu dicken Eisschollen verfestigte. Kilczer gab Geschichten aus zweiter Hand zum besten, in denen Jagdgruppen Zithsas bei ihrer fortwährenden Wanderung verfolgten und erlegten, erzählte mit nostalgischer Sehnsucht von seinem Zuhause in der Stadtkuppel von Esnovagrad und von seiner Lebensgefährtin. Er zeigte Dorthy den kleinen Holowürfel, dessen Endlos-Schleife sie ihn seit ihrem Desaster immer wieder betrachten sah. Er enthielt das Holobild einer erstaunlich jungen Frau in Dorthys Alter, mindestens fünfzehn Jahre jünger als Kilczer.

»Wir haben erst vor zwei Jahren unseren Vertrag gemacht«, sagte Kilczer leise. »In den Jahren zuvor war ich zu viel unterwegs. Wenn ich mich berufsmäßig in Nowaja Rosja niederlasse, können wir endlich ein Kind haben. Dann werde ich ein sehr wichtiger Mann sein. Sie müssen wissen, in Esnovograd gibt es ein großes Forschungszentrum, fast so groß wie das Kamali-Silver-Institut, wo ich mit der Geräte-Entwicklung befaßt bin.«

»Sie haben auch am Kamali-Silver-Institut gearbeitet?« Dorthy fragte sich, ob er zu ihrer Zeit dort gewesen war.

Aber sie hatte ihn mißverstanden. Er hatte nie an diesem Institut gearbeitet.

Kilczer seinerseits fragte Dorthy kaum nach ihrer Vergangenheit, und sie war ihm dankbar dafür. Die wenigen Fragen, die er stellte, beantwortete sie mit Halbwahrheiten, die sie sich seit langem zurechtgelegt hatte. Seine Neugier war ohnehin rein akademischer

Natur. Er zeigte mehr Interesse an ihrem TALENT, was Dorthy weniger störte, weil sie am Institut gelernt hatte, jede Nuance davon zu beschreiben.

Nachdem die Pfützen, die sich hier und da im Wald gebildet hatten, ausgetrocknet waren, mußten sie wieder dazu übergehen, durch Stoff gefilterten Pflanzensaft zu trinken, um ihren Körpern die nötige Flüssigkeit zuzuführen. Dorthys Lippen warfen erneut Blasen. Während ihrer Fieberanfälle hockte sie so nahe wie möglich am Feuer und fragte sich, ob die Krankheit ihr Implantat in Mitleidenschaft zu ziehen oder gar auszuschalten vermochte und so ihrem TALENT die Möglichkeit zum vollen und damit zum endgültig letzten Aufblühen verschaffte.

Sie beschädigte es nicht.

Einmal wachte sie auf und stellte fest, daß Kilczer verschwunden war. Das Feuer war weit heruntergebrannt. Sie warf Nadeln und trockene Farnwedel in die glimmende Asche und brachte die Flammen wieder zum Lodern. Vorsichtig fütterte sie sie mit kleinen Holzstücken. Das Feuer war das Leben, ein Gegenpol zum trüben roten Licht der riesigen Sonnenscheibe – jetzt kurz vor Mittag. Ihre Strahlen waren wärmer, was Dorthy infolge ihrer Krankheit aber nicht bemerkte. Sie kuschelte sich ans Feuer, nährte es mit Holz und kämpfte mit aller Kraft gegen ihre körperliche Schwäche. Wenn sie jetzt einschlief, riskierte sie das Erlöschen der Flammen. Sicher konnte Kilczer mit seinem Raumfeuerzeug ein neues Feuer anzünden. Aber was war, wenn er nicht zurückkam?

Ein paar Stunden später war er wieder da. Über der Schulter baumelte ein lebloser Tierkörper, den er an dem paddelförmigen Schwanz festhielt. Kilczer ging langsam, mit gesenktem Kopf. Sein Gesicht wirkte unter dem dünnen Tagesbart noch schmaler, und die weiße Haut war mit roten Striemen gezeichnet. Lange Zeit hockte er Dorthy gegenüber am Feuer, ehe er ihr erzählte, wo er gewesen war. Er hatte den ganzen Wald durchquert bis zu einem großen Teich, der den Fluß im Canyon speiste. Dort hatte er das Tier geschossen, das er nun zubereiten wollte.

»Sie sollten zumindest einen Happen davon essen, Dr. Yoshida«, schlug er vor. »Es ist ein vierbeiniges Tier, vielleicht von Erde, von Ruby oder Serenity, wenn wir Glück haben. Sie kennen es? Nein? Nun, ich werde jedenfalls essen, und dann sehen wir, was geschieht. Ehe Sie es versuchen, sollten wir sicher sein, daß es in Ordnung ist.«

Dorthy hatte inzwischen einen Zustand erreicht, in dem sie den Hunger nicht mehr spürte. Sie zuckte die Achseln und schaute weg, als sich Kilczer an die unangenehme Aufgabe machte, den Tierkörper zu häuten und zu zerstückeln. Er trennte ein Bein ab, spießte es auf einen feuerfesten Stock und drehte es über der Holzglut mitten im Feuer. Er aß nur ein paar Bissen und schlief danach sofort erschöpft ein. Trotz ihrer guten Vorsätze wurde auch Dorthy vom Schlaf übermannt.

Der Duft von gebratenem Fleisch weckte sie. Kilczer kniete vor dem Feuer und leckte sich die Finger ab. Dorthy rollte sich herum und kroch zu ihm. Er reichte ihr ein heißes Stück Fleisch, frisch aus dem Feuer. Sie aßen, so viel sie hinunterbringen konnten, ließen das Feuer niederbrennen und machten sich wieder auf den Weg.

Die Spur der Herde war nur noch an einer helleren Violettfärbung im weichen Pflanzenteppich zu erkennen. Die schnell nachwachsenden Flechten hatten ihre Fährte fast völlig überwuchert.

Nach drei Stunden erreichten Dorthy und Kilczer den Teich. Gemäß irdischer Zeitrechnung war es fast Mitternacht, doch Dorthy hatte durch ihre Krankheit und das gleichförmige rote Licht der Sonne jedes Zeitgefühl verloren. Sie kniete sich ans bemooste Ufer, schöpfte mit den Händen Wasser, um zu trinken, und benetzte sich damit das Gesicht und ihre verfilzten Haare. Kilczer hatte schon vor ihr getrunken. Er saß auf einem Felsblock und sah zum anderen Teichende hinüber. Dort schoß das Wasser aus einem engen Spalt zwischen hohen Felswänden hervor und stürzte in einem weißen Vorhang aus Gischt in den Teich hinab. Seltsame Aufwerfungen, die aussahen wie indigofarbene geodätische Kuppeln, ein paar davon größer als Dorthy, säumten die Uferbiegung, und Gruppen riedartiger Pflanzen in blendendem Weiß wanden sich spiralförmig ein dutzend Meter hoch in die Luft und wehten wie Banner in der kühlen Brise. Der Moosteppich, auf dem Dorthy kniete, war dunkelrot wie getrocknetes Blut. Die Flechten wiesen schwach leuchtende Verdickungen auf – wie die Lichtreflexe der Tagsterne am dunklen Himmel. Das Wasser im Teich war so klar, daß man den hellen Sandboden sehen konnte. Es war wirklich ein Ort von ungewöhnlicher, nichtirdischer Schönheit. Dorthy setzte sich auf den Boden und genoß den Anblick.

Schließlich sagte Kilczer: »Wir werden hier noch einen Tag rasten, aber dann müssen wir weiter. Ich denke, der Canyon führt direkt zu dem See mit Andrews' Camp. Ob die Herde es schon erreicht hat? Was meinen Sie? Sie haben es nicht erkennen können, aber sie nahm den direkten Weg durch den Wald hinter Ihnen.« Er trat mit dem Absatz gegen den Fels, auf dem er saß. »Andrews hat offenbar vergessen, daß es uns gibt. Wahrscheinlich ist er mit den Phänomenen bei der Burg zu beschäftigt.«

Dorthy wischte sich die nassen Haare aus der Stirn und sagte nichts.

»Morgen müssen wir mindestens zehn Kilometer schaffen. Können Sie das? Wir haben noch einen weiten Weg, ehe wir aus dieser verdammten Wildnis heraus sind. Ich hoffe und bete, daß Andrews das Lager nicht verlegt hat, sonst müssen wir über die steilen Berge des Kraterrands hinüber. Ich bin zwar hierher gekommen, um ein paar Dinge herauszufinden, aber das wäre dann doch des Guten zuviel!«

»Morgen sehen wir weiter«, versuchte Dorthy seine Ratlosigkeit zu dämpfen.

»Morgen, alles morgen! Wann immer das sein mag! Hören Sie, ich werde versuchen, uns etwas Eßbares zu jagen. Vielleicht wieder einen dieser Flachschwänze. Sie warten hier?«

»Ich komme mit. Wirklich, ich fühle mich schon etwas besser.«

Kilczer belohnte sie dafür mit einem Lächeln.

Seit jenem Tag, an dem sie sich mit ihrer Schwester in einem australischen Gebüsch versteckte, während ihr Vater und seine Kumpane nach ihnen suchten, hatte sich Dorthy nicht mehr jemandem so nahe gefühlt.

Der hohe, schmale Canyon schlängelte sich durch den weiterhin ansteigenden Wald. Der Fluß auf seinem Grund umspülte die Felsen in seinem Bett mit weißer Gischt. Dorthy und Kilczer folgten seinem Verlauf. Einmal sahen sie einen Schwarm von schwarzen Wesen mit meterweiten Schwingen, die sich von den Aufwinden hoch über den Canyon hinaustragen ließen. Ein anderes Mal sah Dorthy den zottigen Umriß eines Tiers in den Schatten zwischen den Bäumen verschwinden. Es war mindestens so groß gewesen wie die Raupe. Ansonsten wirkte der Wald verlassen – als ob sich die beiden Menschen in einen sorgfältig gehaltenen Park verirrt hätten. Zum Glück waren die meisten Tiere, die sie sahen, klein und nicht sonderlich scheu.

Kilczer schoß mit dem Enthusiasmus des Anfängers auf alle, selbst auf sechsbeinige Kreaturen, die er, wenn er sie traf, über den Canyon-Rand warf. ›Zielübungen‹ nannte er das. Um des lieben Friedens willen ließ Dorthy ihn gewähren, obwohl sie wußte, daß das Azidband im Gewehr vielleicht tausend Schuß enthielt – zwar eine große Zahl, aber doch nicht unbegrenzt. Freilich konnte das Camp am See nicht mehr allzu viele Tagesmärsche entfernt sein. Trotzdem sammelte sie nach jeder Mahlzeit das restliche Fleisch und dörrte es in dünnen Streifen auf einem heißen Stein. Die Fleischstreifen dienten ihnen während des Marsches als Wegzehrung.

Sie brauchten noch sechs Tage, um den Lagerplatz am See zu erreichen.

Ein hoher Wasserfall, der in mehreren Kaskaden herunterrrauschte, durchnäßte beide bis auf die Haut, während sie den steilen, schlüpfrigen Hang zu seiner Seite emporstiegen. Die dichte Vegetation, durch die sie sich kämpften, war hier so üppig wie nirgends sonst auf diesem merkwürdigen Planeten. Die Spur der Herde hatten sie inzwischen vollends verloren. Trotzdem bestand Kilczer darauf, am Fuße des Wasserfalls nach ihr zu suchen. Das kostete sie einen halben Tag.

Oben angekommen, suchten sie sich ihren Weg durch einen weiten Wald, der sich bis zum Rand des breiten Flußbetts erstreckte, in dem sich die Fluten träge dem Rand des Wasserfalls entgegenwälzten. Bäume klammerten sich mit ihrem gewölbten, starken Wurzelwerk in das poröse Felsgestein, manche Stämme ragten fast waagrecht über den Abgrund hinaus. Das dichte Blätterdach filterte das ohnehin schwache rote Licht noch stärker, so daß die beiden Wanderer kaum erkennen konnten, ob sie den Fuß auf den Nadelteppich des Waldbodens oder in eine mit Wasser gefüllte Bodenvertiefung setzten.

Dann blieb der Wald allmählich zurück. Dorthy und Kilczer traten auf den breiten, violetten Pflanzenteppich des Seeufers hinaus. Schwarz und still dehnte sich der See bis zu den fernen, wolkenverhangenen Gipfeln der Berge am Kraterrand. Mit einem ungeheuren Gefühl der Erleichterung registrierte Dorthy, daß sie schon einmal hier gewesen war.

Aber kein orangefarbener Tupfer leuchtete im sanftvioletten Rund des Seeufers. Das Lager war verschwunden.

Dorthy und Kilczer sprachen kein Wort, während sie weitergingen. Eine zertrampelte Bodenfläche, frei von jeder Vegetation, ein Kuhle, halb gefüllt mit Wasser, ein paar Spuren im Pflanzenteppich ringsum, die sich in alle Himmelsrichtungen verliefen…

Sonst nichts.

Dorthy setzte sich auf den weichen Boden, während Kilczer ungläubig mit dem Fuß in der schlammigen Bodenkuhle des Zeltplatzes herumstocherte. Schließlich setzte er sich neben Dorthy. »Uns bleibt nichts anderes übrig als weiterzugehen«, murmelte er.

»Was, denken Sie, ist geschehen?«

»Ich weiß es nicht. Vermutlich hat Andrews Angel Sutter von hier abgezogen. Es entspräche ganz seiner Art, alle Kräfte auf die Burg zu konzentrieren, sobald sich die Lage hier änderte. Er und seine verdammten Lichter!« Kilczer fuhr sich durchs Haar und schaute durch die Armbeuge zu Dorthy hinüber. »Was empfinden Sie jetzt?«

»Enttäuschung, um es milde auszudrücken.«

Er lachte gezwungen. »Wenigstens ist Ihre Beherrschung noch einigermaßen intakt.«

»Armer Arcady! Noch immer sitzen Sie mit mir hier draußen in dieser Wildnis fest.«

»Mir ist wirklich nicht nach Scherzen zumute, das können Sie mir glauben. Wenn ich diesen verfluchten Andrews jetzt hier hätte, würde ich ihn auf der Stelle erwürgen. Enttäuschung – pah!« Abrupt sprang er auf und lief zum Seeufer, holte seinen Penis hervor und urinierte ins Wasser.

Dorthy schaute weg. Während ihrer Krankheit war

es nicht möglich gewesen, die natürlichen Bedürfnisse getrennt voneinander zu erledigen, und später schien das Kilczer immer weniger zu stören. Ihr dagegen stieg immer noch die Verlegenheitsröte bis in die Ohrläppchen. Ein solch rüdes Betragen ging ihr gegen den Strich, war in ihren Augen eine Verletzung des Anstandes und der ureigensten, intimsten Privatsphäre.

Kilczer zog den Reißverschluß zu, kam zurück und nahm das Gewehr. »Es hat keinen Sinn, hier herumzusitzen. Wir ...«

Dorthy schaute sich um, denn er hielt mitten in der Bewegung inne.

Der Hüter stand geduckt im Schatten der Bäume am Waldrand, so daß sich seine runden Schultern über den Kopf wölbten. Große Augen blitzten im Dunkel des kapuzenartigen Hautlappens. Dorthy, der eben noch der heiße Zorn das Blut in die Stirn getrieben hatte, fröstelte plötzlich – und fühlte tief in der ruhenden Mitte ihres Bewußtseins ein Prickeln, so unfaßbar und drohend wie die Spitze einer Messerklinge, so komplex wie eine achtdimensionale Gleichung, mit der sich jeder vorgegebene Punkt im Raum-Zeit-Gefüge errechnen läßt. Einen Augenblick lang dachte sie, sie hätte es, aber ihr TALENT war zu stark gedämpft, und es war zu fremd ...

Sie schloß die Augen und drückte das Rückgrat durch, versuchte, das ruhende Feld in der Mitte ihres Bewußtseins, auf das ihr TALENT ausgerichtet war, zu erweitern. Aber das Gefühl war wie eine Nebelwand, die stets in derselben nicht überbrückbaren Entfernung verharrte – ganz gleich, in welche Richtung Dorthy auch ging. Und dann löste sich der Nebel auf. Als Dorthy die Augen aufschlug, war der Hüter nicht mehr zu sehen.

Hinter ihr stieß Kilczer hörbar die Luft aus. »Wir sollten besser verschwinden«, sagte er, und er sagte es so leise, daß Dorthy erst recht erschrak. Auf dem langen, gefährlichen Marsch hierher hatte Kilczer seine Furcht, wie groß sie auch gewesen sein mochte, nie so deutlich gezeigt wie jetzt.

Einige Zeit später kampierten sie inmitten des hohen, dichten Schilfgürtels dicht beim Ufer. Diesmal schlug Kilczer nicht vor, für ihr Essen auf die Jagd zu gehen, sondern schaute stumm zu, wie sie in das Schilfdickicht eine Art Plattform hineinflocht. Die ganze Zeit während ihres Marsches am Seeufer entlang waren sie stets dicht beisammen geblieben.

»Das sieht sehr bequem aus«, sagte er schließlich und stieß mit der Stiefelspitze gegen die Plattform. »Wo haben Sie das gelernt?«

»Meine Mutter hat immer Matten geflochten.« Daran war sie dann auch schließlich gestorben. Und diese eine schrecklich lange Nacht mit Hiroko unter dem weiten Himmel des Outback. »Ich mache Ihnen auch eine, wenn Sie wollen.«

»Ich werde sie mal ausprobieren«, meinte er und schob seinen Körper vorsichtig auf die schwankende Plattform. Dann lächelte er und zog die Beine ganz hinauf. Seine Hand berührte die von Dorthy, und es war, als sei plötzlich ein Schalter betätigt worden: Verlangen durchzuckte ihren Körper, verursachte ein sanftes Ziehen in ihrem Bauch. Sie packte seine Hand, und sie zogen sich gegenseitig herunter. Ihr waren seine Knie im Weg, als sie versuchte, sich neben ihm auszustrecken. Ihre eine Hand sank neben seinem Kopf in den schlammigen Grund, die andere war immer noch in seinem Griff. Sie griff nach ihm. Sie küßte ihn. Seine Bartstoppeln kratzten über ihr Kinn, seine Arme kamen nach oben, umfingen sie und hoben sie auf seinen Körper. Er ließ ihre Hand los und schob eine Hand zwischen ihren Körpern hindurch in ihren Overall. Sein Daumen schlüpfte in ihre feuchte Wärme, während sie versuchte, seinen Overall zu öffnen und ihn dabei zu küssen, wobei sie seine trockenen Lippen auseinanderzwang. Ihre Zähne stießen sanft gegeneinander. Seine Zunge glitt in ihren Mund. Sein Penis erhob sich, und sie half ihm hinein...

Schon nach ein paar Stößen kamen sie beide in einem überwältigenden Orgasmus, in langen Spasmen, die beinahe zu einem Krampf auspegelten.

Sie entspannte sich schließlich auf ihm, doch das Begehren in ihrer Brust war noch nicht gestillt. Ihre ungehemmte Vereinigung war Ausdruck ihrer Furcht und Verzweiflung, aber auch Ausdruck dieses geheimen Bandes, das allmählich zwischen ihnen entstanden war. Ihr Herzschlag vermischte sich mit seinem.

»Beim Barte...«, brummte er und begann zu kichern. Er zog die Hand zwischen ihren Körpern hervor und umfaßte ihr Handgelenk. »Ich dachte nicht...«

»Du hieltest mich für kalt und abweisend. War ich das?«

»Du weißt, daß du es nicht bist. Geht's dir gut?«

»Schieb dein Knie etwas zur Seite. So ist es besser.«

»Stell dir vor, einer der Hüter hätte uns überrascht, als wir gerade mitten...«

»Nicht«, sagte Dorthy und küßte ihn, um ihm den Mund zu verschließen. Sie wollte jetzt nicht reden – hatte noch nie beim Ausklingen eines sexuellen Erlebnisses reden wollen. In ihren schlimmsten Momenten betrachtete sie Sex nur als biologischen Reflex, als etwas, das befriedigt werden mußte. Mehr war es dann nicht für sie. In den besten Augenblicken dagegen war er für sie ein wechselseitiger Ausdruck von Vertrauen und Freude. Aber meist brach sie eine Beziehung ab, bevor sie sich tiefer darin verstrickte. Diese Aufwallung verborgener Gefühle, diese kleinen inkonsequenten Geheimnisse und Geständnisse – dies waren die Kehrseiten, die sie haßte, weil sie alles komplizierten. Sie erinnerten sie an ihre Arbeit als Jugendliche im Kamali-Silver-Institut. Damals hatte sie es sich zur Regel gemacht, nie öfter als dreimal mit einem Mann zu schlafen. In weiten Teilen der von Groß-Brasilien beherrschten Erde, die gerade wieder aus einer langen, dunklen Periode der Repression herausfand, galt der freie Beischlaf immer noch als ungewöhnlich, sogar als pervers – auch wenn sie nur selten mit jemand schlief. Aber wenn schon die Männer sie zu ihrem Vergnügen benutzten, tat sie umgekehrt dasselbe mit ihnen. Am Fra Mauro-Observatorium dagegen waren die Dinge schon anders – kosmopolitischer. Die Leute von den Kolonialwelten, die zum größten Teil durch den Kontaktverlust zur Erde nach der gegenseitigen Zerstörung der USA und Rußlands in die Barbarei zurückgefallen waren, einer Barbarei, die noch vor fünfzig Jahren Bestand hatte, verspotteten gern die ruhigeren Studenten von Erde und waren nicht wenig geschockt vom Verhalten der Männer gegenüber Frauen. Erst recht entsetzt wären sie gewesen, hätte man ihnen erzählt, daß in einigen Teilen von Groß-Brasilien noch junge, heiratsfähige Frauen unverhohlen als Ehefrauen feilgeboten und verkauft wurden. Dorthy teilte in diesem Punkt die Ansichten der Kolonisten, wußte aber zu gut, daß diese Einstellung Teil ihrer Auflehnung gegen die strikte Art ihres Vaters war. Aber nur sie selbst zählte, das, was sie zu ihrem Leben brauchte. Und dazu gehörte eben, wenn auch nur gelegentlich, Sex. Sie hatte sich zu lange anderen unterworfen und war mit deren Wünschen bombardiert worden – am Institut und in dem Jahr, in dem sie nebenher arbeitete, um sich das Geld für ihr Studium am Fra Mauro zu verdienen. *Hure!*

»Ich fürchte, wir haben mehr oder weniger dein schönes Bett ruiniert«, murmelte Kilczer, mit den Lippen ihren Hals liebkosend.

»Ich werde ein neues machen.« Sie richtete sich auf und wich dabei seinen Händen aus, die sie zurückziehen wollten. *Sich um Gottes willen nicht zu nahe kommen!*

»Laß mich, ich will mich waschen.«

Als sie zurückkam, war er aufgestanden und sah zum Wald hinüber. Dorthy machte sich daran, das Schilf zusammenzubinden.

»Machst du dir Sorgen, daß wir vielleicht nicht zu unseren Leuten zurückfinden könnten?« fragte sie ihn.

»Bitte – wir wollen jetzt nicht darüber reden. Ich bin müde.« Er trat beiseite, als sie das Schilf neben ihm zusammenschob. Sie hatte ihn verwirrt, und das entlockte ihr ein Lächeln. Sie mochte es nicht, einem bestimmten Menschenschlag zugeordnet zu werden – auch wenn es manchmal seine Vorteile hatte, als reserviertes neurotisches TALENT behandelt zu werden. Fast in jeder Trivia-Show gab es eine solche Charakterrolle.

»Vor einigen Jahren war ich auf Elysium«, sagte Kilczer. »Ich denke, ich erzähle dir jetzt mal ein wenig darüber. Auch dort lebte ich damals in der Wildnis – und mochte es ebenso wenig wie jetzt. Damals hatte ich alles dabei, was zu einem einigermaßen komfortablen Kampieren notwendig war. Ich tat es für meine Arbeit, verstehst du? Ich wollte damit vorankommen. Hier müssen wir selbst für ein wenig Komfort sorgen, nicht wahr?«

Reden, reden. Immer alle Zeit auf den gegenwärtigen Moment beschränken...

Dorthy arbeitete mit dem Rücken zu ihm, flocht die Stengel zu Bündeln zusammen und knüpfte an jedem Ende eine Schleife, um sie zusammenzuhalten. Dabei erzählte er ihr von den weiten Steppen im Outback von Namerika auf Elysium, von den Aborigines-Dörfern und ihren merkwürdigen Bewohnern, die immer stocksteif stehenblieben, sobald ein Mensch sich ihnen näherte. Die Ortsansässigen pflegten zu sagen, man könne einen Abo auf diese Weise ganz leicht töten. Kilczer behauptete, er habe die Eingeborenen häufig aus der Ferne beobachtet, aber in ihrem Verhalten nie etwas entdecken können, das nicht schon vorher erfaßt und ausgedeutet worden sei. Niemand wußte genau, ob die Abos voll empfindungsfähig waren oder nicht, und trotz dieser sechs Wochen im Freien mit seinen Instrumenten, klobigen Vorläufern des kompakten Geräts, das er hier gerade bei der Stampede der Critter-Herde verloren hatte, war Kilczer nicht zu irgendwelchen verwertbaren Ergebnissen gekommen.

Dorthy fragte, während sie eine Schleife festzurrte: »Behaupten nicht einige Leute, daß die Aborigines vor langer Zeit Städte auf Elysium errichtet hätten?«

»Das ist nur ein Märchen«, antwortete Kilczer in plötzlich aufflammendem Zorn, »basierend auf Wunschdenken und ein paar zweifelhaften geologischen Formationen. Es wird ja auch behauptet, daß es auf Nowaja Rosja mal eine Zivilisation gegeben hat, die vor einer halben Million Jahren durch den Einschlag eines großen Asteroiden zerstört worden sein soll. Ich glaube, ich habe dir schon davon erzählt. Sicher hat er zum großen Teil alles Leben vernichtet. Aber immer wieder erzählen die Zithsa-Jäger, daß sie gelegentlich in den Flachländern menschenähnliche Kreaturen gesehen haben wollen. Dunst-Dämonen nennen die Jäger sie und behaupten, sie seien die Geister der untergegangenen Fabel-Rasse. Ich behaupte, diese Gestalten entspringen je zur Hälfte einem Wodkarausch und der Einbildung. Zithsa-Jäger sind ohnehin verrückte Leute. Wir wollen einfach nicht im Universum allein sein, Dorthy, und das treibt viele Menschen dazu, Dinge zu erfinden, die nicht wirklich vorhanden sind. Selbst auf Erde kursieren Geschichten über sagenhafte Kulturen. Zum Beispiel dieser Staat Atlantik – oder so ähnlich.«

»Atlantis«, korrigierte Dorthy ihn und knüpfte den letzten Knoten. Aus einem unerfindlichen Grund kam ihr wieder die haarfeine geologische Schicht in den Sinn – der Beweis für den unerklärlichen Beschuß mit Nickel-Eisen-Asteroiden. Gleichzeitig spürte sie wieder dieses Prickeln, als wolle sich ihr TALENT erneut unkontrolliert ausweiten…

Nach einem Moment hörte es wieder auf.

Dorthy streckte sich auf der fertigen Schilfmatte aus. Kilczer sah auf sie herab. »Du siehst zum Anbeißen aus«, murmelte er.

»Da ist noch etwas Dörrfleisch – solltest du Hunger haben!«

Er kniete sich auf eine Ecke der Hängematte. Das Schilf knackte unter seinem Gewicht. »So hungrig bin ich nun auch wieder nicht. Morgen gehen wir auf die Jagd. Vielleicht.« Er streckte sich neben ihr aus und legte seinen Arm um sie. Sie zögerte kurz und tat es ihm dann gleich.

»Das war eine hübsche Idee von dir«, murmelte er.

»Ich dachte, wir beide hätten sie gehabt – im selben Moment. Sag jetzt nichts. Es ist nicht nötig.«

»Du redest nicht gern – hinterher, stimmt's?«

»Offen gestanden fühle ich mich ein wenig schuldig. Schließlich bist du verheiratet.«

»Verheiratet? Ach, du meinst meine Partnerin. Nein, es ist nicht dasselbe wie auf Erde. Wir binden uns nicht für Sex, sondern für ein Kind – oder Kinder. Eure Regeln auf Erde sind da zu streng, denke ich. Daher gibt es auch so viel Streit und Unruhe. Als ich mal für ein paar Wochen auf Erde – in Ascension – gearbeitet habe, tötete eine Frau, die ebenfalls dort arbeitete, eines Tages ihren Ehemann. Aus Eifersucht auf eine andere Frau, wie behauptet wurde. Ich erinnere mich noch an die Worte ›Ehemann‹ und ›Ehefrau‹. Es müssen sehr schlechte Regeln sein, glaube ich, die zu solchen Dingen führen.«

»Schon möglich.«

»Aber das entspannt dich auch nicht, wie ich sehe. Es ist nicht dein Problem.«

Er stützte sich auf dem Ellbogen auf und schaute sie an. »Du sprichst nicht gern über dich, das habe ich schon gemerkt. Das alles hier hat uns gegenseitig nähergebracht, aber trotzdem weiß ich kaum mehr über dich, als in deinen Personalakten steht.«

»Und was steht darin?« Unwillkürlich versteifte sie sich, als müsse sie sich verteidigen.

»Nicht sonderlich viel. Australien – wie ist es da? Wie Elysium hat es einen Outback, aber keine Aborigines mehr.«

»Ich bin schon seit Jahren nicht mehr dort gewesen.«

»Nicht mal, um deine Familie zu besuchen?«

»Ich habe keine … Meine Mutter ist tot. Und mein Vater – nun, er ist ein Trinker. Er hat das ganze Geld, das ich verdient und nach Hause geschickt habe, in eine Ranch im Outback gesteckt. Nach dem Tod meiner Mutter ist er dann immer tiefer gesunken.«

Und ihr Onkel ebenfalls. Onkel Mishio. Sie mochte nicht an ihn denken, auch nicht an ihre Schwester, die ihr als Lebewohl nur ein kurzes Rätsel hinterließ. Arme Hiroko!

»Du brauchst nicht darüber zu reden, wenn du nicht willst.«

Dorthy küßte ihn und spürte, wie sich seine Lippen zu einem Lächeln verzogen.

»Rede du, wenn du willst. Es stört mich nicht.« Obwohl es das doch tat. Aber sie waren sich nun zu nah, so nahe, wie es nur ging, und sie ahnte, daß er im Reden ein Ventil für seine übergroße Furcht gefunden hatte.

»Was ich eben erzählte, sollte dir klarmachen, was mich hierher verschlagen hat. Ich frage mich, ob ich jetzt hier wäre, wenn ich nicht Nachmittag um Nachmittag damit verschwendet hätte, mit unförmigen Feldstechern im trockenen Gras zu liegen und mit naßgeschwitzten Händen das ausgesprochen langweilige Treiben bei den runden Lehmhütten der Eingeborenen zu beobachten. Ich habe gesehen, wie andere Menschen so leben, und erkannt, daß ihr Leben ebenso eingeschränkt ist wie das Leben der Abos. Trotz aller Forschung, trotz all der Expeditionen – wie viele Menschen blicken je zu den Sternen hinauf und fragen sich, was dort draußen sein mag? An meinem ersten Tag hier bin ich von dem Ort weggegangen, an dem sie Camp Zero errichteten, an dem sie die ganze Maschinerie um ein großes Loch herum aufbauten, das sie für die Kommandozentrale gegraben hatten. Damals war noch Nacht, die Sonne war noch nicht aufgegangen. Und es war so verdammt kalt. Überall die grellen Lampen und das Geschrei der Leute, das Hämmern und Sägen an Trägern und Platten. Es war alles nicht so, wie ich es mir ausgemalt hatte. Also ging ich weg und stieg über die Klippen, wo das grelle Licht nur noch ein heller Schimmer am dunklen Himmel war. Da ist ein Krater …«

»Ich weiß«, murmelte Dorthy. Sie fühlte sich schläfrig, fühlte sich wohl. Sie schloß die Augen vor dem roten Licht.

»Am Kraterrand setzte ich mich auf einen Felsen«, fuhr Kilczer fort. »Die eiskalte Luft stach wie mit Messern im Hals. Es war stockfinster, nur die Sterne und die Kontrolleuchte meiner Anzugheizung schimmerten matt. Zwei Stunden habe ich da gesessen und zu den Sternen aufgeschaut – als hätte ich sie nie zuvor gesehen. Sie unterschieden sich kaum von denen über Nowaja Rosja oder Erde. Sehr weit hinaus waren wir also noch nicht gekommen. Bei meiner Rückkehr spie Colonel Chung Gift und Galle. Sie dachte schon, der FEIND habe mich einkassiert. Ich glaube, sie ist etwas paranoid.«

»Ganz meine Meinung. War es ihre Idee, das Kommandozentrum so tief in den Boden zu bauen?«

Kilczers Körper versteifte sich leicht. Als er ihr antwortete, wußte Dorthy sofort, daß er ihr nicht die Wahrheit sagte. »Es wurde nach Anweisungen des Orbital-Kommandos gebaut. Wovor sie sich schützen wollen, weiß ich nicht.« Aber er wußte es. Dorthy konnte nur nicht genau sagen, was es war. Jedenfalls etwas Endgültiges …

Es entglitt ihr wieder.

Er war in der Navy, erinnerte sie sich. Natürlich!

»Schläfst du?«

»Beinahe.« Trotzdem lag sie lange Zeit wach und versuchte in seinem Bewußtsein zu lesen, was er vor ihr verbarg. Es war dieselbe Sache, die sie in Colonel Chungs Bewußtsein erfaßt hatte. Eine Gefahr, eine dunkle, endgültige Tat – und das tief eingegrabene Kommandozentrum spielte dabei eine wichtige Rolle.

Als sie erwachte, wollte Kilczer wieder mit ihr schlafen. Sie widerstand ihm, schob ihn von sich und erklärte, sie sei zum Weitermarsch bereit. Schließlich hatten sie noch einen weiten Weg vor sich. Das plötzliche Verlangen, das sie zuvor verspürt hatte, war geschwunden. Außerdem fraß sich die Gewißheit, daß er entgegen seiner sonst offenen Art etwas vor ihr zu verbergen suchte, immer tiefer in ihre Gedanken.

Sie stand auf und schlug vor, zusammen ein Bad im See zu nehmen. »Ich fühle mich durch und durch verschwitzt und schmutzig. Vielleicht haben wir hier die letzte Gelegenheit dazu.«

»Das glaube ich nicht. Außerdem wissen wir nicht, was da so alles im Wasser herumschwimmt.«

»Nun, an Land gibt es abgesehen von den Hütern keine großen Fleischfresser. Warum sollte es also welche im Wasser geben?« Sie löste das Oberteil ihres Overalls, öffnete den Büstenhalter, der ihre kleinen Brüste bedeckte, strampelte den Overall von den Beinen und stieg in das kalte schwarze Wasser. Ihre Füße traten auf verrottendes Schilfrohr und versanken im weichen Schlamm. Als ihr das Wasser bis zu den Knien reichte, warf sie sich nach vorn, schwamm ein Stück hinaus und machte wieder kehrt. Wassertretend forderte sie Kilczer auf, zu ihr zu kommen. Doch mürrisch winkte er ab und wich vor den Tropfen zurück, mit denen sie ihn bespritzte.

Das Wasser war zu kalt, um länger darin herumzuplanschen. Dorthy stieg ans Ufer und rieb sich mit ihren Kleidern trocken. Ganz deutlich roch sie jetzt den getrockneten Schweiß ihres mehrtägigen Marsches, die Ausdünstungen ihrer Krankheit. Die Wassertropfen an ihren Unterarmen schimmerten wie Blut, waren im roten Licht der schwachen Sonne, die sich im schwarzen See spiegelte, Flecken in Purpur und Karmesin.

»Im Wasser ist nichts«, sagte Dorthy zu Kilczer. »Du solltest es auch mal probieren. Es ist wirklich erfrischend.« Sie rubbelte sich das Haar trocken, und Kilczer übersah höflich die aufwärts gerichteten Spitzen ihrer Brüste.

»Ich gehe jagen«, murmelte er, als sie in ihren Overall schlüpfte, und war – aus Scham über seine Furcht – verschwunden, ehe sie sich fertig angekleidet hatte.

Gemächlich schloß sie die Schnappverschlüsse ihrer Stiefel, schüttelte ihr nasses Haar und begann es zu flechten. Kilczers anmaßende Art regte sie allmählich auf. Er glaubte wohl, daß ihr Beischlaf zwischen ihnen etwas besiegelt hatte, aber wie die meisten Frauen war Dorthy der Ansicht, daß der Akt nur Teil eines viel umfassenderen Ganzen war, einer Synthese, der sie immer widerstanden hatte. *Nie öfter als dreimal mit einem Mann!* Die meisten ihrer Bettpartner hatte sie nur einmal genossen, und mit der Hälfte davon hatte sie nicht mal die ganze Nacht verbracht. Zugegeben, sie hatte nicht viele Amouren gehabt. Trotzdem wußte sie gut genug, warum sie Kilczers Lockversuchen widerstand: um nicht in dem anderen Partner zu versinken, um sich nicht offenbaren zu müssen. Aber hier war sie nun jede Minute mit diesem Mann zusammen, in einer Weise, wie sie sie nie zuvor erlebt hatte, und ganz offenbar erwartete er von ihr, daß sie seine Offenheit erwiderte. Nein, das würde sie nicht tun, beschloß sie. Wo, zum Teufel blieb er eigentlich? Sie schob sich durch das Schilf und spähte den Uferstreifen vor dem Waldsaum entlang. Nirgends eine Spur von ihm. *Voller Furcht vor Kreaturen im Wasser, die es nicht gab, dachte sie, das kompensiert er, indem er auf Tiere schießt, die möglicherweise dann doch nicht eßbar waren. Reine Munitionsverschwendung.* Aber dieses Artikulieren ihrer Verärgerung machte ihr nur noch deutlicher, wie sehr sie auf seine Gesellschaft angewiesen war.

Es verging noch über eine halbe Stunde, ehe er zurückkehrte – mit leeren Händen. Sie brachen das Lager ab und machten sich wieder auf den Weg, wobei sie jeder ein Stück Dörrfleisch kauten. Kilczer fragte Dorthy häufiger nach ihrem Befinden, und seine wohlmeinende Besorgnis verdroß sie. Dies und das Jucken und Brennen, das jedesmal ihrer Periode vorausging und während des Marsches immer stärker wurde. Zweifellos hatte der Geschlechtsakt den Beginn beschleunigt. Mürrisch lief sie hinter Kilczer her. Nach einer Weile gab er seine Versuche auf, sich mit ihr zu unterhalten, und ging schweigend, das Gewehr auf der Schulter, voran, wobei ihm der kleine orangefarbene Beutel am Gürtel ständig gegen die linke Hüfte schlug.

Auf diese Weise wanderten sie viele Stunden, hielten nur einmal an, als Kilczer ein flüchtendes Tier erlegte, das aussah wie eine Antilope in der Größe eines Hundes, mit messerscharfen Hörnern zu beiden Seiten des flachen Kopfes, die so lang waren wie Kilczers Arm. Aber es hatte sechs Beine, und so ließen sie das tote Tier liegen.

Das Ufer wurde felsiger und bildete einen vom Wasser unterhöhlten Granit-Überhang. Aus seinen Rissen und Spalten wuchsen knorrige Büsche. Der Wald war zu einer entfernten dunklen Linie geschrumpft. Vor ihnen verschwand der Kraterrand, den sie überklettern mußten, um Colonel Ramaros Camp zu erreichen, in einem Wolkenschleier.

Sie lagerten im Windschatten einer Felsformation und verzehrten als Abendbrot wieder etwas Dörrfleisch. Selbst nach dem Eintauchen in Wasser war es kaum noch genießbar. Der Hunger wühlte in Dorthys Magen und wurde von leichten Bauchkrämpfen begleitet. Sie ging ein Stück beiseite, riß einen Stoffstreifen aus dem Kragen ihres Overalls und schob ihn zwischen die Beine. Sie haßte diese monatlich wiederkehrende Prozedur. *Männer haben es ja so einfach – und sie wissen es nicht mal.*

Als Kilczer später seinen Arm um ihre Schulter legte, sagte sie ihm klar und deutlich, daß sie ihre Regel habe.

»Das stört mich nicht«, meinte er ruhig.

»Aber mich.« Dorthy befreite sich aus seiner leichten Umarmung.

Kilczer setzte sich auf und stieß die Stiefelspitze in das kleine Feuer, das sie angezündet hatten. Funken stoben auf und wirbelten durcheinander. Flammen tänzelten bläulichweiß über das aufgeschichtete Feuerholz. Einmal sah er zu ihr hinüber, als wolle er etwas sagen, tat es aber nicht. Getrennt voneinander schliefen sie ein.

Der nächste Tag brachte eine Abwechslung. Dorthy erlegte ein großes Tier aus einer Entfernung von über fünfhundert Metern. Es hatte sie längere Zeit von einem kleinen Hügel aus beäugt. Kilczer hatte über ein Dutzend Schüsse abgefeuert, ohne es zu treffen, ehe er endlich Dorthys Drängen nachgab und ihr das Gewehr reichte. Der Kolben lag ausgezeichnet an Schulter und Wange an. Sie atmete vorsichtig, zielte mit sorgfältiger Vorhalte und zog sanft den Abzug durch. Der Rückstoß war wie ein beglückwünschender Schlag auf die Schulter. In der Ferne brach das ungraziöse Tier zusammen, als habe etwas ihm plötzlich die Beine weggeschlagen.

Wortlos nahm Kilczer das Gewehr entgegen, und sie gingen zu ihrer Beute hinüber. Dorthy zählte über sechshundert Schritte. Sogar noch mehr als ein halber Kilometer! Das Schrot hatte den flachen Kopf dicht über den großen runden Augen durchsiebt. Nur wenig Blut war ausgetreten. Die vier Beine waren lang und vielgliedrig, und ein dicker, unförmiger Körper hing dazwischen wie der Leib einer Spinne. Außer einer Halskrause aus rötlichem Fell war die sehr faltige Haut nackt. Kiefer wie die Schaufeln eines mechanischen Baggers klafften weit auf und zeigte viele flachkronige Zähne.

»Das da war nicht in Chavez' Liste aufgeführt, wenn ich mich richtig erinnere«, sagte Kilczer und ging mehrmals um das Tier herum. »Ist es vielleicht von Erde?«

»Ich glaube nicht, aber ich weiß nicht viel über Tiere, die vor einer halben Million Jahren lebten.«

»Ich leider auch nicht.« Er betrachtete die Kreatur eine Zeitlang, schnitt die Haut auf, steckte einen Finger in das Blut, kostete es und erklärte es für genießbar. Er schnitt dicke Scheiben Muskelfleisch mit Fettsträngen aus den Lenden. Sie brieten sie auf einem flachen Felsen, den sie mitten ins Feuer legten. Dorthy probierte zuerst zögernd und aß dann mit zunehmendem Appetit. Das Fleisch schmeckte köstlich, etwas süßlich zwar, aber es war saftig und zart. Sie aß, bis ihr fast der Bauch platzte, und streckte sich danach lang aus. Sie war jetzt in einem Zustand, den man beinahe zufrieden nennen konnte. »Jetzt fehlt mir nur noch ein guter Pinot noir«, seufzte sie.

»Was bitte?« Kilczer hatte die Augen mit den Händen beschattet und betrachtete die Uferbiegung, der sie um den See herum folgen mußten.

»Rotwein. Ein Glas davon, und danach eine getrocknete Avocado. Stimmt was nicht?«

Er hatte sich aufgerichtet und beschattete immer

noch die Augen mit der Hand. »Ich glaube, ich sehe Rauch.«

Sofort war Dorthy auf den Beinen. Weit in der Ferne reichte der Wald bis ans Ufer heran. Irgend etwas schien dort über den Bäumen zu schweben, auf diese Entfernung etwa so groß wie ihr Daumennagel. Schwer zu erkennen gegen den dunklen, sternengespickten Himmel.

»Könnte das ein Lager sein? Andrews vielleicht? Aber was soll dann das Feuer?«

»Vielleicht ein Lager, aber nicht von unseren Leuten«, murmelte Kilczer.

Eine ganze Weile beobachteten sie die ferne Wolke, aber sie veränderte sich nicht. Schließlich legte Dorthy sich auf ihr Lager aus Zweigen, das die Härte des Felsbodens ein wenig milderte, und meinte: »Komm, laß uns schlafen.«

»Du hast recht. Wir müssen näher heran, um etwas erkennen zu können.« Schwerfällig streckte er sich neben ihr aus. Nach einer Weile rückte er näher heran. Dorthy legte einen Arm auf seine Taille und streichelte sanft seine Seite. Er drehte den Kopf, und sie küßten sich.

Diesmal war es ein langsames Aufsteigen zum Höhepunkt, immer wieder innehaltend, anschwellend, wachsend. Dorthy glaubte auf den Rand eines tiefen Abgrundes zuzutreiben, und bewegte ihre Hüften, um Kilczers Glied noch tiefer in sich aufzunehmen. Da, der Rand! Da – sie stürzte, fiel sehr sanft. Oh, oh!

Kilczer stieß in sie hinein, zog sich zurück, stieß erneut vor. Aufstöhnend kam er. Sie zog seinen Kopf herunter, und sie schliefen aneinandergeschmiegt ein …

Sie erwachte mitten in einem Traum. Sie rannte über eine weite, in tiefrotes Licht getauchte Ebene hinter etwas her, verfolgte es – was war es bloß? Aber der Traum verblaßte. Sie spürte einen starken Druck in ihrer Blase und ging ein Stück beiseite, um sich zu erleichtern. Sie blutete immer noch. Sie klemmte den Stoffetzen wieder zwischen den Beinen fest, zog den Overall hoch und schaute am Ufer entlang zu dem entfernten Waldstück hinüber. Der Rauchschleier hing immer noch darüber.

Kilczer war nicht aufgewacht, sein Gesicht wirkte im beständigen roten Licht entspannt und unschuldig. Ihr TALENT war ruhig, Dorthy erfaßte nichts. Müde, viel zu müde, um weiter über den Rauch zu spekulieren, streckte sie sich neben Kilczer aus und schlief wieder ein.

Der Rauch war immer noch sichtbar, als sie wieder aufbrachen. Kilczer überlegte, daß es sich auch um einen Waldbrand handeln könnte. »Der Rauch ist zu stark, als daß er von einem Lagerfeuer herrühren könnte. Aber der Waldbrand könnte durch ein Lagerfeuer verursacht worden sein.«

Sie gingen weiter, folgten dem Uferbogen. Der freie Streifen verengte sich allmählich und verlor sich schließlich in einem Gewirr von schlammigen Bachläufen, Felsbuckeln und verkrüppelten Bäumen. Mühsam kämpften sich Dorthy und Kilczer durch das dichte Unterholz. Immer wieder mußten sie flache Tümpel durchwaten, die ihre Beine bis an die Oberschenkel mit schwarzem Schlamm verschmierten. Schließlich gaben die beiden auf und machten kehrt, um sich einen gangbareren Weg weiter landeinwärts zu suchen.

»Jetzt kommen wir von der anderen Seite an das Feuer heran. Aber vielleicht ist es weiter vom Wasser entfernt, als ich dachte«, knurrte Kilczer.

»Und wenn es nun doch ein Waldbrand ist?« Dorthy erinnerte sich gut an die heftigen Feuersbrünste an der australischen Küste, die immer wahnsinnig schnell um sich griffen.

»Damit müssen wir rechnen. Wir werden es bald sehen.«

»Vielleicht ist es doch Andrews.«

»Das glaube ich nicht, um ehrlich zu sein. Sehen wir mal nach. Wenn es doch ein Waldbrand ist, können wir immer noch in den See springen, oder?«

»Da würde ich eine Bootsfahrt schon vorziehen.«

»Ich will sehen, was sich machen läßt.«

Je weiter das Land anstieg, um so trockener und weniger felsig wurde es. Bald wanderten sie unter niedrigen, verstreut stehenden Bäumen. Es bereitete ihnen keine Schwierigkeiten, die Wurzeln zu umgehen, die aus dem Nadelteppich herausragten. Die Gabelungen der Äste waren stärker, dicker. Die Rinde der Bäume trug eine dicke Staubschicht, die bei der geringsten Berührung aufwirbelte und Kilczer häufig zum Husten brachte. Im Vorbeigehen brach er die weiche Spitze eines Zweiges ab und untersuchte sie. »Sieh dir das mal an«, meinte er schließlich. »Sieht aus wie kleine Blüten, sporenformende Körper. Vielleicht hat der Regen sie sprießen lassen, oder das Sonnenlicht. Ich frage mich, ob sie das wohl jeden Tag tun – jeden Planetentag, um genau zu sein.«

»Ist das wichtig?« Dorthy duckte sich unter einem niedrigen, blühenden Ast hindurch und stieg über eine knorrige Wurzel.

»Denk mal an die Bakterien im Meer, die hauptsächlich den Sauerstoff hier produzieren. Sie sind biotechnisch erzeugt. Ich frage mich, ob diese Bäume auch auf biotechnischem Weg erzeugt oder zumindest adaptiert wurden.«

»Aber was ist denn so Besonderes an der Biotechnik? Im Zeitalter der Verschwendung und des Überflusses hat man doch ständig damit gearbeitet.«

»Nach dem Zeitalter der Verschwendung, genauer gesagt, noch vor dem Krieg und dem Beginn des Interregnums. Aber die Leute damals haben keine Organismen nur aus einer Idee heraus erschaffen. Sporen ... ich frage mich, wie weit sie verweht worden sind. Es könnte bedeuten, daß nicht jedes Gehege hier genetisch isoliert ist. Es würde auch erklären, wieso die Sonden in den Gehegen, die sie überwachen, keine Unterschiede in den ökologischen Systemen und keine genetischen Abweichungen feststellten. Zumindest, was die Pflanzen betrifft. Doch bei den Tieren dürfte es ebenso sein, denke ich. Vielleicht hat man einfach alle genetischen Codes von diesem Schrott hier gelöscht.«

»Die lokale Zivilisation könnte doch erst vor tausend Jahren zusammengebrochen sein. Was meinst du überhaupt mit Schrott?«

»Über die Hälfte der Gene in unseren Zellen bewirken nichts. Einige davon sind parasitäre DNA, die sich nur in unseren Chromosomen befinden, um sich durch die Zellteilung reproduzieren zu lassen. Innere verborgene Viren, wenn du so willst, ohne jegliche Funktion für unsere Körper. Andere sind verkümmert und haben deshalb keinerlei Funktion mehr. Filtere all dies heraus, und du hast das notwendige Material für alle Arten von Mutationen. Das ist doch der Grund, weshalb ich mich frage, ob alles hier neu geschaffen oder nur modifiziert worden ist. Maschinell. Dieser Stern da oben wird seine energetische Leistung für Hunderte von Millionen Jahren nicht verändern. Also gibt es auch keine Klimawechsel, um die Ökologie neu zu mischen. Vielleicht ist das der Grund, weshalb der FEIND rote Zwerge auswählt. Was meinst du? Offenbar planen unsere Gegner über sehr große Zeiträume hinweg. All die roten Zwerge in der Galaxis, Dorthy – wieviel Prozent aller strahlenden Sterne sind rote Zwerge? Die braunen und schwarzen Zwerge will ich dabei nicht mal berücksichtigen. Die sind bald schon kaum mehr als sehr große Planeten. Also, wieviel Prozent sind es? Fünfzig, sechzig?«

»Mehr als achtzig, die Nebensonnen nicht mit eingerechnet. Achtzig Prozent in den Spiralarmen, und noch viel mehr in den Halos über den Spiralarmen.«

»Also mehr als hundert Milliarden Sterne, ähnlich wie der da oben über uns. Zwar sind viele davon kurzfristig variabel, aber immerhin ... Und Planeten von roten Zwergen entwickeln keine natürliche Ökologie. Es ist also einfacher, sie damit auszustatten, nachdem man sie planetengeformt hat.«

»Wenn man weiß, wie man den Rotationsstopp wieder aufheben kann. Aber da gibt es Tausende von Theorien, denke ich.«

»Jeder Wissenschaftler hier unten hat mindestens eine. Andrews macht zwar den meisten Wirbel. Trotzdem haben wir alle unsere eigene Meinung dazu. Das ist doch nur natürlich. Aber ich hatte gehofft, wir könnten das breite Feld dieser Spekulationen etwas einengen.«

»Es begrenzen ... nun, ich werde mein Bestes tun, sollten wir hier je wieder lebendig rauskommen.«

Kilczer stieß einen Ast beiseite – und war augenblicklich in eine Wolke aus Staub und Sporen gehüllt. Mit der Hand wedelte er die Luft vor seinem Gesicht frei und sagte, indem er seinen würgenden Hustenreiz unterdrückte: »Ich nehme dich beim Wort. Komm, wir müssen weiter!«

Immer noch stieg der Boden leicht an. Sie schlugen einen Bogen zum Ufer, zum Feuer. Der Wald lichtete sich, durch das Laubdach wurden Ausschnitte des Himmels sichtbar. Das Sonnenlicht fiel in rötlichen Bahnen in die Dämmerung des Waldes. Dorthy dachte über rote Zwerge und andere Sonnen nach und versuchte, sich die winzige Blase des erforschten Raums inmitten des großen, sich drehenden Wirbels der Galaxis vorzustellen – ein Diatom in einem See, eine Qualle in einem dunklen Meer, ein winziges Atoll in den weiten Ozeanen von Erde. Einige wenige Dutzend Sonnen in einem dreilagigen Spiralarm von über vierhundert

Milliarden Sonnen… Ganz versunken in ihre reduktiven Betrachtungen bemerkte sie nicht, daß Kilczer stehengeblieben war, und lief fast in ihn hinein.

Vor ihnen, trotz der tiefreichenden Pinienäste deutlich sichtbar, quollen dichte Rauchwolken zum dunklen Himmel empor. Der Boden fiel jäh ab. Ein paar Bäume, die sich mit ihren starken Wurzeln in den steilen Hang klammerten, ragten schräg über den Rand hinaus. Darunter dehnte sich ein weites Flußtal. In dem breiten, gewundenen Bett floß das schwarze Wasser rasch dahin. Die Bäume an den umliegenden Hängen waren gefällt worden, die Stämme lagen abgeschält kreuz und quer am Boden. Entlang des gegenüberliegenden Ufers brannten große Feuer und schickten schwarze Rauchsäulen zum Himmel. Selbst auf diese Entfernung waren die geschäftig hin und her eilenden Hüter deutlich zu erkennen.

»Ich hoffe, du versuchst jetzt nicht, mir beizubringen, dies sei eine Art instinktives Verhalten«, sagte Dorthy, die gegen ihren eigenen Instinkt ankämpfte, sich zu ducken, um sich unsichtbar zu machen. Kilczer, der sich mit einer Hand gegen einen Baum stützte, der ebenso dürr war wie er selbst, beschattete mit der anderen Hand die Augen. Nach einer Minute sagte er: »Das da unten müssen vierzig oder fünfzig Hüter sein. Aber ich sehe keine Critter. Das ist mit Sicherheit nicht die Gruppe, der wir gefolgt sind. Sie können sich nicht so schnell weiterentwickelt haben. Ich vergesse immer wieder, daß sie ihre Wanderung ja erst vor acht oder neun Tagen begonnen haben.«

»Es waren weitere Gruppen vor der, der wir folgten.« Dorthy erinnerte sich wieder an ihre Begegnung mit dem Hüter im Wald, einen Tag nach ihrer Ankunft im Camp am See.

»Natürlich, daran hatte ich auch schon nicht mehr gedacht. Siehst du das, da drüben am Uferstreifen…?«

Dorthy lehnte sich an ihn und schaute an seinem

ausgestreckten Arm entlang. Drei schmale, regelmäßig ausgeformte Gebilde lagen auf dem Schwemmsand am Ufer. »Boote«, sagte Kilczer und stieß sich vom Baum ab. Sein Pessimismus schlug plötzlich um in Begeisterung. Er war wie elektrisiert. Endlich sah er einen Weg, doch noch aus dieser Wildnis herauszukommen, eine Möglichkeit, ihr Schicksal selbst in die Hand zu nehmen und nicht ständig von den äußeren Gegebenheiten dieser Welt abhängig zu sein. »Ich habe dir doch gesagt, ich würde versuchen, uns ein Boot zu beschaffen.« Damit begann er den Hang hinunterzusteigen und schob sich dabei wie ein Krebs seitlich zwischen den Bäumen hindurch.

Dorthy folgte ihm, keineswegs angesteckt von seinem plötzlichen Überschwang und Selbstvertrauen. Im Grunde glaubte er immer noch, daß die Hüter Tiere seien. Seine Unerfahrenheit als Schütze hatte er bisher beim Jagen oft genug unter Beweis gestellt.

Als sie den Rand der Hangrodung erreichten, blieb Kilczer stehen und betrachtete aus der Deckung des Unterholzes heraus das Durcheinander der gefällten Stämme, den dahinrauschenden Fluß und die arbeitenden Hüter am anderen Ufer. Dorthy duckte sich neben ihn, zog den kleinen Tablettenspender aus der Brusttasche und schüttelte sich eine Tablette ihres Antiblockers auf die Handfläche. Beim leisen Klicken des Spenders drehte Kilczer den Kopf.

»Was machst du da?«

Sie hob die Hand zum Mund. Er wollte nach ihr greifen, aber sie wich ihm aus, schob die Tablette in den Mund und schluckte sie.

Er packte ihr Handgelenk. »Du bist verrückt. Als du sie zuletzt genommen hast, bist du in Trance verfallen. Ich kann dich nicht hier wegschleppen, wenn etwas schiefgeht.« Das Haar war ihm ins Gesicht gerutscht. Er strich es sich aus den Augen und starrte sie an.

»Dann hoffen wir doch einfach, daß nichts schiefgeht«, meinte Dorthy. »Es dauert ohnehin eine gewisse Zeit, bis das Mittel wirkt.«

Kilczer ließ ihr Handgelenk los und sah wieder zum Fluß hinüber. Die meisten Hüter arbeiteten im Umkreis eines dieser großen Feuer und hoben einen Graben um die Glut herum aus. Ein paar andere schnitten in der Nähe des Ufers Planken aus den Stämmen.

»Steinwerkzeuge«, murmelte Kilczer. »Technisch also nicht sonderlich hoch entwickelt. Diese Feuer dienen wahrscheinlich zur Herstellung von Holzkohle oder zum Abflämmen des Geästs an den gefällten Stämmen. Das verflüssigte Harz verwenden sie sicher zum Kalfatern der Boote. Aber was wollen sie mit Booten?«

»In weniger als einer halben Stunde kann ich es dir sicher sagen.« Dorthy setzte sich neben ihn.

»Wenn du sie lesen kannst – und nicht wieder vorher mental zusammenbrichst. Was, zum Teufel, soll's auch? Ich muß ja nicht unbedingt wissen, wozu sie Boote bauen. Ich weiß nur, daß ich eins davon haben will. Wir brauchen mindestens noch eine Woche, um bis zum Seezufluß zu laufen, und sicher noch länger, wenn das Gelände schwierig ist. Mit einem Boot dagegen wären wir in zehn, zwölf Stunden drüben. Sieh mal, dieses Zeugs da am anderen Ufer. Ich denke, das ist Tuch. Gut als Segel zu benutzen.«

»Ich kann segeln. Aber die Boote haben keine Maste.«

»Noch nicht. Aber ich will nicht warten, bis die Hüter welche eingesetzt haben. Siehst du die Erhebungen – da hinten am Heck? Das sind bestimmt Ruderklampen – ist das das richtige Wort? Und da – auf dieser Plattform. Lange Ruder. Die Hüter müssen sehr stark sein. Glaubst du, wir könnten damit rudern?«

Dorthy berührte seinen Arm. »Immer mit der Ruhe, mein Freund. Ich laufe lieber eine Woche lang um den

See herum, als einem dieser Wesen in die Hände zu fallen.«

»Es gibt nur einen Paß über den Kraterrand in die Kaldera. Den müssen wir vor den Hütern überqueren – wenn sie tatsächlich dort hinüber wollen.«

»Das war aber die einzige definitive Erkenntnis bei meinem ersten Lese-Versuch«, erinnerte ihn Dorthy.

»Also schön. Sie bauen Boote, um damit den See zu überqueren. Möglicherweise! Sie wollen nicht durch den Wald weiterziehen – was vielleicht auch unmöglich ist.« Kilczer sah sie von der Seite an. »Du solltest das jetzt nicht versuchen!«

»Ich kann es nicht mehr aufhalten. Du auch nicht. Niemand kann es. Ich werde mich so gut wie möglich vorbereiten – wenn du mich läßt. Es dürfte sicher nicht unsere Chancen verschlechtern, wenn wir wissen, was sie vorhaben, oder?«

Sie wollte einfach nicht zum Fluß hinunter. Deshalb hatte sie den Antiblocker genommen.

Kilczer schüttelte den Kopf. Dann lächelte er. Irgendwie wirkte das Lächeln in seinem schmalen, blassen Gesicht fehl am Platz. »Nein, ich glaube nicht. Du hast recht. Ich sollte nichts überstürzen und den richtigen Moment abwarten.«

Dorthy wurde klar, daß sie ihn nicht von seinem Plan, ein Boot zu stehlen, abhalten konnte, und sie bekam nun wirklich Angst. Ein eiskaltes, zentnerschweres Gewicht drückte plötzlich auf ihren Magen. »Ich verstehe deinen Plan. Trotzdem glaube ich, du bist verrückt.«

Kilczer schichtete einige abgebrochene Zweige und Laub aufeinander und streckte sich bäuchlings auf diesem knackenden Polster aus. Aus seiner Deckung beobachtete er das Treiben der Hüter unten am Fluß. Dabei zeigte er wieder ein wenig das übliche Verhalten des präzise registrierenden Wissenschaftlers.

Dorthy saß regungslos neben ihm und verfolgte, wie

Herzschlag und Atemrhythmus ihres Körpers allmählich langsamer wurden. Und dann nichts mehr außer Alphawellen, das Versinken ihres Selbst in Silber, in Schwärze, ihr Eintauchen in die Dunkelheit, in der die Lichter anderer Bewußtseine wie durch einen Schleier aufflackerten.

Kilczers analytische, aber sehr nervöse Gedanken waren eine sehr starke und nahe Ablenkung. Dorthy mußte durch dieses Netzwerk hindurch, um die Bewußtseine der anderen erreichen zu können. Es schien, als seien das da unten keine separaten Wesenheiten, sondern Bewußtseine, die alle auf ein Ziel ausgerichtet waren – wie Wellen, die eine silbrige Wasserfläche kräuselten, wie Fische, die durch Korallenriffe patrouillierten, glitzernde Schwärme, die im Gleichklang die Schwanzflossen bewegten, die auf einen Nervenimpuls hin wendeten, die alle ein einziger Nervenimpuls waren. Dorthy sah die gemeinsame Vision dieser Wesen vor sich auferstehen: *zum Turm, alle zum Turm ...*

Diesmal wußte sie, daß es eine andere Stimme war, die da aus ihrer ruhenden Mitte sprach: »Weiterzuziehen. Zur Burg. Es ist dringend. Ich weiß nicht warum ...«

»Was werden sie tun, wenn sie dort ankommen?« Kilczers Worte waren ein Echo der Gedanken, die sich wie die schlanken Köpfe von Delphinen aus der komplexen Flut seiner Gefühle emporhoben – aus einer Mischung aus Furcht und Neugier, Zweifel und Ungeduld, nicht zu einer glatten Oberfläche zerfließend, sondern einen zersprungenen dreidimensionalen Spiegel bildend. Dorthy mußte daran vorbeischauen, nicht durch ihn hindurch. Hinüber zu den in Einklang gebrachten Zweckbestimmungen und Zielsetzungen der Hüter, die in unterschiedlichen Rhythmen arbeiteten. *Ittaikan,* dachte sie, *das Band der Zusammengehörigkeit.*

Durch die oberflächliche Einigkeit schwirrten individuelle Gedanken, schwollen an, schrumpften wieder.

Kurz aufblitzende Spitzen von Eigenbewußtsein, gefährlich wie der grinsende Barrakuda, der manchmal unter den synchron schwimmenden Fischschwarm fuhr.

»Das sind keine Hüter«, sagte Dorthy. »Sie sind jedenfalls nicht so wie die draußen in den Ebenen. Sie sind etwas anderes. Aber nur kurze Zeit. Sie sammeln sich, gehen gemeinsam in Richtung Burg … Es ist sehr schwierig, nicht klar zu erkennen.«

»Bitte, bleib ganz ruhig.« Durch die Dunkelheit hindurch fühlte sie Kilczers harten Griff an ihrem Handgelenk.

Sie öffnete die Augen. Einen Moment lang vermischte sich ihre innere Vision mit den äußeren Eindrücken.

»Kannst du gehen?« fragte Kilczer. »Sie sind jetzt alle auf der anderen Flußseite und schleppen Baumstämme heran. Wahrscheinlich, um ein weiteres Feuer anzuzünden.«

»Ich weiß. Da ist etwas beim Fluß …«

»Sie sind alle auf der anderen Seite«, sagte er bestimmt. »Komm jetzt.«

Die gefällten Stämme und das abgeschnittene Astwerk machten den Abstieg im roten Halblicht schwierig. Dorthy konzentrierte sich darauf, ihre Füße richtig zu setzen. Es half ihr, sich gegen Kilczers Gefühlswirrwarr und die ominöse Geschwulst der einen und einzigen Zweckbestimmung der Hüter abzuschirmen. Mehrmals mußten sie in Deckung gehen, weil sich einige Hüter am anderen Ufer in ihre Richtung wandten. Aber Dorthy wußte, daß sie intensiv damit beschäftigt waren, große Baustämme und Äste für das nächste Feuer aufzuschichten und einen Abflußkanal für das verflüssigte Harz auszuheben. Jedesmal, wenn sie sich hinter Kilczer duckte, stützte sie sich, ihn unbewußt imitierend, mit den Handflächen auf dem Boden ab.

»Weiter!« Kilczer zupfte an ihrem Overall, und sie

folgte ihm. Der Fluß war jetzt sehr nah. Nicht weit von ihnen lag ein Boot am Ufer. Es war kaum mehr als ein großes Dingi, mit Steinwerkzeug grob ausgehauen. Eine Plattform krönte sein klobiges Heck, in die die Ruderklampen aus grob geschnittenen Pflöcken eingepfropft waren. Jeder Klampen hielt ein großes Ruder.

Dorthys eingeschnittene Stiefel versanken im Schlamm, und sie stolperte. Kilczer packte sie um die Taille und richtete sie wieder auf. Sie fand Halt am Bootsrand und zog sich hoch…

…und fuhr entsetzt zurück, als der Hüter, der im Boot geschlafen hatte, sich plötzlich aufrichtete. Sie fiel halb in den Schlamm, halb ins kalte Wasser zurück. Ihre eigene Panik und die des Wesens vermischten sich einen Moment, platzten aber dann explosionsartig auseinander, als Kilczer den Gewehrkolben hochriß und ihn auf den schmalen Kopf des Hüters heruntersausen ließ. Die Kreatur taumelte und fiel in den Bootsrumpf zurück. Kilczer schaute sich um. Gedankenfetzen wirbelten in seinem Kopf durcheinander. Er schnappte sich einen herumliegenden Stein von der doppelten Größe einer Faust und schmetterte ihn dem Hüter auf den Kopf, als dieser sich wieder aufrichten wollte. Das Wesen gab ein heiseres Blöken von sich und sackte zusammen. Schwarzes Blut tropfte aus dem dunklen Pelz hinter der losen Hautkapuze.

»Wir müssen weg hier«, drängte Kilczer leise zur Eile. Dorthy sprang ins Wasser und zog sich ins Boot, das sich stark zur Seite neigte, als sie sich über den Rand rollte, so daß sie beinahe auf den benommenen Hüter fiel. Kilczer schnitt mit dem Messer das Haltetau durch und sprang selbst hinein. Ehe er ihr es sagen konnte, las Dorthy in seinen Gedanken, was er vorhatte, und stieg auf die Heckplattform, ergriff eins der langen Ruder (es war länger als sie selbst) und stieß damit das Boot in die Strömung hinaus.

Die anderen Hüter waren inzwischen auf sie aufmerksam geworden und stürmten zum Ufer herab. Ein paar liefen weiter am Fluß entlang und überholten das Boot. Dorthy stieß das Ruder bis auf den Kiesgrund, und das Boot richtete seine Nase in die Strömung. Kilczer fesselte derweil Arme und Beine des benommenen Hüters mit Stoffstreifen, die er aus dem Kragen seines Overalls herausgerissen hatte.

Ein paar Hüter wateten in den Fluß. Die lockeren Kapuzen schlackerten um ihre schmalen Gesichter. Irgend etwas stimmte nicht mit der Stirn, aber Dorthy konnte es nicht klar erkennen, weil vom Ufer etwas geflogen kam. Sie duckte sich. Der Steinbrocken sauste über sie hinweg und platschte vor dem Boot ins schwarze Wasser. Ein zweiter krachte gegen den Rumpf und versank. Kilczer riß das Gewehr hoch und gab paar Schüsse auf die Hüter ab. Wasserfontänen spritzten vor ihnen auf, und erschrocken blieben sie stehen.

Dorthy führte das lange Ruder und mühte sich, das Boot mit jedem Schlag auf Kurs zu halten. Zu beiden Seiten des Flusses stiegen die Ufer wieder an. Die Hüter tauchten jetzt auch am anderen Ufer auf. Sie versuchten, sich gegenseitig Taue zuzuwerfen und so ein Netz zu knüpfen, in dem sich das Boot verfangen sollte. Dorthy begriff sofort, was sie vorhatten, und rief Kilczer in dem Moment eine Warnung zu, als die Hüter das Netz, dessen Schlingen bisher lose im Wasser trieben, straffzogen. Kilczer packte sein Messer und fuhr mit der Klinge mehrmals durch die Taue. Das Netz fiel auseinander, und das Boot glitt unter einem kleinen Steinhagel über das Hindernis hinweg.

Dann waren sie vorbei. Vor ihnen dehnte sich der See.

Kilczer nahm die Ruder. Vor jedem Schlag mußte er sich auf die Zehenspitzen stellen, um die langen Riemen zu führen. Dorthy nahm das Gewehr und teilte ihre Aufmerksamkeit zwischen der dunklen Flußmündung unter den Bäumen, die bis zum Ufer herabreichten, und dem Hüter, der mit auf dem Rücken gefesselten Armen vorn im Bug lag. Er war von Kilczers Attacke noch immer benommen.

Mit jedem Ruderschlag wurde die Flußmündung kleiner. »Wir haben es geschafft«, rief Kilczer frohlockend. »Wir haben es ihnen gezeigt, nicht wahr, Dorthy?«

»Ja, das stimmt.« Sie wurde von einem Zipfel seines Überschwangs erfaßt. Immerhin hatten sie sich selbst aus ihrer mißlichen Lage befreit, wenn auch nur für eine gewisse Zeit.

Es gab keine Anzeichen dafür, daß die anderen Hüter sie verfolgten, und nach einer Weile zog Kilczer die Ruder ein, kam nach vorn und nahm Dorthy das Gewehr aus der Hand. »Was hast du denn aus unserem Freund hier herausgeholt?«

»Er ist noch mehr oder weniger bewußtlos.«

»Ein Männlicher – was meinst du?«

»Es waren alles nur Männliche.«

»Tatsächlich! Sein Kopf ist etwas seltsam, siehst du? Die Stirn ist weiter vorgewölbt als bei den anderen – wie bei einem Wasserkopf. Das da ist kein normaler Hüter.« Mit der Mündung des Gewehrlaufs schob Kilczer die Beine der Kreatur nach vorn. Die Füße waren lang, der Spann hochgewölbt. Die Ferse fiel von Knöchel nach innen ab, die drei Zehen mit ihren großen Krallen waren weit nach außen gebogen. Das rote Licht verlieh dem schwarzen Pelz einen edlen Schimmer, als habe jedes feine Haar eine helle, lichtbrechende Spitze.

»Vielleicht gehört er zur selben Gruppe wie der, dem du kurz nach deiner Ankunft im Wald begegnet bist. Sie müssen den ganzen Weg von ihrem Gehege hier heraufgekommen sein, unzählige Herden von Crittern – und alle in der Umwandlung begriffen.«

Einen kurzen Moment war Dorthy von seiner Vorstellung, eine Riesenherde dieser Kreaturen strebe auf die schwarzen Gipfel der Kaldera zu, überwältigt.

»Sieh ihn dir an – ein ziemlich dürres Exemplar seiner Gattung, findest du nicht?«

Unter dem Fluß seiner Gedanken eine Gegenströmung!

»Ist dein TALENT noch in Funktion?« fragte Kilczer.

»Natürlich.«

»Versuche, unseren Freund da so weit wie möglich auszuholen, sobald er wieder zu sich kommt.« Kilczer gab ihr das Gewehr zurück und nahm die Ruder wieder auf.

Das Schwanken des Bootes und das regelmäßige Knarren und Klatschen der Ruderschläge war einschläfernd. Dorthy erfaßte nicht genau, wann der Hüter zu sich kam, sondern spürte nur, wie sich seine Aufmerksamkeit immer stärker auf sie richtete. Als sie aufschaute, versuchte das Wesen von ihr wegzukriechen und zuckte dabei mit den Beinen. Die Augen unter der vorgewölbten Stirn waren weit aufgerissen, die Lider seitwärts über die schwarzen Augäpfel geglitten, die von horizontalen Pupillen geschlitzt wurden. Eine Angstreaktion!

Dorthy begriff und bewegte sich rückwärts von dem Hüter weg, bis Kilczer ihre Schulter berührte. Das Boot schwankte ein wenig in der Strömung.

»Ich bin in Ordnung«, sagte Dorthy. »Aber unser Gast hat schreckliche Angst vor mir. Vor uns.«

»Sonst noch was?«

Doch die starke Flamme seiner Panik löschte alles andere im Kopf des Hüters aus, selbst die zwingende Vision vom Aufstieg zum Turm der Burg.

»Das Wesen denkt, wir wollen es töten«, berichtete Dorthy. »Nein, noch schlimmer – wir wollten alles Leben töten. Es sieht in uns die, die den Himmel zum Einstürzen bringen. Diese Formulierung kommt wohl seiner Vorstellung am nächsten.«

Kilczer tat zwei Ruderschläge und meinte: »Die Vorstellung, wie wir vom Himmel heruntersteigen, muß der Hüter von seinen Eltern haben. Aber ich frage mich, woher die das wußten?«

»All seine Gedanken sind von panischer Angst überlagert. Ich kann nichts deutlich erkennen.«

»Du mußt es versuchen.«

Und so saß Dorthy, während er ruderte, in sich versunken auf dem Rand der Heckplattform und konzentrierte sich auf ihre stille Mitte, in dem das Bewußtsein des Hüters flackerte wie eine Kerzenflamme.

Allmählich verfiel Kilczer beim Rudern in einen beständigen Rhythmus, und die Ablenkung durch seine Gedanken ließ nach. Dorthy konnte Formen ausmachen, Orte des Seins hinter der Furcht des Wesens, jeder gesondert und weitgehend isoliert wie seltsame Schachfiguren auf einem großen, formlosen Brett. Das Bewußtsein des Hüters enthielt nur wenige Erfahrungen, geringe erlernte Kenntnisse. Doch tiefer unter der Oberfläche, in schattenhaften Regionen, zu denen Dorthy keinen Zugang hatte, spürte sie ein bis jetzt unberührtes, schlummerndes Reservoir an Wissen. Seine Gefühlswelt war wie ein flackernder Schirm oberhalb dieses tiefliegenden Kerns der Erinnerung – wie ein Verstand nach einer kürzlichen Amnesie, jedoch ohne die seltenen und plötzlichen Assoziationen, über die ein normaler Verstand dann noch verfügt.

An die Oberfläche tauchend, öffnete Dorthy die Augen. Sie waren nun schon weit vom Ufer entfernt und hielten Kurs auf den großen Zufluß, der den See speiste. Die Wellen plätscherten gegen den Rumpf. Die Sonne stand dicht vor dem Zenit, ein mürrisches Auge am dunklen Himmel. Es war wärmer geworden, und Kilczer zog das Oberteil seines Overalls aus. Sein Verhalten ließ die Panik des Hüters, diesmal gepaart mit etwas Neugier, wieder aufflammen.

»Ich glaube, er fragt sich, wieso du eine falsche Haut trägst«, erläuterte Dorthy.

»Hat er immer noch Angst?«

»Nicht mehr ganz so viel. Aber ich kann kaum etwas lesen, außer daß unser Gast über Wissensreserven verfügt, die er bisher nicht angerührt hat. Hältst du es für möglich, daß sie irgendwie in sein Gehirn eingepflanzt worden sind?«

»Du meinst Instinkte?« Fluchend führte Kilczer die Ruder. Seine Handflächen waren inzwischen mit Blasen übersät, und er hatte orangefarbene Tuchfetzen um die Hände gewickelt. Ein weiterer Stoffstreifen bändigte sein langes Haar. Mit seinen sprießenden Bartstoppeln sah er jetzt aus wie ein zu dürrer, schmutziger Pirat.

»Es muß mehr sein als das. Die Hüter könnten ja erst vor wenigen Tagen geboren worden sein, wenn das das richtige Wort dafür ist. Und doch arbeiten sie schon gemeinsam beim Bau der Boote, um damit schneller zur Burg zu gelangen. Ich glaube nicht, daß unser Freund dort, abgesehen von ein paar Zeichen und Gesten, über eine Sprache verfügt. Trotzdem erweckten die Hüter, die dort am Fluß gemeinsam die Boote bauten, in mir den Eindruck, als seien sie alle Teile einer einzigen Einheit.«

»Technologisch aufbereitetes Speicherwissen. Sie könnten also später eine Sprache entwickeln?«

»Wenn man ihnen die richtige Stimulans gibt.«

»Die ausgegrabenen Schriftzeichen im Außenposten beispielsweise?«

»Möglich.« Dorthy fühlte eine Reihe von Spekulationen wie wirbelnde Eisschollen durch seinen Kopf wandern, beinahe angenehm familiär und vertraut nach den schattenhaften Gedankenfragmenten im Bewußtsein des Hüters. Sie wußte schon, was jetzt kommen würde.

»Ich frage mich allmählich, ob unsere Anwesenheit der Anlaß für all diese Veränderungen ist«, meinte Kilczer. »Andrews erzählte mir, die Analysen von eingefangenen Neutrinos hätten gezeigt, daß es seit Tausenden von Jahren bei der Burg keinerlei energetische Aktivität mehr gegeben habe. Aber kaum tauchen wir hier auf, springt die Burg selbsttätig an, und statt zu weiteren gehirnlosen Hütern entwickelt sich der Nachwuchs zu einer neuen Art von Männlichen, die unter dem Zwang stehen, zur Burg zu wandern. Vielleicht rufen sie so den FEIND. Was meinst du? In diesem Fall ...«

»... müssen wir vor ihnen bei der Burg sein und Andrews warnen«, ergänzte Dorthy den Satz.

Neugierig, wie er war, störte Kilczer diese Demonstration ihrer Fähigkeiten nicht im geringsten. Zudem war er kein sonderlich verschlossener Mensch. »Genau das. Und je mehr du aus unserem Freund hier herausholst, desto besser ist es für uns.«

»Ich werde es versuchen. Rudere du weiter und schalte dabei möglichst deinen Verstand ab, damit deine Gedanken mich nicht stören.«

Er tat sein Bestes.

Dorthy tastete die einzelnen Bewußtseinsschichten des Hüters ab, ließ sie sich in dem richtungslosen Raum ihrer stillen Mitte widerspiegeln, erfuhr aber nicht viel mehr über das weitere Vorhaben des Wesens. Die rätselhaften Wissensfelder waren wie Schatten in der Tiefe des Meeres, deren Grenzen sich nicht bestimmen ließen. Klar und deutlich zeigten sich nur die isolierten Höhepunkte in der kurzen Existenz des Hüters: das Trauma seiner Geburt (oder, um genau zu sein, seiner Wiedergeburt) aus dem Kokon, der schmerzliche Kampf hinaus ans Licht, Erinnerungsfetzen an einsame Jagden, die in den Beinmuskeln lebendiger zu sein schienen als im Kopf, und die Arbeit am Fluß, die drängende und trotzdem irgendwie friedliche und zufriedene Kooperation, das wonnige Gefühl der Zugehörigkeit. Und stärker als alles andere – wie eine Zunge, die immer wieder über die Kante eines abgebrochenen Zahnes fährt – dieses Zeichen, das sein ganzes Sein erfaßt hatte und all sein Tun und Handeln prägte: die Vision der Burg, die sich aus ihrem schwarzen See erhob. Wie konnte der Hüter davon wissen?

Dorthy sann über diese wenigen Einblicke in das ansonsten undefinierbare Bewußtseinsmuster nach. Die Sonne wärmte Kopf und Schultern. Kilczer mühte sich derweil mit den Rudern ab.

Dorthys TALENT wurde allmählich schwächer. Mit seinem letzten Aufblitzen erfaßte sie das brennende Durstgefühl des Hüters, das deutlich auf der Oberfläche seiner Furcht schwamm wie Öl auf Wasser. Sie nahm das Oberteil von Kilczers Overall, hielt es über den Bootsrand, bis es sich voll Wasser gesaugt hatte, und warf dem Hüter das nasse Stoffbündel vor die Füße.

Das Wesen beobachtete sie mißtrauisch und nervös. Schließlich stemmte es die Füße gegen die rauhen Seitenwände des Bootes, wobei es mit den Klauen grüne Holzspäne abspleißte, schob die Schultern gegen den Bug und richtete den Oberkörper in einem fast unmöglichen Winkel auf. Dann zog es die Füße unter den Leib und bewegte die schwachen, verkümmerten Arme, die zu kurz waren, um das Maul zu erreichen, unruhig vor der muskulösen, mit dichtem Pelz bewachsenen Brust auf und ab. Plötzlich schob es den Kopf vor und zerrte das Tuch in sein Maul.

Dorthy wurde einen Moment durch Kilczers wieder aufflammende Gedanken abgelenkt (obwohl sich der Schlagtakt der ständig knarrenden Ruder nicht veränderte). Der Hüter saugte an dem Tuch und beobachtete sie dabei mit halbgeschlossenen Lidern.

»Sieh nach, ob er hungrig ist«, schlug Kilczer vor.

»Er ist nicht hungrig«, meinte Dorthy, warf dem Wesen aber trotzdem ein Stück Dörrfleisch zu. Der Hüter betrachtete es, das Tuch noch immer im Mund,

und sah dann wieder zu Dorthy hinüber. Mit einem leichten Kopfrucken warf er ihr das feuchte Tuch zu, das sie mit einer Hand auffing. Wieder ruckte der Hüter mit dem Kopf und ließ sich in seine alte Lage zurücksinken. Jetzt dachte er wieder an den Turm – mit einer Inbrunst und Sehnsucht, die Dorthy nicht begriff.

Ihr TALENT wurde jetzt rasch schwächer, da die Wirkung des Antiblockers auf ihr Implantat fast völlig abgeklungen war. Bald erfaßte sie nur noch schwach diese Sehnsucht, kaum mehr wahrnehmbar, vermischt mit Kilczers stumpfsinnigen Durchhaltegedanken, mit denen er seinen gequälten Körper weiter an die Riemen zwang. Dorthy erbot sich, ihn eine Weile abzulösen, aber sie war nicht groß genug, um die Ruder richtig zu führen. Kilczer, der sich für einen Moment zu ihren Füßen auf dem Deck ausgestreckt hatte, lächelte über ihre Bemühungen. Hinter ihm, eng in den Bug gepreßt, hockte der Hüter in wachsamer Regungslosigkeit.

Dorthy setzte sich zu Kilczer. »Tut mir leid.«

»Mach dir keine Sorgen. Ich schaffe das schon.« Kilczers nackte Brust und die weißen, knochigen Schultern waren mit einem leichten Schweißfilm bedeckt. Er rollte sich herum, beugte sich über den Bootsrand und schöpfte Wasser zum Mund, spritzte es sich ins Gesicht. Dann sah er zur Seite und fragte: »Braucht unser Freund da noch einen Schluck?«

»Das kann ich jetzt nicht mehr feststellen.«

»Nun gut, das macht auch nichts.« Er stand auf und griff wieder nach den Rudern.

»Du solltest dich etwas ausruhen«, mahnte Dorthy.

»Wir befinden uns mitten in der Strömung des Seezuflusses. Siehst du, wie wir treiben?« Er beugte sich vor, um die Binden an seinen Händen zu überprüfen und legte auch das Stirnband wieder um. Dann begann er erneut in langsamen, gleichmäßigen Schlägen zu rudern.

Jeder Schlag brachte das Boot der breiten Flußmündung ein Stück näher. Das Ufer war inzwischen so nahe gekommen, daß Dorthy seine weißen Felserhebungen und die Bäume erkennen konnte, die bis zum Wasserrand heranreichten. Das klare, dunkle Wasser trübte sich allmählich, und wenig später mußte Kilczer das Boot dicht am Ufer entlangsteuern, wo die Strömung nicht so stark war. Das Wasser hatte jetzt die Farbe von Milchtee, wie ihn die Bewohner von Australien tranken. Ein kalter Wind wehte auf das Boot herunter. Hoch oben über der Baumgrenze des Pinienwaldes reckte sich der nackte Kraterwall bis in die Wolken hinauf. Die riesige Sonne färbte ihn fast violett.

Immer häufiger legte Kilczer Pausen ein und fuhr sich über die Augen. Einmal bekam er einen Hustenanfall, der länger als eine Minute anhielt. Es war ein trockener, würgender Husten. Aber Kilczer tat Dorthys besorgte Fragen mit einer Handbewegung ab und ruderte weiter.

In der Flußmitte – inzwischen glitten zu beiden Seiten bewaldete Ufer vorbei – bildete die Strömung Wasserwirbel und Stromschnellen. Das tiefhängende Geäst der Bäume warf Schatten, aus denen unzählige Augen sie zu beobachten schienen. Kilczers Ruderschläge kamen immer schwerfälliger. Schließlich sagte er: »Ich denke, ich muß mich jetzt ein wenig ausruhen.«

»Vielleicht sollten wir hier das Boot zurücklassen. Das schlimmste Stück Arbeit, die Seeüberquerung, haben wir doch hinter uns. Übrigens war dein Vorschlag richtig.«

Er zog die Ruder durch, setzte sie, zog sie wieder durch. »Ich hatte eben Glück. Wir beide hatten Glück. Nein, wir bleiben in diesem Boot, das wir uns so schwer erkämpft haben. Draußen im Wald würde ich unserem Freund da keinen Meter weit über den Weg trauen.«

»Wir könnten ihn freilassen.«

»Damit bin ich ganz und gar nicht einverstanden. Vielleicht kannst du noch mehr aus ihm herausholen.«

»Ich habe getan, was ich konnte. Da gibt es kaum noch was herauszufinden.«

Ziehen, setzen, ziehen. Kilczer hielt auf das felsige Ufer zu, an dem dunkle Bäume über große Klippen hinausragten. »Tief im Innern ist verborgenes Wissen vorhanden. Das hast du selbst gesagt.«

»Ich habe aber keinen Zugang dorthin. Du weißt, daß ich nur lesen kann, was das Wesen denkt. Äquivalenz gibt es eben nur auf elektrischer, nicht auf chemischer Basis.«

»Dieses Wissen wartet doch nur darauf, erschlossen zu werden, richtig? Unser Freund ist erst ein paar Tage alt, zumindest in seiner gegenwärtigen Form. Ein paar Tage weiter, und...« Er pullte heftig mit dem Backbord-Ruder. Das Boot stieß hart gegen etwas. Dorthy drehte sich um und sah, wie der Hüter sich duckte, als die niedrigen Äste eines Nadelbaumes, der fast horizontal über die Wasserfläche herausragte, über den Bugrand schrammten. Kilczer löste ein Ruder aus der Klampe und stakte das Boot, bis es parallel zum Stamm lag. Dorthy verknotete das übriggebliebene Tauende, so gut es ging, an einem dicken Ast.

Kilczer reckte sich und rieb sich die Arme. Der Hüter beobachtete ihn, geduckt in einer Laube aus Pinienzweigen sitzend.

»Denk ja nicht daran, uns davonzulaufen, du kleines Monster«, knurrte Kilczer und packte das Gewehr. Der Hüter machte sich noch kleiner, seine Klauen scharrten über das Holz.

»Wie schön. Du hast mich also verstanden. Dorthy, kannst du auf unseren Gast aufpassen, während ich etwas schlafe?«

»Natürlich.« Sie massierte seine Schultern, nachdem er sich ausgestreckt hatte, und bearbeitete seine verkrampften Muskeln, bis sie sich unter ihren geschickten Fingern lockerten. »Das tut gut«, seufzte Kilczer, während sie ihn knetete – seine kühle, leicht wächserne Haut, das Gerippe seines knochigen Rückens. Ihr dünner, weißer Liebhaber!

Wenig später schlief er, den Kopf auf die gekreuzten Arme gebettet, das Gesicht zur Seite geneigt, halb verdeckt von seinem langen Haar. Dorthy saß neben ihm. Das Gewehr hatte sie vor sich auf die Plattform gelegt. Der Hüter im Bug rührte sich nicht. Seine großen Augen waren Teiche voll unergründlicher Schatten. Vielleicht schlief er auch.

Stunden verstrichen. Dorthy schaute zu, wie die Wasser an dem Boot vorbeirannen. Das rote Licht brach sich in den Wellenkämmen an der Oberfläche. Dorthys Ängste schwanden nach und nach in seinem sich ständig verändernden unveränderlichen Jetzt.

Ein kleiner Rankenteppich trieb vorbei, in den Fängen der schnellen Strömung in der Flußmitte einen nie endenden Tanz aufführend. Aus den Bäumen am anderen Ufer brach ein Schwarm fliegender Wesen hervor. Sie umkreisten das Boot, ehe sie flußabwärts verschwanden. Der Hüter sah ihnen nach, verfiel aber rasch wieder in seine Regungslosigkeit – eine dicke Gestalt in dunklem Pelz, das Gesicht fast verborgen im Schatten der Kapuze.

Einige Zeit später wurde Kilczer wach, reckte sich, setzte sich auf und rieb sich die Augen. »Wie lange habe ich geschlafen?«

Dorthy schaute auf ihren Zeitmesser. »Fast vier Stunden.«

»So lange wollte ich eigentlich nicht schlafen.« Er trat zum Rand der Plattform und schlug, Dorthy und dem Hüter den Rücken zugewandt, sein Wasser ab. »Wir fahren weiter. Du kannst jetzt schlafen, Dorthy. Ich kann beim Rudern unseren Freund bequem im Auge behalten.«

»Ich bin nicht müde. Ich habe ja nichts getan.«

»Unsinn.« Kilczers Stimme klang fröhlich. Er wikkelte sich wieder die Binden um die Hände und begann, nachdem Dorthy das Tau gelöst hatte, gleichmäßig zu rudern.

Hier und da wuchsen von schwarzer Vegetation bedeckte Felsen aus dem Wasser fast senkrecht in die Höhe. Die Pinien auf ihren Kuppen hoben sich deutlich vom dunklen Himmel ab. Die rote Sonne schien direkt in den Canyon. Der Fluß machte eine Biegung um eine Kiesbank. Dorthy hörte das Donnern und Brausen von Wasser und sah im nächsten Augenblick den großen Wasserfall einen halben Kilometer flußaufwärts, der über eine Felskante, so glatt geschliffen wie Glas, in ein Becken stürzte, über dem die Gischt wie ein Wolke hing. Ein leichter Wasserschleier trieb bis zum Boot herüber und näßte ihr Gesicht. Hinter ihr fluchte Kilczer und lenkte das Boot in eine kleine Bucht. Holz scharrte über Gestein. Der Hüter fuhr erschrocken herum, seine Kapuze wabbelte.

Kilczer streifte das Oberteil seines Overalls, an dem nur ein Arm fehlte, über, reichte Dorthy das Gewehr und holte das Messer aus dem orangefarbenen Beutel. »Gib mir Deckung«, rief er laut, um das Brausen des Wasserfalls zu übertönen, und sprang von der Plattform in den Bootsrumpf.

Der Hüter versuchte sich aufzurichten und trat dabei mit den gefesselten Füßen um sich. Die Klauen rissen lange Späne aus dem ungehärteten Holz.

Kilczer bückte sich und zerschnitt die Beinfessel. »Verdammt, nun komm schon hoch. Auf die Füße!«

Der Hüter drückte den Rücken gegen den Bug. Das Gesicht hatte er in der Hautkapuze versteckt. Sicher glaubte er jetzt sterben zu müssen. Kilczer faßte nach seinen gefesselten Armen. Der Hüter trat erneut aus. Kilczer taumelte zurück und prallte seitwärts gegen die Heckplattform …

Dorthy hob das Gewehr. Ihr schlug das Herz bis zum

Hals. Aber der Hüter verharrte unbeweglich und beobachtete sie beide wachsam.

»Du hast wohl auch angenommen, ich wollte ihn töten«, ächzte Kilczer und hielt sich die Seite. »Das Gewehr, bitte.«

»Nur, wenn du den Hüter am Leben läßt.«

»Ich will ihn nicht töten.« Er feuerte einen einzelnen Schuß ab. Das flache Krachen war im Tosen des Wasserfalls kaum zu hören. Der Hüter zuckte zusammen, rührte sich aber nicht von der Stelle. Wütend und ungeduldig packte Dorthy das Gewehr. Überrascht überließ Kilczer ihr die Waffe.

»Du steigst sofort aus dem Boot«, befahl sie barsch. »Na los!«

»Was ... was willst du ...?«

»Nun mach schon!«

Er ergriff den Tuchbeutel und sprang aus dem Boot. Dorthy zielte auf die überlappenden Planken vor den Füßen des widerspenstigen Hüters und feuerte eine Geschoßsalve ab. Holzsplitter flogen umher, und der Hüter sprang blitzschnell auf die Füße. Dorthy feuerte erneut auf die Planken im Heck. Der Kolben hämmerte gegen ihre Schulter, und mit beinahe physischer Erleichterung sah sie, wie Wasser durch die Einschußlöcher im Bootsrumpf sprudelte. Sie stieg in das hüfthohe, kalte Wasser und watete zu Kilczer ans felsige Ufer. Das Boot begann mit dem Heck voran zu sinken.

Einen Augenblick später sprang der Hüter trotz der auf den Rücken gebundenen Hände mit einem geschmeidigen Satz aus dem Boot. Er schaute flußabwärts, dann zu Dorthy hinüber, auf das Gewehr in ihren Händen. Gleichmütig, als habe er resigniert, watete er dann ans Ufer.

Das Boot glitt weiter in die Strömung hinaus. Nur noch die Heckplattform und die Ruder ragten aus dem Wasser. Ein Ruder löste sich, wirbelte herum und verschwand in der Strömung. Bald war von dem Boot nichts mehr zu sehen.

»Schade, daß wir es aufgeben mußten«, meinte Kilczer. »Der Weg wird für uns jetzt wieder beschwerlicher.« Er sah den steilen, mit Buschwerk und Felsbrocken übersäten Hang hinauf, der bis zum Rand der Klippe hochreichte – einige hundert Meter über ihren Köpfen.

Dorthy konnte die Qual des Hüters spüren. »Können wir ihn nicht einfach freilassen?«

»Damit er dann zu seinen Freunden rennt und ihnen zeigt, in welche Richtung wir marschieren? Das halte ich nicht für sonderlich klug.«

»Aber wir können ihn doch nicht den ganzen Weg bis zur Burg mitschleppen!«

»Ist das nicht genau der Ort, zu dem auch er möchte? Oder willst du ihn lieber gleich hier erschießen?«

»Natürlich nicht, Arcady. Ich weiß nur nicht, ob wir ihn den ganzen weiten Weg lang in Schach halten können.«

»Versuchen wir es!« Kilczer sah den Hüter an. »Komm hoch, es geht weiter.« Er machte ein Handbewegung. »Auf! Verstehst du mich nicht? Blödes Vieh! Wenigstens hat es Respekt vor dem Gewehr. Ich gehe voran, Dorthy. Du achtest darauf, daß unser Freund uns auch wirklich folgt.«

Zuerst war der Weg leicht. Große Felsen formten unregelmäßige Treppenstufen wie für einen Riesen. Die Lücken dazwischen waren gefüllt mit Geröll und Sand. In Felsspalten und Löchern wuchsen federartige Gewächse, dunkel und zäh wie altes Leder, und boten ausreichenden Halt. Hier und da hatte sich in den Bodenvertiefungen Wasser angesammelt. An deren Rand bedeckten Flechten den Boden und quietschten naß unter den Füßen. Der Hüter ging vor Dorthy her und hatte zur Balance die Ellbogen zur Seite gereckt. Die Hände waren immer noch auf den Rücken gefesselt. Kilczer ging voraus, drehte sich aber von Zeit zu Zeit um und versicherte sich, daß der Hüter noch hinter ihm war. Sein weißes Gesicht war im violetten Halbschatten nur ein heller Fleck. Als der Hüter einmal stehenblieb, schrie er ihn an und tat so, als wolle er einen Stein nach ihm schleudern. Die Kreatur zuckte nicht zurück, senkte aber den Kopf in die Kapuze, als Kilczer den Stein fallen ließ, und kletterte weiter. Seine Krallen kratzten über den Fels oder bohrten sich tief in das Geröll.

Weiter oben machten lose Geröllhalden dann den Aufstieg beschwerlicher. Immer wieder rutschten Dorthys Füße weg. Durch die Waffe fiel es ihr schwer, das Gleichgewicht zu halten, und sie schürfte sich die Innenseite der freien Hand an den scharfkantigen Steinen auf.

Der Anblick, der sich ihnen oben auf der Klippe bot, überraschte sie. Vor ihnen lag eine weite, saftiggrüne Graslichtung, von Pinien umsäumt. Kaum hundert Meter entfernt blitzte der Wasserfall durch die Bäume, die sich zum Teil über den Absturz hinausbeugten. Das Wasser glitt wie schimmernde Seide über den Rand, sein ständiges Brausen und Tosen ließen Boden und Luft erzittern. Die Luftwirbel, die das stürzende Wasser erzeugte, schüttelten die steifen Nadelbüschel an den Zweigen der Bäume. Wolken von Gischt trieben wie Nebelschleier vorüber und durchnäßten alles.

Kilczer ging zum anderen Ende des Absturzes und spähte durch eine Lücke im Gehölz. Wasserschleier hüllten ihn ein, und er hustete.

Dabei schlug er sich mit der flachen Hand auf die Brust, als wolle er etwas daraus vertreiben. Ein wenig abseits stand der Hüter bis zu den Knien im Gras und sah zu Dorthy herüber.

Kilczer drehte sich um und schüttelte, noch immer hustend, das schwarze Haar aus der Stirn. Nach einer Weile sagte er: »Ich denke, wir sollten uns etwas ausruhen.« Wieder begann er zu husten und beugte sich dabei leicht über seine Hand.

»Wir sollten weitergehen«, versuchte Dorthy mit lauter Stimme das Brausen des Wasserfalls zu übertönen. Und im gleichen Moment traf sie das Vorhaben des Hüters wie ein Blitz. Laut schreiend rannte sie auf Kilczer zu. »Das Biest will dich ...«

Es tat es.

Mit gebeugtem Kopf und flatternder Kapuze sprang der Hüter in großen Sätzen über die Lichtung. Ehe Kilczer sich aufrichten konnte, warf sich das Wesen gegen ihn, katapultierte ihn über den Rand der Klippe und stürzte sich gemeinsam mit ihm in den Abgrund.

Dorthy sah gerade noch, wie sie beide weiter unten an dem steilen Hang gegen einen Baum prallten, sich um die eigene Achse drehten und dann in der kochenden Gischt verschwanden. Verzweifelt starrte sie hinter ihnen her und rief immer wieder Kilczers Namen.

Erst viel später bemerkte sie, daß sie in ihren durchnäßten Kleidern vor Kälte zitterte. Ein letztes Mal rief sie Kilczers Namen, doch ihre Stimme wurde vom Donnern des Wasserfalls verschluckt. Ihr Atem ging in heftigen Stößen, ihr Hals schmerzte. Sie hob das Gewehr auf, das sie beim Laufen fallengelassen hatte, und bemerkte dabei die drei Spuren im Gras, die dunkler leuchteten, wo die Halme niedergetreten waren: Kilczers Spur, die des Hüters und ihre eigene. Erst jetzt wurde ihr richtig bewußt, daß sie allein war.

Lange Zeit hockte Dorthy am Rand der kleinen Lichtung und starrte in die schäumenden Fluten am Fuß des Wasserfalls, in die dunklen, reißenden Wasser des Flusses zwischen den hohen Felswänden. Der Wind zerrte an ihrem Overall. Immer wieder ließ sie in Gedanken die Sekunden vor der Aktion des Hüters ablaufen: die warnende Information, die ihr geschwächtes TALENT viel zu spät empfangen hatte, der Angriff ...

Aber sie konnte sich nicht erinnern, davon etwas im

Bewußtsein des Hüters gelesen zu haben – was sie etwas beruhigte. Denn es bedeutete, daß sie selbst bei voller Aktivierung ihres TALENTS den Anschlag nicht hätte verhindern können.

Trotzdem – irgend etwas, das sie nicht näher beschreiben konnte, sagte ihr, daß es vielleicht doch nicht so war. Das Verhalten des FEINDES bei BD Zwanzig fiel ihr wieder ein, die Art, wie seine Leute dort Selbstmord begingen, wenn eine Gefangennahme unausweichlich schien. Jedes manövrierunfähige Schiff, jeder eingenommene Asteroid sprengte mit einem gewaltigen Feuerschlag all seine Energiequellen und nahm dabei sehr häufig die Eroberer mit in den Tod. Der FEIND ... der FEIND ... der FEIND ...

Aber diese neue Generation von Hütern, die mit Steinwerkzeugen plumpe Boote bauten, denen andererseits aber jegliche Ansätze zu einer Sprache fehlten, konnten doch nicht der FEIND sein.

Der FEIND ...

Wer oder was er auch sein mochte, er wich ihr aus. Doch lenkte ihr Grübeln sie wenigstens von dem schrecklichen Moment ab, in dem der Hüter sich auf Kilczer stürzte, von dem Anblick, wie Kilczers Kopf hochruckte, sein weißes Gesicht sich vor Schreck verzerrte, wie der Mensch und der Alien gemeinsam über den Klippenrand stürzten. Von dem Augenblick seines Todes. Er mußte tot sein, sagte sie sich selbst und schaute flußabwärts. Sie hatte seinen Sturz mit eigenen Augen beobachtet. Selbst ein Unverletzter könnte den Wasserwirbeln unter dem Fall nicht lebend entkommen. Trotzdem wollte sie es nicht wahrhaben und erwartete unbewußt, Kilczer jeden Moment am Rand der Lichtung auftauchen zu sehen, wobei er sich müde lächelnd das schwarze Haar aus der Stirn streichen würde ...

Mehr als zwei Stunden vergingen, ehe Dorthy widerstrebend die kleine Lichtung verließ. Der Wald stieg weiter an. Bald war das Tosen des Wasserfalls nur noch ein dumpfes Rauschen. Der durchnäßte Overall klebte an ihrem Körper, und ihr war kalt. Die Bäume standen nun in weiten Abständen, und Bahnen roten Lichtes drangen bis zum Waldboden vor, der mit Piniennadeln und Büscheln dunkelblättriger Pflanzen bedeckt war, die ausschließlich in diesen Lichtinseln wuchsen.

Auf einer größeren Lichtung machte sie Rast. Narbiger schwarzer Fels, mögliche Überreste eines Lavastromes, türmte sich an einer Seite baumhoch und schirmte die Lichtung ab. Dorthy ließ das Gewehr fallen und streckte sich im warmen Sonnenlicht auf dem dichten Nadelteppich aus. Sofort fiel sie in einen tiefen, traumlosen, dunklen Schlaf.

Als sie erwachte, bemerkte sie ein leichtes Druckgefühl auf ihrem Bauch, warm und weich. In der Annahme, es sei Kilczers Hand, tastete sie verschlafen danach. Ihre Fingerspitzen strichen über kurze Fellhaare. Sie riß erschrocken die Augen auf und sprang auf die Füße. Die Kreatur fiel zu Boden und streckte sich. Den langgestreckten Körper umhüllte ein hübscher rothaariger Pelz mit goldenen Strähnen. Die großen schwarzen Augen schienen sie vorwurfsvoll anzuschauen. Dorthy atmete tief durch und griff nach dem Gewehr. Das Wesen floh. Geschmeidig wedelte der lange Körper auf seinen drei Beinpaaren davon. Der Anblick war so komisch, daß Dorthys Abscheu wich und sie, vom Schlaf noch halb benommen, laut auflachte. Sie schaute sich nach Arcady Kilczer um …

– und dann fiel ihr ein, was geschehen war.

Später, als sie wieder durch den Wald wanderte, zwischen hohen Bäumen entlang, die beinahe, aber nicht ganz den Pinien auf Erde glichen (aber vielleicht waren es die Vorläufer der Bäume, die an den steilen Hängen in Thrakien wuchsen, wo sie eine kurze, heiße Woche lang gearbeitet hatte, und in der alles um sie herum nach Thymian duftete), tat es ihr leid, daß sie das Wesen verscheucht hatte. Immerhin war es, während sie schlief, auf der Suche nach Wärme oder nach Gesellschaft zu ihr gekommen…

Wenigstens hätte sie so etwas Abwechslung gehabt. Ausgerechnet sie, die meist jede Geselligkeit mied, sehnte sich bei ihrer einsamen Wanderung durch den Bergwald mehr und mehr nach einem Begleiter. Sie vermißte Kilczer. Es war nicht direkt Kummer, was sie empfand, sondern ein ganz merkwürdiges Gefühl des Verlustes. In manchen Augenblicken stellte sie sich vor, er ginge nur ein paar Schritte hinter ihr her, leicht nervös, sie ständig antreibend in seiner typischen, mit Freundlichkeit gemischten Ungeduld. Dann drehte sie sich um – und wurde wieder mit der Realität ihres Alleinseins konfrontiert.

Im großen und ganzen blieb ihr Aufstieg durch den Wald ereignislos. Schon lange hatte sie jedes Zeitgefühl verloren. Nur ihr Zeitmesser im Handgelenk rief ihr die rechnerische Größe Zeit hin und wieder ins Gedächtnis zurück. Sie aß nicht in bestimmten Intervallen, sondern nur, wenn sie hungrig war, und verzehrte erst ihren Vorrat an Dörrfleisch, ehe sie sich wieder etwas erjagte – wenn dies das richtige Wort dafür war. Denn obwohl tierisches Leben hier rar war, schien es der Gefahr, die Dorthy repräsentierte, ziemlich sorglos zu begegnen: eben jener Menschheit, die beinahe selbst ihren eigenen Planeten zerstört hatte. Dorthys häufigste Beute waren kleine Geschöpfe mit kurzem Fell, gestreift wie Hörnchen, aber mit einem langen schmalen Kopf und dürren Beinen. Ohne Scheu liefen sie Dorthy über den Weg, und sie erlegte sie ohne Gewissensbisse und kochte ihr weiches Fleisch über kleinen Feuern, die sie mit Kilczers Raumfeuerzeug aus dem Beutel anzündete.

Während des Marsches orientierte sie sich an dem Canyon. Zweimal mußte sie dabei klares Wasser führende Nebenflüsse durchwaten. In den höheren Regionen wurden die Bäume kleiner und wuchsen nur noch in weiten Abständen. Die Zwischenräume füllten struppiges Buschwerk, das mit seinen dornigen Ästen ein fast undurchdringliches Dickicht bildete, oder Pflanzen, deren Blätter oft größer als Dorthys Kopf waren und in der stetigen Brise schwankten. Manchmal verfolgte sie, wie große Flugwesen sich auf breiten Schwingen von über zehn Meter Spannweite von den Fallwinden der Gipfel im Kraterrand davontragen ließen. Abergläubisch, wie sie war, schoß sie nie auf diese großen Reiter der Winde.

Ohne jegliches Zeitempfinden wanderte sie manchmal dreißig Kilometer zwischen ihren Schlafpausen und schaffte gelegentlich nicht einmal fünf. Und immer ragte der Kraterwall vor ihr auf und streckte seine Gipfel in die Wolken. Gelegentlich suchte sie den dunklen Himmel nach Choppern ab, obwohl sie genau wußte, daß sie sich töricht verhielt. Zumindest aber hielt sie damit einen kleinen Funken Hoffnung am Leben. Ein anderes Mal dachte sie darüber nach, ihre Wanderung aufzugeben und als asketische, keusche Einsiedlerin in diesem fremden, unirdischen Wald zu leben, gestreifte Felle zu tragen und sich eine trockene Höhle herzurichten, in deren Wände sie dann die Texte von Shakespeare einritzen würde. Sicher zerbrachen sich dann die Herren dieser Welt, sollten sie je auftauchen, den Kopf über diese fremden Zeichen und die seltsam geformten Knochen ihres Gerippes, die sie in der Höhle auffinden würden.

Dorthy sah das Unwetter auf sich zurasen. Schwärze überzog den ohnehin dunklen Himmel und das trübe schimmernde Antlitz der Sonne. Der Regen kam wie ein plötzliche Sintflut, die Millionen silberner Speere durch die Äste der Bäume auf den Boden regnen ließ, unter denen Dorthy Schutz gesucht hatte. Aber sie hätte ebenso im Freien stehenbleiben können, denn in Minutenschnelle war sie bis auf die Haut durchnäßt und fror jämmerlich. Sie entschied sich daher weiterzuwandern. Regentropfen schlugen ihr ins Gesicht, der nasse Overall klebte auf ihrer Haut. Der Donner rollte dumpf durch den hohen, lichten Wald. Blitze zuckten bläulichweiß. Dorthy hatte sich inzwischen so an das matte Sonnenlicht gewöhnt, daß sie vor den grellen Lichtpfeilen die Augen zukneifen mußte, um nicht geblendet zu werden. Wind sprang auf und schüttelte die Äste der Bäume, trieb ihr das verfilzte Haar aus der Stirn. Eine plötzliche Heiterkeit ließ Dorthy laut auflachen, und sie schrie Zitate und geflügelte Worte in den heulenden Wind …

So plötzlich, wie es gekommen war, war es vorbei. Der Regen verwandelte sich in ein leichtes Nieseln und versiegte schließlich ganz. Leichte Dunstschleier stiegen vom feuchten Boden auf. Es roch nach Pinien, nach Harz, nach den modernden Nadeln unter ihren aufgeschnittenen Stiefeln. Aus den knorrigen Büschen stieg ein bittersüßer Duft nach Honig und Terpentin in ihre Nase.

Immer höher stieg Dorthy hinauf. Der Waldboden zeigte jetzt häufiger blanken Fels. Dorthy erreichte ein Steilufer, das sich hinter einem Knick des Canyons erhob. Von dort aus konnte sie den langgestreckten Hang überblicken, den sie emporgeklettert war. Der lichte Wald auf den braunen Bergflanken zeigte sich als geschlossene dunkelgrüne Fläche, als dichtgedrängte Armee von Pfeilspitzen, hier und da unterbrochen durch die tiefen Einschnitte des gewundenen Canyons. In der Ferne lag der See wie ein riesiger polierter Rubin, den eine überirdische Macht mitten in den dunklen Wald geworfen hatte. Und noch weiter entfernt, am Rande ihres Blickfeldes, dehnte sich die rote Fläche der Steppe, in der ihre Wanderung begonnen hatte. *Ich habe als einzige überlebt …*

Sie drehte sich um und marschierte weiter.

Manchmal sang sie dabei, und ihre dünne, klare Stimme schwang sich auf in die weite Leere des Himmels.

Auf diese Weise ließ Dorthy die Baumgrenze hinter sich und tauchte in die Wolkenschleier hinein. Der poröse Lavaboden wurde zu hartem Fels. Hier wuchs nichts mehr außer niedrigen, windzerzausten Pflanzen mit paddelförmigen Blättern und moosartigen Flechten, die in großen Flecken den steinigen Untergrund überzogen. Der Fluß strömte in einem breiten, seichten Bett zwischen großen Felsen hindurch. Die überdimensionale Sonnenscheibe schwamm wie ein trüber Spiegel in den dichter werdenden Wolkenschleiern.

Der Fluß gabelte sich, und verzweigte sich erneut, während Dorthy seinem Lauf folgte. Bisher war es keine Frage gewesen, was Haupt- und Nebenarm war, doch wenig später erreichte Dorthy den Zusammenfluß von zwei gleich breiten Wasserläufen. Nach längerem Überlegen entschied sie sich für den linken Zufluß. Erst nach über sechs Kilometern Marsch wurde ihr klar, daß dies nicht der Fluß sein konnte, dem Andrews mit dem Chopper gefolgt war, ehe er durch den Paß in die Kaldera hineingeflogen war. Dorthy setzte sich auf einen flachen Stein und schaute den Weg zurück, den sie gekommen war. Große Felsbrocken lagen verstreut in der kahlen Landschaft, der kleine Fluß plätscherte an moosbewachsenen Steinen vorbei.

»Was ich jetzt brauche, ist eine gute Tasse Kaffee«, sagte sie laut. »Gewöhnlich trinke ich drei oder vier Tassen am Tag, vorzugsweise einen guten, starken schwarzen Java. Den könnte ich jetzt wirklich vertragen – nicht dieses verdammte Wasser da!«

Ihre Stimme hallte mehrmals nach, ehe sie verklang. »Christus!« sagte sie und erbebte. Sie fuhr mit der Zunge über das neue Geschwür im Mund; schon seit längerem litt sie an wunden Stellen, Furunkeln und Pusteln am Gaumen. Dem Fleisch, das ihre einzige Nahrung darstellte (aber sie hatte keins mehr, wußte nicht mal mehr, wann sie zuletzt etwas gegessen hatte), fehlte die richtige Kombination von Spurenelementen und wahrscheinlich auch die wichtigsten Vitamine. Die Füße waren geschwollen, und Dorthy wagte nicht, die Stiefel auszuziehen aus Furcht, nicht mehr hineinschlüpfen zu können. Außerdem stank sie – und war todmüde. Doch hier konnte sie keine Rast einlegen, nicht hier. Wahrscheinlich würde sie dann nicht mehr aufwachen. Sie stellte sich vor, wie Kilczer mit geduldiger Stimme vorschlug, noch ein Stück weiterzugehen, und nickte bereitwillig. Stöhnend kam sie wieder auf die Füße und ging den ganzen Weg zurück.

Als sie endlich den Zusammenfluß erreichte, fiel leichter Regen, kaum mehr als die Tröpfchen des dichter werden Nebels. Sie folgte dem klaren, schnell dahinsprudelnden Gewässer mit gesenktem Kopf. Auf der Hand, die den Gurt des geschulterten Gewehrs hielt, bildeten sich kleine Tropfen…

Der Fluß machte plötzlich ein Biegung, und Dorthy schaute sich um. Irgendwie kam ihr die Stelle bekannt vor.

Ein grauer Steinhang zog sich bis zu einer Felswand empor, die fast senkrecht in die Wolken aufragte. Dorthy verließ den Fluß und stieg den Hang hinauf. Die hohe Felsklippe wies einen tiefen Einschnitt auf, durch den ein warmer Wind herüberwehte. Der Fels unter den dünnen Sohlen ihrer Stiefel war dagegen eiskalt.

Der Paß war so breit, daß Dorthy die andere Seite durch die wirbelnden Nebelschleier nicht erkennen konnte, als sie sich durch Geröll und Felsen ihren Weg entlang einer Wand aus Lavagestein suchte. Der warme Wind säuselte an den Ohren vorbei, die eisige Kälte des Gesteins biß ihr in die Fußsohlen. Dorthy war dem Paß etwa zehn Minuten gefolgt, als sie auf die Aschereste eines Feuers stieß. Zum Schutz gegen den Wind hatte man einen Ring aus kleineren Felsbrocken um die Feuerstelle herum aufgeschichtet. Dorthy bückte sich und fuhr mit den Fingern durch die Asche. Sie war so kalt wie der Fels ringsum. Der längliche Brustkorb eines katzengroßen Tieres lag daneben. Schwärzliche Fleischfetzen hingen noch an den Rippen, doch trotz ihres nagenden Hungers wagte Dorthy nicht, davon zu essen.

Irgendwo da draußen – Hüter!

Die Ascheflocken an ihren Händen wurden vom Wind davongetragen, während sie vorsichtig weiterging. Sie überlegte, ob sie eine Tablette des Antiblockers nehmen sollte, entschied sich aber dagegen, weil ihr TALENT ihre Reaktionsfähigkeit verlangsamen konnte. So setzte sie einen Fuß vor den anderen und versuchte, die tanzenden Nebelschleier mit den Blicken zu durchdringen. Das Gewehr hing locker über ihrer Schulter.

Der Boden fiel allmählich ab. Der Wind ließ etwas nach. Immer noch wanderte Dorthy in einer Wolkenbank weiter, die alles, was mehr als zehn Meter entfernt war, einfach verschluckte. Erst als die ersten Bäume im Nebel auftauchten, wußte sie, daß sie den Paß hinter sich hatte.

Sie hatte es geschafft.

Sie befand sich jetzt im Innern der Kaldera.

Sie ging weiter und stieg den sanften Hang hinunter, wanderte unter niedrigen, weit verstreut stehenden Bäumen entlang, in deren Kronen der Wind leise seufzte. Die Äste trugen handflächengroße Blätter. Der Nebel lichtete sich allmählich …

Plötzlich hörte Dorthy ein Geräusch und blieb wie angewurzelt stehen. Das Geräusch kam von links oben, ein leises Klopfen wie von einem zu schnell schlagenden Herzen. Das Brummen eines Choppers …

Sie sah die Maschine als schemenhaften Schatten durch den Nebel tauchen. Dann flammte der

Suchscheinwerfer auf und blieb mit unheimlicher Präzision an ihrer Gestalt kleben, warf ihren Schatten hart auf den sanften Abhang. Der Chopper drehte eine Schleife, wobei der Scheinwerfer um die eigenen Achse rotierte, um Dorthy nicht aus dem Lichtkegel zu verlieren, und setzte zur Landung an.

Endlich! Sie hatte den Kraterwall überstiegen, die Kaldera erreicht – und war nun tatsächlich gerettet. Sechzehn Tage waren vergangen, seit die Critter-Herde das Lager unten in der Ebene überrannt hatte. Die Sonne dagegen begann gerade erst ihren Abstieg aus dem Zenit.

Dritter Teil

DER TURM

Sie brachten Dorthy sofort zu dem Hochlager, das die Burg überwachte, und steckten sie – ohne erst nach Kilczer oder den Zwillingen zu fragen, und selbst war sie zu erschöpft, um von sich aus die Sprache darauf zu bringen – in den Tank eines Robotdocs. Jeder halbwegs erfahrene Medizintechniker hätte ihnen sagen können, daß sie keinen ernsthaften Schaden genommen hatte, sah man einmal von Histamin-Reaktionen, Unterernährung und leichtem Skorbut ab. Aber der einzige Mediziner im Erkundungsteam war Kilczer gewesen. Und der war tot.

Der Robotdoc war ein militärisches Modell. Er überging einfach ihr Sensorium, so daß sie ohne Sicht, Gefühl, Geschmack oder Gehör in der Nährlösung schwebte, nicht mal fähig, eine Augenbraue zu bewegen, und nahm ihr durch den russischen Schlaf das Bewußtsein. Während des Schlafs frischte er ihr Blut durch künstliches Plasma auf, pflanzte ihr einen Leber-Bypass ein und begann mit der Analyse der Giftstoffe, die ihre Zellen allmählich freisetzten. Weiterhin entfernte er aus der Haut und dem subkutanen Gewebe die zahlreichen Infektionen und stimulierte den Heilprozeß. Eine zivile Maschine hätte ihr eine Diät aus beruhigenden Träumen verordnet, vielleicht am Strand von Serenity oder am Tallman's Scarp auf Titan. Aber dieses Modell war nur effizient, mehr nicht. Es schickte sie in den Schlaf, um ihr sensorische Entzugserscheinungen während der Behandlung zu ersparen. Träume hatte es nicht im Programm.

Manchmal befand sie sich wieder mit Kilczer auf der anderen Seite der hohen Berge, wanderte mit ihm und etwas Schattenhaftem hinter ihnen, etwas, das sie ihn nicht sehen lassen durfte, durch Pinienwälder. Oder sie schwebte in ihrem kleinen Einmann-Schiff draußen im Raum, wo Kometen ihre langen kalten Kreisbahnen zogen, und Kilczers drängende Stimme kam krachend über den Receiver. Aber sie verstand ihn nicht, weil er Russisch sprach. Oder sie stand wieder auf der Lichtung über dem Wasserfall und sah den Hüter durch das hohe Gras auf Kilczer zustürzen. Oder sie war in dem Moment Kilczer, als der heftige Aufprall ihn – sie – über den Rand in den Abgrund schleuderte. Oder war sie der Hüter …?

Manchmal träumte sie von der Jagd unter einem fremden Nachthimmel, in dem hell leuchtende Schleier gefrorenen Nebels blitzten. Nur ein einziger, hell strahlender Stern durchdrang sie mit seinem Licht, war wie das Lichtauge am Ende eines langen, dunklen Tunnels. Langsam, ganz allmählich, begriff sie, daß diese letzten Visionen beileibe keine Träume waren. Etwas versuchte, zu ihr durchzudringen, während die Maschine sie behandelte …

Mit einem Schlag kehrten all ihre Sinne zurück. Sie kniete in einer blutwarmen Flüssigkeit, deren Geruch ihr in die Nase stach, während sie die Nasenflügel herunterlief. Helles Licht zauberte Regenbogen in die Tropfen, die an ihren Augenlidern hingen. Jemand faßte unter ihre Ellbogen und richtete sie auf. Kalte Fliesen unter ihren klebrigen Füßen. Sie hustete und hustete.

»Hier herüber, Honey«, sagte die große Frau, Angel Sutter, und führte sie zu einem Korbstuhl aus Plastik. »Wie fühlen Sie sich?«

Sie befanden sich in einem kleinen, hell erleuchteten Raum, dessen eine Hälfte der Robotdoc ausfüllte. Irgendwo summte eine Pumpe und saugte die amniotische Flüssigkeit ab. Die Pritsche, die Dorthy aus dem Robotdoc ausgefahren hatte, verschwand mit einem leisen Klicken in der grellweißen Hülle der Maschine. Dahinter kam eine abgerundete Decke zum Vorschein – die Wölbung des Kuppelzeltes.

Dorthy saß zusammengesunken auf dem Stuhl. Sie war nackt, ihre Haut ölig von Langketten-Silikonen und Fluorkohlenstoffen. Sie schimmerte wie stumpfe Bronze. Alle Verletzungen, die sie sich auf ihrer Wanderung zugezogen hatte, waren abgeheilt.

»Wie ein Critter, der aus seinem Kokon schlüpft«, sagte sie. Angel Sutter hüllte sie in ein großes Badetuch.

»Sie sehen wieder besser aus«, meinte Sutter und rubbelte ihr die Schultern trocken. »Als man Sie hereinbrachte, dachte ich, Sie würden es nicht schaffen. Sie sahen einer tausend Jahre alten vertrockneten Mumie verdammt ähnlich.«

»So fühlte ich mich auch«, erklärte Dorthy. Dann überfiel sie wieder die Erinnerung. Sie schauderte. »Arcady Kilczer ist tot.«

Sutter fuhr fort, ihr den Rücken zu trocknen. »Das haben wir befürchtet. Die Zwillinge auch, oder?«

»Sie starben, als ... als ...«

»Honey, Sie müssen jetzt nicht reden. Warten Sie eine Weile. Sie hatten Glück, daß man das Ding da mit den anderen Sachen hier heraufgebracht hat. Den Rücktransport nach Camp Zero hätten Sie meiner Ansicht nach nicht überlebt. Hier hat es einige Veränderungen gegeben, die nicht alle mit der Burg zu tun haben.«

Dorthy griff nach dem Arm der Frau. »Ich muß unbedingt mit Duncan Andrews sprechen.«

Sutter unterbrach ihre Tätigkeit und machte sich von Dorthys Griff frei. »Dafür ist später noch Zeit. Sie sollten zuerst etwas schlafen.«

»Ich habe länger als ...« – Dorthy warf einen Blick auf ihren Zeitmesser – »... zwei Tage geschlafen. Ich muß ihm unbedingt ein paar Dinge sagen, die ich über die Hüter herausgefunden habe. Was wollen Sie dagegen tun? Mir kurzerhand einen Hammer über den Kopf hauen?«

»Ich könnte niemand einen Hammer über den Kopf hauen. Okay, warten Sie eine Minute. Ich hole Ihnen etwas zum Anziehen.«

Als Sutter zurückkam, hatte Dorthy sich gänzlich trockengerieben und das große Tuch um ihren Körper geschlungen. Die Flüssigkeit, die bei ihrem Ausstieg aus dem Robotdoc zu Boden tropfte, war unter Hinterlassung eines widerwärtig süßen Geruchs verdunstet – ebenso, wie ihre Träume verblaßt waren und nur das unbestimmte Gefühl zurückgelassen hatten, daß etwas, jemand, ihr etwas mitteilen wollte – aber was?

Sutter reichte ihr ein Bündel mit Kleidern, hielt aber einen Packen Papiere fest. Während Dorthy den frischen Overall überzog, sagte sie: »Sie hatten dieses Dings ... dieses Shakespeare-Buch nicht mehr bei sich. Das hier ist für Sie. Ramaro hat eine Bücherei so groß wie die in Rio – im Museum der Menschheit? Ich ließ das für Sie ausdrucken.« Sie streckte Dorthy, die gerade in die neuen Stiefel schlüpfte, den Papierpacken hin. Es waren *Die gesammelten Werke,* in Portugiesisch.

»Ich danke Ihnen.«

Sutter nestelte an ihrem Haardutt. Ihr Dienstoverall war mit einer nichtdienstlichen goldfarbenen Kordel gegurtet. »Ich habe ein wenig darin gelesen. Wenn man sich erst mal an die Sprache gewöhnt hat, ist es gar nicht so schlecht. Aber verdammt archaisch. Warum mögen Sie solch alte Sachen?«

»Darin ist alles enthalten – wenn man genau liest«, erklärte Dorthy und nahm die Seiten an sich. »Liebe, Eifersucht, Habgier, Loyalität, Mord, Irrsinn ... Ich finde es sehr beruhigend, daß die menschliche Natur doch so konstant ist.«

Sutter hob die Schultern. »Jetzt sorgen wir erst mal

dafür, daß Sie was in den Magen kriegen, ehe Sie zu Andrews gehen. Widersprechen Sie nicht – ich tue mein Bestes, um Sie wieder auf die Beine zu bringen.«

Das Kuppelzelt hatte einen Durchmesser von über zwanzig Metern. Den größten Teil der Fläche belegte der Aufenthaltsbereich, ein Durcheinander von Tischen und Stühlen um einem klobigen Spenderautomaten. An der Rundung der Zeltwand waren mit mattierten Faserglasplatten kleine Nischen abgetrennt. An einem der Tische schlief ein Mann in einem Uniform-Overall. Den Kopf hatte er auf die gekreuzten Arme gelegt. Ansonsten war der Raum leer.

Dorthy traf müßig ihre Wahl am Spender: einen schwarzen, starken Java natürlich. Die Auswahl der Speisen fiel ihr dagegen schon schwerer. Der Wählmonitor präsentierte ihr an die hundert Gerichte. Schließlich entschied sie sich für gebratenen Reis mit Fisch.

Sie nahm Sutter gegenüber an einem der Tische Platz. Die Frau musterte sie aufmerksam und fragte: »Was haben Sie Duncan denn eigentlich zu berichten?«

»Ich glaube, ich kann ihm zu neuen Erkenntnissen über die Hüter verhelfen.« Einen Moment lang wurde die Gefühlswelt des Hüters, in die sie kurz eingedrungen war, wieder lebendig. Dabei verzerrte sich Sutters längliches dunkelbraunes Gesicht mit den vollen Lippen zu einer furchterregenden Maske, irgendwie aufgedunsen und nackt. Dorthy nippte rasch an ihrem brühheißen Java, und als ihre Zunge den vertrauten bitteren Geschmack kostete, war der Moment schon wieder vorüber und ließ sie verwirrt zurück.

»Aber Duncan weiß doch schon alles über die Hüter – oder glaubt das zumindest. Sie wissen, daß sie den Hang zur Kaldera hochsteigen und zur Burg ziehen?«

Dorthy nickte nur, weil sie ihrer Stimme noch nicht sicher war.

»Duncan ist von seiner Theorie, daß die Hüter die verwilderten Abkömmlinge des FEINDES seien, abgerückt. Jetzt denkt er, sie bereiteten alles für die wahren Besitzer dieses Planeten vor. Diskutieren Sie nicht mit mir darüber. Machen Sie das mit ihm ab. Aber das ist der Grund, weshalb dieser Außenposten hier jetzt so wichtig geworden ist. Die Navy steht voll hinter Duncan, weil man hofft, den FEIND kurz nach seinem Aufwachen – oder was sonst er immer tun mag – kalt zu erwischen.«

»Man hat ihn schon erwischt.«

Sutter zuckte die Achseln. »Erzählen Sie das Duncan. Ehrlich gesagt weiß ich zu wenig darüber. Höchste Geheimhaltung, Sie verstehen? Aber hier draußen tut sich auch sonst noch einiges. Wir werden vielleicht noch mal berühmt.«

Dorthy erwiderte das warme Lächeln der Frau. Sutters Enthusiasmus störte sie nicht. Er war irgendwie unschuldig, ohne Hintergedanken. »Was tut sich denn hier? Ich wette, Sie können es kaum erwarten, mir alles zu erzählen.«

Sutter lehnte sich auf dem Stuhl zurück und holte tief Luft. »Womit soll ich denn anfangen? Mit einer Sache, die mich persönlich sehr interessiert. Der See um die Burg herum hat sich verändert. In den letzten Tagen ist der Wasserspiegel immer mehr gesunken und hat einen Damm freigelegt. Aber das wirklich Interessante ist die Tatsache, daß im Wasser ein merkwürdiger Stoff zu wachsen beginnt – ein sich selbst vermehrender Kohlenwasserstoff, angereichert mit Schwermetall-Radikalen. Wirklich ein verdammt seltsames Zeug, das zudem phosphoresziert. Ich glaube, es bezieht die Energie zur Selbstvermehrung vom Quantensprung eingefangener Photonen. Das Prinzip ist nicht ganz neu – wir haben aus dem Zeitalter der Verschwendung und des Überflusses etwa ein Dutzend Systeme geerbt. Die aber brauchen ein stabiles Substrat – und können sich auch nicht selbst kopieren. Und dafür, daß es, wie ich vermute, nur niedrigen Input durch die Sonne erhält, ist dieses Zeug da draußen verdammt effizient.« Sutter grinste. »Aber sprechen Sie mal einen anderen hier darauf an, und er hört Ihnen keine zehn Sekunden lang zu. Ramaro nennt es einfach Seeschlick.«

Dorthy legte die Eßstäbchen ab und schob die Schüssel zur Seite. Ihr Magen war zwar kaum gefüllt, aber sie hatte keinen rechten Hunger. Der Robotdoc hatte ihren Blutzuckergehalt ziemlich stark erhöht.

»Wissen Sie, wozu das Zeug dient?«

»Vielleicht zur Ernährung, oder als Base zur Herstellung organischer Stoffe – wie beispielsweise die Luzerne, die sie auf Nowaja Semlja anbauen. Aber wer, zum Teufel, soll wissen, wozu das Zeug wirklich gebraucht wird?«

»Und was tut sich sonst noch?«

»Zunächst mal sind die Hüter eingetroffen – durch den Paß im Gebirgswall des Kraters. Deshalb hat man Sie auch so schnell gefunden. Die ganze Gegend da ist gespickt mit Sonden. Übrigens nennt Duncan Andrews die Hüter jetzt Hausmeister.«

»Ich weiß, was er denkt, aber damit liegt er falsch.«

»Wie auch immer – eine Horde von ihnen ist in der Burg und arbeitet sich nach oben. Dabei lassen sie sich reichlich Zeit, lesen jede Inschrift. Sie sind noch nicht sehr weit gekommen.« Sutter kratzte sich an der breiten Nase. »Die meisten anderen kamen erst nach Ihrer Ankunft.«

»Es werden noch viel mehr kommen.«

»Yeah.« Sutter rutschte unbehaglich auf ihrem Stuhl hin und her. »Draußen in den Plains sind keine Herden mehr. Deshalb hat man auch alles hierher transportiert und aufgebaut. Ramaros Team ist verdoppelt worden, und trotzdem haben sie noch Probleme, den Ankömmlingen, diesen Hausmeistern, auf der Spur zu bleiben. Sogar Chung hat sich hier mal umgesehen. Sie kam mit den Technikern und der Ausrüstung heraus. In ein paar Tagen kommt sie wieder.« Ihr Grinsen wurde breiter. »Oh, jetzt habe ich die gute Neuigkeit schon vorweggenommen.«

»Daß Chung hierherkommt? Ich habe keine sonderliche Sehnsucht nach ihr.«

»Sicher nicht. Aber Sie können dann mit ihr nach Camp Zero zurück. Wie denken Sie jetzt darüber?«

»Ist schon seltsam – aber jetzt bedeutet es mir nichts mehr.«

»Sie müssen sich erst mal wieder richtig erholen, dann kommt das andere auch alles wieder.« Sutter sah auf den klobigen, aber hochmodischen Zeitmesser an ihrem Gelenk. »Wenn Sie wollen, können wir jetzt zu Duncan Andrews gehen.«

Dorthy trank ihren bitteren Kaffee aus und gestattete, daß Sutter sie am Arm durch das Camp führte. Man hatte etwa ein Dutzend Zelte auf einem breiten Felsplateau zwischen hohen Klippen aufgebaut. In der Nähe des Landeplatzes waren einige Chopper abgestellt. In den umgebenden Felswänden heulte der Wind.

»Hat die Navy keine Bedenken, daß die Ausrüstung hier in die Hand des FEINDES fallen könnte?« fragte Dorthy.

»Wir hoffen, daß wir ihn fertigmachen, ehe er es mit uns tun kann.«

Aber Dorthy merkte, daß dies nicht die ganze Wahrheit war. »Kommen Sie – was ist da noch?«

»Nun, ich denke, das ist kein Geheimnis. Hier ist eine Kilotonnen-Bombe eingebuddelt worden – mit genügend Sprengkraft, um jederzeit die gesamte Kaldera leerzufegen, sobald der Kontroll-Computer entscheidet, daß sie bedroht ist. Auch wieder so eine verdammt paranoide Maschine. Mist, ich darf nicht darüber nachdenken, wie hoch der Preis für die wenigen neuen Erkenntnisse sein mag, die wir hier gewinnen. Wenn es das Zeug da unten im See nicht gäbe, wäre ich jetzt mit McCarthys Team draußen im Wald. Ja, er hat erreicht, daß er herkommen durfte. Und Hussan auch. Sie erleben draußen im Moment die schönste Zeit ihres Lebens. Aber das wissen Sie sicherlich.«

»Ich wünschte, Arcady und ich wären ihnen begegnet«, sagte Dorthy leise und betrat hinter Sutter die Schleuse des nächsten Kuppelzeltes.

Andrews kam ihr größer vor, als sie ihn in Erinnerung hatte. Sein rotes Haar war gewachsen und hing ihm wirr in die Stirn. Sein Overall war zerknittert, die Ärmel hatte er über die Muskeln seiner langen, sommersprossigen Arme aufgekrempelt. Mit der Hand fuhr er sich immer wieder übers Gesicht, während er gespannt Dorthys Bericht lauschte: wie sie, Kilczer und die Zwillinge der Herde gefolgt waren und beobachteten, wie sie sich mit anderen Herden vereinigte, wie ihr Lager überrannt worden war und nur Kilczer und sie überlebt hatten.

Neben Andrews saß der fette Major Luiz Ramaro und ging stirnrunzelnd eine Reihe Hologramme durch, kritzelte gelegentlich etwas auf den grauen Memo-Schirm und schenkte Dorthy nur geringe Aufmerksamkeit.

Sie erzählte Andrews von dem Kokon, den Kilczer und sie gefunden hatten, von ihrer Erkenntnis, daß die Critter der Nachwuchs der Hüter waren, und von der Verwandlung der Critter.

Aber Ramaro winkte gelangweilt ab. »Das ist doch alles schon längst bekannt. Ich hoffe nur, Ihre anderen Enthüllungen sind origineller, Dr. Yoshida. Sie sollten nicht vergessen, daß hier draußen sehr viele Leute arbeiten.«

»Lassen Sie sie doch erst mal weitererzählen«, sagte Andrews freundlich. »Fahren Sie fort, Dorthy.«

Sie berichtete von der Auffindung der neuen männlichen Hüter, in Andrews' Terminologie jetzt Hausmeister oder Statthalter, die Boote bauten, erzählte, wie Kilczer einen von ihnen außer Gefecht gesetzt hatte, als sie sich des Bootes bemächtigten, und berichtete von ihren Versuchen, in sein Bewußtsein einzudringen. Andrews befragte sie intensiv zu diesem ganzen Komplex, aber wiederum tat Ramaro ihren Bericht geringschätzig ab. »Es wäre von Nutzen gewesen, etwas über ihre Sprache oder die Art ihrer Verständigung herauszufinden. Dieses Gerede über ihr verborgenes Wissen erscheint mir doch kaum mehr als eine gewagte Spekulation zu sein.«

»Es ist vorhanden«, fuhr Dorthy auf. »Es ist real.«

»Ich bezweifle ja nicht, daß Sie da auf etwas gestoßen sind«, erwiderte Ramaro kühl, ohne von seinem Memoschirm aufzuschauen. »Aber um herauszufinden, was das zu bedeuten hat, muß ich nun mal Ihre Interpretation in Frage stellen. Warum lesen sich die Hausmeister denn dann den spiralförmigen Turm zur Spitze hinauf, wenn sie, wie Sie behaupten, über verborgene, unerschlossene Wissensspeicher verfügen? Was könnten sie dabei noch lernen?«

»Sagen Sie es mir«, forderte Dorthy ihn auf. »Ist das nicht Ihr Bereich?«

»Ich wünschte, es wäre so einfach. Die geschriebene Sprache ist jedenfalls sehr kompliziert. Es gibt mindestens vierundsechzig Schriftzeichen, und ich habe mehr als tausend Begriffszeichen katalogisiert. Sie sind Japanerin, und daher brauche ich Ihnen wohl kaum zu erzählen, wie schwer eine solche Schriftsprache sein kann. Im Zusammenhang gelesen kann ein einziges Begriffszeichen ein halbes Dutzend verschiedene Bedeutungen haben. Außerdem verfüge ich nicht über den Stein der Weisen, sondern bin in Ihrem Fall völlig auf Vermutungen angewiesen. Ich weiß nicht, was die da drüben beim Turm lesen, aber ich bezweifle, daß sie es nur zur Unterhaltung tun. Ganz gewiß aber, um sich Wissen anzueignen. Wenn aber Wissen in ihren Köpfen unterschwellig vorhanden ist, warum lesen sie dann?« Er gönnte sich selbst ein kleines Lächeln, wobei er die Lippen unter seiner Stupsnase spitzte.

»Ich will mich nicht mit Ihnen darüber streiten«, sagte Dorthy. Die Kunststoffoberfläche des Tisches war feucht von ihren schwitzenden Händen. Ihre Abneigung gegen Ramaro war mindesten ebenso stark und offensichtlich wie die seine gegen sie. »Große Bereiche des Bewußtseins der Hüter – nennen Sie sie meinetwegen, wie Sie wollen: neue Männliche, oder Hausmeister, oder Statthalter – sind versiegelt worden. Vielleicht bekamen die, die jetzt am Turm lesen, den Schlüssel dazu. Aber diese Bereiche sind tatsächlich vorhanden, das sollten wir nicht vergessen. Das ist auch der Grund, warum ich mich der allgemeinen Auffassung darüber, was die Hüter *sind,* nicht anschließen kann. Wahrscheinlich muß ich Ihnen aber zuerst alles erzählen, damit Sie mich verstehen.«

Ramaro zuckte die Achseln.

»Bitte, Dr. Yoshida, was ist mit Arcady geschehen?« fragte Andrews. Hinter ihm arbeiteten Techniker an ihren Konsolen. Die Schirme leuchteten rot wie die Sichtfenster eines Schmelzofens. Dorthy fuhr mit ihrem Bericht fort, erzählte von ihrem Marsch zum See hinauf, vom Diebstahl des Bootes und der Entführung des Hüters. Von dem Wasserfall, bei dem sie das Boot aufgeben mußten, vom Aufstieg zur Lichtung, dem plötzlichen Angriff des Hüters und seinem tödlichen Sprung, bei dem er Kilczer mit in die Tiefe riß.

Andrews schüttelte den Kopf. »Ihr wart schon so weit gekommen – und dann geschieht etwas so Schreckliches. Das tut mir leid, Dorthy.«

»Vielleicht hätte er das Gewehr nicht einer Frau überlassen sollen«, knurrte Ramaro.

Dorthy sprang auf, stützte sich auf die Tischplatte und beugte sich weit vor. »Ich bin durchaus in der Lage, ein Gewehr zu benutzen. Aber die Aktion kam so plötzlich, daß niemand sie hätte verhindern können. Also behalten Sie Ihre kleinen Gemeinheiten gefälligst für sich«, fauchte sie Ramaro an.

»Trotz Ihres TALENTS konnten Sie wirklich nicht vorhersehen, was der Hausmeister tun würde?« Ramaro hob bei seiner zynischen Bemerkung nicht einmal den Blick.

»Der Antiblocker hatte keine Wirkung mehr. Nein, ich konnte es nicht vorhersehen!« Dorthy setzte sich wieder. Unbändiger Zorn hatte sich ihrer bemächtigt und stach wie mit Messern auf sie ein.

»Dorthy, Luiz«, mahnte Andrews. »Wie es auch gewesen sein mag, es ist geschehen. Aber was haben Sie uns sonst noch zu berichten, Dorthy? Wieso glauben Sie, daß unsere Einschätzung der Hausmeister falsch ist?«

»Eben wegen dieser Reaktion des entführten Hüters. Sehen Sie das nicht? Sobald er sich darüber klar geworden war, daß es aus seiner Zwangslage kein Entrinnen gab, wählte er den Freitod. Genau wie der FEIND bei BD Zwanzig.«

»Und das ist alles?« fragte Ramaro trocken.

»Tatsächlich ist das wenig stichhaltig, Dorthy«, meinte nun auch Andrews und fuhr sich mit Daumen und Zeigefinger mehrmals über den breiten Nasenrücken.

Sie sah ein, daß es keinen Sinn hatte. Keiner von beiden mochte ihr glauben. Zu vieles basierte auf der These, daß die neuen männlichen Hüter lediglich das Vorauskommando der wirklichen Besitzer des Planeten waren. Denn wenn sie wirklich der FEIND waren, wäre es für die Navy zu gefährlich gewesen, so dicht bei der Burg zu operieren. Die Überwachungsmannschaft wäre sofort abgezogen worden.

»Jedenfalls ist es das, was ich erfassen konnte«, beharrte Dorthy und wußte sofort, daß sie die falschen Worte gewählt hatte.

»Sehen Sie, Duncan«, reagierte Ramaro sofort. »Genau das meine ich. Frauen werten Gefühle höher als die Fakten. Sie urteilen zu schnell und unüberlegt.«

Dorthy überhörte diese neuerliche Beleidigung einfach. »Was Sie als Hausmeister bezeichnen, ist der FEIND. Die neuen Männlichen sind aufgrund unseres Auftauchens erst entstanden und erschließen sich jetzt dort unten in der Burg ihr Erbe, lernen alles kennen, was sie wissen müssen. Wenn sie damit fertig sind – wie wollen Sie sie dann noch aufhalten?«

»Dafür haben wir eine Bombe«, brummte Ramaro selbstzufrieden und schob die Hologramme zusammen. »Duncan, hier wartet Arbeit auf mich. Seyoura Yoshida, Ihnen wünsche ich alles Gute für Ihre Rückreise.« Er nahm die Hologramme und seinen Memoschirm und verschwand hinter den Computerkonsolen, die im dämmrigen Zeltrund installiert waren.

»Er ist in der stärkeren Position«, meinte Andrews. »Mit so wenigen Fakten in der Hand kann ich nicht einfach den Stecker aus einem Programm dieser Größenordnung ziehen.«

»Wie viele Herden befanden sich draußen in den Plains, ehe das alles anfing?«

»Hm – ungefähr tausend.«

»Und wie viele Critter hatte jede Herde?«

»Ich weiß, worauf Sie hinauswollen. Es waren ungefähr hundert, wenn ich mich recht erinnere. Zusammen ergibt das rund hunderttausend potentielle Hausmeister.«

»Oder FEINDE!«

»Möglich. Aber nicht alle Critter überleben die Umwandlung oder den nachfolgenden Treck hier herauf.« Das Gespräch schien Andrews zu animieren. Er zupfte angeregt an seinen Locken, die allmählich aus seinem militärischen Kurzhaarschnitt herauswuchsen. »Die Umwandlung an sich ist schon eine unglaubliche Sache. Sie dauert kaum zehn Tage. Sie spinnen ihren Kokon und verflüssigen sich dann sozusagen darin. In dieser Suppe schwimmen Zellhaufen, deren Wachstum noch nicht ganz beendet ist, und die bilden den neuen Körper. Verdammt schnell – fast wie ein Hochgeschwindigkeits-Tumor. Aber viele überleben den Vorgang nicht, vermutlich infolge dieser forcierten Umwandlung. Nehmen wir nun mal an, fünfundzwanzigtausend Hausmeister würden den Treck hierher überstehen.« Er hob seine große Hand. »Und nehmen wir außerdem an, sie sind wirklich der FEIND – was ich natürlich ganz entschieden verneine ...« – er lächelte leicht –, »... aber wir gehen einfach mal davon aus, sie sind es. Das wäre weiter kein Problem. Sollten sie feindliche Aktivitäten entwickeln, hätten wir eine Bombe ...«

»Ich weiß davon. Angel Sutter hat es mir schon erzählt.«

»Das ist zwar etwas primitiv, finden Sie nicht? Aber trotzdem sehr effektiv. Sie sehen, es macht keinen Unterschied, ob die Hausmeister selbst der FEIND sind oder eigens dazu geschaffen wurden, für den FEIND alles vorzubereiten. Sollte sie Feindseligkeiten initiieren ... ist das nicht ein schöner Ausdruck? Genau die Art, wie unsere Vorturner oben im Orbit reden. Also – die Initiierung von Feindseligkeiten wird die Bombe auslösen, und ihre Strahlungshitze wird alles in der Kaldera verglühen lassen. Pech für uns – aber wir sind eben Freiwillige. Doch bis dieser Fall auch nur ansatzweise eintreten könnte, sind Sie längst weg.«

»Und all die anderen Gehege und Außenposten? Was geschieht mit denen?«

»Unsere diesbezüglichen Informationen beziehen wir natürlich nur von den Satellitenbildern. Aber wie es scheint, wandern die Herden alle aus den Plains ab. Die verschiedenen Sammelzentren – ähnlich unserer Burg hier – haben auf Bereitschaft geschaltet – alles ist exakt so wie hier. Ich gäbe was drum zu wissen, wie all diese Aktivitäten koordiniert werden.«

»Wenn alle gleichzeitig loslegen, müßt ihr nicht nur mit kleineren, örtlich begrenzten Problemen fertig werden.«

»Ach, machen Sie sich deswegen keine Gedanken. Die Navy hat alles im Griff.«

Dorthy erinnerte sich wieder an den Hauch von Furcht, den sie in Colonel Chungs Bewußtsein erfaßt hatte. Diesmal spürte sie nicht Furcht, sondern ein Unbehagen hinter Andrews Lächeln, das sie nicht recht deuten konnte.

»Hören Sie, Dorthy, wir müssen uns nochmals eingehender unterhalten.« Seine Miene wurde ernst. »Ich möchte, daß Sie mir jede Einzelheit Ihrer Erlebnisse erzählen – auch über Arcady und die armen Zwillinge.«

»Arcady hat Marta Ade begraben. Von ihrem Partner...« Sie kam nicht sofort auf seinen Namen und pflückte ihn daher einfach aus Andrews' Gedächtnis. »... Jon Chavez war nicht die geringste Spur zu finden.«

»Wir werden die Leichen abholen. Ich möchte sie nicht einfach dort draußen liegen lassen. Wir beide unterhalten uns noch einmal etwas intensiver, wenn Sie wieder völlig auf dem Damm sind. Die Zeit dafür werde ich mir nehmen. Inzwischen sollten Sie vielleicht einen offiziellen Bericht abfassen, Dorthy. Das muß nun mal sein. Tut mir leid.«

Seine Fürsorglichkeit war wohltuend. Dorthy spürte trotz seiner Skepsis an ihrer These, die Hüter seien der FEIND, die Sympathie, vielleicht sogar etwas Zuneigung, die er für sie hegte. Sie erkannte zum Teil aus reiner Intuition, zum Teil auch aufgrund eines möglicherweise unkontrollierten Aufblitzen ihres TALENTS, daß er nicht so hart und unbarmherzig war, wie er sich meist gab. Ein Hauch von Sentimentalität verwässerte leicht sein ambitioniertes Auftreten. Er war in Wirklichkeit ein hilfloser Träumer. Deshalb engagierte er sich so sehr, deshalb war er selbst hier unten vor Ort, obwohl er ebenso gut die ganze Aktion vom Orbital-Kommando aus hätte steuern können, aus sicherer Entfernung hoch über der Atmosphäre. Seine Unfähigkeit,

Verantwortung zu delegieren, entsprang nicht so sehr kalter Selbstgefälligkeit, wie Dorthy zuerst geglaubt hatte. Sicher war auch er in seiner Jugend mit all den Idealen gefüttert worden, auf die man bei den Kindern des alteingesessenen Geldadels immer wieder trifft. Und eines dieser ungeschriebenen Gesetze besagte nun mal, daß jemand in der Lage sein mußte, auch selbst zu tun, was er von seinen Untergebenen erwartete. Dieser enge Kontakt zu seinen Projekten machte es ihm andererseits schlicht unmöglich, auf eine Ablehnung seiner Vorstellungen objektiv zu reagieren.

Hin und wieder dachte Dorthy, während sie auf die Ankunft von Colonel Chung und ihre damit verbundene Erlösung von dieser Welt wartete, über Andrews nach, über seine Unrast, seine Sorgen, über seine verstockte Haltung bezüglich ihrer These. Sie diktierte einen förmlichen Bericht, in den sie alle Einzelheiten der mentalen Sondierungen der Hütergruppe und des im Boot überwältigten Männlichen hineinpackte, an die sie sich erinnern konnte. Sonst gab es für sie nicht viel zu tun. Die Techniker, die die Sonden steuerten und überwachten, hielten sich von ihr fern, und auch Dorthy mied ihre Gesellschaft. Angel Sutter war mit Andrews für einige Tage in die Kaldera hinuntergestiegen und beschäftigte sich nach ihrer Rückkehr mit den gesammelten Proben. Andrews hielt sein Versprechen und nahm sich die Zeit, sich von Dorthy den Marsch durch den Wald nochmals in allen Einzelheiten schildern zu lassen. Auch diesmal erwähnte sie trotz eines leichten Rausches – Andrews hatte darauf bestanden, mit ihr ein Fläschchen illegalen Schnaps zu leeren, der ihr in den Eingeweiden brannte – mit keinem Wort, daß sie mit Arcady geschlafen hatte. Ein paar Stunden hatte Dorthy trotz Major Ramaros Mißbilligung im Kommandozelt verbracht und sich auf einigen nicht besetzten Monitoren die Bilder angesehen, die die Sonden übermittelten. Ein Monitor zeigte die neuen Männlichen, wie sie quälend langsam den Schriftzeichen an den spiralförmigen Rampen in der Burg immer höher hinauf folgten – dunkle Schemen im hellroten Licht. Ein Bild, das sie mit Unruhe, mit einer unterschwelligen Furcht erfüllte. Doch sie konnte Andrews diese Regung nicht erklären. Außerdem hätte sie ihm damit nur seine gute Laune verdorben. Keiner glaubte Dorthy, nicht mal Angel Sutter.

Also blieb ihr nichts anderes übrig, als auf Colonel Chung zu warten. Manchmal las sie in den Shakespeare-Ausdrucken, die Sutter ihr geschenkt hatte, oder half der Biologin in ihrem kleinen Labor. Die meiste Zeit aber verschlief sie, denn sie hatte sich von den Strapazen noch nicht völlig erholt.

Sie schlief auch, als Colonel Chung eintraf. Sutter weckte sie. Dorthy zog sich hastig an und ging quer über das nackte, windige Felsplateau zum Kommandozelt. Der Colonel stand inmitten einer kleinen Gruppe von Leuten, darunter auch Ramaro und Andrews, und ließ sich eine Reihe von Holos über die Burg vorführen. Andrews lächelte Dorthy zu, als sie zu den anderen trat. Ramaro gab Colonel Chung gerade einige Erklärungen. Der Betrachter zeigte in Großaufnahme Wortzeichen, die als meterbreites Band an einer hohen Wand entlangliefen. Ramaro deutete darauf. »Da, und da. Wir sind jetzt zu neunzig Prozent sicher, daß die Spezies, die P'thrsn planetengeformt hat, sich Alea nennt.« Er sah zu Andrews hinüber, der nur eine Braue hochzog.

»Bedeutung?« Der Colonel verriet mit keinem Blick, daß sie Dorthys Anwesenheit zur Kenntnis genommen hatte. Sie verbreitete eine Aura nervöser Ungeduld.

»*Die Leute* – vielleicht«, antwortete Ramaro hastig. »Das ist die wahrscheinlichste Ausdeutung – aber mit weniger als fünfzig Prozent Sicherheit, daß sie stimmt. Sie müssen bedenken, daß sich viele Wortbedeutungen erst aus dem Kontext der Übersetzungen ergeben. Bei den meisten Zeichen hier ist der Kontext aber nicht eindeutig klar. In dieser Richtung hat sich seit Ihrem letzten Besuch leider nicht viel mehr ergeben.«

Das rote Licht des Hologramms unterstrich sein starkes Doppelkinn und ließ die Narbe auf seiner rundlichen Wange aufschimmern. Gekonnt verbarg er seinen Unmut darüber, dem Kommando einer Frau unterstellt zu sein.

»Alles in allem denke ich, daß wir gute Fortschritte gemacht haben, Colonel«, sagte er. »Ich wünschte, ich wüßte, was das Team da oben nun damit anstellt. Es ist frustrierend.«

»Das kann ich nur unterstreichen«, brummte Andrews.

Colonel Chung hob ihren Blick vom Holobetrachter. *Sie sieht müde aus,* dachte Dorthy.

»Die Sicherheitsmaßnahmen dürfen nicht gelockert werden«, meinte Chung. »Das ist vielleicht etwas unbequem, aber wir hier unten müssen das Beste daraus machen.«

»Und dabei versuchen zu erraten, was die da oben gerade wollen«, knurrte Andrews.

»Ich war bisher immer der Meinung, das mache Ihnen Spaß«, entgegnete Chung. »Den kurzen Meldungen, die ich vom Orbital-Kommando erhielt, waren keinerlei Anzeichen zu entnehmen, daß man mit Ihrer Arbeit unzufrieden ist. Aber die Tatsache, daß die Aktivitäten in der Burg weiter zunehmen, beunruhigt mich doch sehr.«

»Diese Hüter sind keine Bedrohung«, behauptete Andrews. »Das versichere ich Ihnen. Sie sind nicht der FEIND, sondern nur seine Statthalter – oder Hausmeister, wie ich sie nenne. Der FEIND wird sich ganz sicher über kurz oder lang zeigen. Aber ich denke, für diesen Moment sind wir gut gerüstet.«

»Merkwürdig, vor Veränderung der Lage vertraten

Sie die Ansicht, daß die Hüter – wie bezeichneten Sie sie gleich? – die verrohten, barbarischen Abkömmlinge des FEINDES seien. Und jetzt müssen Sie von Ihrer Theorie abrücken.«

Andrews lächelte. »So ist das eben mit der Wissenschaft.«

»Und das nur, weil Sie inzwischen ein paar neue Fakten sammeln konnten«, fuhr Colonel Chung unbeirrt fort. »Aber da gibt es noch vieles, das wir nicht verstehen. Major Ramaro ist in der Lage, bei den wenigen Begriffen, die er übersetzen konnte, Wahrscheinlichkeitsprognosen über deren Richtigkeit abzugeben. Welche Wahrscheinlichkeit geben Sie Ihrer Statthalter- oder Hausmeister-Theorie, Andrews?«

»Man kann es kaum als Theorie bezeichnen. Eher als zutreffende Vermutung. Es gibt keinerlei Anzeichen dafür, daß diese Kreaturen eine auch nur geringfügig fortgeschrittene Technologie entwickelt hätten – trotz der langen Zeit, die sie in ihren Gehegen verbrachten. Wenn sie der FEIND wären, hätten sie schon längst etwas gegen dieses Camp hier unternommen. Aber nach dem, was Sie mir erzählten, scheint das beim Äquator-Außenposten völlig anders zu sein.«

Colonel Chung nickte. »Das ist es wirklich. Wir müssen darüber noch sprechen.« Sie faßte in eine Tasche ihres Uniform-Overalls und holte einen Datenwürfel heraus. Ihre Worte waren an die ganze Gruppe gerichtet: »Folgendes wurde gestern vom Orbital-Kommando übermittelt. Nachdem Dr. Yoshida offenbar das Bewußtsein einer immensen Intelligenz während ihres Abstiegs in der Sinkkapsel irgendwo östlich von Camp Zero erfaßt oder erfühlt hatte, demobilisierte das Orbital-Kommando einen der Kartographen-Satelliten, der die ganzen Außenposten und Gehege in dieser Region abdeckte. Eins unserer Lager ist direkt am Äquator errichtet worden. Und bei dem Gehege in seiner Nähe waren lediglich ähnliche Strukturen gegeben wie bei den anderen Gehegen, also keine Burg, nichts. Bis vor fünf Tagen.«

»Jesus!« murmelte einer.

Mit ernster Miene nahm Ramaro den Datenwürfel von Chung entgegen und schloß ihn an den Stromkreis an. Dorthy beugte sich vor.

Auf der roten Wüstenoberfläche zeigte sich ein dunkles Kreisgebilde um ein schwarzes Loch. »Dies in der Mitte wurde aus neunzig Kilometern Höhe aufgenommen, bei mäßiger Überfluggeschwindigkeit. Trotzdem sind die Details faszinierend.« Colonel Chung streckte einen Finger aus. Der lange Fingernagel kratzte über Plastik und drückte ein paar Tasten am Holo-Terminal. *Klick!* Der Kreis war nun größer und deutlich als bewaldeter Krater zu erkennen. Seine Mitte war ebenfalls absolut kreisrund – und tiefschwarz. »Im Moment will ich mal auf die Infrarot-Bilder verzichten. Der Baumbestand an den Hängen ist der gleiche wie der in den Wäldern der anderen Gehege.« *Klick*! Jetzt war kein Loch mehr zu sehen, sondern eine von Wald umsäumte Mulde – ein tiefes, symmetrisches, schwarzes Becken mit etwas Kleinem, Weißem genau im Zentrum.

Für Dorthy war dies ein schwindelerregender *déjà vu*-Moment, ein unglaublicher, beinahe schon quälend vertrauter Anblick. Und dann erinnerte sie sich. »Arecibo!«

Alle sahen sie an.

»Auf Erde«, erklärte sie. »Jetzt existiert es nicht mehr. Es wurde im Zeitalter der Verschwendung und des Überflusses während eines der vielen Kriege zerstört. Es war ein riesiges, fest installiertes, schüsselförmiges Radioteleskop, das man in ein natürliches Tal eingebettet hatte.«

Colonel Chung räusperte sich. »Präzise erkannt«, sagte sie. »Es ist ein Radioteleskop. Das da in der Nähe scheinen Gebäude zu sein – dort drüben in der

Schlucht oder Spalte im Beckenrand.« Sie bohrte ihren Finger in das Hologramm. »Aber die Auflösung ist nicht gut genug, um Details erkennen zu lassen. Zudem sind die Gebäude durch die Bäume verdeckt. Wahrscheinlich waren sie deshalb nicht auf den Scannerbildern zu erkennen, die für kartographische Zwecke aus größerer Höhe geschossen wurden.«

»Woher wollen wir wissen, daß dies ein Radioteleskop ist«, fragte eine Technikerin. Dabei nestelte sie nervös an dem Haarnetz, das ihr langes blondes Haar zusammenhielt. »Es kann doch alles Mögliche sein – beispielsweise ein Generator für Solarenergie.«

»Oder ein Stadion der Aliens«, rief jemand, und alle lachten.

»Ich bitte Sie«, mahnte Ramaro. »Es dürfte doch außer Zweifel stehen, daß ein Radioteleskop, welches der FEIND gebaut hat, so aussehen muß wie eins von uns. Seine Form wird schon durch die physikalischen Gesetzmäßigkeiten diktiert.« Er ließ seinen Blick vorwurfsvoll über die Anwesenden schweifen, und seine Miene drückte deutlich sein Mißvergnügen über den plötzlichen Heiterkeitsausbruch aus, bei dem sich die allgemeine Anspannung etwas gelöst hatte.

Andrews zupfte an seiner Nase – bei ihm das übliche Zeichen für verhaltene Erregung oder Begeisterung. »Hat dies die Typen oben endlich überzeugen können, daß wir uns besser diesen Ort mal näher ansehen, als hier weiter herumzuhängen?«

»Wir müssen vorsichtig vorgehen«, bremste ihn Colonel Chung. »Im Moment wird kein anderer Außenposten außer diesem hier näher erkundet. Die hiesigen Ereignisse dürften Ihren Tatendrang doch hinreichend stimulieren, Andrews.«

»Ich habe keine Lust mehr, nach und nach Einzelheiten wie beim Puzzle zusammenzufügen. Ich will endlich das ganze Bild. Ich will zum Kern der Sache. Sehen Sie, wir wissen weder, warum der FEIND sich zur Planetenformung eine Welt mit einer solch ausgebrannten, armseligen Sonne ausgesucht hat, noch wissen wir, wie weit er sich schon in diesem Arm der Galaxis ausgebreitet hat.«

Bei jedem Argument unterstrich er seine Worte, indem er einen Finger der rechten Hand mit dem Zeigefinger der linken herunterdrückte. »Außerdem wissen wir nicht, wieso die Kolonie bei BD Zwanzig so feindselig agiert, noch, wer oder was der FEIND eigentlich ist. Aber ich gehe jede Wette ein, daß er keinesfalls in der Form oder Gestalt der Hüter zu finden ist. Wir haben keinen Versuch unternommen, herauszufinden, wer oder was bei diesem anderen Stützpunkt am Äquator lebt. Vielleicht sind sie ebenso feindlich gesinnt wie unsere Gegner bei BD Zwanzig. Das mag auch auf jede andere seiner technologisch aktiven Kolonien zutreffen, auf die wir stoßen. Aber bis jetzt haben wir uns noch nicht davon *überzeugt*. Wir haben es nicht mal *versucht!* Bis das geschieht, können wir nur herumrätseln und schöne Theorien entwickeln – die wir aber nicht beweisen können.«

»Sie sind nicht hier, um zur anderen Seite Kontakte herzustellen«, wies Colonel Chung ihn zurecht. »Sie sind lediglich hier, um Studien zu machen, das ist alles. Sie sollten die Logistik dieser Expedition denen überlassen, die den Auftrag dazu haben, Andrews. Ich für meinen Teil habe keine Anzeichen dafür bemerkt, daß diese Entdeckung die Richtung oder den Zeitplan unserer Untersuchungen hier unten auf der Oberfläche beeinflussen könnte. Wie gesagt, wir müssen vorsichtig sein. Ich brauche Sie wohl kaum daran zu erinnern, daß es nach dem Ausbruch von Feindseligkeiten äußerst schwierig werden dürfte, hier überhaupt noch etwas zu erforschen.«

Für einen Sekundenbruchteil begriff Dorthy beinahe, was das Orbital-Kommando hier unten auslösen konnte, wenn es sich dafür entschied. Sie hatte die Vision, wie sich der ganze Planet in ein einziges Flammenmeer verwandelte...

Und schon war sie wieder vorbei. Wollten die da oben etwa jeden Stützpunkt, jedes Gehege vernichten, wenn es zu feindlichen Aktionen kam? Das wäre ganz ihr Stil.

»Kommen Sie, Duncan. Beruhigen Sie sich. Haben Sie Geduld«, sagte Ramaro.

Andrews lächelte. »Sie wissen sehr gut, daß diese spezielle Tugend nicht meine große Stärke ist, Luiz. Aber ich beuge mich der Entscheidung. Welch andere Wahl hätte ich denn auch?«

Dorthy merkte sofort, daß er das nicht ernst meinte.

»Also – schauen wir uns das Ding mal näher an.« Andrews tippte auf die Tastatur des Holo-Terminals und blätterte die farblich veränderten und verfremdeten Schnappschüsse durch. Um ihn herum diskutierten die Techniker erregt über den Sinn und Zweck des Teleskops, stritten sich darüber, ob es zur Kommunikation diente oder als Abhörinstrument eingesetzt wurde, warum es fest fixiert und nicht schwenkbar war, welchen Bereich des Himmels es abtasten konnte.

Colonel Chung zog Dorthy beiseite. »Sie sind sicher froh, daß Sie Ihren Einsatz hinter sich haben, Dr. Yoshida. Ich habe genug Platz, um Sie mitzunehmen. Vielleicht finden Sie im Camp eine Aufgabe, bei der Sie sich nützlich machen können.«

»Augenblick mal – was wollen Sie damit sagen? Heißt das, ich kann nicht von diesem verdammten Planeten herunter?«

»Keiner kann von hier weg, zumindest nicht im Moment. Bis die Lage völlig sicher ist, wird das Orbital-Kommando nichts herunterschicken, was der FEIND möglicherweise dazu benutzen könnte, in den Orbit hinaufzugelangen.«

In Dorthys Kopf wirbelte alles durcheinander. »Hier

muß ein Mißverständnis vorliegen. Sie haben mir doch selbst gesagt, daß ich gehen könnte, sobald ich meine Arbeit hier erledigt hätte.«

»Tut mir leid, Dr. Yoshida. Die Entscheidung darüber liegt nicht mehr in meiner Hand. Ich kann das Orbital-Kommando nicht zwingen, ein Shuttle herunterzuschicken. Ich folge nur meinen Anweisungen. Vielleicht ist es ein Trost für Sie, daß wir hier unten alle in derselben Situation sind. Wir werden für Sie eine Beschäftigung finden, damit die Zeit schneller vergeht. Sie sind doch Astronom, nicht wahr? Vielleicht könnten Sie sich mal um diese letzte Entdeckung kümmern?«

»Nein«, zischte Dorthy. Ihr Hals schmerzte. »Nein«, rief sie laut und war sich dabei wohl der Tatsache bewußt, daß alle Techniker und Wissenschaftler sich nach ihr umdrehten. Sie mochte jetzt nicht nachgeben, nicht nach all diesen Tage voller Gefahren und Entbehrungen, nach ihrer mühseligen Wanderung durch die Wildnis der Gehege, nach dem unseligen, tragischen Tod von Arcady Kilczer ...

Dorthy sah wieder sein sanftes Gesicht vor sich, fühlte den Gedankenfluß in seinem geduldigen, unermüdlich suchenden Bewußtsein. Er hätte sich nicht damit zufriedengegeben, im Camp Zero herumzuhängen, solange das Rätsel nicht gelöst war.

»Wenn ich diese Welt ohnehin nicht verlassen kann, bleibe ich lieber hier. Sie wollen alles über den FEIND wissen? Okay, ich werde mein TALENT einsetzen.«

Sie sah, daß Andrews sie mit ausdrucksloser Miene beobachtete. Aber ihr blieb verborgen, was er jetzt dachte.

»Ich würde Ihnen dringend raten, mit mir zurückzufliegen«, wiederholte Colonel Chung ihr Angebot.

»Nein!« Mit Genugtuung registrierte Dorthy die Verwunderung hinter Chungs regungslosem Gesicht. »Sie wollen ja nicht mich schützen, sondern lediglich mein TALENT. Außerdem möchte die Navy keinen Skandal riskieren für den Fall, daß ich getötet werde. Zur Hölle damit! Ich bleibe hier – es sei denn, Sie versetzen mir einen Schlag auf den Kopf und tragen mich weg.«

»Wie Sie wollen.« Colonel Chungs Miene blieb undurchdringlich. Obwohl Dorthys Respektlosigkeit sie zutiefst ärgerte, zeigte sie es nicht, um nicht ihr Gesicht zu verlieren. »Hoffentlich bereuen Sie Ihre Entscheidung nicht, Dr. Yoshida.«

Dorthy wandte sich ab. Ein kurzes Lächeln huschte über Andrews' Gesicht, vielleicht zustimmend, vielleicht auch nur belustigt. Dann lenkte er seine Aufmerksamkeit wieder auf das Hologramm des Radioteleskops und sprach leise auf Ramaro ein. Dorthy lehnte sich an eine Konsole. Ein Gedanke ging ihr nicht aus dem Kopf: Sie saß hier fest, die Falle war zugeschnappt.

Fast jeden Tag kamen jetzt Gruppen der neuen Männlichen durch den hohen Paß im Kraterwall. Weniger als drei waren es nie, manchmal ein Dutzend, manchmal viel mehr. Mit ihren nackten Kapuzen und dem dunklen Pelz ähnelten sie mittelalterlichen, in Kutten gehüllten Pilgern, die die felsigen, nebelverhangenen Hänge herabstiegen. Kam die Burg in ihr Blickfeld, hielten sie meist an und entfachten ein Lagerfeuer, das sie mit der Glut anzündeten, die sie in einer Lehmschüssel mitführten. Manchmal verbrachten sie dort einige Tage mit Jagen und vereinigten sich mit anderen Gruppen, ehe sie über einen inzwischen ausgetretenen Pfad die bewaldeten Innenhänge der Kaldera hinunterstiegen, den schnurgeraden Damm überquerten und gegenüber den hohen Wällen der Burg zur Bedeutungslosigkeit schrumpften, deren aufstrebende Zinnen mit einer Galaxie von Lichtern durchzogen waren. Wenn sie sich vor dem Begrenzungswall der Rampe, die sich spiralförmig zur Burg emporwand, hinhockten und geduldig den Schriftbändern nach oben folgten, wirkten die neuen Männlichen keineswegs wie eine

Armee, die sich darauf vorbereitete, Eindringlinge zurückzuschlagen und zu vertreiben – ein Punkt, auf dem Andrews immer wieder herumritt. Sie sahen eher aus wie unschuldige Schüler mit viel Zeit. Die Gruppe, die als erste die Burg erreicht hatte, befand sich jetzt zwei Wochen später erst auf halber Höhe der langen Spirale. Hier bedeckten die Schriftzeichen die Wand vom Boden bis zum oberen Rand.

Dorthy verbrachte die folgenden beiden Wochen damit, die Verhaltensweisen der Hüter bei ihrer Ankunft zu studieren (wobei sie nichts fand, das sich nicht mit der einfachsten Poisson-Distributionsmethode hätte analysieren lassen) und sie kurzen Sondierungen ihres TALENTS zu unterziehen. Sie wollte Andrews unbedingt ihre Theorie beweisen und die Hüter als das entlarven, was sie ihrer Ansicht nach waren – nicht die Vorboten irgendeiner größeren Macht, sondern ihre verlorenen Söhne, die ganz allmählich wieder zu sich selbst fanden. Für ihre plötzliche Abneigung, nach Camp Zero zurückzukehren, fand sie keine Erklärung. Vor ihrem Abenteuer in der Wildnis hätte sie sich wegen des gebrochenen Versprechens aufgeregt, aber die Tatsache dann, ehrlich gesagt, mit der gleichen Resignation akzeptiert, mit der sie es als Kind geduldet hatte, daß ihr Vater ihr das Geld, das sie während ihrer Vertragslaufzeit am Kamali-Silver-Institut verdiente, wegnahm.

Angel Sutter hielt sie schlichtweg für verrückt – und sagte ihr das auch bei der ersten Gelegenheit.

»Vielleicht haben Sie recht«, meinte Dorthy mit einem kleinen Lächeln.

»Ich an Ihrer Stelle wäre auf der Stelle mitgeflogen.« Sutter schnippte mit den Fingern. »Sie wollten doch von Anfang an hier weg – nach dem Aufstand zu urteilen, den Sie im Lager damals gemacht haben.«

»Die Dinge haben sich eben geändert«, antwortete Dorthy unbehaglich, senkte den Kopf vor Sutters offenem, prüfendem Blick und schaute zum Tisch am anderen Ende des hell erleuchteten Gemeinschaftszeltes hinüber, an dem ein paar Techniker ihre Mahlzeit verzehrten. Bei der Rund-um-die-Uhr-Überwachung der Burg war gerade Schichtwechsel.

»Das stimmt«, murmelte Sutter.

»Ich weiß zwar nicht genau, warum – aber ich möchte Andrews unbedingt davon überzeugen, daß er mit den neuen Männlichen, seinen Hausmeistern, falsch liegt«, gestand Dorthy. »Ich will es mir nicht so einfach machen, ihn – wie euch alle – zum Teufel zu wünschen und mich nicht weiter darum zu scheren.«

»Duncan etwas ausreden zu wollen, von dem er überzeugt ist – das ist nicht leicht, Schätzchen.«

»Vielleicht versuche ich nur vor mir selbst zu rechtfertigen, was ich dort draußen erlebt habe – den Tod Arcadys und der Zwillinge ...«

Ihre Worte klangen unbeholfen und falsch, sie machten das Sterben der drei Kameraden irgendwie trivial. Sie wurde verlegen und errötete. Ganz tief im Innern fühlte sie, daß das nicht die ganze Wahrheit war, sondern nur das Portal zu einer tieferen, dunkleren, unergründlichen Wahrheit.

Sutter preßte die Lippen zusammen. »Hören Sie«, sagte sie schließlich, »ich will mich hier nicht in irgendwelchen Andeutungen ergehen. Ich hatte mir schon gedacht, daß Sie und Arcady miteinander geschlafen haben. Sie brauchen mir nicht darauf zu antworten, wenn Sie nicht wollen ...«

Einen Moment stand Dorthy wie erstarrt. Um sie herum schien alles zu versinken. Zögernd antwortete sie dann: »Ja, es stimmt, aber ich glaube nicht, daß es einem von uns beiden etwas bedeutete. Das Schicksal hat uns einfach in die Arme des anderen getrieben, das ist alles. Sie müssen wissen, es geschah erst, als wir den See erreichten. Dort, wo sich das Lager befinden sollte. Wir waren sicher beide davon überzeugt, daß wir sterben würden, glaubten nicht mehr daran, daß wir den hohen Kraterwall überwinden würden. Alles schien in diesem Moment unwichtig geworden zu sein.«

»Vergessen Sie, was ich gesagt habe, Honey. Ich bin halt von Natur aus verdammt neugierig. Ich weiß nicht, ob es gut für Sie ist, nach all dem, was Sie durchgemacht haben, noch hier zu sein. Selbst Duncan ist nicht überglücklich darüber, wenn er es auch zu schätzen weiß, daß Sie und Ihr TALENT weiter für ihn arbeiten.«

»Jetzt vor allem davonzulaufen scheint mir auch nicht die beste Lösung zu sein, zumal ich ohnehin nur bis Camp Zero käme. Ich säße auch dann immer noch auf diesem verdammten Planeten fest und würde unter den frostigen Blicken von Colonel Chung Däumchen drehen.« Dorthy nippte an ihrem schwarzen Kaffee und fügte hinzu: »Sie werden doch mit niemandem darüber sprechen, oder?«

»Ich mag vielleicht neugierig sein, aber ich bin kein Klatschmaul«, meinte Sutter lächelnd. »Es sei denn, ich hielte es für angebracht. Für uns, die wir hier eingesperrt sind, ist Klatsch und Tratsch das reinste Gift.«

In dieser Sekunde wurde Dorthy klar, was sie vorher trotz ihres TALENTS nicht erkannt hatte, obwohl es auf der Hand lag: Sutter und Andrews waren ein Liebespaar, waren es gewesen seit Sutters Ankunft in dem aufgegebenen Camp am See.

Wenn Dorthy es nicht schon erraten hätte, wäre sie jetzt doch sehr schnell dahintergekommen, denn immer begleiteten die beiden, Angel Sutter und Duncan Andrews, sie auf ihre Ausflüge an die Hänge der Kaldera. Im Wirkungsbereich des Alarmsystems, das man installiert hatte, um dem Team zumindest einen symbolischen Schutz gegen die neuen männlichen Hüter zu gewähren, war ein Privatleben kaum möglich. Dorthy stellte fest, daß es ihr nichts ausmachte, wenn die beiden wenige Meter von ihrem Lager entfernt diskret ihr Liebesleben auskosteten. So hoch sie auch ihre eigene Privatsphäre einschätzte, hatte sie sich im Lauf der Zeit tatsächlich daran gewöhnt, die anderer Leute ungewollt zu belauschen – und war gerade daher in der Lage, es einfach nicht zur Kenntnis zu nehmen. Zudem war sie jetzt nicht mehr sonderlich eifersüchtig, wie das noch bei den Zwillingen der Fall gewesen war. Ihre Erlebnisse hatten solche Gefühlsregungen irreal werden lassen.

Ein weiterer Punkt: Sie war froh, aus dem Lager wegzukommen, weg von dem engen Gemeinschaftszelt und der ständigen Überlagerung ihres Bewußtseins durch andere, dem fortwährenden Kitzel durch die Gefühle der Anwesenden, so störend wie der beharrliche Anprall einer Motte gegen das Glas einer Lampe oder Glühbirne. Hier waren die langen inneren Hänge der Kaldera zu erkunden, das Gewirr der niedrigen Bäume, deren Kronen sich nie höher als sechs, sieben Meter über den dicken Stämmen ausbreiteten, die Dorthy aber trotz ihrer Fremdheit weniger störend fand als die Pinienwälder, die Arcady und sie gemeinsam durchquert hatten. Sie erinnerte sich seiner mit einer gedämpften Wehmut, die nicht stark genug war, wirkliche Trauer zu sein. Nein, sie empfand keinen Schmerz, wenn sie an ihn dachte. Er hatte sie nicht tief genug anrühren können, um eine solche Gefühlsquelle zu erschließen (zweimal – sie hatten sich doch nur zweimal geliebt). Allmählich fragte sie sich, ob jemand ihr jemals so nahe kommen würde.

Sie durchstreifte die Kaldera mit einem gehörigen Adrenalinschuß im Blut, hervorgerufen von Andrews' unbeschwertem Optimismus und Sutters erstaunlichen Kenntnissen über die Wechselbeziehungen der meisten Dinge um sie herum, mit deren Hilfe sie nach und nach das bruchstückhafte Puzzle des Ökosystems entschlüsselte. Zudem war es jederzeit möglich, bei ihrer Pirsch auf neu angekommene Gruppen einem der jungen Männlichen über den Weg zu laufen, der sich zur Jagd von den anderen abgesondert hatte. Die Wälder an den Hängen bildeten keine zusammenhängenden Baumgürtel, und die Zwischenräume, besonders in den unteren Hangabschnitten, waren mit dornigen Büschen, hohen Gräsern oder Pflanzen bewachsen, die wie Orgelpfeifen aussahen, leicht bläulich phosphoreszierten und einen stechenden Keton-Geruch abgaben.

Die Hüter hätten sich dem Menschentrio leicht nähern können. Obwohl sie meist an den unteren Hangabschnitten jagten, kampierten die neuen Männlichen gewöhnlich an der Baumgrenze im wolkenverhangenen Felsgewirr, und Dorthy mußte langsam und lautlos auf dem Bauch nahe genug herankriechen, um sie mit ihrem TALENT sondieren zu können. Andrews folgte ihr mit einem Gewehr für den Fall, daß ein heißer Willkommensgruß nötig werden sollte. Damit setzte er sich eindeutig über die Anweisungen des Orbital-Kommandos hinweg. Seiner Ansicht nach waren die Hausmeister oder Statthalter lediglich stumpfsinnige Dienerkreaturen, die man im Fall des Falles entsprechend behandeln mußte, und trotz all ihrer Bemühungen fand Dorthy keinerlei Anhaltspunkte, die diese Ansicht widerlegten. Die Bewußtseine der neuen Männlichen unterschieden sich kaum von dem des Hüters, den Kilczer und sie im Boot überwältigt hatten. Nur war bei ihnen dieser alles überlagernde Drang, zu Burg emporzusteigen, geschwunden. Geplatzt wie eine Seifenblase, die nur einen leichten Rückstand auf der Wasseroberfläche hinterläßt. Ruhig, als habe sich mit der Überquerung des Kraterwalls ihre Sehnsucht völlig aufgezehrt, hockten sie an ihren Lagerfeuern, unter der dünnen Oberschicht ihrer bewußten Wahrnehmung die beängstigenden Tiefen des Unterbewußten, in das Dorthy nur unter großen Mühen einen Blick werfen konnte, zu tief und dunkel, um von ihrer inneren Mitte klar und deutlich reflektiert zu werden. Sie tauchte dann voller Frustration aus ihrer *Sessan Amuki* auf und kehrte zu Andrews zurück, um ihm mit einem Kopfschütteln mitzuteilen, daß es nichts Neues zu berichten gab. Er nahm es gleichmütig hin. Zwar hätte er sich neue Erkenntnisse durchaus gewünscht, aber Dorthys Fehlversuche stärkten seine Hypothese und unterstützten ihn in seinem beständigen Kampf gegen die Bevormundung durch das Orbital-Kommando, das ihm verboten hatte, die neuen Männlichen, die quälend langsam den Schriftzeichen zum Ende der Spirale hinauf folgten, weiter zu untersuchen.

Angel Sutter, weniger geduldig als ihr Liebhaber und weniger erfahren in den komplexen Machtspielen der Navy, konnte nicht verstehen, warum Andrews die Burg nicht einfach für eine komplette Erkundung freigab. »Ramaro hat zwar nominell das Kommando, aber du bist älter und hast einen höheren Dienstgrad«, sagte sie. Andrews lächelte sanft. Er hatte sich im niedrigen Gras ausgestreckt und sah zu den flechtenartigen Ranken des Baumes hinauf, der den Mittelpunkt ihres Camps bildete. Dorthys Schlafsack lag auf der einen Seite, Andrews und Sutter hatten ihre auf der anderen Seite des Stammes ausgerollt. Das kleine Gerät für die Bereichsüberwachung hatte Andrews an einer kräftigen Liane aufgehängt. Sein Blinken, welches anzeigte, daß der überwachte Bereich gefahrenfrei war, warf in Sekundenabständen einen grünen Schimmer über sein Gesicht. Träge sagte er: »Ich könnte ihm einfach sagen, daß ich vorhätte, in die Burg zu gehen. Aber ihr könnt sicher sein, daß er, sobald ich ihm den Rücken gekehrt hätte, sofort einen Notruf an das Orbital-Kommando absetzen würde mit der Bitte um Erlaubnis, mich wegen Verletzung des Kontaktverbots auf der Stelle niederzuschießen. Er würde sie auch sofort bekommen.«

»Du übertreibst«, meinte Angel.

»Er würde es tun – nicht wahr, Dorthy?«

Von ihrem Platz auf der anderen Seite der kleinen Koch und Heizeinheit, auf der Sutter ein Stew aus Huhn und schwarzen Bohnen zubereitete (die Zutaten hatte sie sich aus dem Spender im Camp zusammengemixt), antwortete Dorthy: »Ich würde ihm das durchaus zutrauen. Aber wie ihr wißt, habe ich gegen diesen fetten Bastard voller Vorurteile ohnehin eine starke Abneigung.«

Andrews zog eine Braue hoch. »Selbst wenn Dorthys Charakterbeschreibung zuträfe – dies wäre nicht der wahre Grund, mich ohne Zögern umzulegen. Der wahre Grund ist seine Karrieresucht. Als die Navy gegründet wurde, geriet er durch seinen Austritt aus dem Friedenskorps von Groß-Brasilien ein wenig aus dem Tritt und sähe darin jetzt nur eine gute Gelegenheit, sich selbst wieder ein Stück voranzubringen. Sein Problem ist, daß er die hierarchische Ordnung zu sehr mag und sich nur in einer genau definierten Position wohl fühlt. Er ist der jüngste Sohn einer Aristokratenfamilie, aber von niederem Adel. Ich kenne diesen Menschenschlag weiß Gott in- und auswendig. Von dieser Sorte haben wir viele auf Elysium. Du glaubst mir nicht, Angel?«

»Ich komme aus der Gilde, die bestimmt eine ebenso hierarchische Ordnung hat wie das Friedenskorps«, antwortete die hochgewachsene Frau. »Trotzdem würde ich dich nicht so ohne weiteres liquidieren. Zumindest im Moment nicht.«

»Mag sein, aber du kommst aus einer Überwachungseinheit, bist eine Wissenschaftlerin. Was erhoffst du dir eigentlich für später – nach all dem hier?«

Sutter warf den Kopf zurück und ließ das ihr eigene leise, kehlige Lachen ertönen. »Welch eine Frage! Ich weiß es nicht – vielleicht den Posten eines Sektionsleiters. Das wäre ganz nett. Manchmal schafft mich dieses ständige Probennehmen einfach.«

Andrews lächelte. »Siehst du, du hast also keine nennenswerten Ambitionen. Ramaro dagegen ...« – er hob die Hand, als Sutter gutmütig protestierte –, »... Ramaro schleppt einen ganzen Sack davon mit sich herum, obwohl die Möglichkeiten im Endeffekt auch nur begrenzt sind. Er will in der Navy bleiben, vielleicht sogar in die Führungsspitze gelangen – was Gott verhüten möge.«

»Und was ist mit Ihnen, Duncan?« fragte Dorthy. »Wo liegt die Grenze Ihrer Ambitionen?«

»In der Eroberung der Galaxis natürlich. Daran habe ich doch nie einen Zweifel gelassen, oder?«

»Manchmal denke ich, du meinst das wirklich ernst«, sagte Sutter. »Was sagen Sie dazu, Dorthy? Was sind die geheimsten Gedanken dieses Burschen? Los, setzen Sie Ihr TALENT mal für einen wirklich guten Zweck ein.«

Dorthy, die mit gekreuzten Beinen auf ihrem silbrigen Schlafsack hockte, antwortete lächelnd: »Um das mit meinen bescheidenen Fähigkeiten herauszufinden, ist er ein wenig zu sprunghaft.«

Erst kürzlich hatte sie Andrews dieselbe Frage gestellt, während sie auf Sutters Rückkehr von der Probensuche warteten. Sie hatte ihn gefragt, warum er sich selbst so viel abverlangte, warum er sich ständig vorwärtspeitschte. Denn er arbeitete härter als jeder sonst im Camp, studierte die Berichte, wenn er nicht mit Angel Sutter oder mit McCarthys Team draußen auf der anderen Seite der Berge war oder im Labor Tests mit den gesammelten Proben durchführte. Es schien ihm nichts auszumachen, er arbeitete bis zum Umfallen – und erwartete dies natürlich auch von den anderen. Nur Sutter schien unbeeindruckt von seinem Vorwärtsdrang, quittierte diese Tatsache gelegentlich mit einem Achselzucken oder dämpfte seine grandiosen Höhenflüge ein wenig.

Als Dorthy ihm damals diese Frage stellte, reagierte

er mit einer Gegenfrage: »Sie denken, weil ich reich bin?« Sie saßen in der Nähe des abgestellten Choppers im diffusen roten Sonnenlicht. Die Sonne stand kurz vor dem Untergang über dem Kraterrand, warf aber immer noch ihre Strahlen in ziemlich steilem Winkel über den Wall hoher Berggipfel. Andrews neigte den Kopf nachdenklich zur Seite, und das Licht ließ sein rotes Haar aufschimmern. Dorthy, die ihr TALENT in einer weiteren ergebnislosen Sitzung fast erschöpft hatte, war nicht in der Lage, seine Gedanken zu erfassen. Schließlich meinte er: »Geld zu haben ist schon eine seltsame Sache. Man besitzt es, wird aber umgekehrt auch von ihm beherrscht, sobald man einen gewissen Reichtum erlangt hat. Die armen Leute denken immer, sie seien die Sklaven des Geldes. Aber sie haben nur wenig zu verlieren, sind in Wirklichkeit die Sklaven ihrer Gewohnheit. Jenseits einer gewissen Reichtumsgrenze, die zugegebenermaßen sehr hoch liegt, fordert Geld von einem mehr, als man umgekehrt von ihm erwartet. Dies ist genau die Situation, in der sich auch mein Vater befindet. Er ist davon besessen, obwohl er all die Dinge genießt, die damit zusammenhängen: Konferenzen, Strategien, sogar Kriege. Und, offen gestanden, Kriege ganz besonders. Gemeinschaftliche Überfälle, Attacken – solche Sachen eben, die sehr risikoreich sind, bei denen auch schon mal Menschen umkommen. Sie müssen wissen, ich bin der älteste Sohn und werde einmal all das übernehmen müssen. Aber nicht für lange – vielleicht für ein Jahrhundert, oder auch für zwei. Es gibt ja Zellkuren – wir haben sie entwickelt und wenden sie natürlich auch bei uns selbst an. Außerdem verfügen wir über sehr gute medizinische Programme. In der Zwischenzeit … Sie wissen sicher, wen man auf Erde *die Goldenen* nennt?«

Dorthy nickte, aber er schaute an ihr vorbei in die Büsche. »Ja, ich bin sogar schon einigen von ihnen begegnet.«

»Ihre Erben stehen schon ungeduldig in den Startlöchern, zumindest die meisten. Einer davon ist ein alter Freund von mir, Talbot Barstilkin. Er sollte eigentlich mehr Zeit darauf verwenden, seinen Teil des Kombinats zu verwalten. Die jungen Reichen – die Weiterentwicklung der Zellerneuerung hat diesen Begriff zu einer Tautologie gemacht. Sie sind auf der Suche nach anderen Dingen, nach neuen Reizen. Mit einer Gruppe von ihnen zusammen zu reisen ist, als befände man sich auf einer endlosen Party. Verstehen Sie, was ich meine?«

Dorthy, die auf diese Weise einmal den gewundenen Kurs des gesamten Barrier Reef abgeklappert hatte, wobei sie sich zum Schluß nach ihrem Schiffbruch für eine Woche einsam und allein auf einer kleinen Insel wiederfand (nachdem ein bewußtseinserweiternder Hautkontakt mit einem Burschen von Serenity sie ungewollt in höhere Sphären katapultierte), nickte. Aber Andrews war zu sehr damit beschäftigt, sich zu erklären, um es zu bemerken. »Zum Sommeranfang auf den Gipfel von Arul Terrek auf Nowaja Rosja, dann Skifahren auf den *Gletscherfeldern der Welt* auf Neu-Amerika. Danach Bergsteigen an den Kraterbergen von Tarysheena auf Nowaja Semlja, gefolgt von Trekking im Philippinen-Naturpark auf Erde. Den Sonnenuntergang dann am Kristallmeer auf Ruby erleben... Hunderte sich ständig ändernde Gruppen von Hedonisten. Oh, ein paar davon nehmen ihre Verantwortung schon ernst und tragen ihr hin und wieder Rechnung. Einige wenige – so auch mein Freund Talbeck – sind vor ihrem Reichtum auf der Flucht. Das war übrigens ein Zitat – aus dem Roman *In diesem Sommer.*«

»Ich wußte nicht, daß die Leute noch Romane lesen.«

»Vielleicht auf Erde nicht. Doch auf Elysium ist diese Form der Kunst wiederbelebt. Man redet sogar davon, aktuelle Werke zu drucken – wie beispielsweise Ihr Buch.

Aber diese Art zu leben ist nicht meine Sache. Eine Menge Leute haben für die heutige Forschung und Wissenschaft nur ein verächtliches Lächeln übrig und behaupten, es gäbe nichts mehr zu entdecken, das solche Forschungsarbeit wert wäre. Außerdem – was hat die Forschung im Zeitalter der Verschwendung und des Überflusses alles angerichtet. Nun, ich studierte Biologie, denn der ganze Reichtum meiner Familie entsprang ursprünglich dem Agatherin, einer Pilzkrankheit, die bestimmte Pflanzen befällt. Das Zeug liefert den Rohstoff zur Zellerneuerung. Inzwischen sind unsere Aktivitäten breiter gestreut, aber damals besaßen wir nur das Agatherin-Patent und eine halbzerfallene Burg. Bleibe lange genug bei einer Sache, und du gewinnst Macht und Einfluß – allein durch dein Beharrungsvermögen. Hinzu kommt, daß der Ruf meiner Familie niemals irgendwelchen Schaden genommen hat, so viel ich weiß.

Dies ist mein familiärer Hintergrund, mit dessen Hilfe ich zu der Leitung des wissenschaftlichen Teils dieser Expedition gekommen bin. Ich bin wie viele Leute hier von der Überwachungsabteilung der Gilde zu diesem Unternehmen gewechselt, als die Navy beauftragt wurde, sich um den FEIND zu kümmern.«

Aber er hatte Dorthy nicht erklärt, wieso er für die Gilde seine Familie verlassen hatte, und ehe sie danach fragen konnte, war Sutter zurückgekommen. Während sie ihn jetzt betrachtete, wie er da so lässig lag wie ein morgenländischer Prinz auf dem schwellenden Diwan in seinem Palast, dachte Dorthy über sein subtiles Verhaltensmuster nach. Offenbar bestand seine Strategie darin, nach außen als Mann der schnellen Tat zu erscheinen, obwohl er in Wirklichkeit seine Gegner immer mit sorgfältig geplanten Aktionen überraschte.

»In einer halben Stunde können wir essen«, sagte Sutter und lehnte sich zurück, nachdem sie das Stew kräftig durchgerührt hatte. Sie schaute zur Sonne und zu den Kratergipfeln hinauf, die als schwarze Zacken in die riesige matte Lichtscheibe hineinragten. »Wir werden keine weiteren Ausflüge unternehmen. Ich habe keine Lust mehr, wie ein Idiot im Dämmerlicht durch den Wald zu stolpern.«

»Ich will aber noch ein paar Tests mit den neuen Männlichen durchführen«, erklärte Dorthy. »Ich bin sicher, da ist etwas.«

In Wirklichkeit war sie sich keineswegs sicher – nach vier vergeblichen Sondierungen. Aber sie wollte es sich nicht eingestehen, denn damit würde sie zugeben, daß es falsch gewesen war hierzubleiben.

»Im Dunkeln, während diese Kreaturen durchs Unterholz streifen? Sie sind verrückter, als ich dachte.« Sutter lächelte dabei. »Fast so verrückt wie Duncan.«

»Ich kann sie erwischen, ehe sie den Paß überqueren«, überlegte Dorthy. »Auf dieser Seite scheint die Sonne ungefähr eine Woche länger.«

»Nur Geduld, Dorthy«, meinte Andrews. »Wenn alles meinen Vorstellungen gemäß läuft, können wir in die Gehirne der Hausmeister eindringen, während die ihre Schriftzeichen lesen. Wir würden Ramaro damit glatt die Schau stehlen, wie?«

»Ich nehme meine Worte von eben zurück. So verrückt wie du kann kein anderer sein, Duncan. Du würdest tatsächlich bei Nacht in die Burg gehen?«

»Wieso nicht? Alles ist hell erleuchtet, jedenfalls heller als im Sonnenlicht.«

»Na schön – besser du als ich. Diese Viecher könnten dich innerhalb einer halben Stunde mitsamt Stiefeln und allem anderen auffressen.«

»Keiner hat sie seit ihrer Ankunft in der Burg fressen sehen«, erwiderte Andrews. »Chung hat eine Zusammenfassung der Erkenntnisse des Übersetzungsteams nach oben zum Orbital-Kommando geschickt. Dabei hat sich herausgestellt, daß die Zeichen auf einer Art musikalischer Notenschrift basieren. Aus diesem

Grund hatte Ramaro solche Schwierigkeiten damit. Und tatsächlich ergibt sich aus ihnen ein schlüssiger Text, ein zusammenhängendes Ganzes. Das meiste bleibt zwar immer noch unverständlich und ist zudem mit einer seltsamen Kosmologie vermischt – mit Drachen, oder Wesen mit den Eigentümlichkeiten von Drachen, Sternen, die das Schicksal beeinflussen, und allem möglichen anderen Unsinn. Etwa so, als ob jemand Einsteins Relativitätstheorie und die komplette Anleitung zum Bau eines Phasenantriebs mit irgendwelchen antiken Mythen durchmischt hätte. Gott allein weiß, was sonst noch alles darinsteckt. Vielleicht ist es Ihnen möglich, uns darüber Aufschluß zu verschaffen, Dorthy.«

Dorthy hob vage die Schultern. Sie mußte wieder an die blutrünstige Jagd in ihren Träumen denken – unter einem Nachthimmel, an dem ein einziger trauriger Stern durch interstellare Gaswolken schimmerte. Andrews Beschreibung der Schrift paßte irgendwie in diesen Rahmen, in das Strickmuster dieses Traums. Aber wie ein Traum beim Aufwachen verblaßte, entglitt ihr auch jetzt wieder die Erklärung für diesen Zusammenhang, so sehr sie sich auch bemühte, ihn zu begreifen. Außerdem hatte sie niemand von dem Traum erzählt.

»Vielleicht wäre es besser abzuwarten, bis die Hüter ihre neuen Erkenntnisse, die sie sich in der Burg aneignen, in die Tat umsetzen«, gab Dorthy zu bedenken. »Wenn ich sie sondiere, kann ich vielleicht allgemeine Konzepte verstehen und Aktion mit Eingebung vergleichen. Aber sicher kann ich nicht eine fremde Sprache übersetzen, die ein ebenso fremdes Wesen gerade liest.«

»Wenn sie die Spitze der Spirale erreicht haben«, entgegnete Andrews leutselig, »werden sie das Lied gelernt haben, das sie singen müssen, um ihre Herren zu rufen. Sie dürfen mir das ruhig glauben, Dorthy. Sie müssen es sogar. Gott allein weiß, was danach geschieht.«

»Diese verdammte Bombe wird wahrscheinlich genug von dieser Welt haben und hochgehen«, knurrte Sutter.

»Mach dir darüber keine Sorgen. Ehe die Hausmeister die Spitze der Burg erreichen, verlegen wir das Camp fünfzig Kilometer oder mehr in die Plains hinaus. Der Kartograph-Satellit, den das Orbital-Kommando über diesem Gebiet hier abgesetzt hat, steht immer über dem Horizont, so daß Ramaro jederzeit Signale für seine Sonden aussenden und von ihnen abrufen kann. Es gibt also kaum einen Zeitunterschied zu überbrücken.«

»So sieht der Plan also aus?« Sutter lachte. »Du Bastard, wieso erzählst du mir *nie* etwas?«

»Das ist unfair, Angel. Ich bemühe mich immer, dir jede Frage von den Lippen abzulesen.« Andrews schenkte seiner Freundin ein schiefes Grinsen und wehrte mit der Hand das aufblasbare Kissen ab, das sie nach ihm warf.

»Du bist ein richtiger Hundesohn, Duncan.«

»Tatsächlich? Und ich hielt mich immer für einen sehr moralischen Menschen – durch und durch!«

Beides stimmte – und war doch nicht die ganze Wahrheit, wie so vieles, was er sagte. Sicherlich stimmte es, daß er leidenschaftlich an seine Vision der Bestimmung des Menschen glaubte, eine Vision, die ausschließlich auf dem Ideal fußte, daß der Mensch im Grunde gut war. Doch gleichzeitig bekämpfte Andrews dieses Ideal, wo er nur konnte – mit fairen oder unfairen Mitteln. Sein Bemühen, Major Luiz Ramaro die Erlaubnis zum Betreten der Burg abzuringen, war vergleichbar mit der Attacke eines Einmann-Schiffes auf einen Asteroiden. Dorthy, die mehrfach Zeuge eines solchen Vorstoßes geworden war, fand das höchst amüsant. Ramaro war außer Gefecht gesetzt und wußte es auch genau, versuchte aber stur mit allen Mitteln den Status quo beizubehalten.

»Hören Sie, Luiz«, sagte Andrews einmal im Gemeinschaftszelt, »es gibt kaum mehr einen Zweifel daran, daß wir uns hier festgefahren haben. Sie wissen, wir haben mit den Neuankömmlingen kein Glück. Wir können unsere ganze Aktion hier abbrechen, wenn wir nicht unser Programm erweitern.«

»Sie haben doch gehört, was Colonel Chung sagte. Die da oben sind mit unseren Fortschritten hier sehr zufrieden.« Ramaro saugte den Saft aus einer Kunstfrucht und warf die leere Hülse auf einen Haufen anderer. Andrews hatte ihn beim Mittagessen gestört. »Hören Sie«, fuhr der fette Major fort, nachdem er sich eine neue Frucht genommen hatte, »wenn die oben von uns erwarteten, daß wir einen Ausflug in die Burg machen, würden sie bestimmt ihre Anweisung über die Kontaktaufnahme widerrufen. Da man das nicht getan hat, gehe ich davon aus, daß man es auch nicht will. Außerdem – welchen Nutzen hätte ein solches Unternehmen schon? Sind Sie mit den Ergebnissen, die die Sonden liefern, nicht zufrieden?«

»Natürlich nicht. Ihre Leute haben phantastische Arbeit geleistet. Aber es gibt da einige Dinge, die vor Ort näher unter die Lupe genommen werden müßten.«

»Sie sprechen sicher vom TALENT Ihres Schützlings.« Ramaro schaute zu Dorthy hinüber, die am Nebentisch saß und tat, als lese sie im ›Spiele-Magazin‹, in Wahrheit aber die beiden schamlos belauschte.

»Wie sonst sollten wir herausfinden, was die Hausmeister vorhaben? Trotz aller Bemühungen hat das Sprachenteam oben keine verständliche Deutung all dieser Schriftzeichen geben können. Zwar dürfte, nachdem man jetzt den Schlüssel dazu hat, alles etwas schneller vorangehen. Aber haben die neuen Erkenntnisse Sie bei Ihrer Arbeit auch nur geringfügig weitergebracht?«

Ramaro runzelte die Stirn. »Wenn ich hier alle Hilfsmittel zur Verfügung hätte, könnte ich Ihnen vielleicht schon eine komplette Übersetzung liefern. Diese Entdeckung war reiner Zufall, wirklich.«

»Aber Sie haben hier doch ein gutes Hilfsmittel – wenn Sie es mich nur einsetzen lassen würden. Überlegen Sie doch mal, was es für Sie und Ihre Arbeit bedeuten könnte, wenn Sie beispielsweise wüßten, was die Hausmeister beim Studieren der Texte an der Burg denken.«

»Ich weiß nicht, Andrews, Dr. Yoshida hat bisher nicht viel Erfolg mit den Neuankömmlingen gehabt.«

»Und warum? Weil sie nur den einen Gedanken im Kopf haben – zur Burg zu gelangen. Es ist alles dort drin, Luiz, alles, was wir wissen wollen. Wenn wir nur den Schlüssel dazu hätten! Die Identität des FEINDS, seine Herkunft – einfach alles. Denken Sie darüber nach. Ich habe jetzt zu arbeiten.«

Später sagte Dorthy zu Andrews: »Sie wissen sehr gut, daß ein Bewußtsein nicht wie ein geschriebener Text ist. Ich könnte kein einziges Wort von diesen Schriftmustern übersetzen, selbst wenn alle Hüter sie im selben Moment gemeinsam laut vorlesen würden.«

»Ich weiß das, aber Ramaro nicht. Außerdem könnten Sie sicher einen Sinnzusammenhang herstellen, der ihm etwas weiterhelfen würde.«

»Ich weiß nicht, Duncan. Ich weiß nicht mal, ob ich überhaupt da runtergehen will.«

»Nun, was bleibt sonst? Sie hatten mit den neuen Männlichen nicht viel Erfolg, und wir können uns draußen im Wald nicht mehr frei und gefahrlos bewegen.«

Das stimmte. Die Sonne war hinter dem Kraterrand untergegangen, und das einzige Licht im Becken unterhalb des Camps verbreiteten die Myriaden Phosphorpartikel im See und der Schein der Sterne, der kaum vom schwachen Schimmer der Sonne hinter dem Kraterwall gedämpft wurde, im Himmelsabschnitt über ihnen. Da sie sich in der Kaldera nicht an die neuen

Männlichen anpirschen konnten, hatte Dorthy Andrews überredet, sie zur anderen Seite des Passes zu begleiten, wo die Sonne immer noch auf die nebelverhangenen Bergflanken schien. Es war schon ein merkwürdiges Gefühl, dort auf die Pirsch zu gehen, wo sie fast ums Leben gekommen wäre. Der Fels drückte sich beim Sitzen in ihr Fleisch, und seine Kälte war selbst durch den homöothermischen Overall zu spüren. Dorthy wußte inzwischen, daß er von einer Wärmepumpe künstlich aufgeheizt wurde, die durch geothermische Energie angetrieben wurde – aus derselben Quelle, die die seltsamen Erscheinungen in der Burg produzierte. Die Kälte kondensierte die Feuchtigkeit aus der warmen Luft und speiste damit die Flüsse, die sich durch die Ebenen wanden. Der Berg machte sein eigenes Wetter.

Zusammen mit Andrews hatte Dorthy trotz des beständigen Nebels eine neue Gruppe männlicher Hüter anhand ihrer Infrarot-Strukturen ausgemacht. Etwa zehn Minuten lang konnte sie die Wesen sondieren, während sie kaum hundert Meter von ihnen entfernt vorbeizogen. In ihren Gehirnen war nichts außer der Mühsal des Aufstiegs und diesem alles überlagernden Befehlsimpuls – die Vision der Burg, die sich dunkel aus dem schwarzen Wasser erhob. Wie eine seltsam phantastische Krone.

Dann waren die Hüter vorbei, und wieder einmal blieb Dorthy nichts als der bittere Geschmack eines neuerlichen Fehlschlags.

Dorthy ging nicht mehr hinaus. Die nächste Woche schlief sie viel, nachdem sie unter dem Vorwand, ihr Implantat überprüfen zu wollen, den Robotdoc konsultierte, der ihr auch gleich eine starke narkoleptische Droge verabreichte. Sie hatte den Verdacht, daß auch die meisten anderen Techniker die Maschine mißbrauchten. Die Nervenanspannung bei der ständigen Überwachung der Burg und die Drohung dieser paranoiden Bombe unter ihren Füßen durchsetzte die verbrauchte Luft der Kuppelzelte wie ein atemraubendes Gas und brachte Dorthy so zur Verzweiflung, daß sie sogar eine Schädigung ihres Implantats riskierte, um dieser Stimmung eine Weile zu entfliehen. Im Schlaf verlor sich dann das Gefühl, langsam zu ersticken, und sie war von den ständig anbrandenden Gefühlen der anderen erlöst. Im Schlaf versank ihr Geist in den gewohnten Jagd-Phantasien, die sie seit Kilczers Tod nicht mehr losgelassen hatten, Träume, die sie nach dem Aufwachen kaum mehr wiederbeleben konnte, auch wenn sie versuchte, sich mehr an ihre Form als an ihren Inhalt zu erinnern. Machtvolle Träume – und sehr fremd. Noch immer hatte sie keinem davon erzählt. Vielleicht wurden sie von etwas ausgestrahlt, aus der Burg oder sonst woher (dieses grelle Aufzucken, hell wie eine Nova, von der Planetenoberfläche aufquellend, sich unter der fallenden Sinkkapsel ausbreitend, sich widerspiegelnd im groben Nervensystem des gefangenen Critters). Aber vielleicht zerbrach sie allmählich wirklich in ihrem Innern. Das geschah manchmal mit TALENTEN, war als Gefahr eine der Grundvoraussetzungen, die sie am Leben (und funktionsfähig) erhielten. Ein paarmal war auch Dorthy nach besonders schlimmen Sitzungen nahe daran gewesen.

Dorthy schlief sechzehn bis achtzehn Stunden am Tag und verließ ihr enges Schlafkabinett nur für den Gang zur Toilette oder zum Essen. Sie versuchte, von Sutter, die ebenfalls untätig herumhing und sich sicher zu McCarthys Team auf der anderen Seite des Kraterwalles hätte versetzten lassen, wenn nicht ihr Liebhaber hier gewesen wäre, dreidimensionales Schach zu erlernen, doch die Komplexität dieses Spiels entzog sich ihr immer wieder. Sie durchstöberte die Bibliothek, fand aber trotz ihrer Größe wenig, das ihrem Geschmack entsprach, oder verbrachte eine Stunde damit, einen einzigen Becher Kaffee zu leeren. Meist schlief sie.

Sie schlief auch, als Andrews Ramaro endlich die Erlaubnis zum Einstieg in die Burg abschwatzte, erfuhr auch weiterhin nichts davon, bis Andrews es ihr selbst im Gemeinschaftszelt erzählte.

»Angel Sutter hatte recht«, rief Dorthy, »Sie sind wirklich ein Bastard. Warum haben Sie mir nicht sofort davon erzählt?«

»Aber Sie schliefen doch«, antwortete Andrews mit Unschuldsmiene. »Außerdem mußte ich mich beeilen, ehe Luiz seine Meinung ändern konnte. Keine Sorge, ich war nicht lange in der Burg. Habe mich nur mal kurz umgesehen. Auf dieser offenen Fläche am Ende des Dammes, die die Techniker die Plaza nennen. Ich habe nicht mal einen Hausmeister zu Gesicht bekommen.«

»Was beweist das schon? Was haben Sie entdeckt, das Ramaros Sonden entgangen ist?«

»Nicht viel. Ich habe etwas von der Mauer abgekratzt. Hier.«

Er faßte in eine Tasche seines Overalls und streckte die Hand aus. Ein scharfkantiger schwarzer Splitter lag auf seiner faltigen Handfläche, kleiner als das oberste Teilglied seinen kleinen Fingers.

»Darf ich?«

Er nickte. Dorthy nahm den Splitter zwischen Daumen und Zeigefinger – und fühlte ein kurzes Prickeln. Die statische Entladung des Fremden, Unbekannten.

»Ein seltsames Material«, brummte Andrews.

Dorthy drehte und wendete den Splitter nach allen Seiten: Er war hart und kalt, und nicht aus Stein.

»Eins ist sicher. Der Stoff hier ist für Neutrinos undurchlässig. Deshalb haben Ramaros Versuche, herauszufinden, was hinter den Mauern ist, nichts gefruchtet. Das hat ihn unheimlich frustriert. Resonanz-Messungen mit Ultraschall haben ergeben, daß dahinter riesige

Hohlräume liegen, und in diesen riesigen Hohlräumen ein paar ganz nett riesige Festkörper. Aber was sie darstellen, konnten wir nicht herausfinden.«

»Woraus ist der Splitter?«

»Hauptsächlich aus Eisen – wie das Spektroskop von Anfang an analysierte. Aber kein kristallines Eisen. Ich habe verdammt lange gebraucht, um das kleine Stück abzulösen. Der Rest ist Kohlenstoff und Wasserstoff, Sauerstoff und Stickstoff, angereichert mit etwas Schwefel und Phosphor. Sagt Ihnen das was?«

»Natürlich. Es sind die Elemente, aus denen, wie die Wissenschaft lehrt, Leben erst entstanden ist. Es gibt Kometen aus Stein und C-H-O-N-Kometen. Einige Leute behaupten, nur auf letzteren wäre Leben möglich. Aber bewiesen ist das nicht.«

»Mag sein. Das Eisen, welches, nebenbei bemerkt, nicht magnetisch ist, zeigt eine organische Gitterstruktur. Keine kristalline Struktur. Sie sehen, das alles ist Teil eines Ganzen.«

»Sie wollen sagen, daß die Burg irgendwie lebendig ist?« Dorthy lachte. »Vielleicht ist sie der FEIND. Wenn die neuen Männlichen die Spitze der Spirale erreichen, wacht sie auf und beginnt sich zu bewegen. Und der Seeinhalt ist ihre Nahrung.«

Mit ernster Miene nahm Andrews den Splitter wieder an sich und steckte ihn in die Tasche.

»Das da draußen kann alles Mögliche sein, oder nicht?«

»Das ist es ja, was mir keine Ruhe läßt«, antwortete er mit überraschender Offenheit. »Ich werde sobald wie möglich wieder hinausgehen, ehe Ramaro in dieser Sache kalte Füße bekommt. Werden Sie mir helfen, Dorthy?«

Das also war der wahre Grund, warum er sie ausgewählt hatte. Sie spürte einen Anflug von Ärger, weil er sie benutzte. Weil er ihr TALENT brauchte, nicht sie selbst, nicht ihr Wissen und ihre Arbeitskraft. Aber ihr

Zorn verflog schnell. Genau das war ja schließlich der Grund gewesen, weshalb sie hiergeblieben war. »Was soll ich tun?«

Er schien überrascht. »Sie kommen mit mir? Ich muß Sie warnen. Es wird sehr gefährlich sein. Es gibt keinerlei Schutz, wenn man uns bemerkt und verfolgt.«

»Natürlich gehe ich mit. Ich bin hiergeblieben, weil ich lieber arbeite, als in Camp Zero zu verrotten. Ich hätte von vornherein wissen müssen, daß hier mein ganzer Einsatz verlangt wird.«

Sein Gesicht wurde wieder ernst. »Wissen Sie, daß Sie sich verändert haben, seitdem ich Ihnen das erste Mal begegnete? Noch vor wenigen Wochen wären Sie nicht freiwillig mitgekommen.«

»So? Ich weiß nicht.« Dorthy fragte sich, ob das stimmte. Hatte sie sich verändert? Und woran konnte sie erkennen, daß es so war?

Sie ließen den Chopper in Sutters Obhut am Waldrand zurück und gingen über den breiten Grasgürtel zum Damm, der zu den aufragenden Wällen der Burg hinüberführte. Wieder war Dorthy beeindruckt von den schieren Ausmaßen des Gebildes. Die unteren Spiralen, flankiert von hohen Strebepfeilern und gewölbten Übergängen und Brückenbögen, die zum Kern der Burg hinführten, waren allein schon so hoch wie die Wolkenkratzer um das *Quadrado de Cinco Outubro* herum, einige geformt wie Rosendornen, andere nadeldünn in schwindlige Höhen aufstrebend. Und die Hauptspirale war so hoch, daß Dorthy in einem Kilometer Entfernung noch den Kopf weit in den Nacken legen mußte (der weiße Stoff des Chamäleon-Tarnumhanges rutschte ihr dabei immer wieder über die Augen), um ihre Spitze zu erkennen, die über die Kratergipfel hinaus in den sternenklaren Himmel ragte. Weiter unten blitzten unregelmäßige Lichtmuster in glühendem Rot.

»Kommen Sie«, mahnte Andrews ungeduldig und lief, ohne auf sie zu warten, über den verfilzten Flechtenteppich, wobei sein Chamäleon-Tarnumhang sofort das tiefe Violett der Ranken annahm. Dorthy schluckte eine Tablette des Mittels, das ihr TALENT befreite, und eilte hinter Andrews her, den sie gerade noch als dahinhuschenden Schatten wahrnehmen konnte.

Als sie den Damm erreichten, der in gerader Linie durch das schwarze, sumpfige Seewasser mit seinen langsam treibenden, schwach schimmernden Inseln aus photosynthetischem Schlamm zur Burg führte, schälten sich allmählich die Umrisse der Konstruktion aus der Dunkelheit. Schlanke Pfeiler mit feinen Kannelierungen, dunkle Wälle, von Ranken überwuchert, der spiralförmige Aufgang zur Spitze des Zentralturms, ein schmales Band am terrassenförmigen Anstieg der Hauptspirale, das sich an den niedrigeren Spiralen vorbei immer höher wand.

Andrews fragte Dorthy, wie sie sich fühle.

»Höllisch nervös.« In diesem Moment begannen seine Gedanken an der äußeren Hülle ihres TALENTES zu kratzen.

»Aber Sie haben sie doch schon mehrfach sondiert.«

»Das war, bevor sie ihr Ziel erreicht hatten, bevor sie ihren Text zu lernen begannen. Dieser Ort da beherrscht sie ebenso, wie er die gesamte Kaldera beherrscht. Was drinnen ist … ich weiß es nicht. Vermutlich ist es das, weshalb ich hier bin.«

Andrews, der genau das hatte sagen wollen, fragte statt dessen: »Wie weit ist Ihr TALENT?«

»Ich bin einsatzbereit.« Dorthy sah nach oben, aber jetzt war die Spitze im Zentrum von den sie umgebenden Spiralen verborgen. »Gott, ist das hoch.«

»Ich fühle mich wie ein Ritter, der gekommen ist, um die Prinzessin aus dem Schlaf wachzuküssen und sie zu erretten«, brummte Andrews. Sein Gesicht war gerade noch unter der Haube des Tarnumhanges auszumachen. Er lächelte.

Der Damm war so breit, daß drei Raupen nebeneinander hätten darauf fahren können. Die Oberfläche schimmerte dunkel, und Dorthy hatte das Gefühl, ein Stück in sein Inneres schauen zu können. Der Untergrund unter den Stiefelsohlen war ziemlich weich und knirschte wie Sand. Zu beiden Seiten des schwarzen Bandes trieben phosphoreszierende Schlamminseln vorbei.

Hinter dem See, der eher ein Sumpf war, stieg der Damm an und lief als breite Rampe zwischen zwei Türmen her, die sich nach oben immer wieder gliederten. Sie waren mit roten Lichtflecken übersät, die so hell glühten wie die Ausläufe eines Hochofens. *Scylla und Charybdis,* dachte Dorthy, als sie und Andrews zwischen ihnen vorbeihuschten. Die Rampe verbreiterte sich zu einem größeren Areal, das am anderen Ende wieder in einer eleganten Biegung nach oben anstieg. Zwanzig Meter breit, dreißig? Hier entsprangen schmälere Rampen und wanden sich um Nebenfialen von unterschiedlicher Höhe, einige in glatter Fläche spitz zulaufend, andere geflanscht, wieder andere mit scharfen, dornenartigen Vorsprüngen gespickt. Die Burg sah nicht aus, als sei sie entworfen und gebaut worden, sondern eher einer unheimlichen Saat entwachsen.

Die Rampe führte an einer mit dunklen Pflanzen bewachsenen Fläche vorbei, über der Lichtbögen entsprangen und in Kurvenlinien über die Mauern huschten.

»Da drüben«, flüsterte Andrews. »Dort beginnen die Inschriften.«

Sie bestanden aus einer Linie, einer fließenden, ununterbrochenen Zeichenfolge, ähnlich einer unglaublich komplizierten Kurve eines Elektroenzephalogramms. Formen und Bilder, in Viererabschnitte aufgeteilt, gingen nahtlos ineinander über. Jede Gruppe hatte ein eigenes Konzept, und jedes Konzept war wieder Teil einer größeren Gruppe, ähnlich den DNS-Codes aus Amino-Säuren, die, miteinander verbunden, ein Protein bilden, das sich abwechselnd zu einfachen, zweifachen oder dreifachen Spiralen dreht und kringelt, die dann seine endgültig funktionale Form darstellen.

Andrews zog ein kleines Gerät aus der Tasche und schaute aufmerksam auf den kleinen Bildschirm. Da sein Chamäleon-Umhang sich der Farbe der Mauer angepaßt hatte, schienen sein Gesicht und das kleine Gerät im Leeren zu schweben. Ein unirdischer Anblick!

»Ich versuche mich an die Fersen der letzten Gruppe zu hängen, um in die Burg hineinzugelangen«, erklärte Andrews. »Eine Sonde beobachtet sie – einhundert, einhundertfünfzig Meter vor uns.«

»Warten Sie hier«, flüsterte Dorthy und ging allein weiter. Sie merkte, daß ihre Handflächen vor Erwartung prickelten. Ihr Tarnumhang machte sie vor der dunklen Wand zu einem dahinhuschenden Schemen.

Das Schriftband verlief in Hüfthöhe. Dorthy ließ eine Hand darüber hinweggleiten. Für das Auge schien das Band in die Oberfläche der Wand eingehauen zu sein, doch bei ihrer Berührung fühlte Dorthy keinerlei Höhenunterschied. Das Material der Wand verursachte ein leichtes Brennen auf ihren Fingerspitzen. Die Mauer war kalt, aber leicht elastisch – wie der Panzer eines schlafenden Drachen. Sie fragte sich, wie alt die Burg sein mochte – ob sie so alt war wie die Umwandlung dieser Welt, und ob sie in irgendeinem Sinn lebendig war. Kein Gebilde konnte der Erosion über eine Million Jahre hinweg widerstehen, ohne Schaden zu nehmen, es sei denn, es erneuerte sich selbst. Ihr fielen wieder die komplexen Moleküle ein, eine Matrix aus molekularem Eisen, ein Nervensystem, das gerade in diesem Augenblick vielleicht ihre Schritte übermittelte.

Wenig später erfaßte sie das inzwischen schon vertraute Gedankenmuster eines neuen Männlichen vor ihr, und alle Spekulationen erloschen mit einem Schlag. Doch der Kontakt wurde nicht stärker, während sie die weite Biegung der Rampe hinter sich ließ. Sehen konnte sie nichts.

An ihrem Ohr ertönte Andrews' Stimme: »Sie müßten jetzt bald die Sonde sehen können.«

Dorthy antwortete nicht. Sie konzentrierte sich auf ihren Atemrhythmus. In regelmäßigen Schlägen pumpte das Herz Blut durch ihr Gehirn und machte es frei.

Der Kontakt wurde plötzlich klarer, verdichtete sich zu einer Wolke aus Empfindungen, aber das Bild des eigenen Selbst war seltsam verzerrt, unterdrückt – ihr Verhaltensrahmen von einem unklaren Imperativ überlagert.

Ein Bündel dicker Ranken mit schwarzen Blättern wand sich über die Maueroberfläche wie die Haare auf dem monströs vergrößerten Haarschopf der Medusa.

Als Dorthy daran vorbeiging, tauchte ein neuer Männlicher vor ihr an der Biegung der Rampe auf. Er hatte es offenbar so eilig, daß er über die eigenen Füße stolperte, während er auf sie zulief. Dorthy erstarrte vor Schreck, doch dicht vor ihr warf sich der Hüter in die Ranken und begann trotz seines unförmigen Körpers wendig daran emporzuklettern. Weiter oben schwang er sich über den Rand der Rampe und war verschwunden.

»Jesus!« Dorthy atmete tief durch.

»Was war los?« fragte Andrews' Stimme an ihrem Ohr. Sie hatte das Mikrophon um ihren Hals völlig vergessen. »Nichts«, antwortete sie. »Ich mache mir nur etwas Mut. Seien Sie jetzt bitte still. Ich muß mich konzentrieren.«

Nach einer weiteren Minute war sie wieder in der Lage weiterzugehen. Vor sich erfaßte sie andere Bewußtseine – das gemeinsame Ziel, das im Bewußtsein aller Gruppen der neuen Männlichen verankert war, jetzt aber durchsetzt mit den deutlichen Anzeichen einer halbwegs informierten, nicht vollendeten Intelligenz, komplex wie das Sonnenlicht auf der unruhigen Oberfläche des Meeres.

Dorthy ging weiter und fühlte sich, als sie hineintauchte, wie ein Surfer, der vor dem Kamm einer riesigen Welle dahingleitet, um sich schließlich von ihr überrollen zu lassen. Sie brauchte sich nicht mal darauf vorzubereiten.

Hinter der nächsten Biegung der Rampe stieß sie auf eine Gruppe der neuen Männlichen. Vier von ihnen hockten vor der Wand und ließen die merkwürdig kleinen Hände über das Schriftband gleiten, lasen es mit einer schwerfälligen Beharrlichkeit, die nicht zu vergleichen war mit der fliegenden Hast, mit der ein geübter menschlicher Leser seine Augen den Zeilen folgen läßt, ehe er den Sinn des Geschriebenen erfaßt. Die neuen Männlichen lasen dagegen Zeichen um Zeichen. Dorthy konnte nicht genau entschlüsseln, was sie da lasen, aber den Sinngehalt erlebte sie als eine Reihe von Melodien, die sich urplötzlich aus der dumpfen Dissonanz einer Mahler-Symphonie emporschwingen oder wie Delphine plötzlich die glatte Meeresoberfläche durchbrechen. Es war ein sich langsam entfaltender Einblick in die gesamte Ökologie der Burg, mit allem, was sich darin befand: das flinke Dahinhuschen von Tieren, der langsame Wachstumsreigen der Bäume, des Grases, die gemeinsamen Zyklen von Erde, Luft und Wasser, alles miteinander verwoben und vermischt. Alles. Dorthy erfuhr, daß Jäger das Land, in dem sie leben, auf eine Weise verstehen lernen müssen, die jenen, die mit seinen Eigenheiten nicht vertraut sind, immer verschlossen bleiben muß. Sie machten es sich nicht untertan wie Bauern, die es nur in einer Richtung künstlich ins Gleichgewicht bringen und Energie einsetzen müssen, um es in diesem instabilen Gleichgewicht zu halten. Sie akzeptierten die konstanten Zyklen, deren Wechsel sich in einem langsamen, stetigen Reigen unter der brodelnden Oberfläche des kurzen Lebens vollzog…

All dies stürmte innerhalb eines Augenblicks auf sie ein. Sie war überwältigt – als habe sie sich in einem Zerrspiegel-Kabinett gesehen und sei vor Schreck über ihr eigenes Aussehen wie erstarrt.

Der Augenblick ging vorüber. Vor ihr richteten sich die neuen Männlichen auf, die weiten Hauben schlackerten plötzlich um ihre Gesichter. Zweifellos konnten sie Dorthy trotz ihres Chamäleon-Umhangs sehen. Ihr neues Wissen rammte sich wie ein Speer in Dorthys Vorderhirn…

Sie wandte sich zur Flucht.

Etwas erdrückend Starkes umklammerte ihre Hüfte und hob sie in die Luft. Scheinbar übergangslos sah sie die Rampe unter sich kleiner werden, als ihr Häscher, der sie über die Schulter geworfen hatte und sie mit einer Hand festhielt, in unglaublicher Schnelligkeit mit den Füßen und der anderen Hand an einer Ranke emporkletterte. Der Schock ließ alles überdeutlich und winzig erscheinen – als schaue Dorthy durch das falsche Ende eines Teleskops. Der andere Männliche! Dorthy hatte ihn völlig vergessen, nachdem er auf der Rampe über ihr verschwunden war. Er mußte oben abgewartet haben, bis sie unter ihm vorbeiging, und dann heruntergestiegen sein, um sie von hinten zu überwältigen. Leise rief sie Andrews, und er antwortete sofort.

»Sind Sie fertig?«

»Auf eine Art schon. Im Moment liege ich auf der Schulter eines Männlichen, eines Statthalters oder, um in Ihrer Terminologie zu bleiben, eines Hausmeisters – wie auch immer. Er schleppt mich nach oben. He, verdammt, paß doch auf!«

Der neue Männliche hatte sich auf eine Terrasse hochgezogen, die am Aufgang der nächsten Rampe lag, und begann sofort die Ranken an der nächsten Mauer hochzusteigen.

»Sind Sie in Ordnung?«

»Etwas schwindlig. Ist ziemlich tief – unter mir.«

Dabei hatte sie den verrückten Gedanken, eine solche Perspektive schon einmal erlebt zu haben.

»Wissen Sie ungefähr, wo Sie sind? Ich werde die Funkstille brechen. In einer Minute hat dann Ramaro eine Sonde bei Ihnen.«

»Nein…« Sie keuchte, als sich der Hüter seitwärts schwang und an einer anderen Ranke weiterkletterte. Tief unten war die Rampe zu einem schmalen Band auf der schwarzen vertikalen Klippe geschrumpft. Die anderen Türme wirkten von hier oben wie Bleistifte mit angespitzten Enden. Das schwache Phosphoreszieren der Schlamminseln konnte sie gerade noch erkennen.

»Ich weiß nicht genau, wo wir sind. Ich habe das Gefühl, wir klettern ganz nach oben.«

»Können Sie sondieren, was das Biest vorhat?« Das war Sutters Stimme.

»Ich kann mich nicht konzentrieren.« Ihr TALENT war von dem plötzlichen Gefühlsansturm, ausgelöst durch das noch nicht zugeordnete neue Wissen der jungen Männlichen, mit denen sie gedanklichen Kontakt aufgenommen hatte, völlig durcheinander. Trotzdem spürte Dorthy, daß im Bewußtsein ihres Häschers eine Stelle heller leuchtete – als ob er von etwas anderem angetrieben würde.

»Ich könnte den Chopper ziemlich nah heranfliegen. Wenn es mir gelingt, über Ihnen in Position zu gehen, gibt es vielleicht eine Möglichkeit…«, überlegte Sutter laut.

»Nein, ich glaube nicht, daß der Hüter mir etwas antun will. Selbst wenn Sie mit dem Chopper nahe genug herankämen – er bräuchte mich nur loszulassen…«

Dorthy hatte die Augen geschlossen, denn der Abgrund machte sie schwindlig. Als sie fühlte, daß der neue Männliche sich über eine Kante schwang, öffnete sie sie wieder. Sie befanden sich jetzt auf dem nächst höheren Abschnitt der Rampe, die sich spiralförmig vom Fuß bis zur Spitze des höchsten Turms im Zentrum der Burg wand. Dorthys Kidnapper hockte sich auf die Hinterbeine, hielt aber Dorthy mit sanftem Druck in ihrer Lage fest. Wenige Sekunden später wurde sie durch die Luft gehoben und auf den gummiweichen Rampenboden gelegt.

»Irgendwie schaffe ich es zu Ihnen«, hörte sie Andrews' Stimme an ihrem Ohr. »Halten Sie diesen Kanal so lange wie möglich offen. Ich werde der Radiowelle folgen.«

Dorthy antwortete nicht, sondern betrachtete nervös das schmale Gesicht des Männlichen vor ihr. Die großen Augen glitzerten dunkel im Schatten der Haube, während der Hüter eingehend ihren Körper von oben bis unten musterte. Nach einer Weile schob er den Chamäleon-Umhang beiseite und bewegte vorsichtig erst ihren linken, dann den rechten Arm. Dorthy hielt die Muskeln entspannt, während der Hüter ihre Gelenke untersuchte. Besonders interessierten ihn die Rundumbewegung ihrer Handgelenke. Leise schnaufend betastete er ihre Beine, beugte die Knie, bewegte die Fußgelenke, wobei er die Beweglichkeit jedes einzelnen Gelenks eingehend untersuchte. Er hantierte an den Schnallen ihrer Stiefel herum, kam wieder nach oben und drückte so fest auf ihren Bauch, daß sie leise aufschrie. Andrews und Sutter fragten wie aus einem Mund: »Was ist los?« Im selben Moment ließ der Hüter von ihr ab.

Ohne die Lippen zu bewegen, antwortete Dorthy: »Es ist alles okay. Macht euch keine Sorgen.«

»Sie sind verdammt weit oben«, vernahm sie wieder Andrews' Stimme. »Hören Sie – ich steige hier eine Art Leiter hinauf, die aber in die falsche Richtung zu führen scheint. Sagen Sie mir sofort Bescheid, wenn Sie sich von dort wegbewegen.«

»Wo, zum Teufel, ist die Sonde?« Das war wieder Sutter.

Dorthy mußte zulassen, daß der Hüter den Gürtel ihres Overalls öffnete und nacheinander das Messer und die anderen Werkzeuge daran untersuchte. Er löste sie nicht vom Gürtel, sondern hob sie nur an, um sie eingehend zu betrachten, und ließ sie dann wieder fallen. Dorthys *déjà-vu*-Gefühl war jetzt sehr stark. Dann hatte sie es: Eine alte, zweidimensionale Schwarzweiß-Trivia-Show war es, die sie einmal gesehen hatte. Einer der Studenten am Fra Mauro hatte eine ganze Sammlung dieser Produktionen aus der Zeit vor dem Zeitalter der Verschwendung und des Überflusses besessen. *King Kong* – das war der Titel gewesen. Dorthy unterdrückte das Lachen, als das spitze Gesicht des Hüters dicht über ihrem eigenen auftauchte. Sein süßlicher Atem, durchmischt mit einem Hauch von Aceton, war übelkeitserregend. Die großen Augen lagen tief in den Höhlen. Sie besaßen keine Lider, nur ein, zweimal legten sich Nickhäute über die horizontal gezogenen schwarzen Pupillen.

Dorthy erfaßte einen Funken von seinem Selbst und Knoten neuerlangten Wissens, eingebettet in ein einfaches, festgeformtes Gerüst. Genau das hätte sie vorzufinden erwartet, wäre sie in der Lage gewesen, die Kreatur zu sondieren. Sozusagen einen nicht allzu komplizierten Computer in Taschenformat. Das Wesen wurde von einem programmierten Trieb gesteuert, sie innerhalb einer festgelegten Erkenntnisstruktur einzuordnen. Das *mußte* es versuchen – und damit scheitern.

Und da war noch etwas, das hinter all diesen Dingen aufflackerte. Etwas Helles, Schimmerndes …

»Was passiert jetzt?« fragte Andrews an ihrem Ohr. Der neue Männliche zuckte zurück, kam aber dann noch näher und war offensichtlich erstaunt über das schwache Geräusch der Stimme.

»Seien Sie still«, mahnte Dorthy leise. »Er versucht herauszufinden, was ich bin.«

Für einen Moment fürchtete sie, der Hüter wolle ihr das Kehlkopf-Mikro abreißen. Aber er betastete es nur. Die Berührung seiner Finger war heiß und trocken. Danach richtete er sich wieder auf, warf Dorthy erneut über die Schulter und ging die leicht ansteigende Rampe hinauf, bis er wieder ein paar Ranken fand, die die hohe Wand bedeckten und bis über das eingebettete Schriftband reichten. An ihnen kletterte er höher, und Dorthy meldete es sofort.

Andrews' atemlose Stimme drang an ihr Ohr: »Das war knapp. Fast wäre ich in eine Gruppe von ihnen hineingelaufen. Ich bin jetzt eine Ebene höher. Sie befinden sich etwa zweihundert Meter über mir. Das Biest klettert verdammt schnell.«

»Ich weiß«, antwortete Dorthy. Der Sumpf lag jetzt nur noch als schmaler Streifen unter dem Gewirr von Türmen und Spiralen. Sie konnte den breiten Grasstreifen erkennen, hinter dem sich der Wald als schwarze Linie in der Dunkelheit abzeichnete.

»Und Ihnen geht es wirklich gut, Dorthy?«

»So würde ich meine Situation nun nicht gerade bezeichnen, aber solange der Hüter mich nicht losläßt, besteht keine Gefahr. Sagen Sie jetzt bitte nichts mehr. Ich möchte ihn nicht vom Klettern ablenken.«

Die Ranken endeten auf einer kleinen Fläche, wo ihre Wurzeln wie große, gekrümmte Finger aus dem Boden wuchsen. Der Hüter duckte sich an ihnen vorbei – eine streifte Dorthy beinahe – und lief blitzschnell quer über die Terrasse. Mit einem Riesensatz sprang er über eine breite Spalte und landete auf einem Felsvorsprung hoch über einer Bucht. Der harte Aufprall wie das Entsetzen trieben Dorthy die Luft aus den Lungen. Sie blickte über das Rückenfell des Hüters hinunter auf ein

Gewirr nadelspitzer Türme – und schloß sofort die Augen. Der Hüter sprang erneut, und sie öffnete die Augen wieder. Unter sich bemerkte sie einen großen Schatten, der wie ein Geschoß in Zeitlupe durch den breiten Abgrund trieb. Ramaros Sonde.

Einen Moment später hatte der Hüter die nächste Schleife der Spirale erreicht. Hier war die Rampe schmäler, und das Schriftband bedeckte die Wand nun vom Fuß bis zum oberen Rand. Der Hüter wechselte den Griff um Dorthys Hüfte und stieg vorsichtig weiter. Dorthy erfaßte ein anderes Bewußtsein, strukturiert wie das aller anderen Hüter, aber durchsetzt von hellen Flecken leuchtender, gefährlicher Intelligenz.

Der neue Männliche blieb stehen und gab ein leises, beinahe klagendes Pfeifen von sich. Jetzt wurde das Leuchten stärker, kam näher. Im nächsten Augenblick wurde Dorthy vorsichtig abgesetzt. Sie taumelte zur Wand, lehnte sich dagegen und schaute auf.

Vier neue Männliche, die schmalen Köpfe weit in ihre Kapuzen zurückgezogen, erwiderten ihren Blick.

Dorthy wich zurück. Ihr Häscher packte sie hart an der Schulter, und sie schrie auf. Sofort fragte Andrews wieder, was da vor sich ging.

»Seien Sie still! Ich versuche gerade ...«

Ein Licht zuckte auf und durchfuhr sie wie ein einschlagender Blitz. Durch einen Schleier von Tränen sah sie die vier Männlichen zurückweichen. Einer schüttelte den Kopf, als sei er geblendet. Dorthy fühlte ihre Furcht und ein komplexes, unverständliches Durcheinander von Bildern. Etwas Fremdes versuchte sich in einem Teil ihres eigenen Bewußtseins einzunisten, zu verstecken.

Als Heranwachsende hatte sie das Eindringen anderer Personen zugelassen, hatte ihnen gestattet, in den ruhigen Spiegel ihres Innern zu reden, zu weinen und zu schimpfen, während sie ihnen Fragen stellte und die Antworten irgendwie immer in den Eindringlingen selbst fand. Sie hatte sich nichts dabei gedacht, bis sie das Institut verließ und auf dem riesigen Shuttle-Terminal von Melbourne feststellte, daß die Myriaden Gehirne um sie herum alle voreinander verschlossen waren, eine Entdeckung, die bei ihr sofort eine nicht faßbare Panik ausgelöst hatte. Das war vor fünf Jahren gewesen. Und jetzt spürte sie diese Verwirrung erneut. Im nächsten Moment glaubte sie die Sterne auseinanderplatzen zu sehen.

Hier drohte die Gefahr, hier! Die Gefahr, die die Menschheit aufgeschreckt hatte, war entdeckt. Man mußte unverzüglich handeln. Es war zu gefährlich, noch länger zu warten!

Ungeduldig versuchte sie sich von dem Griff des Hüters freizumachen. Mit einem leichten Hieb schlug ihr Häscher sie nieder. Auf Händen und Knien hockte Dorthy auf der nachgiebigen Oberfläche der Rampe und schüttelte den Kopf. Gedankenfetzen lösten sich, drifteten davon. Ihr Bewacher gab den anderen Männlichen mit den Armen Zeichen und näherte sich ihnen langsam. Eine Hand glitt dabei über das Band der verschlungenen Schriftzeichen. Der Hüter versuchte den anderen klarzumachen, daß hier die Gefahr war, nicht in den Sternen, *sondern hier!*

Dorthy war von der heftigen Eindringlichkeit seiner Mahnung geblendet. Hell wie eine Nova, ja, und seltsam ähnlich den Vorstellungen vom Schicksal dieses Planeten, die sie bruchstückhaft in den Gedanken von Kilczer, Andrews und Colonel Chung erfaßt hatte. Als ob der Hüter wüßte, daß diese Welt in Flammen aufgehen sollte.

Pfiffe ausstoßend, schlug er mit der Hand gegen das Schriftband, zeigte auf Dorthy und berührte die Wand erneut. Einen schrecklichen Augenblick lang befürchtete Dorthy, der Hüter fordere die anderen auf, sie zu töten. Doch die vier drehten sich einfach um und tappten davon, folgten ihrem debilen Instinkt.

Dorthy versuchte aufzustehen, doch ihre Gelenke waren verkrampft, und sie sank hilflos zurück. Das unerwartete Eindringen der anderen Bewußtseinsstruktur in ihr tiefes Zentrum hatte irgendwie ihre Körpermotorik beeinflußt – tief unten im Rückenmark. Nicht die Schiffe des Orbital-Kommandos, sondern die Sonden wollten sie zerstören. Die Sonden und die Kräfte im Hintergrund, die sie steuerten.

»Sch … schaltet ab, geht … geht aus …«, stammelte sie. Das Ding in ihr preßte ihr Bewußtsein zusammen. *Ruhig,* ermahnte sie sich selbst, *ganz ruhig. Konzentriere dich auf die Mitte, handle aus der Mitte heraus.* Sie visualisierte die Worte, die sie sagen wollte, fokussierte sich durch die lähmende Schicht fremder Impulse auf sie.

»Schaltet die Funkgeräte ab! Sie peilen euch an und vernichten euch, wenn ihr es nicht tut.«

»Dorthy, wiederholen Sie! Was ist da oben los?«

Sie glitt über die Woge in ihrem Selbst. Andrews' Stimme erleichterte ihr das Fokussieren. »Schaltet sofort ab, oder sie töten euch!«

Er antwortete nicht.

Irgend etwas drehte sich innerhalb ihres Bewußtseins, aber sie kannte es jetzt, konnte seine Umrisse festlegen. Es war nicht mehr als eine Analogie, eine Wellenfunktion, eingebettet in die elektrochemische Balance ihres Vorderhirns. Was wie ein beabsichtigtes Verhalten aussah, waren lediglich Pseudoimpulse, Parasiten der eigenen Aktionen. Es war nur das Modell eines Bewußtseins, keine reale Persönlichkeit. Es konnte nicht mehr als nur antworten.

Dieses Wissen hieß handeln. Sie ritt auf dieser Welle, durchtrennte die Kanäle, die Impulse in Handeln umsetzten, und dachte sich statt dessen in die Tat. Sie atmete tief durch. Sie war Dorthy Yoshida. Sie war nur sie selbst.

Im nächsten Augenblick konnte sie nach oben fassen und das Mikro sowie den Empfänger am Ohr abschalten.

Ihr Häscher fuhr herum. Er öffnete und schloß die kleinen Hände an den verkümmerten Armen mehrmals, und Dorthy begriff, daß das hellschimmernde Gespinst, das sein Bewußtsein im Griff gehalten hatte, verschwunden war und nur einen einzelnen, schwachen Impuls übriggelassen hatte, den sie gerade noch erfassen konnte.

Der neue männliche Hüter, nun von seinem mentalen Hemmschuh befreit, kam, als sie sich erhob, auf sie zu, öffnete dabei den spitzen Mund und zeigte zwei Reihen scharfer Zähne. Dorthy ahnte, was er vorhatte, und wich vor ihm zurück.

Plötzlich erbebte die ganze Burg in einer wellenartigen Bewegung, und Dorthy taumelte. Um sie herum schienen die schwarzen Wände jetzt innerhalb der illusionären Tiefe ihres Glanzes leicht zu erglühen, und das Schriftband hob sich dunkel gegen sie ab. Während der neue Männliche unsicher näher kam, leuchteten Lichtbögen um seinen Körper auf, als seien sie durch seine Bewegungen aktiviert worden. Dorthy spürte ein Prickeln auf ihrem Kopf. Jedes einzelne Haar hatte sich aufgerichtet und suchte Abstand vom nächsten. Der Empfänger an ihrem Ohr heulte, obwohl sie ihn ausgeschaltet hatte. Der neue Männliche warf die Arme um den Kopf und keuchte, während er von einem Fuß auf den anderen hüpfte. Sein schwarzes Fell sträubte sich.

Vorsichtig senkte Dorthy ihre Hand zum Gürtel und umfaßte den Griff des Messers.

Unterhalb der Rampe, weit unten in der Tiefe, leuchteten jetzt deutlich die Umrisse einiger Türme in einem fahlen Schimmer. Entladungen zuckten zwischen ihren Spitzen hin und her, drehten sich schneller und schneller, bis sich zwischen ihnen eine Lichtquelle gebildet hatte, die sich immer mehr ausweitete. Der Heulton in Dorthys Empfänger schwoll an und stieg eine Tonstufe höher. Unwillkürlich schrie sie auf, als irgendwo in ihr ein heikler Vorsatz ins Gleichgewicht pendelte. Schwebend, bereit…

Der neue Männliche stürzte sich auf sie. Dorthy riß das Messer nach oben. Hinter ihr zuckte ein greller Blitz auf. Die Kreatur stürzte sich auf sie. Mühelos drang die Klinge in den unförmigen Körper. Dorthy wurde zu Boden gerissen. Das Gewicht des Hüters drückte ihre Hand zur Seite. Sie verspürte einen scharfen, durchdringenden Schmerz, und gleichzeitig flammte vor ihren geschlossenen Lidern eine große, lautlose Nova auf. Einen Moment lang hoben sich die feinen Äderchen dunkel gegen den grellen roten Schein vor ihren Augen ab.

Dann war es vorbei.

Sie lag zusammengekrümmt unter dem neuen Männlichen. Der Chamäleon-Umhang war naß von seinem Blut. Ihr Handgelenk war verrenkt und schmerzte höllisch, als sie das Messer aus dem Körper über sich zog. Mit einiger Mühe kroch sie unter dem Hüter hervor und richtete sich auf. Armer *Kong!*

Das Licht war jetzt nur noch das rote Glühen verstreuten Phosphors. Weit unten erhoben sich die Türme wieder in stumpfer Dunkelheit.

Rufe und Geheul hallten durch die weiten Anlagen der Burg, Schmerzensschreie und Botschaften zwischen den einzelnen Gruppen neuer Männlicher, fragend, beratend, informierend. Dorthy rannte beinahe in einen Horde von sechs Hütern hinein, aber ihr plötzliches Auftauchen erschreckte die Wesen so sehr, daß sie Hals über Kopf davonstoben. Einige rannten die lange Biegung der Rampe hinunter, andere kletterten hastig – aber trotz ihrer Verwirrung sehr wendig – die Ranken nach oben. Zweimal benutzte Dorthy den dichten Pflanzenbewuchs der Wand, um sich vor anderen Grüppchen von Hütern zu verstecken, die sich über die Abgründe hinweg mit ihren Artgenossen zu verständigen versuchten.

Ihr Handgelenk tat höllisch weh, und die Hand war

mit gerinnendem Blut verklebt. Die Analogie in ihrem Verstand versickerte langsam wie Wasser im Sand. Dorthys Furcht, sie würde sich festsetzen und zukünftig ihr Selbst beherrschen können, wich bei ihrem Abstieg allmählich. Erst jetzt dachte sie daran, ihren Empfänger wieder einzuschalten, und sofort hörte sie Andrews' drängende Stimme an ihrem Ohr. »Ich bin hier«, antwortete sie. »Mir geht es gut.«

»Sie sind jetzt vermutlich nur noch eine Ebene über mir. Wollen Sie, daß ich hinaufkomme?« fragte Andrews zurück.

»Nein, warten Sie dort auf mich.« Dorthy trat an den Rand der Rampe. Wenige Meter tiefer befand sich eine Terrasse. Kurzerhand kletterte Dorthy an den Ranken hinab. Unter ihr sagte Andrews: »Das war irgendein Feuerwerks-Display. Die ganze Konstruktion hier wurde vom Fuß bis zur Spitze illuminiert.«

»Ich weiß, denn ich steckte mitten in dem Lichtzauber.«

»Was haben sie gemacht?«

»Ich ...« Aber das Wissen entzog sich ihr, oder zumindest der genaue Anlaß für das alles. »Ich glaube, daß die Hüter inzwischen genug gelernt haben, um die Burg zu benutzen, und meine Anwesenheit war für sie eine Bedrohung und aktivierte ihre Instinkte. Ob die Gefahr der Auslöser war, oder der Selbsterhaltungstrieb ... Tut mir leid, eben war mir das Ganze noch klar, aber jetzt, wo ich darüber nachzudenken versuche, entgleitet mir alles wieder. Es ist einfach zu fremd, zu verschieden, um Bestand haben zu können.«

»Das alles sollten wir später ein wenig sortieren«, brummte Andrews. »Machen wir, daß wir von diesem Ding herunterkommen, ehe Sie noch andere Aktivitäten auslösen.«

»Ich bin ganz Ihrer Meinung«, antwortete Dorthy und rutschte die letzten Meter zur Rampe hinunter. Genau an der Biegung stand Andrews in seinem geöffneten Chamäleon-Umhang und winkte ihr zu. Während sie hinuntergingen, erzählte Andrews ihr, daß er ein paar Männliche nach oben hatte laufen sehen. »Sie verstehen sicher, daß ich in meiner Deckung blieb. Was genau ist denn geschehen?«

»Sie wollen nicht, daß man zu ihnen eindringt.«

»Gegen Ramaros Sonden hatten sie aber anscheinend nichts. Ich habe versucht, ihn ans Mikro zu bekommen. Auch Angel meldet sich nicht. Glauben Sie, daß die Hausmeister unser Kommunikationsnetz hochgejagt haben?«

»Ja – wenn es nicht abgeschaltet war. Die neuen Männlichen, Ihre Hausmeister, benutzten die Trägerwelle zum Absetzen eines Impulses gegen alles, was sich außerhalb der Burg rührte. Deshalb habe ich verlangt, daß ihr die Funkgeräte abschaltet. Ich weiß nicht, was die Hüter sonst noch gemacht haben.« Sie berichtete ihm von ihrem Häscher und seiner geistigen Versklavung.

Andrews sah sie ungläubig an. »Der Hausmeister wurde von etwas gesteuert – wie von einer Sonde? Und was hat ihn gesteuert? Ach ja, die bewußte Intelligenz natürlich, die Sie schon in der Sinkkapsel erfaßt haben wollen.«

»Ja, ich glaube, sie war es.«

Andrews kratzte sich am Kopf. »Aber wozu ...?«

Er blieb stehen. Ein Stück voraus sahen sie eine ihrer Überwachungssonden. Oder das, was davon noch übrig war. Die ausgebrannte Hülle lag am Rand der Rampe. Aus den völlig verbogenen Antrieben kräuselte noch leichter Rauch in die Luft. Der mittlere Abschnitt war weggesprengt.

»Sieht so aus, als seien die Antriebszellen hochgegangen«, meinte Andrews und ging in die Hocke, um das Wrack näher zu inspizieren. Dann richtete er sich wieder auf. »Ich habe ein ungutes Gefühl wegen Ramaro und der Crew. Kommen Sie.«

Sie folgten der Spirale nach unten, ohne weiteren Männlichen zu begegnen, und überquerten die große Plaza. Die Bewußtseinsstruktur, die Dorthy beinahe unter ihre Kontrolle gebracht hätte, war fast ganz verblaßt, ohne Spuren zu hinterlassen.

Dorthy lief hinter Andrews her. Vor ihnen dehnte sich der Damm.

»Organismen«, sagte sie, während sie, das schlammige Wasser zu beiden Seiten betrachtend, weiterging. Andrews hantierte an seinem Empfänger herum. »Warum, zum Teufel, meldet Angel sich nicht?«

»Sie löst Eisen aus dem Felsuntergrund, kann aber keine organischen Komponenten ansammeln. Wenn sie sie benötigt, muß sie sie regelrecht anbauen.«

»Wovon reden Sie überhaupt. Himmel, ich bekomme aber auch rein gar nichts herein.«

»Von der Burg. Sie wächst, verändert sich. Oder die neuen Männlichen ändern sie, formen sie. Sie hatten recht – irgendwie ist sie lebendig.«

Andrews hörte ihr nicht zu. Er war kurz vorm Ende des Dammes stehengeblieben und zeigte nach oben. Dorthy hob die Augen und sah über die ungleichmäßigen Terrassen mit ihrem Baumbestand hinweg zu den Gipfeln des Kraterwalls, die sich schwarz gegen den Sternenhimmel abhoben. An einem Punkt unterhalb der Spitze leuchtete eine gezackte Feuerzunge, auf diese Entfernung kaum größer als ihr Daumennagel. Weiter unterhalb glühten rote Punkte wie Blütenblätter um einen gelb leuchtenden Kelch, der allmählich dunkler wurde.

Plötzlich begann Andrews zu laufen und hastete mit überraschender Schnelligkeit über den Grasstreifen. Der Lichtschein von der Burg warf einen langen Schatten vor ihm her. Trotz ihrer Erschöpfung eilte Dorthy ihm nach. Der Chamäleon-Umhang flatterte um ihre Knöchel. Aber ehe sie den Waldsaum erreichte, war Andrews schon lange zwischen den Bäumen verschwunden, und sie folgte ihm durch die Dunkelheit des Laubdaches, wobei sie ihr TALENT gleichzeitig zum Sehen, Hören und Tasten einsetzte. Schließlich fand sie Andrews am Rand der kleinen Lichtung, auf der sie den Chopper geparkt hatten. Er hielt Angel Sutter in den Armen.

»Ich habe nicht gewagt, das Funkgerät wieder einzuschalten«, sagte die große Frau. »Habt ihr es nicht gesehen? Ihr habt es wirklich nicht gesehen?«

»Es ist die Basisstation, nicht wahr?« keuchte Dorthy völlig außer Atem. Ein metallischer Geschmack lag ihr auf der Zunge.

Sutter machte sich von Andrews' Armen frei. Es war so dunkel, daß Dorthy den Ausdruck im Gesicht der Frau nicht erkennen konnte, aber sie las ihre verzweifelte Furcht auch so deutlich genug mit Hilfe ihres TALENTS.

»Ich habe durch den Feldstecher verfolgt, was ihr macht. Das ganze Ding dort drüben geriet durcheinander – als ob man mit einem Stock in einem Termitenhügel herumstochert.« Deutlich hatte sie das Bild vor Augen, wie sie als Kind mit viel Mühe einen der zementharten Erdhügel geöffnet hatte. Die wild durcheinander krabbelnden Insekten, weiß, blind, fremdartig, hatten sie sehr erschreckt. »Und dann war da dieses Feuerwerks-Display.«

»Ich habe es zum Teil mitbekommen.«

»Gleich danach ist der Platz, wo unser Lager stand, einfach in die Luft geflogen. Der Blitz der Explosion wurde von den Türmen der Burg zurückgeworfen. Er war sehr grell. Später habe ich mit dem Glas das Lager gesucht, aber es war verschwunden. Das Felsplateau, auf dem es stand, ist nur noch eine einzige Gesteinsschmelze, vergleichbar einem Lavastrom. Ich denke, es war ein Laser, denn noch ungefähr eine Minute danach war die Luft voller Ionisations-Spuren.«

»Ein Röntgen-Laser«, erklärte Andrews. »Ein sehr starker Röntgen-Laser, vielleicht sogar ein purer Gammastrahl. Zu schnell, um die Bombe auszulösen. Er dürfte das Camp innerhalb einer Pico-Sekunde verdampft haben. Ohnehin war dieser verdammte Bomben-Computer nicht auf die Licht-Displays in der Burg programmiert, sonst wären wir alle schon längst hochgegangen.« Über Sutters Schulter sah er zu dem hohen Felsplateau hinüber und beobachtete die schwächer werdende Feuerblume. Dann riß er sich von den Anblick los, stieg geduckt in die Kuppelkabine des Choppers und begann am Funkgerät die toten Freqenzen abzusuchen. Dorthy schälte sich derweil aus ihrem blutbesudelten Umhang, hockte sich auf den Boden und versuchte, das getrocknete Blut an ihrer rechten Hand abzureiben. Spürbar enttäuscht schaltete Andrews schließlich das Funkgerät aus und blieb stumm sitzen – ein heller Schatten in der Dunkelheit der Kabine.

»Wir sollten besser von hier verschwinden«, sagte Sutter ruhig. »Jesus, es ist, als ob wir die Büchse der Pandora geöffnet hätten.«

»Laßt mich überlegen«, meinte Andrews aus der Kabine heraus. »Dorthy, wußten die Hausmeister von unseren Schiffen im Orbit?«

Die Gefahr aus den Sternen … »Ich glaube schon.«

»Verdammt. Ich hoffte …« Er stieg aus der Kabine und begann unruhig die kleine Lichtung abzuschreiten. Nach einer Minute sagte er: »Es ergibt keinen Sinn. Warum sollten sie erst die kleinere Gefahr beseitigen, auch wenn diese greifbarer ist. Mit einem solchen Laser hätten sie ohne weiteres das Orbital-Kommando aus der Umlaufbahn pusten können. Als ob die Hausmeister uns provozieren wollten, einen Angriff gegen sie zu starten.«

Dorthy erinnerte sich wieder an den kurzen Einblick in das Bewußtsein ihres Häschers und den überdeutlich spürbaren Befehl, diese ganze Welt in einem Flammenmeer aufgehen zu lassen.

»Vielleicht sind sie verrückt, Duncan. Vielleicht ist es nur das«, meinte Angel Sutter.

Er blieb stehen und seufzte. »Das ist kaum eine passable Erklärung für ihr Verhalten.«

»Wie immer die Wahrheit aussehen mag – wir können nichts tun. Der Kampf ist nicht unsere Aufgabe. Dafür ist die verdammte Navy zuständig.«

»Es ist schon deshalb mein Kampf, weil ich weiß, was die Navy tun wird, Angel«, erwiderte Andrews. »Soll ich dir ein Geheimnis verraten, Dorthy? Oder wissen Sie, was ich sagen will?«

»Warum sie das ›Blockhaus‹ in Camp Zero gebaut haben? Nein, ich kann es nicht genau erkennen. Mein TALENT wird schwächer.«

»Dann hört mir mal gut zu – alle beide!« Seine Stimme klang ganz ruhig durch die Dunkelheit. »Die Navy hat für den Fall, daß die Dinge hier und der FEIND außer Kontrolle geraten, einen Ersatzplan in der Schublade. Das ›Blockhaus‹ ist das Schlupfloch für den letzten aller Fälle, und ich glaube, der wird eintreten. Ziemlich bald sogar. Diese Kreaturen da draußen werden es nicht bei diesem einmaligen Schlag belassen. Sie bauen die Burg weiter aus, verändern sie, und werden bald alles über uns herausgefunden haben. Vielleicht war die Zerstörung des Camps nur ein erster Test. Ich weiß es nicht. Wir sind die Feinde, die Eindringlinge – und ihre Aktionen sind nur die Antwort auf unser Erscheinen. Habe ich das richtig ausgedrückt, Dorthy?«

»Sie stimmen jetzt auf einmal mit mir überein, daß die Hüter der FEIND sind?« fragte Dorthy zurück.

»Ist das noch wichtig?«

Sutter mischte sich ein. »Was ist mit diesem Ausweichplan?«

»Die Navy hat ein Schiff in einem sonnennahen Orbit, einen umgebauten Frachter, ein Robotschiff – mit Phasenantrieb.« Als weder Dorthy noch Sutter darauf etwas sagten, fuhr er mit ausdrucksloser Stimme fort: »Wenn innerhalb einer Schwerkraftanomalie ein Phasenantrieb gezündet wird, schiebt er das Schiff nicht in den Parallelraum. Die Abweichung der beiden Raumebenen ist dann zu groß. Statt dessen erfolgt eine Art Verpuffung, und für einen winzigen Moment verbinden sich die Energieebenen des Urraums und des Parallelraums miteinander. Dieser Stern da oben ist nun mal zufällig etwas instabil. Tatsächlich gab es bei unserer Ankunft hier eine kleinere Eruption, eine sprunghaft ansteigende Sonnenaktivität über 130 Stunden. Sozusagen ein kleiner Schluckauf der Sonne. Aber der Phasenantrieb kann die ganze Struktur dieses Sterns da oben zerplatzen lassen wie eine überreife Melone. Die Folge wäre eine große, eine entsetzlich große Eruption mit einer unfaßbaren Fülle von chemischen Radikalen und heißen Partikeln, die über zwei Millionen Kilometer weit reichen und diese Welt hier völlig sterilisieren würde. Das ›Blockhaus‹, die Kommandozentrale in Camp Zero, ist so eine Art ›Heldenbunker‹. Ihr wißt sicher, was ich damit meine. Chung und alle anderen werden sich darin verkriechen, bis die Eruption sich abgeschwächt hat. Das dauert vielleicht fünfzig, sechzig Tage. Jedenfalls lange genug, um die ganze Oberfläche zu rösten. Danach wird die Camp-Besatzung mit Schiffen evakuiert.«

»Und die Navy glaubt wirklich, daß sie so mit dem FEIND fertig wird?« Dorthys Stimme klang skeptisch.

»Sicher. Aber seht euch das Ding da drüben doch an. Die Hausmeister waren kaum ein paar Tage in der Burg und haben schon entscheidende Fortschritte gemacht. Wozu werden sie wohl in zwei weiteren Wochen fähig sein? Das sollen Sie mir verraten, Dorthy. Wir kennen nicht mal das, wozu sie im Moment in der Lage sind. Das da ist kein Gebäude. Darin habe ich mich wohl geirrt. Das da ist ein Waffe. Die ganze Konstruktion ist eine verdammte Waffe.«

Angel Sutter lachte. »Also muß man sich sofort um sie kümmern. Das ist es doch, was du sagen willst, oder? Jesus, Dorthy hat recht. Die Hüter sind der FEIND!«

»Ich weiß nicht, ob ich damit richtig liege«, warnte Dorthy.

»Ich will aber auch nicht hier herumstehen und darüber debattieren. Duncan, wir sollten von hier verschwinden, ehe sie merken, daß sie uns übersehen haben«, drängte Sutter. »Zum Teufel, nun komm schon! Wir sind ihnen hier viel zu nahe.«

»Okay, wir ziehen uns auf die andere Seite des Kraterrandes zurück.« Andrews zögerte. »Ich habe euch nämlich noch nicht alles erzählt.«

Andrews übernahm das Steuer und flog dicht über dem dunklen Wald zum Gebirgswall des Kraters hinüber. Dorthy hatte sich auf den Rücksitz gezwängt und beobachtete, wie die Lichter der Burg allmählich kleiner wurden. Sie wartete darauf, daß etwas geschah.

Es geschah nichts.

Von oben wirkten die schroffen Gipfel des Gebirges sanfter und abgerundeter, und als der Chopper an Höhe gewann, bemerkte Dorthy, daß Dunststreifen an den Hängen und Klippen hinunterflossen wie Flüsse oder Bäche. Sie spürte, während sie in die Wolken hineintauchten, daß Angel Sutters innere Anspannung etwas nachließ. Andrews hockte über den Steuerknüppel gebeugt in seinem Sitz. Er flog mit Radar. Nach einer Weile sagte er: »Wir sind drüben. Ich werde gleich landen.«

»Flieg doch einfach weiter, Duncan«, bat Sutter. »Wir können hier ja doch nichts mehr tun.«

»Hier vielleicht nicht«, bestätigte Andrews. Im selben Moment fiel Dorthy wieder ein, was sie im Bewußtsein ihres Kidnappers entdeckt hatte, nachdem es von seinem Über-Ich befreit war. Den Rückstand, den Schlüssel zu allem!

Der Chopper landete neben dem Quellbach des Flusses, an dem Dorthy zum Paß aufgestiegen war. Wie lange lag das jetzt schon zurück. Nebelschleier schwebten niedrig über dem nassen Schiefergestein. Die untergehende Sonne hing nur als verwischtes, farbloses Auge im Dunst. Der Wind heulte laut um die Kabine. Andrews rief das Biologenteam tiefer unten im Wald an den äußeren Hängen des Kraterrandes und informierte Jose McCarthy in knappen Worten über die Ereignisse. »Kehrt um und macht Chung Meldung davon«, befahl er und unterband sofort den Protest des Mannes. »Es gibt nichts, was ihr hier noch tun könntet, wirklich. Ich wünschte bei Gott, es wäre anders. Wir werden in zwei Tagen nach Camp Zero zurückkehren. Vergewissern Sie sich, daß Chung das auch richtig verstanden hat. In zwei Tagen!«

Er schaltete das Funkgerät ab.

Neben ihm hieb Sutter mit der Faust auf die Armlehne. »Was, zum Teufel, soll dieser Mist?« rief sie mit ungläubiger Stimme.

»Ich werde jetzt etwas essen«, verkündete Andrews knapp und öffnete den Ausstieg. Ein kalter Wind fegte in die Kabine. Sutter fuhr herum und musterte Dorthy mit durchdringendem Blick. »Sie wissen, was er jetzt wieder vorhat, stimmt's?«

»Sie könnten ihn doch nicht davon abbringen.«

»Himmel, als ob ich das nicht wüßte. Vielleicht sollte ich jetzt einfach wieder starten. Was meinen Sie?«

Trotzdem folgte sie ihrem Geliebten nach draußen.

Dorthy drehte die Heizung in ihrem Overall voll auf. Frierend schlug sie mehrmals die Arme um den Oberkörper. Der Wind war eisig. Das getrocknete Blut auf ihrer Hand war weitgehend abgeblättert, saß aber noch als schwarzer Rand unter jedem Fingernagel. Andrews schien die Kälte nicht zu stören. Er war ja auch an einer kalten Küste geboren. Der Wind zerrte an seinen sandfarbenen Haaren, während er aus einer Selbstwärm-Dose eine Notration verzehrte. Sutter lief auf dem nackten Felshang oberhalb des Chopper-Landeplatzes herum. Ihre Gestalt verschwamm halb im Nebel. Dorthy beobachtete sie und versuchte dabei, ihre Nägel und die Fingerglieder vom getrockneten Blut zu säubern. Nach einer Weile sagte Andrews: »Kommen Sie, nehmen Sie einen Schluck davon.«

Dorthy saugte an dem Metallmundstück. Der kleine Flakon enthielt öligen Schwarzbrand-Rum, der ihr im Hals kratzte. Sie verschluckte sich und hustete, schaffte es mit Mühe, sich zu bedanken.

»Wie geht es Ihnen?«

Sie hielt die blutverkrustete Hand hoch. »Etwas Wasser wäre jetzt schön, um mich von diesen Überbleibseln meiner Heldentat zu befreien.«

»Sie können immer noch aus der Sache aussteigen. Wirklich.«

»Warum sind Sie dabei?«

»Sie müssen wissen, daß die Föderation für das Vorwärtskommen aller und zum Wohle aller gegründet wurde.« Sein Gesicht bekam einen nachdenklichen, leicht schwermütigen Zug. »Vermutlich sind Sie zu jung, um sich noch daran erinnern zu können. Zu dieser Zeit hatten die Leute noch hochfliegende Gefühle und Ziele. Erde hatte Elysium aus der Barbarei, in die wir zurückgefallen waren, herausgeholfen – zumindest in Namerika. Ich bin alt genug, um mich noch an die letzten Zuckungen des Interregnums zu erinnern, nachdem wir für über vierhundert Jahre jeden Kontakt zur Erde verloren hatten. Die meisten anderen Kolonialwelten waren in der gleichen Situation. Und dann kamen die Schiffe von Erde, und mit dem Phasenantrieb stand uns plötzlich das Universum offen. Natürlich waren wir dankbar. Es war plötzlich nicht mehr notwendig, zwölf Jahre oder mehr bei einem Einfach-Flug verschlafen zu müssen. Hier öffnete sich ein Weg für weitverzweigte Geschäfte, für die Erforschung neuer Welten. Gefühlsüberschwang, Idealismus, die Geburt der Föderation für die gemeinsame Erschließung dieser neuen Welten – es waren phantastische Zeiten, Dorthy, große Tage. Doch schon bald begann der Zusammenhalt zu bröckeln, als deutlich wurde, daß Erde den größten Nutzen aus der Föderation zog – und ganz besonders Groß-Brasilien. Wir hatten die Rohstoffe, und Erde nahm sie sich einfach für lächerlich geringe Gegenleistungen. Und was das Universum betrifft – nun, wir sind jetzt am äußersten Punkt unserer Erkundungen angelangt. Und trotzdem sind wir hier nicht weiter von Erde entfernt als Elysium. Zwei neue Welten haben wir innerhalb von fünfzig Jahren kolonisiert, das ist alles. Die Amerikaner und Russen haben damals mit ihren Spielzeug-Raumfahrzeugen und Kolonie-Schiffen, die nicht mal Lichtgeschwindigkeit flogen, mehr erreicht. Ich höre immer so viel von Mäßigung, von Vorsicht. Gewöhnlich wird dann das Zeitalter der Verschwendung und des Überflusses als abschreckendes Beispiel angeführt. Der wahre Grund für diese langsame Fortentwicklung – um nicht von Stillstand zu sprechen – ist die Befürchtung von Erde, die Kontrolle über alles zu verlieren, wenn die Leute sich aus dem bekannten Raum in alle Himmelssphären verstreuen und sich ansiedeln, wo immer sie einen Lebensraum und genügend Grund und Boden finden.« Er lächelte. »Aber bestimmt sind Sie momentan kaum in der Stimmung, sich eine Vorlesung über universelle Politik anzuhören. Ich muß mich bei Ihnen entschuldigen.«

»Ich wußte nicht, daß Sie auch in der Politik mitmischen.«

»Jeder, der Geld – wirklich großes Geld – hat, ist dazu verpflichtet. Selbst Kriminelle sind in diesen Zeiten auf willfährige Politiker angewiesen. Ich habe mich vor solchen Kontakten immer gescheut. Mein Vater hat auf dem Gebiet sicher mehr Erfahrung. Wie auch immer, nun bin ich hier und versuche, den Riegel zu öffnen, den die Navy vorgeschoben hat, in der Hoffnung, alles über den FEIND zu erfahren. Erschüttere das System und warte ab, was dabei herausfällt – das ist das Motto. Die Navy will verschweigen, alles unter Verschluß halten. Ich will enthüllen, offenlegen. Und Sie?«

»Und dazu brauchen Sie nur mein TALENT, nicht mich als Person.«

Er lachte. »Ich brauche dazu jeden, den ich kriegen kann.«

»Ich habe nie daran geglaubt, daß Leute völlig erklärbar oder leicht zu durchschauen sind, das wissen Sie. Auch wenn das im Moment mein Job hier ist.« Zumindest nicht mehr seit Hiroko und dem, was sie tat, nachdem Dorthy sie von der Ranch gerettet hatte... was sie damals noch für eine Rettungsaktion hielt, während sie in jener warmen Nacht im Gebüsch hockten, sich vor den Suchtrupps des Vaters versteckten und anschließend versuchten, durch dieses Netz zu schlüpfen. Auf diesem kalten Berghang einer fremden Welt sagte sie: »Übrigens gibt es da noch etwas, das ich Ihnen nicht erzählt habe, Etwas, das ich im Bewußtsein des Hüters gelesen habe, der mich überwältigte. Das geschah aber erst, nachdem er von diesem Etwas, das ihn kontrollierte, erlöst war. Das beherrschende Element war verschwunden, hatte aber ein Bild, ein Gefühl zurückgelassen. Ich glaube, es wollte, daß ich das Bild, das Gefühl fand.«

»Fahren Sie fort.« Andrews war plötzlich ganz Ohr.

»Das Gefühl, das Bild sagte zu mir: Du willst, du mußt zum Äquator zurückgehen, dorthin, wo das Radioteleskop steht! – Das war's, was ich noch erfassen konnte. Ich glaube, das ist der Ort, an dem man mich haben will.«

»Verdammt«, rief Andrews. »Ich wußte es...«

Grinsend streckte er den Arm aus. »Es ist doch schön, endlich mal recht gehabt zu haben. Glauben Sie, daß Ihre Entdeckung hier etwas mit dieser Intelligenz, oder was sonst Sie bei Ihrem Abstieg in der Sinkkapsel gesehen haben mögen, zu tun hat?«

»Vielleicht.« Dieses leuchtende Etwas am Rand des einfachen Netzes, welches das Bewußtsein des neuen Männlichen beherrschte!

Hatte es versucht, zu ihr vorzustoßen – in ihren Träumen? Oder waren die Träume die Überreste einer tieferen Beeinflussung? Dieser Gedanke jagte Dorthy einen Schauer über den Rücken. Warum wollte es sie in seinem Bau haben?

Sie senkte den Kopf vor Andrews' fragendem Blick.

Vom Hang her hatte Sutter beobachtet, wie sie miteinander sprachen. Als Dorthys abwesender Blick sie streifte, kam sie herunter, nahm Andrews die kleine Flasche aus der Hand und tat einen kräftigen Schluck. Glitzernde Wassertröpfchen hingen in ihrem krausen Haar. Sie atmete tief durch. »Schätze, ich werde raten müssen, in welches Höllenloch ich jetzt wieder meinen Hintern bewegen soll. Raus mit der Sprache, Duncan! Wohin, zum Teufel, gehen wir jetzt?«

»Zum Krater am Äquator. Zumindest bis an den Rand. Da draußen scheint es etwas zu geben, Angel, das man möglicherweise das Ende des Fadens nennen könnte, der das ganze Knäuel entwirrt. Ich möchte herausfinden, was es ist.«

Sutter sah Dorthy an. »Das haben Sie in der Burg herausgefunden?«

Dorthy nickte.

»Dann dürfte es wohl kaum was Hübsches sein.«

»Möglich. Andererseits sind da immer noch so viele Dinge, die wir lernen müssen. Bedenke, Angel, eine Million Jahre! Wir wissen immer noch nicht, wie sie die Welt hier in Bewegung versetzt haben, wo sie herkommen, was ihre Geschichte ist«, meinte Andrews. »Selbst wenn sie wirklich gefährlich sind – sind diese Erkenntnisse nicht das Risiko wert? Und sollte sich die ganze Sache als ein einziges Mißverständnis herausstellen, wäre es dann nicht die beste Lösung, alles aufzuklären und den Krieg bei BD Zwanzig zu beenden?«

»Ich denke, du bist ganz schön verrückt – wenn du mir diese Bemerkung gestattest. Du glaubst, Chung wartet, bis du wieder im Lager bist? Sie war über dich und deine Aktionen immer auf dem laufenden, Mann. Der Knopf ist da im Camp Zero. Sie wird nicht warten, bis du zurück bist. *Sie wird ihn drücken.*«

»Das glaube ich nicht. Das wäre politisch ein großer Fehler.«

Angel Sutter seufzte und ergab sich ins Unvermeidliche. »Ich denke immer noch, daß du verrückt bist. Du willst da so einfach reinspazieren?«

»Vielleicht ist es genau das, was uns rettet«, antwortete Andrews.

Sie ruhten sich sechs Stunden aus, ehe sie aufbrachen. Auf dem engen Rücksitz des Choppers bekam Dorthy nur wenig Schlaf, zumal Sutters Furcht und Andrews' kaum zu zügelnde Ungeduld gleichermaßen an ihrem Bewußtsein nagten und der Wind draußen laut um die Kabine heulte. Ihre kurzen Schlafphasen waren mit Träumen durchsetzt. Mehrfach schreckte sie aus dem Schlaf, weil sie wieder mit Kilczer durch rötlich erhellte Pinienwälder ging. In einem dieser Träume sagte er: »Ich werde bei dir sein, Dorthy. Du brauchst dir keine Sorgen zu machen. Es ist doch eine Einladung, nicht wahr?« Und als er sich ihr zuwandte, um ihre Antwort abzuwarten, sah sie, daß er sie mit den müden braunen Augen ihrer Mutter anschaute. Und sie erwachte mit ausgedörrtem Mund.

Der Chopper schwankte – aber nicht nur der Chopper. Es war der ganze Berghang. Der Dunst hatte sich ein wenig gelichtet und ließ ein Stück leuchtendroten Himmels durchschimmern, von Zirren so gekräuselt wie die Unterseite einer sonnenbeschienenen Meeresoberfläche.

Sutter und Andrews waren schon wach, und als Dorthy fragte, was los sei, röhrten die Zwillingsantriebe über der Kabine auf. Sie wiederholte ihre Frage lauter. »Ich weiß es nicht«, rief Andrews nach hinten. »Aber ich werde nicht so lange warten, bis ich es weiß.«

Seine letzten Worte gingen im Dröhnen der zusammenbrechenden Felswände weiter unterhalb fast unter. Dorthy bemerkte, daß der Quellfluß plötzlich versiegt war.

»Beeil dich, Duncan! Bring die Mühle endlich hoch!« rief Sutter. Wie zur Antwort auf ihre Aufforderung stellten sich die Antriebe senkrecht und gaben Schub. Der Chopper schoß in die Höhe, stieß durch die Wolken und entfernte sich vom Kraterhang. Dorthy drehte sich um und sah die Gipfel des Kraterwalls als dunkle Silhouetten gegen das gleißende Licht, das die Kabine in einen rötlichen Schein tauchte. Andrews fluchte, und Sutter sagte beinahe ehrfürchtig: »Jesus Christus ...«

Es war, als stünde die ganze Kaldera in Flammen, dachte Dorthy und kniff die Augen gegen das grelle Licht zusammen. Es muß so sein ... Trotzdem fühlte sie keine Hitze im Gesicht. Das Licht füllte das Innere des Kraters, stieg höher und höher wie ein immenser Scheinwerfer, der die Sterne absucht. Flackernde Goldflecken sprenkelten sein klares Rot und schienen wie die Spermatozoen im männlichen Samen in die Höhe auszuschwärmen.

»Was, zum Teufel, ist das?« Wie eine Ölschicht reflektierte das Licht auf Sutters dunkler Haut.

»Was es auch ist, es hat keine Auswirkungen auf die Instrumente. Wahrscheinlich ist es nur Licht.«

Nur Licht ... Als wenn das so einfach wäre, dachte Dorthy und verfolgte, wie die riesige Säule zurückblieb, während der Chopper davonschwebte – von einem Mysterium zum nächsten.

Vierter Teil

DER KERN

Sie näherten sich dem Ort, an dem das Radioteleskop stand, einem flachen, symmetrischen Kegel, der sich dunkel gegen den blanken Sternenhimmel abhob. Der Schein der Sterne überstrahlte beinahe das Licht der untergehenden Sonne.

Andrews steuerte den Chopper in niedriger Höhe über das tote Land darauf zu. Im Gegensatz zu Sutter schien er keine Angst zu haben, oder er verbarg seine Furcht geschickt hinter der Begeisterung des Forschers, der ein unerschlossenes Gebiet betritt. Dorthy selbst empfand nichts, nur ihre Hände zitterten leicht. Wahrscheinlich aus Erschöpfung. Jedenfalls redete sie sich das ein. Andrews hatte auf halber Strecke des rund zweistündigen Fluges eine Stimulationstablette geschluckt (was Dorthy ohne den Robotdoc, der ihr anzeigte, was eine solche Tablette in der Biochemie ihres Implantats anrichtete, nicht wagte) und tippte beim Fliegen mit dem Daumen monoton auf den Steuerknüppel – ein deutliches Zeichen seiner hochgradigen Nervosität. Sein Blick wanderte in gespannter Erwartung zwischen dem Radarschirm und der Landschaft draußen hin und her. Wenig später drosselte er die Antriebe und leitete einen langen Gleitflug ein, wobei er das Ende eines gewundenen Canyons als Ziel auf den Radarschirm programmierte. »Dort ist eine Erhebung, die den Chopper gegen den Krater abschirmt. Etwa zwei Kilometer vor dem Hang werden wir landen. Fühlen Sie sich zu einem längeren Aufstieg in der Lage, Dorthy?«

»Ich würde mich zwar lieber von Ihnen hinauftragen lassen, aber ich werde mein Bestes geben.«

»Meinetwegen kannst du mitten im Krater landen, aber ich garantiere dir, daß ich auf euch ein verdammt gutes Stück vom Landeplatz entfernt warten werde«, erklärte Sutter.

»Angel, ich danke dir«, antwortete Andrews ironisch. Er wandte sich an Dorthy. »Sie können immer noch aussteigen, ohne sich deswegen schämen zu müssen.«

»Das ist nicht der Grund, weshalb ich mitmache.«

»Freut mich zu hören.« Andrews tippte ein paar Eingaben in den Bordcomputer. Die Triebwerke verloren noch mehr Schub. Im letzten Moment fing Andrews den Chopper ab und senkte ihn zu Boden, wobei die Antriebe träge Staubwolken aufwirbelten.

Angel Sutter zwängte sich wortlos aus der Kabine und verhielt sich auch beim Entladen von Dorthys und Andrews' Ausrüstung ungewohnt still. Sie brauchten nur wenige Minuten.

»Viel Glück«, sagte Sutter. »Geben Sie auf ihn acht, Dorthy. Ich erwarte euch in dreißig Stunden zurück. Ich gebe euch keine Minute länger. Es ist ein verdammt weiter Flug zurück nach Camp Zero.«

»Stimmt«, brummte Andrews, reichte Dorthy eine Signalrakete und befestigte eine weitere an seinem Gürtel. »Halte nach uns Ausschau, Angel, und schlaf nach Möglichkeit nicht dabei ein …«

»Hier draußen? Machst du Witze? Ich werde nicht mal wagen zu blinzeln. Haltet euch nur an den Zeitplan – oder ihr müßt zu Fuß nach Hause laufen«

»… und halte deinen Kopf unten«, fuhr Andrews fort, umarmte sie und flüsterte ihr etwas ins Ohr, das Dorthy nicht verstand. Im nächsten Moment umschlang Angel Sutter seinen breiten Brustkorb. »Sei um Gottes willen vorsichtig«, wisperte sie gegen seinen Hals.

Verlegen drehte Dorthy sich um und sah zum Kraterhang hinüber. Hoch oben konnte sie die Baumgrenze noch gerade eben erkennen.

Der Krater selbst war viel kleiner als der, aus dem sie mit knapper Not entkommen waren. Seine Hänge waren nur dünn bewaldet.

»Kommen Sie.« Dorthy folgte Andrews. Nur einmal drehte sie sich um. Sutter stand noch immer neben dem Chopper. Doch konnte Dorthy im Dämmerlicht nicht erkennen, ob die Frau ihnen nachschaute.

Andrews übernahm die Führung. Das Gewehr, das er gegen Dorthys Einwände mitnahm, hatte er über die Schulter gehängt. Er schaute sich kein einziges Mal um – auch dann nicht, als der Chopper abhob und auf der Suche nach einer sicheren Deckung in die Ebene hinausflog.

Der Hang, aus der Luft gesehen glatt und nur sanft ansteigend, entpuppte sich als rauhes, zerklüftetes Gelände mit lockeren Geröllhalden und sich plötzlich auftuenden Felsspalten. Das schwächer werdende Licht machte den Aufstieg nicht leichter. Mehrmals lösten die beiden einsamen Wanderer kleine Geröll-Lawinen aus, die in der totalen Stille mit lautem Getöse zu Tal rollten. Nichts regte sich außer den Schatten der Felsen, die kaum wahrnehmbar länger wurden, je mehr sich die Riesensonne dem Horizont zuneigte und zu einem dunstigen Lichtband schrumpfte, das die halbe Welt wie ein Gürtel umgab.

Laut Dorthys Zeitmesser war es nach Mittag, als sie die erste Vegetationszone erreichten, vereinzelte baumartige Gewächse, welche sich mit ihren Wurzeln an die wenigen Flecken knochentrockener Erde klammerten, die sich im Lauf der Zeit in den Lavaspalten gesammelt hatte. Die beiden Wanderer machten für ein paar Minuten Rast, verzehrten etwas Konzentrat und nahmen einige Schlucke aus ihren tragbaren Spendern. Dorthy schaute zur dunklen Baumgrenze hinauf und fragte sich, ob sie schon jetzt den Antiblocker für ihr TALENT einnehmen sollte. Nein, noch nicht. Nur Geduld!

Geduld und Ruhe. Bei ihrem größten und gefährlichsten Einsatz würde sie beides dringend brauchen.

»Woran denken Sie im Augenblick?«

»Ich denke, Sie sollten mich wirklich tragen.«

»Ich bin froh, daß Sie mitmachen, Dorthy – aber so froh nun wieder auch nicht. Glauben Sie, es ist da oben?«

Sie verstand, was er sagen wollte. »Ich habe den Antiblocker noch nicht geschluckt. Ich warte damit, bis ich genau weiß, wann ich ihn einnehmen muß.«

»Sie sind doch vorher schon ohne ausgekommen – auch auf größere Entfernungen.«

»Stimmt, aber da befand ich mich auch in Trance, in einer Art Hypnose. Ich glaube nicht, daß ich vorher jemals so sensitiv gewesen bin, werde es hoffentlich auch nie mehr sein. Es war, als ob ich versuchte, völlig nackt auf der glühenden Sonnenoberfläche stillzustehen.«

Andrews sah zu ihr hinüber. Seine Gestalt war nur ein Schemen neben einem Felsblock vor dem Hintergrund des sternengesprenkelten Himmels. Sie ahnte, daß er lächelte. »Wie es scheint, mögen Sie Ihr TALENT nicht sonderlich.«

»Das könnte stimmen.«

»Obwohl es nicht Sie selbst sind, die ihm ausgesetzt ist. Wir sind es. Jeder von uns ist offen für Sie, ist Ihrem TALENT ausgeliefert.«

»O nein, ich bin ebenso offen. Eure Empfindungen und Gedanken bombardieren mich buchstäblich. Tag und Nacht. Sie hämmern auf mich ein wie die Informationen von einem Dutzend Hypädia-Bändern, die gleichzeitig abgespielt werden. Ohne meine Selbstdisziplin, die mich befähigt, mich trotzdem auf meine einzige Energiequelle, auf meine Mitte zu konzentrieren, wäre ich schon längst verrückt geworden. Einige TA-

LENTE drehen tatsächlich nach einer gewissen Zeit durch.« (Einmal Bleiche, einmal ein scharfes Küchenmesser ... Aber damals war sie so viel jünger gewesen.)

»Ich habe zwei oder drei TALENTE kennengelernt«, meinte Andrews. »Sie waren schon verdammt seltsam.«

»Und ich?« Sofort bereute sie diese Frage.

»Nun, Sie stehen über allen Dingen, nicht wahr? Sie lassen es nicht zu, daß Ihnen weh getan wird. Deshalb weiß ich es auch zu schätzen, daß Sie mitgekommen sind. Das war ein schöner, menschlicher Zug von Ihnen. Recht selbstlos, wenn Sie verstehen, was ich damit meine.«

Er versuchte, nett zu sein, aber trotzdem war jetzt für sie ein Tiefschlag, was früher an ihrem Schutzpanzer aus praktizierter Indifferenz einfach abgeglitten wäre. Sie erinnerte sich, daß Arcady Kilczer einmal etwas Ähnliches gesagt hatte, und einen Augenblick lang sah sie sein Gesicht mit dem sanften, müden Lächeln wieder vor sich, erlebte nochmals seine charakteristische Geste, mit der er sich das widerspenstige Haar aus der Stirn zu schieben pflegte. Mit verkniffenen Lippen sagte sie: »Wir sollten weitergehen.«

»In Ordnung. Aber ich meinte, was ich sagte. Ich bin froh, Sie bei mir zu haben.«

Sie stiegen höher und wanderten bald unter niedrigen Bäumen entlang. Die Blätter waren ähnlich denen der Bäume in der Kaldera um die Burg herum länglich und gewunden. Die dicken Wurzeln krallten sich in den dünnen, steinigen Boden und bildeten an der Oberfläche ein wirres Muster aus holzigen Ranken.

Schließlich verflachte der Hang etwas, und die Bäume wichen einer Wiesenlandschaft mit den nun schon hinlänglich vertrauten Grasflechten.

In beiden Richtungen beschrieb der Hang unterhalb des Kammes eine leichte Rundung. Das symmetrische Becken jenseits des Kammes war mit einer tiefschwarzen Schicht überzogen, die zweifellos Radiowellen reflektieren konnte. Es hatte einen Durchmesser von etwa einem Kilometer, aber die Entfernung war im Dämmerlicht schwer zu schätzen. Über dem Zentrum hing offenbar der Antennenkomplex. Dicke Seile, an drei gewinkelten Strebepfeilern aufgehängt, hielten ihn in der Schwebe.

Andrews ging zum Beckenrand. Dorthy folgte ihm vorsichtig. Sie fühlte sich nackt und ausgeliefert. Irgendwo, da war sie sicher, war da ein Etwas, das sie beobachtete, sie abschätzte, den rechten Augenblick abwartete.

Andrews deutete auf den Einschnitt, der die entfernte Seite des Beckenrandes spaltete. Er glühte hell im roten Licht der untergehenden Sonne. »Das Orbital-Kommando machte Andeutungen, daß dort drüben etwas sein könnte«, meinte er und blickte durch den Feldstecher hinüber. Eine Minute später gab er ihn an Dorthy weiter. Das Bild war körnig, denn der elektrische Sichtverstärker war voll aufgedreht.

»Rechts – unter den Bäumen. Sehen Sie es?«

»Ja, ich sehe es.«

Ein Komplex niedriger Gebäude und Wälle zog sich an der steilen Innenwand des Beckens entlang, zum größten Teil unter Baumgruppen verborgen. Hier und da waren flache Türme unterschiedlicher Höhe zu sehen. Das ganze Gebilde sah aus wie eine seit langer Zeit verlassene, überwucherte Ruine.

»Kein Wunder, daß wir vom Orbit aus kaum etwas entdecken konnten«, sagte Andrews, als Dorthy ihm den Feldstecher zurückgab. »Erfassen Sie irgendwas?«

»Es ist, als würde ich beobachtet.«

»Zum Teufel, das kann sogar ich fühlen. Ist doch nur natürlich. Aber das ist es, Dorthy, das ist der Kern aller Dinge hier auf diesem Planeten. Kommen Sie, ich möchte mir diese Anlage aus der Nähe anschauen.«

Sie gingen auf den nächsten der drei Strebepfeiler zu.

Andrews schien vor Aufregung völlig aus dem Häuschen, Dorthy dagegen war noch vorsichtiger als gewöhnlich, gehemmt durch das immer stärker werdende Gefühl, daß etwas sie beobachtete. Obwohl Andrews es als etwas ganz Normales abtun wollte, war dieses Gefühl jetzt auf eine unheimliche Art real.

Aber nirgends Hüter, keinerlei Anzeichen tierischen Lebens!

Der Strebepfeiler entsprang am Rand des Hangs, der sich zur Mitte des Beckens hin verflachte – eine dicke, gewinkelte Säule, die ihrerseits wiederum von rippenartigen Stützstreben getragen wurde. Andrews kratzte mit dem Messer an der Außenhaut einer dieser Streben. Die Messerspitze drang mühelos in das Material ein. Andrews klopfte mit dem Griff dagegen. Es klang dumpf.

»Es ist jedenfalls kein Metall«, knurrte er, schabte etwas von der Außenhülle in ein Probenglas und testete dann mit seinem Körpergewicht eine der mit kleinen Widerhaken versehenen Streben, die sich spiralförmig um die Säule wanden. Dorthy beobachtete, wie Andrews sich bis zur Säule hochhangelte. Ihre Hände waren naß vom Angstschweiß. Andrews klammerte sich längere Zeit am Säulenende fest und hantierte an dem Kabel herum, das offensichtlich übergangslos in einem sanften Bogen zum unregelmäßig geformten Antennenkomplex hinüberführte und in einem Bündel von anderen Kabeln endete, das wirr über der Mitte des Kraterbeckens hing. Schließlich kam Andrews wieder herunter. Sein Gesicht glänzte vor Schweiß. Trotzdem lächelte er Dorthy in jungenhafter Begeisterung entgegen. »Ist schon eine heiße Sache. Scheint alles aus einem Stück gefertigt zu sein – Kabel wie Stützpfeiler.«

»Ist das alles, was Sie herausgefunden haben?« Dorthy war wütend auf Andrews, daß er sich dafür in Gefahr brachte. Er hatte riskiert, in die Tiefe zu stürzen, hatte riskiert, daß man sie entdeckte. Aber sie war ohnehin überzeugt, daß man, oder es, ihre Anwesenheit längst bemerkt hatte. Sie zwang sich dazu, ihre Stimme ruhig klingen zu lassen. Trotzdem zitterten ihre Hände beim Reden unkontrolliert.

»Sie müssen die Antenne ausrichten, das ist ganz offensichtlich. Also muß es auch einen Mechanismus geben, um das Ding zu drehen. Der Brennpunkt der Empfangsschüssel ist fixiert, daher muß sich die Antenne bewegen können, um Wellen aus verschiedenen Winkeln, aus den verschiedenen Himmelsabschnitten auffangen zu können.«

»Schön, aber vielleicht befindet sich die notwendige Maschinerie in den Antennen selbst. Keine Sorge, ich werde nicht hinüberkriechen, um das herauszufinden.«

»Ist es denn so wichtig zu wissen, wie das Ding bewegt wird?« Dorthy berührte eine der gewölbten Stützstreben. Sie fühlte sich warm an, und überraschend glatt, wie Seide.

»Ich weiß nicht, was wichtig ist. Also muß ich erst mal davon ausgehen, daß alles wichtig ist.« Andrews trat ein paar Schritte zurück »Bleiben Sie da stehen.« Rasch machte er sechs oder sieben Holos. Dorthy kniff vor den hellen Laserstrahlen die Augen zusammen.

Andrews packte die kleine Kamera wieder weg. »Ich werde Ihnen nach unserer Rückkehr eins davon geben, sozusagen als nettes Souvenir.« Dann wurde er wieder ernst. »Vielleicht sollten Sie Ihr TALENT allmählich aktivieren, Dorthy. Ich glaube, wir müssen wirklich dort hinüber, um etwas Neues zu erfahren.« Er deutete mit dem Daumen auf den Spalt im Beckenrand.

Dies wäre also der langerwartete Höhepunkt des ganzen Unternehmens. Alles andere – der Abstieg in der Sinkkapsel, der lange Marsch hinauf zur Kaldera, das Abenteuer in der Burg – war nur das Vorspiel gewesen. Dorthy nahm den Spender aus der Tasche, klickte sich eine Tablette in die Handfläche und schluckte sie ohne Flüssigkeit. Sie fühlte sie hineinsinken in die intime Dunkelheit ihres Metabolismus.

Es war getan.

Sie hatten den Einschnitt gerade erreicht, als Dorthys TALENT aufkeimte. Andrews' Gedanken kamen zuerst verwischt und unzusammenhängend, wurden aber mit jedem Schritt klarer, ein hüpfender Gegenpol zu ihren eigenen Gedanken, wie Notizen am Rand eines geschriebenen oder gedruckten Textes. Schließlich mußte sie eine Rast einlegen und hockte sich ein Stück vom Rand der Schlucht entfernt im Schutz zweier gegeneinander gestürzten Felsen nieder. Sie atmete tief durch und hielt die Luft an, atmete aus und fühlte, wie ihr Puls langsamer wurde, während sie von der äußeren Welt wegdämmerte. Andrews lief ruhelos hin und her und spähte durch die Schlucht in den langsamen Sonnenuntergang über der gelbbraunen Einöde, die sich jenseits der ausgetrockneten Klamm dehnte, zu der die Schlucht den Zugang bildete. Dichte Ranken wanden sich an der Klippe empor, bogen sich über den Rand und verschwanden im Unterholz des verkümmerten Waldes. Andrews hockte sich vor die Gabelung einer dieser Riesenranken, zog die Machete aus der Scheide und hackte ein-, zweimal auf das Gewächs ein. Das Holz splitterte ohne große Mühe. Plötzlich quoll Wasser aus dem Schnitt und störte mit seinem nur langsam verebbenden Gluckern Dorthys Versuch, sich endgültig in Trance zu versetzen.

Sie stand auf und ging zu Andrews hinüber, der, die Hände in die Hüften gestemmt, zusah, wie das Wasser einen kleinen, ausgetrockneten Spalt hinunterlief und von der Klippe in die Tiefe tropfte.

»Sehen Sie sich das mal an«, sagte er.

»Wollen Sie unbedingt, daß man uns schnappt?« fragte Dorthy.

»Wenn wir wirklich beobachtet werden«, meinte Andrews gelassen und drückte dabei mit der Machetenspitze die Schnittstelle der Ranke auseinander, »weiß man längst von unserer Anwesenheit. Haben Sie inzwischen schon herausgefunden, mit wem oder was wir es hier zu tun haben?«

»Ich habe mich sehr bemüht, aber Sie stören mich ganz beträchtlich dabei.«

»Tut mir leid«, antwortete er abwesend. »Sehen Sie mal, das hier ist eine Art Pumpe.« Er hatte eine faserige Membran herausgeschnitten. Andere hingen deaktiviert und sinnlos an der durchtrennten Verästelung. Das Wasser quoll nur noch tropfenweise heraus. »Ich will verdammt sein, wenn das nicht ein lebendes Bewässerungssystem ist. Die Ranken pumpen das Wasser von irgendwo hier herauf. Wie bei einem artesischen Brunnen. Es kann nicht völlig zurückfließen, es sei denn, die Bäume da hinten verdunsten keins bei ihrer Photosynthese.«

»Jetzt hören Sie mir mal genau zu.« Dorthy war jetzt wirklich wütend. »Sie wollten mich hier dabeihaben, sagten, es würde Sie freuen, wenn ich freiwillig mitkäme. Ich bin jetzt hier – aber ich kann mich nicht konzentrieren, wenn Sie sich nicht ruhig verhalten.« Sie war wütend, weil er sie nicht ernst nahm. Sein Herumlaufen bewies ihr, daß er trotz all seiner Fähigkeitsbeweise die Bedeutung ihres TALENTS immer noch nicht richtig einschätzte und es im Vergleich zu den scharfsinnigen Erkenntnissen der hohen Wissenschaft für ein zweitrangiges Instrument hielt.

»Offenbar habe ich einen schlechten Zeitpunkt gewählt, um Sie anzusprechen. Ich wollte mir nur etwas die Zeit totschlagen.«

Dorthy schaute zu den Bäumen auf der anderen Seite der Schlucht hinüber, zwischen denen die nackten Felswände durchschimmerten, und weiter zu den verstreut liegenden, fast gänzlich überwucherten

Gebäuden. Sie spürte dort etwas, einen sich bewegenden, nicht zielgerichteten Schimmer. Andrews wollte noch etwas sagen, doch sie fuhr ihm heftig über den Mund. Zu ihrer Überraschung war er danach wirklich still.

Sie konzentrierte sich und senkte sich in ihre Mitte hinab, weg von Andrews' Gedanken.

Und es brach über sie herein, noch ehe sie völlig darauf vorbereitet war – eine Woge sengender Intelligenz, die sie nur für einen winzigen Augenblick berührte, ehe sie abdrehte und immer schwächer wurde – wie der Schein einer Laterne, die in der Nacht hinter einer Hausecke verschwindet.

Aus der Dunkelheit dann plötzlich eine Stimme …

Eine spröde, männliche Stimme mit einem metallischen Nachhall, die mechanisch die Zeiten und Ziele von abfliegenden Shuttles herunterleierte. Dahinter, den leeren Zwischenraum füllend, das unablässige Stimmengewirr der Menge um sie herum, das Bewußtsein wie kleine Kerzen, die hinter der hohlen Hand flackerten, alle verschlossen, alle noch unbewußt …

Dorthy schulterte ihren kleinen Seesack und floh durch die wogende Menge der Fremden. Über ihrem Kopf schwebten riesige holographische Zeichen unter den grünen Glasscheiben des hohen Daches. Die Stimme von nirgendwo begann ihre Liste zu wiederholen. Grüne Scheiben wechselten mit Aluminium-Platten, die kaskadenförmig zum Ausgang verliefen.

Und dann war sie draußen. Trockenheißes Sonnenlicht strahlte vom leeren Himmel auf sie hernieder. Auf einer Seite glitt der Verkehr auf einer hohen Überführung dahin. Auf der anderen Seite bewegten sich Leute durch Reihen geparkter Taxen und Busse und Chopper. Andere Fahrzeuge stiegen auf oder schwärmten um den Platz wie Bienen um ihren Korb – um einen Korb aus silbrig schimmerndem Aluminium und grünem Glas, das im Sonnenlicht blitzte. Dahinter dehnte sich das dichte Netz aus hohen Strahlschutz-Wänden und Prallblechen des Raumhafens bis zum Horizont und gestattete nur einen Blick auf die Bugspitzen der größten Raumschiffe.

Nach den Jahren im Kamali-Silver-Institut waren die unbegrenzten Möglichkeiten schwindelerregend. Dorthy gelang es, ein Taxi heranzuwinken, und ließ sich zu ihrem Hotel fahren. Dabei betrachtete sie die Stadtlandschaft, weitschweifige weiße Gebäude in einem endlosen Raster baumgesäumter Straßen, die unter dem Kiel des Taxis dahinglitten. Aus dieser Höhe wirkte alles unwirklich, fast wie in einer Trivia-Show.

Unwirklich, dachte sie, aber diese Gefühl schwand allmählich. Mechanisch ließ sie die Prozedur der Registrierung über sich ergehen. In ihrem Zimmer angekommen, duschte sie und trat danach auf den Balkon hinaus. Die salzige Brise von der Küste wehte das Badetuch gegen ihre Beine. Eine geraume Weile beobachtete sie, wie die winzigen Segelschiffe durch die weite blaue Bucht kreuzten.

Erde.

Die Reise aus dem Orbit herunter, das Zerren der Schwerkraft, beinahe so stark wie im Institut, hatte sie für all die Wunder hier unten unempfänglich gemacht. Dorthy streckte sich auf dem großen Bett aus und zappte die Trivia-Kanäle durch, ohne etwas zu finden, das sie interessierte. Es war alles beruhigend vertraut, fast einschläfernd. Während eines Ausschnitts einer Raum-Oper – eine Frau war in die Fänge eines Wesens, das aussah wie eine Kreuzung zwischen Affe und Bär, geraten und wurde von ihm zum Dach eines unendlich hohen Gebäudes verschleppt – nickte sie dann wirklich ein und schlief trotz des Lichtgeflackers und der Dialoge aus dem Gerät tief und fest. Erst gegen Mittag des nächsten Tages wachte sie auf. Sie duschte und frühstückte. Danach zog sie sich an, steckte ihre Kreditscheibe ein und verließ das Hotel. Sie hatte nicht mal ihren Seesack ausgepackt.

Die Monoline zog sich wie eine mathematische Konstante durch die Zufallsgeometrie des Outback. Dorthy sah die Wüstenlandschaft vorbeigleiten. Die Trasse war mit feinem Staub bedeckt. Daneben öffneten sich die erodierten Kreise von Meteoriten-Kratern, dehnten sich lange Geröllhänge, und alles unter dem unendlich blauen Himmel zeigte die Farbe von getrocknetem Blut. Dorthy spürte keinerlei Regung. Alles Gefühl war in dem Dahingleiten des Zuges versickert. Keinen Moment lang hatte sie die Vorfreude empfunden, die man sonst hat, wenn man nach vielen Jahren heimkehrt. Ihr Zuhause war die kleine Apartmentwohnung in der Walfängerstadt an der Küste gewesen, nicht diese Rinderranch im Outback. Sie schlief ein wenig, nahm eine undefinierbare Mahlzeit zu sich, und schlief erneut. Erst als der Zug langsamer wurde und in die kleine Stadt einfuhr, erwachte sie.

Dorthy verließ als einziger Fahrgast den Zug und stand auf der glühendheißen Betonplattform des Bahnsteigs. Die Stadt, eine spärliche Ansammlung von Anwesen, jedes sattgrün unter seiner lichtdurchlässigen Glaskuppel, mit ausgedehnten Pflanzungen und dicht aneinandergereihten Silos in den Randbezirken, schien zu schlafen. Sie lag wie ausgestorben unter den vertikal einfallenden Sonnenstrahlen.

Der Fahrer des Bodenwagens, den Dorthy mit einiger Mühe anheuern konnte, war eine barsche, hagere Frau mit gebleichten Haaren, die sich hell von ihrem sonnengebräunten Teint abhoben. Der Wagen zog eine Staubfahne hinter sich her, als sie ihn auf der nicht mit Metall ausgekleideten Piste zur Ranch hinaussteuerte. Verkrüppelte Büsche wuchsen hier und da aus dem dürren, bräunlichen Grasboden, und weit und breit gab es keinen einzigen Baum. Einmal bemerkte Dorthy den ausgedörrten Kadaver eines Rindes. Die Fahrerin deutete mit dem Kinn hinüber. »Miese Gegend hier. Kaum Regen.«

Wenig später kamen sie an einer Herde ausgemergelter Rinder vorbei, die an einem flachen Wasserloch ihren Durst stillten. Das wenige Wasser lag wie ein kleiner runder Spiegel in einem ausgedehnten Schlammloch voller Hufspuren.

In der Ferne zeigten sich jetzt ein paar Bäume, dazwischen schimmerte die dunkle Oberfläche aneinandergereihter Solarzellen.

»Verwandte von Ihnen?«

»Das Land hier gehört meinem Vater«, antwortete Dorthy und spürte nun doch einen Hauch von Neugier – die sie ja ursprünglich auch hierher geführt hatte. Ihr Vater hatte die Ranch von dem Geld gekauft, das sie am Institut verdiente, ehe sie volljährig wurde. In seinen kurzen, unregelmäßigen Schriftwechseln – nicht einmal ein Holo hatte er ihr geschickt – hatte er ihr nie etwas über das Anwesen erzählt.

»Waren wohl noch nie hier draußen, stimmt's?« fragte die Frau. »Nehmen Sie 'nen guten Rat an, Mädchen. Machen Sie auf'm Absatz kehrt. Sind schon 'ne schlimme, verkommene Bande, die da!«

Dorthy dachte an Seyoura Yep und versteifte sich. Die Fahrerin stoppte am ersten Eukalyptusstrauch. »Viel Glück dann auch!«

Dorthy stieg in die Hitze hinaus. Die Frau drehte ihren Wagen auf seinem Luftkissen. Das Fahrzeug glitt davon.

Dorthy schulterte ihren Sack und marschierte los.

Das Anwesen bestand aus mehreren langgestreckten einstöckigen Gebäuden. Das Haupthaus hatte eine breite schattige Veranda. Irgendwann einmal war es weiß gestrichen gewesen, doch inzwischen war die Farbe weitgehend abgeblättert. Die Fläche darunter zeigte ein stumpfes Grau. Eine Reihe zerbeulter Trucks parkte im Unrat auf dem Vorplatz. In einer Ecke standen die ausgeschlachteten Wracks von drei weiteren

Fahrzeugen. Die Metallverkleidungen rosteten in der Nähe vor sich hin.

Was hat er denn hier gemacht? fragte sich Dorthy. *Ist das alles, was er geschafft hat?*

Ein angeketteter Hund sprang auf, als sie sich dem Haus näherte, und geiferte ihr irgendwelche Obszönitäten in der Hundesprache hinterher, während sie die Stufen zur Veranda hochstieg. Das verrottete Holz knackte unter ihren leichten Schuhen. Kaum war sie oben, stoben ein halbes Dutzend Kinder um die Hausecke auf den Hof, blieben in einem Halbkreis von wenigen Metern vor der Veranda stehen und starrten Dorthy an. Sie fragte sie nach Papa-san und sprach dabei nach mehr als zehn Jahren zum erstenmal wieder Japanisch. Nach einem kurzen Drängen und Schieben und Blicketauschen trat schließlich das älteste Mädchen vor. Sie verscheuchte mit der Hand die Fliegen von ihren tränenden, schmutzverkrusteten Augen und führte Dorthy durch einen schmutzige Diele zur Küche im hinteren Teil des Hauses. Dort weckte sie eine fette, schlampig gekleidete Frau, die in einer Ecke im Sitzen schlief. Wieder fragte Dorthy nach ihrem Vater, nach ihrer Schwester. Ihr anfängliches ungläubiges Staunen verwandelte sich allmählich in nacktes Entsetzen.

Aufgeregt deutete die Frau ein halbe Verbeugung an. »*Gomen nasai, gomen nasai.* Es tut mir leid. Sie sind die Tochter, welche Ehre! Wenn wir doch nur gewußt hätten, wann Sie kommen. Sie schlafen alle, verstehen Sie? Die Hitze! Wir schlafen hier am Tag. Setzen Sie sich doch bitte«, fügte sie hinzu und schickte das Kind, um Dorthys Vater zu holen.

Dorthy hockte sich auf ein schmieriges Kissen und wartete. Während dessen schlurfte die Frau hin und her, um eine Schüssel *misoshuri* vorzubereiten. Denn natürlich mußte der geehrte Gast bewirtet werden. Das gebot die Höflichkeit.

Dorthy fühlte ihr Herz immer schwerer werden. Hier

und jetzt wurde alles für sie real, und es war weit schlimmer, als sie erwartet hatte. Die Suppe war lauwarm und fade. Trotzdem zwang sie aus Höflichkeit ein paar Löffel hinunter. Die Frau, die sie verstohlen beobachtete, schüttelte plötzlich den Kopf, sagte: »Er kommt«, und huschte davon.

Dorthy drehte sich um und erhob sich langsam.

Nackt bis zur Hüfte, das Haar wirr im Gesicht hängend, stützte sich ihr Vater mit einer Hand gegen den Türrahmen. Mit dem Rücken der anderen Hand fuhr er sich über die Augen. Das Gesicht war grau vor Schmutz, die nackten Füße fast schwarz. »Schön, dich mal wiederzusehen, Tochter«, knurrte er heiser. »Hatte mir eigentlich vorgestellt, dich so richtig schön willkommen zu heißen – mit allem Drum und Dran. Konnte ja nicht ahnen, daß du so rasch hier sein würdest. Wie du siehst, hat's hier ein paar Probleme gegeben ...«

Dorthys Entsetzen wandelte sich in Wut und Verachtung. »Das ist alles, was du für das Geld vorzuweisen hast, das ich dir schickte?«

Verblüfft über ihren direkten Angriff murmelte er etwas von einer Dürre, von mehreren Dürren, und begann stotternd eine Litanei von Klagen über Vorurteile und Schikanen herunterzubeten, jammerte über Vieh- und Pflanzenkrankheiten. Er war halbbetrunken und stank nach Reiswein.

Er wurde streitsüchtig. »Wie armselig hier alles ist, weiß ich gut genug. Und dir muß es noch weit armseliger vorkommen – von da, wo du herkommst. Aber es ist dein Zuhause, und du bist wie ein *chonan* für mich, Dorthy-san. Eher ein Sohn als eine Tochter, bei all der Ehre, die du deiner Familie gemacht hast. Dies hier ist dein *uchi,* wo du hingehörst. Wir müssen eben alle hart arbeiten.«

»Dies hier ist wahrlich keine Ehre für mich«, antwortete Dorthy kalt. Der Zorn schnürte ihr beinahe die Kehle zu. »Für mich ist das hier nicht *uchi.* Es ist *onbu,* von meinem Geld bezahlt – und du hast alles verkommen lassen.«

»Du weißt eben nicht, wie das hier ist …«

Ihr Vater schlurfte zum Wasserbecken in der Ecke, hielt seine Hände unter den Strahl und fuhr sich durchs Gesicht. »Seit die *okaa-san* gestorben ist, bin ich ein gebrochener Mann, Tochter.« Er strich sich über den Brustkorb, als wolle er ihr sein gebrochenes Herz zeigen.

»Mir will es eher scheinen, daß du Mutters Herz gebrochen hast«, entgegnete Dorthy. »Du mit deinen unmöglichen Forderungen und Träumen. Du hast mir nicht mal mitgeteilt, wann sie gestorben ist.«

»Ruhig, Tochter.« Für einen Moment kam seine einstige Strenge wieder zum Vorschein. »Du kannst nicht einfach herkommen und alles schlecht machen. Dies ist mein Haus.«

Aber Dorthy war seinen Einschüchterungsversuchen inzwischen entwachsen. »Das hast du alles mit meinem Geld bezahlt. *Onbu!* Du füllst mein Haus mit Schmarotzern. Deine miesen Freunde versaufen den Lohn meiner Kinderarbeit und schlagen ihn dann in den Büschen draußen ab. Das hier ist kein Haus, verehrter Herr Vater, sondern ein Schweinestall!«

Sie erahnte seine Reaktion und wich ihm aus, als er zum Schlag ausholte. Seine Faust krachte gegen die Wand, und er umklammerte sie wehleidig, war plötzlich zerknirscht. »Das Schicksal«, jammerte er. »Es war das Schicksal.« Seine mandelförmigen Augen verengten sich, Tränen glitzerten in den schwarzen Wimpern. Dumpf fügte er hinzu: »Vergib mir, Tochter!«

Einen Augenblick lang, einen kurzen Augenblick empfand Dorthy Mitleid – und haßte sich im nächsten Moment dafür.

»Wo ist meine Schwester? Wo ist Hiroko?«

»Sie schläft. Wir alle schlafen meist um diese Tageszeit.« Und dann: »Warte, Tochter, so warte doch!«

Aber Dorthy war schon an ihm vorbei. Sie eilte den langen Gang hinunter, der das Haus von einem Ende zum anderen durchzog, und öffnete Tür um Tür. Die meisten Zimmer waren leer. In einem schliefen über ein Dutzend Menschen auf Futons. Die Luft war verbraucht und stank.

Die Tür zum Nachbarzimmer stand halb offen. Dorthy stieß sie weit auf.

Erschrocken fuhr ihr Onkel Mishio auf. Er trug einen fleckigen *yukata.* Sein unversehrtes Auge schimmerte im Halbdunkel. Das nackte Mädchen neben ihm starrte Dorthy wie einen Geist an und preßte dabei die Hände vor den Mund. Es war Hiroko.

Auf Dorthys Schock folgte eisige Ruhe. Sie befahl ihrer Schwester, sich anzuziehen, ignorierte Mishios betrunkenen Wortschwall, mit dem er die Situation zu erklären versuchte, und zog die Schwester hinter sich her den Gang hinunter. Mishio begann lauthals zu fluchen und zu schreien.

Die beiden Frauen hatten kaum die Veranda erreicht, da war das ganze Haus auf den Beinen. Überall liefen Leute herum.

»Wohin gehen wir?« fragte Hiroko noch halb im Schlaf und strich sich das lange Haar aus dem schmutzigen Gesicht. Sie hasteten über den müllübersäten Hofplatz. Der Hund bemerkte sie, schlug aber nicht an.

»Ach, Hiroko!«

»Er hat mir wenigstens die anderen Männer vom Leib gehalten«, sagte das Mädchen.

Hinter ihnen gellten Rufe. Dorthy sah sich um. Eine Horde Männer drängte auf die Veranda heraus. Ihre Gedanken überrollten sie wie ein Gewitter. Sie wußte sofort, was ihnen beiden blühte, wenn man sie erwischte.

Dorthy packte das dünne Handgelenk ihrer Schwester. Beide rannten durch das Tor in einen dichten Hain von Eukalyptus-Bäumen. Innerhalb der nächsten fünf

Minuten hatten sie das ausgetrocknete Buschland erreicht. Die Sonne ging gerade unter, und jeder vertrocknete Busch schien in Flammen getaucht. In der Ferne wurde ein Motor gestartet.

»Sie werden uns suchen«, sagte Hiroko und hielt mit den Händen das Kleid um ihren abgemagerten Körper zusammen. »Wir sollten nicht weglaufen, Dorthy.«

»In welcher Richtung geht's zur Stadt?«

Hiroko zeigte ihr die Richtung. Dorthy folgte ihr nicht, sondern schlug einen rechtwinkligen Haken. »Wir werden uns verstecken, bis es dunkel ist. Dann verschwinden wir. Keine Angst, ich merke sofort, wenn einer uns zu nahe kommt. Ich bin sehr gut im Versteckspielen.«

»Ich erinnere mich noch, wie du diesen Jungen gefunden hast. Manchmal wünsche ich mir, ich wäre wie du, Dorthy-san.«

»Wir hatten beide nicht viel Glück, denke ich.«

Bald waren sie außer Sicht des Hauses. Weit entfernt bellte der Hund. Hinter einem der Lastwagen senkte sich die Staubwolke allmählich wieder zu Boden. Hiroko führte Dorthy zu einem flachen Hohlweg. Sie duckten sich hinein und sahen zu, wie der Himmel sich verdunkelte. Mit der Zeit wurde Dorthy ruhiger. Ihr fiel ein, daß sie ihren Seesack im Haus liegengelassen hatte. Es war nichts darin, das sie unbedingt brauchte. Dieser Teil ihres Lebens war jetzt vorüber.

Um sie herum brummten, summten und zirpten Insekten. Dorthy versuchte vergeblich, ihr TALENT weit zu öffnen, und wünschte, sie hätte ihre Antiblocker mitgenommen. Hiroko erzählte ihr alles über die Ranch und ihres Vaters Hoffnungen, ein japanisches Kulturzentrum am Ort einzurichten – was an der völligen Gleichgültigkeit und Trägheit der Gammler und Tagediebe, alles Freunde von Onkel Mishio, scheiterte. Sie schmarotzten sich lediglich auf seine Kosten durchs Leben.

»Nachdem Mutter tot war, hat er sich aufgegeben«,

sagte Hiroko. »Er ließ die Ackergeräte verrotten und die Saat verdorren. Die Viehherde wurde immer kleiner. Auch die Solaranlage arbeitet nicht, aber er kümmert sich nicht darum. Selbst die Sache mit Onkel Mishio und mir ist ihm egal.«

Sie begann zu weinen. Dorthy drückte sie an sich und streichelte sie. »Ich werde einen Ort finden, an dem wir leben können. Ich habe noch etwas Geld gespart. O Hiroko, welch eine Heimkehr!«

Die Sterne hingen sanft schimmernd am lauen Nachthimmel, als sie in Richtung Stadt aufbrachen. Einmal erfaßte Dorthy eine Gruppe von Männern, die sich ihnen näherte. Aber die Burschen suchten ziemlich laut und halbherzig nach ihnen, so daß es leicht war, der Horde auszuweichen. Während des Fußmarsches erzählte Dorthy Hiroko vom Institut und ihren Plänen, Astronomie zu studieren.

»Das ist der Grund, wieso du verstehen kannst. Wieso du verstehen mußt!«

Das war nicht Hirokos Stimme – überhaupt keine menschliche Stimme.

Dorthy blieb stehen. Die schemenhafte Gestalt neben ihr war zu groß für ihre Schwester, aber in der Dunkelheit konnte sie nicht erkennen, wer oder was sie war. Der Schatten sagte: »Hab keine Angst«, und deutete zu den kalten, glitzernden Schwaden interstellarer Staubwolken hinauf, die den Himmel in ein Leichentuch zu verwandeln schienen, hinauf zu dem großen Zwischenraum, in dem ein einzelner Stern hell leuchtete – so hell, daß sein Licht ihre Körper Schatten werfen ließ, die hinter ihnen miteinander verschmolzen.

»Dorthin führte uns unser Weg zuerst«, sagte die Gestalt, »auf unserer Suche nach Sternen wie dem unsern – mitten hinein.«

Und für einen Augenblick hatte Dorthy das schwindelerregende Gefühl, sie stürze kopfüber in diesen Himmel.

Die Welt kehrte bruchstückweise zu Dorthy zurück. Sie lag in einer Art Laube auf dem Rücken, die in den dichten, schlingpflanzenartigen Bewuchs hineingeschlagen worden war. Über ihr drang ein schwacher Schimmer zwischen knolligen Baumstämmen bis zum Boden durch, wurde immer wieder von lichtem Blattwerk gebrochen, war mehr Schatten als Licht. Andrews lag ein wenig abseits von ihr. Er atmete langsam und gleichmäßig, hatte einen Arm über das Gesicht gelegt. Sie konnte das Muster seiner Träume erfassen: Ihr TALENT war also immer noch aktiv. Sie sah auf ihren Zeitmesser und stellte fest, daß inzwischen erst eine Stunde vergangen war.

Sie befeuchtete ihren Mund mit einem Schluck schal schmeckenden Wassers aus ihrem Spender, legte sich wieder zurück und dachte über ihren Traum nach. In einem Winkel ihres Bewußtseins wanderte sie immer noch an der Seite ihrer Schwester durch die warme australische Nacht auf die Stadt zu. Sie hatte für Hiroko ein Apartment in Melbourne gemietet und ihr ein Bankkonto eingerichtet. Das Mädchen hatte hartnäckig behauptet, es ginge ihr gut, und sie könne für sich selbst sorgen. Nur widerstrebend war Dorthy nach Rio gereist, um ihren ersten Vertrag als freiberufliches TALENT unter Dach und Fach zu bringen. Woche für Woche hatte sie Hiroko Geld geschickt, doch ihre Schwester war nie zu Hause, wenn sie sie anrief. Während dieser drei Monate in Groß-Brasilien war Dorthys Besorgnis stetig gewachsen, aber sie konnte diesen ersten Job nicht einfach so hinwerfen. Sie brauchte das Geld. Sie hatte Hiroko nur die halbe Wahrheit gesagt. Die Kosten für die Einrichtung des Apartments hatte den kümmerlichen Rest ihrer Ersparnisse verschlungen. Alles andere hatte ihr Vater durchgebracht.

Als Dorthy schließlich nach Melbourne zurückkehrte, war Hiroko verschwunden. Wie es schien, hatte sie eine Woche nach Dorthys Abreise in Richtung Rio die Stadt verlassen und war zu der schmutzigen, verwahrlosten Ranch im Outback zurückgegangen, zurück zu ihrem Vater, zu Onkel Mishio. Ihre kurze, handschriftliche Nachricht erklärte nichts, war wie ein Sphinx-Rätsel, über das Dorthy noch Jahre später nachgrübelte:

Ich kann nicht unter Fremden leben.

Selbst jetzt verstand es Dorthy noch nicht ganz.

Und der übrige Traum, besonders als er in einen Alptraum abglitt – war dieser Traum tatsächlich ihrer inneren Mitte entsprungen? Dorthy, die darauf trainiert war, auch den geringsten Hauch von Andersartigkeit in ihrem Bewußtsein aufzuspüren, glaubte es nicht. Es war ihr eingegeben worden, um den Weg zu ebnen. Aber den Weg zu was?

Sie überließ Andrews seinen Träumen und arbeitete sich durch die dichte Vegetation. Der Steilhang der Schlucht lag nicht weit entfernt. Dorthy setzte sich auf den Boden und betrachtete von dort aus die Bäume, die das Gewirr von Wällen und Gebäuden auf der anderen Seite zum größten Teil verbargen. Sie konnte nicht sofort etwas erkennen – schon gar nicht das grelle, gefährliche Etwas, das gegen ihr Bewußtsein gebrandet war. Selbst das unangenehme Gefühl, beobachtet zu werden, war abgeklungen. Sie bezweifelte, daß das ein Zufall war.

Schwerfällig und zögernd begann sie sich zu konzentrieren, verlor erst ihren Realitätssinn für die Welt, dann den Sinn für ihr Selbst, und schwebte frei über ihrer Mitte. Langsam, langsam kamen die schwachen Lichter der anderen Bewußtsein zu ihr, wie die Lichter der kleinen Lebewesen in den Abgründen der Ozeane. Sie war zu weit entfernt, um sie zu verstehen, registrierte nur, daß sie da waren, alle beeinflußt von dem strikten linearen Muster, welches sie im Bewußtsein des Hüters entdeckt hatte, der sie in der Burg überwältigte. Sie hatte sie noch nicht lange erfaßt, als sie spürte, wie Andrews näher kam. Nur widerwillig löste sie sich von den anderen Bewußtsein und fühlte ihr eigenes Selbst in die Hülle ihres Körpers zurückkehren. Sie erhob sich mit steifen Gliedern und beobachtete, wie seine schemenhafte Gestalt näher kam. Das Gewehr hatte er über die Schulter gehängt.

»Warum haben Sie mich nicht geweckt?« fuhr er sie zornig an. »Ich wußte nicht, wo Sie waren.«

»Trotzdem haben Sie mich ohne große Mühe gefunden.«

Sein Ärger verwirrte sie. Das pyrotechnische Aufblitzen eines nicht respektierten Egos! »Da unten sind Hüter«, sagte sie. »Ich weiß aber weder, wie viele, noch, was sie da machen. Ich werde hinuntersteigen müssen. Allein!«

»Hüter, aber wohl nicht der große schwarze Mann, wie?«

»Wie bitte?«

»Diese Intelligenz. Der FEIND!«

»Ich weiß immer noch nicht, ob sie der FEIND ist. Aber sie ist jetzt nicht dort unten.«

Andrews' Ärger verflog. Ernst fragte er: »Aber sie war dort, nicht wahr? Sind Sie deshalb ohnmächtig geworden?«

»Ich denke schon. Aber ich habe nichts Neues erfahren können. Hören Sie, Andrews. Ich bin hier oben zu weit entfernt von ihnen. Ich muß hinunter, allein.«

Einen Augenblick lang kämpfte er mit seinen Bedenken. »Also gut, Dr. Yoshida. Schwierige Zeiten machen auch schwierige Entscheidungen notwendig, nicht wahr? Ich werde mich also ein wenig auf eigene Faust umsehen. Wir treffen uns wieder in der Laube, die ich da ins Unterholz geschlagen habe. In Ordnung?«

Sie konnte sein Grinsen nur erahnen, denn es war inzwischen sehr dunkel geworden. »In Ordnung.«

»Haben Sie sich von Ihrem Anfall erholt?«

»Ich denke schon.«

»Schön. Aber gehen Sie nicht zu diesen Baumgruppen da drüben, in diese Gebäude, oder was immer das sein mag. Es macht keinen Sinn, etwas herausfinden zu wollen, wenn Sie mir nachher nicht darüber berichten können.«

»Ich kann ganz gut auf mich selbst aufpassen. Hoffentlich gelingt Ihnen das auch.«

Dorthy verkniff sich jeden weiteren Hinweis auf die Gefahr, in der sie schwebten, auf die Falle, in der sie vielleicht schon längst saßen. Die ganze Angelegenheit war für Andrews, war für seinen Stolz zu wichtig, um sie jetzt abzubrechen. Aber er könnte sie von ihrer Initiative abzubringen versuchen. Seltsamerweise brannte sie inzwischen ebenso wie er darauf, den Kern, das Innerste dieses Mysteriums hier ausfindig zu machen. Sie drehte sich um und begann den Abstieg. Leise rief Andrews ihr nach: »Viel Glück!« Und war verschwunden, ehe sie darauf antworten konnte.

Nach dem mühseligen Abstieg über zahlreiche Geröllhänge hockte Dorthy sich zwanzig Minuten später hinter einen großen Lavablock. Unter ihr lag ein kleines, ausgetrocknetes Flußbett – ausgetrocknet seit wieviel tausend Jahren? – und zum größten Teil von verfilzten Ranken überwuchert. Dahinter kletterten die Bäume den gegenüberliegenden Hang hoch zu den langgestreckten Gebäuden und dunklen Wällen, die sich ohne erkennbares Muster immer wieder gabelten. Innerhalb dieser Mauern befanden sich die Hüter. Hier gab es keinerlei Anzeichen dieser auf ein Ziel ausgerichteten Bewußtseinsstruktur, die Dorthy in der Burg und im Wald am See hatte lesen können. Statt dessen war jedes Bewußtsein mit einem geordneten Routine-Raster überzogen, und die einzelnen Gruppen waren hierarchisch straff ausgerichtet. Jetzt, wo sie etwas näher herangegangen war, konnte Dorthy Unterschiede ausmachen und erkennen, wie einige dieser Lichtpunkte der Individualität sich weiter hinauswagten als zu den aufgezurrten Grenzen ihrer Knechtschaft, konnte sehen, daß andere Intelligenzen nur lose in dieses Raster eingebunden waren. Aber wo war die eine, einzige Intelligenz, die diesen Ort beherrschte?

Sie schluckte eine weitere Tablette ihres Antiblockers und wartete. Dabei rieb sie sich die kalten Hände, zitterte in der Brise, die unablässig aus dem Ödland durch den Taleinschnitt blies. Während sie das verschlungene Muster der Hüter-Bewußtsein wieder und immer wieder abtastete, das sie in ihrem Innern an der Oberfläche reflektierte – sie hatte sich absichtlich nicht allzu tief in Trance versetzt und zögerte, einen der individuelleren Hüter abzutasten für den Fall, daß dies eine Falle war – sank die Sonne um kaum wahrnehmbare Gradbruchteile.

In der Nähe ragte ein Turm aus den Baumkronen, fensterlos, mit flachem Dach. Was immer er darstellen mochte, es waren keine Hüter darin. Sie hielten sich alle unter den Bäumen auf.

Plötzlich blitzte es grellrot auf. Dorthy wurde aus ihrer fließenden Betrachtung gerissen. Ein eigenartiger Windstoß zuckte durch die Luft und sammelte die letzten Strahlen der untergehenden Sonne. Einen Moment später war die Luft um Dorthy von einem leuchtenden Rot durchsetzt. Ein Lichtblitz zuckte durch den Einschnitt im Beckenrand genau ins Zentrum des Radioteleskops. Einen Augenblick lang schien der Antennenkomplex in ein Flammenmeer getaucht. Dann sank die Sonne um einen Bruchteil tiefer. Der Lichtfinger fiel in sich zusammen und lief sich in der schwarzen Schüssel tot. Der Antennenkomplex erlosch, als der riesige Brennspiegel aus Luft über Dorthy auseinandertrieb und sich auflöste.

Hinter der Baumgrenze stiegen winzige Gestalten das entfernte Ende des Einschnitts empor, von dem restlichen Glühen angestrahlt. Dorthy zog ihren Feldstecher hervor und beobachtete, wie vier von ihnen eine schmale Treppe im Lavagestein hochstiegen.

Sie umging die Bäume und hielt sich in der Nähe des Beckenrandes. Der Pfad, den sie einschlug, führte außer Sichtweite des seltsamen Mauerlabyrinthes am Waldrand entlang. Jetzt verspürte Dorthy auch wieder dieses unangenehme Gefühl, beobachtet zu werden – eine nahezu physische Empfindung, wie die einer schweren Last auf ihrem Rücken.

Sie wurde dieses Gefühl auch nicht los, als sie den Treppenaufgang erreichte und nach oben stieg. Die Stufen waren hier breit und hoch – und spiegelglatt. Es gab kein Geländer, an dem sie sich festhalten konnte, falls sie ausglitt und in die Tiefe stürzte. Deshalb kletterte sie die meiste Zeit auf allen vieren weiter. Naßgeschwitzt und völlig außer Atem kam sie oben an. Ein kaltes, keusches Bewußtsein verschwand weiter vor ihr gerade um einen Felsen des Beckenrandes. Im Schatten der Bäume ging Dorthy weiter, nachdem sie die Nachtsichtbrille mit den stark gewölbten Linsen aufgesetzt hatte. Trotzdem sah sie alles nur grob gekörnt, im Dunkel verschwimmend, und sie erfaßte die Dinge ebenso rasch mit ihrem TALENT, wie sie sie sah: die aufragende Wurzel, einen Baumstamm, die Zweige mit den ledrigen Blättern, nur wenige Zentimeter von ihrem Kopf entfernt. Dabei war ihr allzu deutlich bewußt, daß die Wesen, denen sie folgte, nachtjagende Fleischfresser waren. Sie konnten bestimmt klar und deutlich erkennen, wohin sie auf dem flechtenbewachsenen Wiesenstreifen des Beckenrandes traten. Dorthy, die mehr stolperte als ging, ließ sich hauptsächlich von ihrem TALENT leiten.

Die Hüter schienen sie nicht zu bemerken, und als sie schließlich anhielten, gelang es Dorthy, sich ihnen durch das Unterholz bis zum Grasstreifen zu nähern, wo sich einer der Stützpfeiler des Antennenkomplexes erhob. Tatsächlich war es der, den Andrews vor Stunden angekratzt hatte. Dorthy konnte seine Streben trotz der Nachtsichtbrille in der Dunkelheit kaum erkennen. Neben dem Pfeiler hockten vier Hüter – männliche zwar, aber keine neuen Männlichen. Außerdem wirkten sie seltsam entrückt. Jeder hockte an der Ecke eines Quadrates – eines hell leuchtenden Vierecks.

Flackernde Lichter tanzten über ihr schwarzes Fell. Die nackte Hautkapuze um ihre schmalen Gesichter glänzte und reflektierte den Schimmer in ihren großen Augen, während sie intensiv in die Lichtquellen starrten – lange, verschlungene Bänder in Rot und Orange. Knoten aus leuchtendem Blau liefen an ihnen auf und nieder, und die ganze Erscheinung hing im Nichts. Sie wurde durch Dorthys verstärkte Sicht bis zur Schmerzgrenze intensiviert. Hin und wieder gleißten rotierende Lichter auf, stiegen rasch hoch und verschwanden so plötzlich, wie sie entstanden waren.

Einer der Hüter streckte sich und schwenkte seinen unförmigen Arm durch die Lichtbänder. Sie erstarrten einen Moment lang und änderten dann leicht ihre Form. Die blauen Knoten sammelten sich an einer Seite der Lichtbahnen. Draußen im Zentrum des Beckens bewegte sich der Antennenkomplex sanft und lautlos, ein schwarzer Schatten vor dem dämmrigen Himmel, und das Kabel, das ihn mit dem Stützpfeiler in Dorthys Nähe verband, schien sich eher zusammenzuziehen als sich aufzurollen. Dorthy beobachtete den Vorgang, bis alles wieder zum Stillstand kam, und tastete danach die ganze Konstruktion ab. Sie unterschied sich kaum von einer vergleichbaren irdischen Antennenkonstruktion. Andrews hatte es auf den Punkt gebracht: Fünfzehn Lichtjahre sind keine große Distanz in der unendlichen Weite der Galaxis. In dieser Entfernung begannen der skizzenhafte Drache des Cygnus und die lange Reihe von Serpens Canda und gingen über in den Strom milchigen Staubs, der die Himmel von Rand zu Rand überspannte.

Die Hüter hockten auf ihren Fersen, während sie regungslos in die tanzenden Lichtbahnen stierten. Dorthy wurde in ihre eigenartige Gemeinsamkeit hineingezogen wie ein Pflanze, die sich langsam, aber unaufhaltsam der Sonne zuwendet ...

... und kam etwa eine Stunde später zu sich. Durch ihre Beine zuckten Krämpfe. Wie die Hüter hatte sie sich die ganze Zeit nicht bewegt. Diese huschten gerade lautlos an den skelettartigen Streben des Pfeilers vorbei auf die Schlucht im Beckenrand zu. Keine Lichter, nur der kalte Schein des Sternenlichts auf dem dichten Flechtenteppich des Bodens ...

Dorthy wußte neben vielen anderen Dingen, daß die Hüter zurückkommen würden – und daß dann auch ihr Herr und Gebieter bei ihnen sein würde.

Sie brauchte nicht weit zu laufen, um die laubenartige Höhlung zu finden, die Andrews ins dichte Buschwerk geschlagen hatte. Dankbar streckte sie sich darin aus, schob die unbequeme Nachtsichtbrille zurück und massierte ihre verkrampften Beinmuskel. Die unvertrauten Konzepte, die sie von den Hütern absorbiert hatte, schienen wie helle Nachempfindungen im Dunkel zu hängen, und sie war so damit beschäftigt, sie zu untersuchen, daß sie nicht merkte, wie Andrews zurückkam. Erst das Knacken der Zweige und das Rascheln des Laubs holte sie in die Wirklichkeit zurück.

Etwas stimmte hier nicht, stimmte ganz und gar nicht.

Andrews hockte sich vor sie hin, ein deutlich wahrnehmbarer Schatten trotz der Dunkelheit in der Laube. »Ich habe gesehen, wie Sie den Hütern noch oben gefolgt sind«, sagte er. »Haben Sie herausgefunden, was es mit diesem Ort hier auf sich hat?«

Dorthy streifte sich das Band der Nachtsichtbrille über den Kopf und arretierte die Autofokus-Linsen. Andrews und das Gebüsch hinter ihm zeigten sich plötzlich in deutlichem Schwarzweiß. Nervös beantwortete sie seine Frage: »Das waren nur Diener, Männliche zwar, aber keine neuen Männlichen. Ich glaube, sie sind auf irgendeine Art zu Neutren gemacht worden. Sie vollführten eine Start-Operation, richteten offenbar die Antenne aus. Wer immer diesen Ort hier betreibt, Ihr sogenannter großer Schwarzer Mann wird später auch da oben auftauchen.« Sie zögerte, konnte aber dann doch nicht damit hinterm Berg halten. »Ich weiß, was Sie gemacht haben.«

Es war das erste Mal, daß sie offen eingestand, seine Gedanken zu kennen, und trotz seiner Übererregung war Andrews doch spürbar geschockt.

»Warum haben Sie es getötet?«

»Ich wußte, daß Sie in mein Bewußtsein eindringen können.«

»Sie versuchen absichtlich, Ihre Gedanken zu verwirren. Sagen Sie mir einfach, warum Sie es getan haben.«

»Ich versuche ja nicht, ein Geheimnis daraus zu machen. Dieses Biest kam herauf, als ich mich am Waldrand postierte und Ihnen nachschaute. Es hätte mich jeden Moment entdecken und Alarm schlagen können. Darum habe ich es erschossen. Ich habe den Leichnam versteckt, also machen Sie sich keine Sorgen, daß wir bemerkt werden könnten.«

»Der große Schwarze Mann weiß, seit wir aus dem Chopper ausgestiegen sind, von unserer Anwesenheit. Jedenfalls bin ich davon überzeugt.«

»Nun, das wäre auch nicht weiter schlimm, denn ich habe inzwischen alles herausgefunden, was ich wissen muß. Diese Gebäude dort unten zwischen den Bäumen sind alle oberirdisch und können mit Leichtigkeit kanterisiert werden.«

»Kanterisiert?«

»Ausgehöhlt, leergebombt, Dr. Yoshida. Eine kleine Neutronen-Kanone wird das Teleskop oder die Gebäude nicht beschädigen, aber die Hüter erledigen.

Und auch den großen Schwarzen Mann, wenn es ihn denn gibt.«

»Ich verstehe. Und was sollte dann Ihr Vortrag über die Notwendigkeit, die Wahrheit herauszufinden, um das ganze wissenschaftliche Programm zu retten?«

»Es wird gerettet werden. Dies hier ist das Zentrum der Störungen, denken Sie doch mal darüber nach. Diese Intelligenz, der große Schwarze Mann, ist der Ursprung der Feindseligkeiten auf dieser Welt. Löscht man ihn aus, wird die Navy zufrieden sein, denke ich. Sie wissen selbst, die Navy ist zwar in ihrer Struktur ziemlich primitiv, hatte aber andererseits auch wenig Zeit, sich zu profilieren. Gib ihr eine Bedrohung, und sie wird in leicht berechenbarer Weise darauf reagieren. Nach diesem Schlag dann, wenn der Nerv durchtrennt ist, wird sie wieder schön brav und still sein. Und wir sind in der Lage, unsere Arbeit zu beenden.«

»Aber Sie wissen doch gar nicht, was Sie da zerstören! So etwas können Sie doch nicht gutheißen. Jedenfalls nicht, wenn ich alles über die Alea herausfinden kann: weshalb sie hierherkamen, woher sie kommen – eben alles, was Sie wissen wollen.«

»Dazu fehlt uns die Zeit, Dr. Yoshida. Wir können hier nicht lange bleiben. Es ist zu gefährlich. Zudem könnte Colonel Chung auf die Idee kommen, wir seien tot, und dementsprechend reagieren. Auch Angel wird nicht ewig draußen in den Plains auf uns warten, das wissen Sie. Nein, wir müssen das eine für das andere opfern. Und welches würden Sie dann vorziehen? Diesen Stützpunkt hier – oder den ganzen Planeten? Denn darauf wird es hinauslaufen.«

»Aber wir haben doch noch etwas Zeit. Alles wird sich aufklären, das Geheimnis wird gelüftet werden. *Das weiß ich!*«

»Sie wissen das also, wie?« Seine Stimme troff vor Ironie.

»Ja, das weiß ich genau. Er oder es hat Hinweise in meinen Traum eingebaut. Ich glaube, er oder es will …«

»Träume haben keinerlei Beweiskraft oder sonst einen Nutzen für uns, Dr. Yoshida. Die Navy glaubt nicht daran – und ich auch nicht, offen gestanden. Diese Intelligenz ist hier, so viel steht fest. Sie sind ohnmächtig geworden, weil sie Sie gestreift hat. Und das ist auch schon alles, was Sie mit Sicherheit herausgefunden haben, obwohl ich mir mehr erhofft hatte. Aber Politik ist die Kunst des Machbaren, und außerdem ist es nicht mehr so wichtig. Was wir von den Hütern selbst erfahren müssen, können wir in den anderen Gehegen von ihnen lernen. Hat dieses Feuerwerks-Display Sie nicht auch davon überzeugt? Ganz sicher hat es meine Einstellung verändert. Und ich bin mir mehr als sicher, daß die Hüter, diese Hausmeister, die Diener dieses Dings da unten sind und sich als harmlos erweisen, wenn es erst mal ausgeschaltet worden ist.«

Andrews hatte seine Ansicht kalt und nüchtern vorgetragen, weil er fest daran glaubte, daß dies das einzig Richtige war, was getan werden konnte. Weil er einfach daran glauben mußte! Dorthy hatte ihm fasziniert zugehört. Jetzt antwortete sie hilflos: »Diese Einstellung haben Sie mir bis jetzt bewußt vorenthalten. Andrews, Sie sind ein Hurensohn.«

Das Grinsen in seinem schemenhaften Gesicht konnte sie sich nur vorstellen.

»Ich glaube, Sie ärgert dabei am meisten, daß Sie sie nicht aus meinem Bewußtsein herauslesen konnten. Ach, Dr. Yoshida – Dorthy, ich hatte Ihnen doch mal erzählt, daß ich schon einige TALENTE kennengelernt habe. Sie brachten mir den einen oder anderen Trick bei. Daher war ich in der Lage, Sie an der Nase herumzuführen und in meinem Nicht-TALENT-Bewußtsein ein Geheimnis vor Ihnen zu verbergen. Machen Sie sich nichts draus.«

Er griff nach ihr, aber das hatte sie schon vorausgesehen. Er mochte zwar den einen oder anderen Gedanken verbergen können, war aber nicht in der Lage, die wirklich starken Impulse zu tarnen, die jeder Bewegung vorausgehen. Ehe er die Arme nach Dorthy ausstrecken konnte, war sie schon ins dichte Unterholz gesprungen. Andrews fluchte und setzte ihr sofort nach. Dorthy ließ das Dickicht hinter sich und lief zwischen den Bäumen davon. Alles war schwarzweiß gekörnt und merkwürdig zweidimensional, eine Lithographie, deren Dimensionen erst spürbar wurden, als sie in sie hineinhastete. Andrews' Stimme erklang hinter ihr. Er rief ihren Namen. Doch Dorthy rannte weiter, wich den Bäumen aus, stürzte über ihre Wurzeln, rappelte sich wieder auf und eilte weiter. Sie war kleiner als er und konnte sich deshalb leichter und schneller durch den Wald bewegen. Außerdem wußte sie immer genau, wo er sich befand, was er plante, wohin er sich als nächstes wenden würde. In seiner Stimme, die allmählich leiser klang, mischten sich deutlich Zorn und Furcht. Dorthy rannte weiter, und bald schwanden sogar seine Gedankenmuster aus ihrem Selbst. Sie war allein.

Später lag sie am Rand des Beckens in der Nähe des Stützpfeilers und wartete auf die Rückkehr der Hüter. Sie lag rücklings auf dem Boden und schaute zu dem Sternenband hinauf, das sich am Himmel von Horizont zu Horizont über den Himmel dehnte. Direkt über ihr stand Sagittarius im Zentrum des sich langsam drehenden Sternenschwarms der Galaxis – die Nabe eines Rades, das aus vierhundert Milliarden Sonnen bestand. Sonnen, Sonnen und nochmals Sonnen! Und dies war nur eine Galaxis in der lokalen Gruppe, dabei nicht mal die größte unter tausend oder mehr, die das Skelett dieses Raum-Zeit-Gefüges bildeten, das bei der Explosion des Monoblocks, beim Urknall entstanden war. Diese Galaxis war auch keinesfalls die größte unter den Millionen Galaxie-Ansammlungen im bekannten Universum. Was war ein einzelnes menschliches Leben, jedes menschliche Streben im Vergleich dazu?

Ein Nichts natürlich.

Und doch wieder kostbar. Viel kostbarer.

Sterne waren Sterne, nicht mehr. Ein Mensch war wertvoller, denn er besaß das Potential, sich selbst zu übertreffen. Selbst Bakterien waren wertvoller, denn Bakterien hatten sich zu Frauen und Männern entwickelt, und jede Person für sich vertrat eine einzigartige Ballung des Seins …

Andrews dagegen vertrat den genau gegensätzlichen Standpunkt: Die menschliche Rasse war zwar alles, das Individuum aber nur eine austauschbare oder ersetzbare Zelle mit dem Drang, sich zu vermehren und sich immer weiter im unendlichen Raum auszubreiten. Dorthy erinnerte sich an die Woche im Great Barrier Reef, als sie mit von Handschuhen geschützten Händen Seesterne von den Korallenbänken abpflückte, gefräßige, destruktive Wesen mit Widerhaken auf ihren Rückenkämmen. Eine Krone aus Dornen.

Andrews' Vision war eine Ansiedlung der Menschen an den Riffen der Galaxis, und er setzte dieselben Menschen rücksichtslos für dieses Ziel ein. Denn auch blinde Materie sucht nach einer Form, wie das Leben, und folgte dabei den Gesetzmäßigkeiten, die tief in die Atome eingewoben sind. Aber die Formen der Materie waren einfacher vorherzubestimmen als die verschnörkelten, spitzfindigen Formen des Lebens, und das war mit ein Grund gewesen, weshalb Dorthy sich für die Astronomie entschieden hatte.

Ich kann nicht unter Fremden leben.

Vielleicht begann sie diesen Satz allmählich zu verstehen. Sie hatte sich selbst abgekapselt und außerhalb der Gemeinschaft gestellt, weil sie sich der Integration in eine Gemeinschaft und der damit verbundenen Öffnung der Grenzen ihres Selbst verwehrte …

Dorthy rollte sich auf den Bauch. Gerade jetzt mochte sie nicht an Arcady oder Hiroko denken.

Schwache Lichter leuchteten plötzlich unter den Bäumen in der Schlucht auf, die das schwarze Becken spaltete, Stränge mit nadelkopfgroßen Leuchtpunkten, die hier den Verlauf einer Mauer, dort die Spitze eines Turmes nachzeichneten – zynische Kontrapunkte zu den Sternen am Himmel. Dorthy fragte sich, ob Andrews wieder hinuntergegangen war, um zumindest einen Rest seines Stolzes und seiner Selbstachtung zu retten. Sie hoffte es nicht.

Und was, wenn er zu Angel Sutter zurückgegangen war – was, wenn die beiden sie hier einfach sitzen ließen?

Aber auf ihre Art war Dorthy ebenso starrköpfig wie Andrews, obwohl er sicherlich mutiger, sogar auf überhebliche Weise mutiger war als sie, und das lediglich mit der Standardausrüstung des normalen Menschen zu seiner Unterstützung. Dorthy hatte ihr TALENT so oft als Fluch empfunden, als Kainsmal, das sie auszulöschen versuchte, als sie das Studium der Astronomie begann. (Und da sie ihr TALENT nicht nutzte, fehlten ihr schließlich die politischen Verbindungen, die notwendig waren, der Einberufung zu entgehen, die sie hierher verschlagen hatte.) Aber hier, in der Dunkelheit am Rand dieses außerirdischen Waldes, fühlte sie, wie sehr sie auf ihr TALENT angewiesen war. Sie hatte ihm aus Furcht, es voll aufgeblüht mit diesem schrecklichen, einzigartigen Bewußtsein zu konfrontieren, gestattet zu verkümmern. Sie rief sich selbst zur Ordnung und schob die Nachtsichtbrille wieder über die Augen. Denn mit dem Bodensatz ihres TALENTS konnte sie erfassen, daß die Hüter zu ihrem Versammlungsort zurückkehrten.

Sie erkannte die aufgeregten männlichen Neutren von vorhin. Aber nun war ihr Führer mitten unter ihnen –

ein Bewußtsein, so hell wie ein Laser zwischen Kerzen, in höchstem Maße gefährlich, auch wenn es nicht direkt auf Dorthy ausgerichtet war, auch wenn ihr TALENT schon wieder an Kraft verlor. Und schließlich begriff Dorthy auch, wieso die Technologie hier überlebt hatte und erhalten geblieben war.

Der Führer war ein weibliches Neutrum.

Ein aufgedunsener Schatten auf dem sternenbeschienenen Grasstreifen, auf zwei Männliche gestützt, setzte das weibliche Neutrum gequält einen Fuß vor den anderen und ließ sich schließlich langsam zu Boden sinken. Die Männlichen hockten sich respektvoll in einigem Abstand hinter sie, während sich rötliches und orangefarbenes Licht durch die Luft ergoß. Nun konnte Dorthy auch das Gesicht der Weiblichen sehen: Eine gewölbte Stirn beschattete große Augen, der kleine Mund bewegte sich ständig, als würde er Gras widerkäuen. Der haubenförmige, runzlige Hautlappen war dick geschwollen und fiel in schweren Falten über die massigen behaarten Schultern.

Draußen über dem Becken, schwarz gegen schwarz, begann sich der Antennenkomplex langsam und geräuschlos zu bewegen, bis er, wie Dorthy vermutet hatte, seine endgültige Position fand: Er hatte sich auf den Zenit ausgerichtet. Auf Sagittarius, das Herz der Galaxis. Beinahe zu spät bemerkte sie, daß die Zeremonie schon begonnen hatte, und vorsichtig, sehr sanft, legte sie ihr abklingendes TALENT auf die Gruppe neben dem Stützpfeiler …

… und wurde in der nächsten Sekunde in einen wirbelnden Mahlstrom gerissen.

Es war, als sei ihre Körperhülle aufgerissen und mit dem gesamten Universum vollgestopft worden. Sterne schlugen auf sie ein, weißglühende Flecken explodierten oberhalb eines sich auflösenden Zentrums, wirbelten vorüber und verschwanden, während neue aufflammten und ihr entgegenrasten. Dann schwebte sie durch die Staubschleier, die den Kern verhüllten. Irgend etwas war dahinter, in wachsamer Präsenz, und sie fiel ihm entlang komprimierter Geodäten aus Zeit/Raum entgegen. Kein Staub mehr. Aufgedunsene Sterne glühten um sie herum, in seltsam brennender Fusion, ein Fluß schwerer Atome, die den reinen Gesang *Wasserstoff zu Helium, Wasserstoff zu Helium* kontaminierten, Atome, weggeschleudert von Novae und Supernovae, aufgesogen von dicht aufeinander gepackten Sternen, die in gemeinem Rot oder Blau oder Weiß glühten. Braune und rote Zwerge tanzten zur Begleitung. Fünffach- und Siebenfach-Systeme, die komplizierte Gavotten wirbelten, waren die Norm in den dichtgepackten Räumen. Und so wenige besaßen Welten, doch die erbitterte Suche ging unermüdlich weiter, war der unstillbare Appetit des Wurms im Kern, irgendwie schon sein eigenes Selbst verzehrend, während sein stumpfer Sinn noch nach anderem Verschlingbaren umhertastete.

Dorthy zuckte zurück, floh zwischen die wirbelnden Sonnen. War festgenagelt. Und fühlte ihr Selbst unter diesem tödlichen Starren schrumpfen. Der glitzernde Kern rotierte zwischen Schlieren interstellaren Staubs davon. Ordinäre Sonnen zogen an ihr vorbei, blieben zurück, als sie sich wieder zu ihrem Selbst verkleinerte und in die vertrauten Grenzen ihres Körpers zurückfand.

Rotes Licht stach grell gegen die Lider. Das dumpfe Pochen von Kopfschmerzen! Ein starker Duft stieg ihr in die Nase. Dorthy öffnete stöhnend die Augen. Und zuckte entsetzt zurück. Der Schreck lähmte jeden Muskel in ihrem Körper. Auf der anderen Seite des kleinen, runden Raumes hockte ein Hüter auf seinen Fersen und betrachtete sie teilnahmslos. Seine schwarzen Augen schimmerten wie riesige Opale ohne Facettschliff im Schlagschatten seiner Hautkapuze. Das blutrote Licht legte leuchtende Reflexe auf jedes einzelne Haar seines schwarzen Pelzes.

Dorthy war in ihrem Schädel eingesperrt. In dem kurzen Intervall, ehe sie ihr Bewußtsein wiedererlangte, hatte sich der Antiblocker verbraucht. Sie trug immer noch ihren Overall, und auch sonst schien nichts von ihrem Gürtel oder aus ihren Taschen entfernt worden zu sein. Aber außer einem Messer besaß sie keine Waffe, nichts, das ihr helfen konnte außer ihrer Klugheit und ihrem Wissen.

Als der Hüter bemerkte, daß sie aufgewacht war, drehte er sich um und verschwand wendig durch die niedrige Öffnung in der Wand. Dorthy begriff, daß sie sich in einer Art Zelle befand, mit glatten, aber sphärischen Wänden, erhellt von rotem Licht, dessen Quelle sie nicht ausmachen konnte. Es war, als befände sie sich im Innern eines ausgeblasenes Eies.

Nach einer Minute kam der Hüter, oder einer, der ihm ähnlich war, zurück. Mit langen, steifen Fingern – drei an der Zahl, alle abgespreizt von der runden, nackten Handfläche – drängte er sie durch die niedrige Öffnung nach draußen. Sie mußte sich hindurchducken. Der Hüter folgte ihr auf Händen und Füßen. Um sie herum waberten Lichtbahnen an den Oberkanten der glatten Wände entlang und verbreiteten ein Glühen, das die Luft darüber zu einer undurchdringlich schwarzen Decke zu versiegeln schien.

Dorthy war das Zentrum vieler schwacher, stumpfer Schatten.

Der Hüter berührte sie erneut.

Sie schüttelte seine Hand ab und fauchte: »Zum Teufel mit dir! Zeig mir, wohin es gehen soll!«

Als ob das Wesen sie verstanden hätte, sprang es ein paar Schritte voraus und schaute sich um, ob sie ihm auch folgte, ehe es weiterlief. Es führte sie durch enge, steil ansteigende Gänge und Passagen zwischen glatten

Wänden. Bäume wuchsen direkt aus dem federnden schwarzen Boden, und wo die Streifen roten Lichtes breiter streuten, konnte Dorthy ineinander verschlungene Zweige dicht über der Oberkante der Wände erkennen. Sie begegneten keinen anderen Hütern, aber hier und dort hockten Grüppchen affengroßer Kreaturen mit langen, gegabelten Schwänzen und seidigen Pelzen auf höheren Simsen und beobachteten, wie sie vorbeiging. Ihre kleinen, ernsten Gesichter hatten sie hinter gespreizten Fingern versteckt – wie Internatsschüler, die ein Wunder betrachteten, das unerwartet in ihre Studien hinter verschlossener Tür hereingeplatzt war.

Der Gang machte einen Knick, und Dorthy folgte dem Hüter auf eine Art Plaza, die an jeder Ecke von einem runden Turm mit flachem Dach begrenzt wurde. Auf der anderen Seite bildete eine Gruppe Hüter ein grobes Halbrund. Einige hockten auf dem Boden, andere standen mit gespreizten Beinen und hatten beide Armpaare, die kleinen unter den großen, quer über ihren Brustkorb gelegt. Alle schauten auf Dorthy, die mit klopfendem Herzen ihrem Bewacher zur Mitte der Plaza folgte, wo das weibliche Neutrum zurückgelehnt thronte, so regungslos wie eine ausgestopfte Puppe. Eins dieser Affenwesen hockte auf seiner Schulter und kraulte mit gespreizten Fingern den schwarzen Pelz der Weiblichen.

Obwohl Dorthy inzwischen wieder voll unter dem Einfluß ihres Implantats stand, obwohl sie im landläufigen Sinn völlig bei sich war und sich in keiner Weise auf ihre ruhende Mitte konzentrierte, kam es ihr so vor, als sei dieses weibliche Neutrum von einer Art Aura umgeben, unruhig wie der Lichthof eines Sterns, gespeist aus Hunderten von Quellen. Sie wirbelten in doppelten Lohen herum, die sich von einem gemeinsamen Zentrum ausdehnten.

Ohne sichtbare Aufforderung hüpfte einer der Hüter

hinter der Weiblichen plötzlich nach vorn. Er sah übel mitgenommen aus, sein Fell war stumpf und matt, seine Hauthaube schlackerte wie der Kehllappen eines alten Mannes. Zitternd schaute er mehrmals zwischen Dorthy und dem weiblichen Neutrum hin und her.

Und dann redete er.

Seine Stimme war kreischend, und er spuckte und rollte die Konsonanten. Trotzdem sprach er ein menschliches, reines, akzentfreies Portugiesisch.

»Ich werde durch meinen Diener hier zu Ihnen sprechen. Er hat eure Verhaltensweisen studiert, wenn auch auf Kosten seiner Gesundheit. Trotzdem wird er uns für diesen Zweck genügen. Willkommen in meinem Gehege. Ich habe verstanden, daß Sie ein Astronom sind. Vielleicht müssen wir in der Zeit, die uns miteinander bleibt, viel vom anderen lernen. Trotzdem sollten Sie erfahren, daß ich in groben Zügen über Sie Bescheid weiß.«

»Dann sollten Sie wiederum auch wissen, daß wir gegen Sie nichts Böses im Schilde führen«, antwortete Dorthy und versuchte dabei, ihrer Stimme einen festen Klang zu geben. Sie hatte immer geglaubt, daß der Tod dem ihm Geweihten willkommen sei – als eine glückselige Ewigkeit der Stille. Aber jetzt mußte sie erkennen, wie sehr sie am Leben hing. Sie wollte noch nicht sterben.

Das weibliche Neutrum beobachtete sie. Seine Augen waren, obwohl es sich auf dem Boden ausgestreckt hatte, in gleicher Höhe mit denen von Dorthy, die aufrecht vor dem Wesen stand. Die Kreatur, die die Weibliche kraulte, beobachtete Dorthy ebenfalls mit großen Augen.

»Sie vielleicht nicht«, erwiderte die Weibliche. Sollte die Antwort ironisch gemeint gewesen sein, so ging diese Tatsache bei der Übermittlung verloren.

»Wir versuchten, in der Burg mit euch Kontakt aufzunehmen.«

»Das weiß ich. Natürlich wollten meine Brüder und Schwestern nichts mit euch zu tun haben, weil sie eure Sprache nicht verstehen konnten. Und ihre veränderten Kinder, die euch verstehen konnten, hätten euch vernichten wollen.«

»Aber Sie wissen von uns, verstehen uns. Darf ich fragen, wie ...?«

Urplötzlich zuckte ein gebündelter Strahl orangefarbenen Lichtes vor dem weiblichen Neutrum auf. Es bewegte seine dreifingrige Hand hindurch, und sofort hallte eine schockierende Kakophonie menschlicher Stimmen über die Plaza. Der Übersetzer bebte noch stärker. Im nächsten Augenblick war das orangefarbene Webnetz mit flackernden blauen Lichtern besetzt. Die Weibliche deutete auf eins davon. Sofort pulsierte es stärker und heller als die übrigen. Das Stimmengewirr verebbte zu einer einzigen Frauenstimme, die in klar verständlichen Worten eine Reihe von Zahlen verlas und nur kurz schwieg, um dann fortzufahren: »Nein, Punkt Zwei-Null-Drei auf dem Azimut, oder du wirst die längste Strecke auf der Tagseite haben, merkst du das nicht?« Danach begann sie wieder ihre Zahlenkolonnen herunterzubeten.

Die Weibliche bewegte wieder die Hand, und das Lichtnetz erlosch. Die Stimme erstarb mitten im Wort.

Der Übersetzer meldete sich wieder. »Vor langer Zeit baute eine meiner Schwestern analytische Maschinen, um den Himmel zu beobachten. Sie blieben uns aus einem Grund erhalten, an den ich mich nicht erinnere. Seit eure Flotte aufgetaucht ist, habe ich sie dazu eingesetzt, eure Sprache zu studieren. Mein armer Bruder hier hat das Ergebnis absorbiert. Begreifen Sie also, daß eure Kommunikation mir nicht verschlossen blieb. Die Bewegung eines einzigen Elektrons verschiebt den Orbit von Myriaden anderer durch das gesamte Universum hinweg. Schon damit erlangte ich weitgehend Einblick in eure Art, aber zunächst ist es mir gelungen, an ein religiöses Dokument heranzukommen, das mir den Schlüssel zu eurer Rasse lieferte.«

»Ein religiöses …?«

»Ich habe es gelesen. Sollte ich damit eine Blasphemie begangen haben, bitte ich um Vergebung. Aber das war notwendig, um euch verstehen zu können. Eure Kommunikation bestand ja lediglich aus Zahlen. Jetzt gebe ich Ihnen das Dokument zurück.« Auf ein neuerliches unsichtbares Zeichen sprang ein anderer Hüter vor und legte etwas vor Dorthys Füßen ab. Während er zu seinen Artgenossen zurückhüpfte, hob Dorthy es auf. Es war ein Buch. Ihr Buch! Die Sonette, die sie verloren hatte, als die Critter ihr Lager überrannten. Aber es war nicht das ursprüngliche Buch, wie sie gleich darauf feststellte, sondern ein gut gemachtes, detailgetreues Faksimile. Die Seiten waren nicht aus vergilbtem Papier, sondern aus einer faserigen Substanz, die man gemahlen hatte, um den holzigen Papierbrei zu imitieren. Die Ornamental-Buchstaben waren nicht aufgedruckt, sondern offenbar in die Blätter eingebrannt worden, der Umschlag härter als Leder, und trotzdem an der Stelle mit einer Fleckimitation versehen, wo sie vor drei Jahren am Fra Mauro versehentlich ein Glas Weißwein darüber verschüttet hatte. *Die Sonette. William Shakespeare.*

»Sie haben mit seiner Hilfe gelernt, uns zu begreifen?« fragte Dorthy.

»Ich verstehe jetzt vielleicht etwas besser, wonach ihr Menschen strebt. Es ist zwar eine mystische Erzählung, aber die Analyse-Maschinen waren imstande, ihre Bedeutung zu enträtseln.«

Wie sie da so lag, den Kopf unter der Haube auf eine Hand gestützt, die kleineren Arme vor der Brust gekreuzt, ähnelte die Weibliche diesen billigen Darstellungen von Buddha, die Straßenverkäufer in den meisten Städten auf Erde verkauften. Süffisant – und selbstgefällig.

»Warum wollten Sie, daß ich hierherkomme?« fragte Dorthy. »Sie haben mir doch diese Träume geschickt, nicht wahr? Und dafür gesorgt, daß mich dieser neue Männliche überwältigte. Sie wollten meinen Tod – und jetzt wollen Sie, daß ich lebe. Was wollen Sie *wirklich* von mir? Oder gibt es hier noch andere wie Sie?«

»Jetzt nicht mehr. Ich bin die letzte in einer ganzen Linie von Wächtern dieser Welt. Bald wird sie keine mehr brauchen.« Die geteilte, wolkenartige Aura brach wieder auf, und die Myriaden kreisender Flecken tanzten wie Staubteilchen, die durch einen Atemzug aufgewirbelt werden.

»Die letzte in einer Linie? Sie hatten eine Familie? Sind die Hüter Ihre Verwandten?«

Der Übersetzer warf den Kopf hoch und heulte laut auf – eine grelle Totenklage. Die Weibliche rührte sich nicht, nur ihre verkümmerten Hände krallten sich fester in ihren Pelz. Bebend senkte der Übersetzer den Kopf.

»Neue Männliche – das ist wohl der Terminus, den ihr Menschen für die verwandelten Kinder benutzt, denke ich. Ja, ich habe das Bewußtsein eines von ihnen manipuliert. Ich wollte, daß die Kinder euch als das ansehen, was ihr seid: eine Gefahr, ja, eine Gefahr, die sogar größer ist als jede, die dieser Welt bisher drohte.«

Dorthys Wärter, der bisher neben ihr gehockt hatte, richtete sich auf und begann sie sanft, aber bestimmt herumzudrehen, während der Übersetzer sagte: »Das ist das Wissen, das übermittelt werden muß. Nehmen Sie es an!«

»Wartet«, rief Dorthy. Der Hüter zog sie weg. »Sie haben mir noch nicht geantwortet. Was wollen Sie von mir?«

Aber der Übersetzer senkte den Kopf und sagte nichts mehr. Dorthy wurde von der Plaza in das Gewirr von Gängen unter dem Laubdach der Bäume getragen. Sie fragte sich, was die Weibliche wohl gemeint hatte, als sie die Sonette eine mystische Erzählung nannte. Denn in Wirklichkeit waren sie nichts weniger als das, waren in der Tat die am stärksten autobiographisch beeinflußten Werke Shakespeares, die seine Gefühle gegenüber seinem Gönner und Freund, dem Earl of Southampton, und der Frau offenbarten, die er jenen zu heiraten drängte – die Kurtisane Emilie Lanier, Shakespeares ›Dark Lady‹, seine eigene dunkelhäutige Geliebte. Dieses Dreiecksverhältnis mit seinen sich verändernden Konstellationen von Liebe und Macht und Verantwortung hatte die schönsten Liebesgedichte der untergegangenen englischen Nation hervorgebracht. Alles hatten sie überdauert, ihre starken Bilder waren zu ewigen Reflexionen der Abgründe des menschlichen Wesens geworden.

Aber mystisch …?

Dorthy fiel nichts ein, was man dafür hätte halten können: Selbst die Meditationen über die Unausweichlichkeit des Todes und das Ende jeder Liebe wurden an kleinen, menschlichen Beispielen verdeutlicht …

Dorthys Aufseher drückte ihr den Kopf herunter und schob sie durch den niedrigen Eingang ihrer Zelle. Er folgte ihr und richtete sich in der rot erleuchteten Höhlung wieder auf. Er öffnete eine Hand, und Dorthy bemerkte darin ein kurzes feines Drahtgeflecht. Mit einer beiläufigen Bewegung streifte der Hüter damit ihre Wange. Der Draht blieb an der Haut haften, und Dorthy sackte auf der Stelle zusammen, als seien mit einem Streich sämtliche Muskelstränge durchtrennt worden. Aus einer Ecke ihrer unausgerichteten Vision sah sie, wie sich das Drahtgeflecht entfaltete, fühlte, wie es über ihren Kopf gestreift wurde, fühlte Myriaden von Nadelstichen auf ihrer Kopfhaut. Und dann schienen die Hüter und die Zelle in unendliche Ferne zu rücken.

Diesmal war sie der Mittelpunkt der Vision, und der Stoff, der ihr Gestalt gab, wirbelte aus irgendwelchen verborgenen Teilen ihres Verstandes hervor. Wissen, Einsichten und Bilder entwickelten sich simultan. Zu sehen hieß verstehen, und jedes Objekt hatte seinen eigenen Text.

Zuerst war da mal eine Sonne.

Sie war ein roter Superriese mit dem dreitausendfachen Durchmesser eines ordinären Zwergsterns wie Sol, aber so lichtschwach, daß sie kaum mehr war als ein lokaler Wirbel im schwerfälligen Kreisel der Staubwolken, die in seiner Strahlung gerade ein Lichtjahr weit fluoreszierten. Innerhalb einiger weniger zehn Millionen Jahre nach ihrem Aufflammen hätte die Sonne zu einer veränderlichen Cepheid werden müssen, als die äußeren Schichten ihren Wasserstoff verbrannten und für die Strahlung darunter opak wurden. Schließlich wurden sie von dem explosiven Druck, der unter dieser Hülle entstand, pulverisiert, und der ganze Zyklus begann von vorn. Aber diese Sonne war Milliarden, nicht Millionen Jahre alt, denn die Staubwolken, durch die sie einsam ihre Bahn zog, verschleierten das Herz der Galaxis und waren mit Wasserstoff-Strahlengürteln besetzt, die durch die Schockwellen zerplatzender Supernovae genügend komprimiert wurden, um das Licht von diesem Superriesen zu binden und es so ständig zu erneuern. Es war ein Leuchtstern, ja, aber seine Eruptionen waren örtlich begrenzt, und die Feuerstürme, in denen jeder normale Stern auf der Stelle verschwunden wäre, bildeten auf seiner insubstantiellen Oberfläche kaum mehr als Pusteln.

Über die Äonen hinweg hatte sich der Supergigant eine bunte Planetenfamilie sowie einen am äußeren Rand seiner Einflußsphäre gelegenen braunen Zwerg zugelegt, der kaum mehr war als ein übergroßer Gasriese. Sein Kern war zusammengestürzt und schmolz sehr langsam, streute dabei infrarotes Licht und einen

Wirrwarr harter Strahlung. Unter dem Schwarm seiner Monde kreiste auch eine erdgroße Welt, auf der es Wasser, eine Sauerstoff-Atmosphäre, Leben, gab. Dies war die Heimatwelt der Hüter, der Alea, des Volkes.

In ihrer Vision sah Dorthy fremde, wilde Zivilisationen, die sich jedesmal erhoben, wenn der Superriese durch eine örtlich begrenzte Verdichtung der kosmischen Staubwolken wanderte. Dabei machten die Kinder der Hüter infolge der anwachsenden Strahlung eine Metamorphose zu intelligenten Männlichen durch, lebten aber gerade lange genug, um ihre trägen Eltern während der Sonneneruptionen zu erhalten. Danach verschwanden mit der Zivilisation auch wieder die kurzen Territorialkriege. Die Hüter kehrten zu ihrer üblichen Lebensweise zurück, hüteten die Herden ihrer Kinder – von denen nur eines unter hundert die rigorosen Auslesen überlebte, durch die Mutanten eliminiert wurden – und jagten unter dem dunklen Auge des braunen Zwerges und dem heißen roten Licht der Riesensonne, die, obwohl mehr als ein halbes Lichtjahr entfernt, den Himmel beherrschte. Ihre unendlich große, matte Scheibe glühte durch die Staubwolken, erstarrte violette Banner, die alle anderen Sterne verhüllten. Nur gelegentlich flackerte kurz eine Nova oder Supernova in dem beständigen Glühen auf.

Und dann veränderte sich alles.

Dorthy sah einen unheilvollen Lichtpunkt am roten Himmel aufleuchten und wachsen – eine Supernova, die nicht mal ein Dutzend Lichtjahre vom Feld des Sternenstaubs entfernt stand. Mit dem hellen Licht kam auch die harte Strahlung, und kurz danach eine bei weitem tödlichere Gefahr: schwere Nuklei, frei von Elektronen und fast auf Lichtgeschwindigkeit beschleunigt. Selbst am Tag standen grüne, lachs- und cyanidfarbene Streifen bedrohlich am Himmel, wenn die interstellaren Wolken unter den Einschlägen aufglühten. Die Scheibe des Supergiganten war übersät mit Eruptionen, wenn ihre dünne Oberflächensubstanz von den Kernen durchschlagen wurde. Wie immer vollführten die Kinder der Hüter beim Anstieg der Strahlung ihre Verwandlung, aber diesmal erkannten sie, daß die Instabilität Jahrhunderte dauern konnte und möglicherweise sogar den großen Stern in Stücke riß. Sie begannen den Planeten zu evakuieren, mobilisierten einen Schwarm von Asteroiden, der im Schwerefeld des braunen Zwerges mitkreiste, und brachten sie in einen Orbit im Schatten des wachsenden Sterns. Dort wurden die Asteroiden-Archen beschleunigt, wobei sie eine eigene Schwerkraft entwickelten, ausgehöhlt und mit den Überresten der Ökologie von der Heimatwelt gefüllt. Deren Oberfläche war bald von jeglichem Leben entblößt, nur ein paar schwer einzufangende Lebewesen in den Tiefen des Meeres blieben zurück. Zu diesem Zeitpunkt war die Gefahr durch die Supernova zwar schon wieder im Abklingen, doch immer noch wurde der Riese von Eruptionen geschüttelt, die sich über die Hälfte seiner Oberfläche ausbreiteten, und selbst der braune Zwerg zeigte Anzeichen von Turbulenzen. Eine nach der anderen beschlossen die Hüterfamilien, den Planeten zu verlassen, und dabei schlugen sie die einzige Richtung ein, in der nach ihrem Wissen Sterne existierten. Sie wandten sich in Richtung des Nebelkerns.

Dorthy durcheilte in ihrer Vision eine Million Jahre in wenigen Momenten, während die Asteroiden-Schiffe nacheinander ihre langen Unterlichtgeschwindigkeits-Reisen beendeten und im Schwerefeld des Kerns neue Systeme gründeten, fast alle mit roten Zwergen. Denn in der großen, mit zahllosen Sternen angefüllten Schatztruhe des Kerns waren nur diese stabil genug. Welten wurden umgewandelt, bestellt und bevölkert, und sobald die Ökosysteme funktionierten, nahmen die Hüter ihr früheres Leben wieder auf. Die Kinder, die die Auslese überlebten, verwandelten sich nur wieder in Hüter, und die Zivilisation starb aus. Verloren und vergessen kreisten die Asteroiden-Archen in ihren einsamen Park-Orbits.

Nur eine Familie, eine der letzten, die das Heimatsystem verließen und daher auch dringender auf die Erschließung eines passenden, nicht bewohnten Systems angewiesen waren als die ersten Auswanderer, entschloß sich, eine neue Kaste zu gründen: weibliche Neutren, langlebige Wächter über die Hüter, Bewahrer der Zivilisation. Diese Familie besiedelte nicht nur eine, sondern Dutzende von Welten. Eine langsame Wellenfront der Zivilisation begann sich am Rand des Kerns auf das Schwarze Loch hin auszubreiten, das zur Hälfte die Ausdehnung des Kerns bestimmte.

Die weiblichen Neutren in der jüngsten Kolonie dieser Familie waren die ersten, die die Veränderung der Eruptionsaktivitäten unter den roten Zwergen im Kern bemerkten, kurze, heftige Strahlengewitter von Sternen, die bis dahin als stabil galten. Sterne, deren Systeme von anderen Familien besiedelt worden waren. Von vielen Welten wurden Expeditionen ausgeschickt, um dieses neuerliche Phänomen zu untersuchen. Nur wenige kehrten zurück – in desolatem Zustand. Ihre Teilnehmer berichteten von Verwerfungen im Raum/Zeit-Kontinuum, von Energie, die aus der umfassenden Struktur des Raumes selbst zu strömen schien, von frisch sterilisierten Welten, die von einer Armada kleiner, schwerbewaffneter Schiffe bewacht wurden. Auf einigen Welten zogen die weiblichen Neutren Armeen aus veränderten Kindern zusammen, um zurückzuschlagen. Andere entschieden sich für die Flucht und begannen ebenfalls mit der Umwandlung der Kinder, um von ihnen Archen bauen zu lassen. Einer nach dem anderen sanken ausgehöhlte Asteroiden durch die dichtgepackte Sternenwelt des Kerns, zur Flucht getrieben durch die Hiobsbotschaften von den Welten, die sich zur Verteidigung entschlossen hatten. Eine der letzten überlebenden Familien identifizierte schließlich die Marodeure: Es waren keine Fremden, sondern eine Familie aus dem Volk, die die Technologie einer längst ausgestorbenen Gattung geentert hatte und nun dabei war, alle bekannten Welten der Alea zu erobern, indem sie sie durch eine kurze Destabilisation der Sonnen sterilisierten, um sie dann mit ihrer eigenen Art zu bevölkern.

In der Zwischenzeit flohen die Archen in den offenen Raum hinaus, und die Novae flammten Lichtbändern gleich hinter ihnen auf, während der Krieg fortschritt und alle, die sich den Marodeuren entgegenstellten, auslöschte. Die Archen reisten schließlich mit solcher Geschwindigkeit durch den Einstein'schen Raum, daß sie nicht mehr angegriffen werden konnten. Sie sanken durch die interstellaren Wolkenwirbel und traten zum Erstaunen der Besatzungen in die ausgedehnten Spiralarme der Galaxis hinaus, deren Milliarden Sonnen vorläufig ihren Blicken verborgen blieben. Wie Kometen am nächtlichen Himmel fielen die Archen in die gewöhnlichen Gefilde der Galaxis und verschwanden zwischen den Myriaden unregistrierter Sterne.

Dorthy sah, wie eine dieser Archen – ein hohler, zylindrischer Asteroid – eine Reise beendete, die länger gedauert hatte als die überlieferte Geschichte der Menschheit. Sie vollzog einen Jahrhunderte währenden Kurswechsel, der sie schließlich in eine weite Kreisbahn um einen mattroten Zwerg brachte. Der zur Kolonisation ausgewählte Planet umkreiste den Zwerg so nahe, daß er schon vor langer Zeit jede Eigenrotation verloren hatte. Sein Gesicht war ständig seinem Stern zugewendet. Die Atmosphäre auf der sonnenabgewandten Seite, immer der interstellaren Leere zugekehrt, war fast ganz eingefroren.

Zuerst wurden nahe der kleinen schwachen Sonne zeitweilige Behausungen errichtet, nachdem in der

Arche Kannibalismus aufgetreten war. Unter der Aufsicht von weiblichen Neutren legten die Kinder mit Hilfe des demontierten Antriebs der Arche ein fragiles Wellennetz um den Planeten. Der Antrieb vernichtete Masse – nicht einfach Gewicht, sondern restliche Masse. Das Netz schloß – das Objekt, das es umgab, ausgenommen – das übrige Universum aus. Die alte Arche war mit dem Äquivalent an Energie, die nötig ist, um wenige hundert Liter Wasser zum Kochen zu bringen, fast mit Lichtgeschwindigkeit vorangetrieben worden. Am Tag des Starts wurde der Antrieb aktiviert, und für einen Moment flammten Lichtnetze über dem gesamten Planeten auf. Als sie erloschen, war der Planet – die neue Arche – verschwunden. Seine Masse war bis auf einen Bruchteil reduziert, aber immer noch groß genug, um zu verhindern, daß sie sich zu einem Superphoton entwickelte und das System mit unkontrollierbarer Lichtgeschwindigkeit verließ.

Trotzdem besaß der Planet immer noch den Steuermechanismus, mit dem er aus seinem Orbit ausgeschert war. Aber ehe seine Besiedlung abgeschlossen werden konnte, gab es Streit unter den weiblichen Neutren. Einige von ihnen hatte schon die sorglose Verschwendung von Energie während der Planetenformung verschreckt, und zu allem Überfluß mußten sie auch noch erkennen, daß die Rotation des Planeten, von ihnen selbst künstlich erzeugt, eine unverwischbare Spur hinterließ, die theoretisch von der marodierenden Alea-Familie, die vor langer Zeit den Galaktischen Kern gestürmt hatte, entdeckt werden konnte. In ihrem neu geschaffenen Paradies aber war die eigene Familie schon dabei, zum althergebrachten Lebensablauf des Jagens und Hütens zurückzukehren. Sollten plötzlich die Marodeure auftauchten, würde es viel zu lange dauern, eine wie auch immer geartete Verteidigung aufzubauen.

Diese Entdeckung löste einen kurzen, aber heftigen

Krieg aus. Die weiblichen Neutren und Kinder, die schon in die Gärten der neuen Welt hinuntergestiegen waren, wurden mit an Schwermetallen reichen Asteroiden bombardiert, die man im Orbit geparkt hatte, um jederzeit Rohmaterialien zur Erbauung der neuen Welt zur Verfügung zu haben. Dabei benutzte man die eingebauten Antriebe. Ihre heftigen Einschläge dezimierten das frisch installierte, fragile Ökosystem und legten den ganzen Planeten in Schutt und Staub. Im anschließenden Durcheinander kaperten die Rebellen die Arche. Da sie keine Zeit hatten, ihren Antrieb wieder instandzusetzen, driftete die Arche mit niedriger Geschwindigkeit durch den Raum – auf der Suche nach einem System ohne Planeten als Basis, wo die Kinder intelligent blieben und die notwendige Technologie zur Erhaltung ihrer Familie entwickeln konnten.

Eine Armee in ständiger Alarmbereitschaft!

Da war noch mehr, aber der Traum rotierte zur Seite davon, ehe er ganz verblaßte …

Das unwillkommene Bewußtsein brandete heran. Eine Hand preßte sich auf Dorthys Mund, die andere hielt ihre Hände auf dem Rücken fest.

»Still«, flüsterte Andrews.

Der Raum der Stille dehnte sich unendlich. Immer noch desorientiert, registrierte Dorthy den Schweiß in Andrews' Handfläche, einen tranigen Geruch wie nach ranziger Butter. *gaijin*-Schweiß! Mit dem Rudiment ihres TALENTS ertastete sie einen Zipfel seiner Furcht, eine Art wilder Verzweiflung.

Schließlich ließ er sie los und flüsterte: »Wir müssen verschwinden. Kommen Sie!«

»Sie sind verrückt«, wisperte sie zurück und rieb ihre Handgelenke. Dieses delikate Gespinst, das ihr die Saga der Hüter, der Alea, des Volkes übermittelt hatte, lag zerdrückt auf dem Zellenboden, seine Verästelungen waren geknickt.

»Was hat man mit Ihnen gemacht?« fragte Andrews, über ihr stehend.

»Sie erzählten mir, woher sie kamen, und weshalb sie weggegangen sind. Ich weiß jetzt vieles mehr. Wenn Sie mich nicht dabei erfolgreich gestört hätten, würde ich jetzt alles wissen, was Sie hier zu finden hofften. Sie verstecken sich, Andrews, verbergen sich vor einer anderen Gemeinschaft ihrer eigenen Rasse, die sich einer zerstörerischen, alles vernichtenden Technologie bemächtigte. Ich habe zwar noch nicht alles herausfinden können, aber ich bin dem hiesigen Führer, einem weiblichen Neutrum, begegnet. Ich glaube, mit ihm stimmt was nicht. Es ist, als ob im Kopf der Weiblichen zwei Lager miteinander stritten. Hätten Sie mir nicht das Drahtnetz vom Kopf gezogen, hätte ich vielleicht erfahren, weshalb sie sich so verhält.«

Andrews nahm sein Gewehr auf. »Eigentlich hätte ich ja etwas Dankbarkeit erwartet. Immerhin riskiere ich mein Leben, um Ihres zu retten. Wenn wir aber jetzt nicht bald verschwinden, könnte das alles vergebens gewesen sein. Sind Sie in der Lage zu laufen?«

Sie konnte es, obwohl ihr, als sie aufstand, einen Augenblick lang das Blut aus dem Kopf sackte und rote Kreise vor ihren Augen tanzten. Sie taumelte. Andrews war sofort bei ihr und half ihr durch die niedrige Zellenöffnung. Draußen schob sie seine stützende Hand weg. »Was haben Sie getan? Weshalb ...?«

»Ich denke, das ist doch ziemlich klar«, antwortete Andrews kalt.

Dorthy stieg über den Leichnam des Hüters hinweg und strich sich über den Kopf. Ihre Finger waren blutverschmiert. Andrews hatte ihr das Drahtnetz einfach vom Kopf gerissen. Sie befand sich immer noch in den Fängen der induzierten Trance, als sei die wirkliche Welt lediglich die Überlagerung einer tieferen Realität, in der verbale Erklärungen optisch wahrnehmbar werden.

»Sie haben ihn getötet.«

Aber Andrews gab keine Antwort. Er zupfte an ihrem Arm, zerrte stärker, als sie sich ihm zu widersetzen versuchte. Sie sagte: »Ich erzählte Ihnen doch, daß ich Ihrem großen Schwarzen Mann begegnet bin, und daß er nicht gerade das ist, was er sein sollte. Ich denke, ich kann herausfinden, warum das so ist. Begreifen Sie denn nicht – wenn wir die Alea verstehen lernen könnten, würde sich für uns eine Möglichkeit eröffnen, mit ihnen zu kommunizieren. Und sie könnten sich mit uns verständigen. Ist das nicht besser, als sie einfach zu vernichten?«

»Seien Sie nicht naiv. Sie können doch die Navy nicht verändern. Diese Wesen da sind verantwortlich für den Tod von einem Dutzend guter Männer und Frauen. Haben Sie auch daran mal gedacht? Sie stehen unter ihrem Einfluß, und der Herrgott weiß, was sie Ihnen über dieses Dings da, dieses Netz, noch alles eingetrichtert haben. Sie sind zu tief eintaucht, Dorthy. Sie können nicht mehr logisch denken.« Er packte wieder ihren Arm und schüttelte ihn verärgert. »Kommen Sie jetzt endlich!«

»Es ist zu spät.« Dorthy hatte vier, fünf, sechs Hüter ertastet, die die leicht ansteigende Passage heraufkamen. Andrews hob sein Gewehr – und in diesem Moment fügte sich in Dorthys Kopf alles zu einer Einheit.

Andrews zog den Abzug durch. Im selben Augenblick hieb Dorthy mit beiden Händen den Lauf nach oben. Der Schuß ging in das Laubdach, ohne weiteren Schaden anzurichten. Andrews blieb nicht mal mehr Zeit zum Fluchen, und noch weniger, um Dorthy beiseite zu schieben, da waren die Hüter schon über ihnen, trieben sie auseinander, rissen Andrews das Gewehr aus der Hand und stießen ihn grob zu Boden, als er ihnen Widerstand leistete.

In dichter Formation wurden Dorthy und Andrews durch die Gänge getrieben. Von hinten drängten Hüter unerbittlich nach, wenn die Menschen über die Fersen der Hüter vor ihnen stolperten. Unterwegs versuchte Dorthy, Andrews von der Bedeutung zu überzeugen, die ein Gespräch mit dem weiblichen Neutrum für alle haben könnte, schilderte ihm in groben Zügen, was sie in ihrer Trance erfahren hatte, und berichtete ihm von der Dichtomie im Bewußtsein des Neutrums, die die Gedanken des Wesens scheinbar in zwei entgegengesetzte Richtungen zerrte – als wüßte es genau, daß das, was es vorhatte, falsch war.

»Und was hat die Weibliche vor?« Andrews' Worte hatten ihren ironischen Unterton verloren. Nervös betrachtete er eine Gruppe dieser gabelschwänzigen Affen.

»Ich weiß es nicht, denke aber, daß sie es mir erzählen wird. Mir wurde gezeigt, wie sie diese Welt hier umgewandelt haben, Andrews, wie sie sie in Rotation versetzten!« Wieder fragte sie sich, was mit dem Antrieb der Arche geschehen sein mochte. »Hat man im Orbit etwas gefunden, als die Navy hier eintraf?«

»Im Orbit? Nein, ich glaube nicht. Hören Sie, ich weiß, niemand kann Ihnen Vorwürfe machen. Die Hüter haben bei Ihnen eine Gehirnwäsche vorgenommen – wovon Sie selbst natürlich nichts merken. Nun, das macht nichts. Was immer dieses Neutrum auch plant, die Navy wird in … äh … in fünfzehn Stunden, von jetzt an gerechnet, loslegen. Und das war's dann für sie – und für uns, sollten wir dann noch am Leben sein.«

»Es gibt noch eine Chance«, beharrte Dorthy, war sich dessen aber jetzt nicht mehr so sicher. Angenommen, irgendwelche Veränderungen wären an ihr vorgenommen worden, als sie unter dem Drahtgeflecht lag? Und was, wenn sie ihre Fähigkeit überschätzte, die Tiefe der Psyche des weiblichen Neutrums auszuloten – wie beispielsweise in ihrer Jugend, als sie die

Neurosen und Psychosen zergliederte, die man ihr am Institut präsentierte?

Aber es blieb einfach keine andere Möglichkeit.

Sie näherten sich nun der Plaza. Dorthy schnippte sich eine Tablette ihres Antiblockers aus dem Spender und schluckte sie.

Andrews bemerkte es zwar, versuchte aber nicht, sie daran zu hindern. »Sollte ich eine Möglichkeit sehen, uns hier herauszubringen, werde ich sie nutzen«, warnte er sie vor. »Und lassen Sie sich gefälligst nicht nochmals einfallen, mich aufhalten zu wollen.«

Dorthy gab darauf keine Antwort. Er hatte Angst, das erkannte sie, aber seine Furcht saß nicht so tief wie ihre, ebenso wenig seine Unsicherheit. Im Grunde war er wie alle Goldenen, die sie kennengelernt hatte. Er zeigte keine Angst vor dem Tod, weil er unfähig war, ihn sich vorzustellen. *Bleib dir nur treu, und nach einer Weile glaubst du, daß sich nie etwas ändert.* Selbst jetzt, während die Hüter sie auf die Plaza hinausschoben, war Andrews von diesem Irrglauben durchdrungen, und seine Furcht war nur eine Schicht an der Oberfläche, die wie ein Ölfilm auf sonnenbeschienener See in allen Farben glitzerte.

Andrews schaute sich um. Der Übersetzer schlurfte mit gesenktem Kopf heran, so daß die Hautkapuze sein schmales Gesicht fast verdeckte.

»Ich vertraue darauf, daß Sie genug lernen konnten, ehe Sie ... dabei unterbrochen wurden.«

Trotzig trat Andrews vor und versuchte, seinen Schock über den Anblick, der sich ihm bot, zu verbergen. Während er sprach, sah Dorthy die ganze Szenerie einige Augenblicke mit seinen Augen: die dunkle, bedrohliche Schar der Hüter hinter der massigen, ruhenden Gestalt des weiblichen Neutrums, die aufragenden, schimmernden Wände und den schwarzen Himmel darüber. *Minos als Richter vor dem Tor von Dis.*

»Ich verstehe ja, daß Sie sich zu erklären versuchen«,

sagte Andrews. »Für den Anfang könnten Sie ja mal versuchen, uns das Verhalten Ihrer Leute in der Burg verständlich zu machen. Stehen sie unter Ihrer Kontrolle?«

Er hatte den Übersetzer angesprochen. Der Hüter wich zurück und sah zu seiner Herrin hinüber. Dorthy zeigte auf die Weibliche und erklärte Andrews, daß sie es war, die durch den Mund des Übersetzers mit ihm sprach. Sofort drehte Andrews sich zu ihr um und wiederholte seine Frage.

»Früher hätte ich sie weitgehend beeinflussen können, doch jetzt, wo sie an Wissen dazugewonnen haben, ist das sehr schwierig.«

Dorthy sah die Weibliche plötzlich mit anderen Augen. Sie war kein Buddha, nein, sie war nicht ruhig und gleichmütig, sondern eine einsame, halbverrückte Königin, deren Händen die Zügel der Macht allmählich entglitten. Sie fragte: »Wo sind Ihre Schwestern? Die anderen Ihrer Art?«

»Ich bin die letzte meines Geschlechts.«

»Was redet ihr da von Schwestern?« fuhr Andrews dazwischen. »Gibt es etwa noch mehr von der Sorte?«

»Weibliche Neutren«, klärte Dorthy ihn auf. »Erinnern Sie sich noch, was ich Ihnen erzählt habe? Sie ist die letzte, ein geklonter Abkömmling der Archen-Mannschaft, die diese Welt hier besiedelte.«

Durch den Mund des Übersetzers sagte die Weibliche: »In mir leben meine Vorfahren.«

Und schlagartig begriff Dorthy die Konsistenz der Aura oder Wolke von vehement durcheinanderwirbelnden psychotrophischen Knoten, von der die Weibliche umgeben war. Es waren Spurenfragmente von dahingegangenen Leben, die in einer letzten furiosen Besessenheit vergingen. Aber warum waren sie gespalten – in verschiedene Lager geteilt?

Ungeduldig sagte Andrews zu dem Neutrum: »Ich muß Sie fragen, was Ihre Pläne sind.«

»Ich werde nichts mehr tun. Es ist schon alles im Fluß.«

»Was wollen Sie damit sagen?« Dorthy fühlte das erste Prickeln ihres TALENTS. Die flackernde Aura um die Weibliche schien heller zu leuchten, wie ein Wolkenfleck im Okular eines Teleskops, der durch die geringste Drehung der Fokussierschraube zu einer gestirnten Spirale in der Galaxis wird.

Als die Antwort ausblieb, fuhr Dorthy fort: »Wenn Sie mir nichts darüber sagen wollen, erzählen Sie uns doch, was Sie über uns wissen. Erzählen Sie uns von dem Mythos, auf den Sie in dem Buch hier gestoßen sind.« Sie zog das Faksimile aus der Overall-Tasche und reichte es Andrews, der stirnrunzelnd den Titel las und sie dann von der Seite her schief ansah.

Das weibliche Neutrum antwortete in einem Anfall selbstironischen Vertrauens durch den Übersetzer: »Es ist eine Geschichte über Demut und Einsicht. Wie ein sich wandelndes Kind sich mir nähern könnte, so nähert sich der Erzähler einem großen Gelehrten, bringt ihn durch Schmeicheleien dazu, in meisterlicher Sprache religiöse Geheimnisse zu enthüllen, und verspricht seinem geschriebenen Wort Unsterblichkeit, so daß selbst die kommenden Generationen über seine Einsichten staunen.«

Nach einer Pause fuhr die Weibliche fort: »Eure Spezies hat Raum und Zeit überwunden und ist sehr ehrgeizig in ihren Zielen. Der einzige Schatten ist die Sterblichkeit des Individuums. Immer wieder wird in dieser Schrift die dunkle Göttin beschworen, und damit die Dunkelheit des Nichtseins. Sie steht gegen das, nach dem ihr strebt.«

Ihre Lichtaura schimmerte nun sehr hell, die geschrumpften Wesenheiten der verlorenen Vorfahren wirbelten wie blitzende Funken durch das allgemeine Glühen.

Und mitten darin überstrahlte der Intellekt des Neutrums alle anderen. Dorthy stellte fest, daß er sie nicht überwältigte, solange sie sich nicht dagegen wehrte und ihn durch sich hindurchgleiten ließ wie Licht durch eine Glasscheibe. Nicht mehr furchterregend und schrecklich, sondern auf tragische Weise unvollkommen und fehlerhaft. Dorthy wußte, daß, wenn sie es schaffte, diesen dunklen Knoten im Zentrum des Lichtes zu durchdringen und zu entwirren, alle gerettet, alle vor dem Untergang bewahrt werden könnten. Dann würden die Feindseligkeit der neuen männlichen Hüter schwinden und die Befürchtungen der Navy sich als grundlos erweisen.

»Und was ist mit Ihnen?« fragte Andrews. »Was erreichen Ihre … Verwandten, die Hüter, damit, daß sie sich weiterhin hier versteckt halten?« Er trat, die Hände in die Seiten gestemmt, einen Schritt vor. Die Hüter hinter dem Neutrum bewegten sich unruhig, und die hinter Andrews flankierten ihn sofort an beiden Seiten. Dorthy sah, wie ihre nackten Hände zuckten. An den stumpfen Fingerspitzen traten die Krallen bedrohlich hervor.

Andrews schenkte den Hütern einen verächtlichen Blick. Seine Furcht war einem Zorn gewichen, der aus seinem Stolz geboren wurde.

Es dauerte lange, bis daß das Neutrum antwortete. Schließlich regte sich der Übersetzer und sagte in seinem fehlerfreien Portugiesisch: »Sie überleben.«

»Ach ja, sie überleben. Aber sie tun nichts, um es sich zu verdienen.«

»Des Lebens einzige Bedeutung, wenn man in diesem Zusammenhang überhaupt von einer solchen sprechen kann, ist nun mal das Überleben. Meine Brüder und Schwestern, die ihre Kinder auf den Plains hüten, finden seinen Sinn im einfachen Muster ihrer Lebensweise und brauchen sonst nichts. Sie sind eingebunden in die Prozesse dieser Welt: Alle sind eins. Das ist ihre Religion. Sie suchen nach keiner anderen. Eure

Rasse denkt im Moment, daß Expansion Vorrang hat vor allen anderen Dingen. Ihr glaubt, eurem dunklen Schicksal zu entkommen, glaubt, daß das ganze Universum euch gehört – obwohl ihr es doch so wenig begreift.«

»Und Sie? Woran glauben Sie?« fragte Dorthy.

»Ich diene meiner Familie«, antwortete die Weibliche schlicht, und obwohl sie äußerlich unverändert ruhig blieb, erfaßte Dorthy den Aufruhr in ihrer Doppelaura. Funken von uralten Bewußtsein wirbelten wie die Körner in einem Sandsturm durcheinander und kämpften auf dem Schlachtfeld des Bewußtseins der Weiblichen um die Oberhand – wie die zwei Parteien der Alea-Familie einstmals ebenfalls um die Vormacht gerungen hatten, ehe sie separate Wege einschlugen.

»Sie verstecken sich vor den anderen aus Ihrer Rasse, die die Technologie einer anderen Zivilisation an sich gebracht haben. Habe ich Sie da richtig verstanden? Jene befinden sich also immer noch dort im Kern?«

»Es ist nur klug, dies anzunehmen.«

»Dann gibt es nur einen Weg, das genau festzustellen – durch Konfrontation. Indem ihr euch mit der Föderation verbündet ...«

»Ihr habt keine richtige Vorstellung – und noch weniger Verständnis. Die Waffen, die die Marodeure im Kampf gegen die anderen Familien einsetzten, gehen über euer Begriffsvermögen hinaus. Ich besitze zum Beispiel ein Gerät, das die Sonne in ihrem Lauf stören kann. Tatsächlich habe ich auch die Kinder damit stimuliert, sich in neue Männliche zu verwandeln. Für die Familie aber, die die antike Technologie entdeckte und in ihren Besitz brachte, ist dies nur die schwächste Einsatzmöglichkeit. Sie ist in der Lage, die Fusionswege eines Sterns zu aktivieren – so, als ob ihr eine Flamme zwischen euren Fingern aufspringen laßt. Alle Erinnerungen sind durch die ganze Linie meiner Vorfahren weitergegeben worden, und daher kann auch ich mich daran erinnern, daß wir, als wir aus dem Kern flohen, riesige Strukturen ausmachten, die das Schwarze Loch dort umkreisten, Überbleibsel jener Technologie, die die Marodeure sich im Handstreich angeeignet hatten. Strukturen mit Durchmessern von einem Lichtjahr und mehr. Und wie alt sie sein mögen, wage ich nicht zu schätzen.

Wir sind eine langsame, konservative Spezies. Vielleicht sogar dumm, verglichen mit anderen Rassen, die sich erst kürzlich zwischen den Sternen etabliert haben. Wir waren durch einen kosmischen Unfall gezwungen, unsere Heimatwelt zu verlassen, auf der wir zuvor seit Millionen von Jahren gelebt hatten. Wie viele, ist nicht bekannt, denn die sich verwandelnden Kinder beschäftigten sich nie mit Geschichte. Natürlich sind in Zeiten, in denen es notwendig ist, ein paar von uns technologisch manipulierbar. Das ist wahrscheinlich auch der Grund, warum wir so lange überlebt haben. Die Technologie ist destabilisierend. Sehr oft nach einer Sonneneruption kämpften die mutierenden Kinder verschiedener Familien in mörderischen Kriegen gegeneinander, ehe sie ausstarben, wobei jede Partei versuchte, wie die Marodeure ihr Territorium mit Hilfe gestohlener Technologie zu vergrößern. In all der Zeit, die wir im Kern von Stern zu Stern reisten, und auch als wir fliehen mußten, haben wir nicht das Prinzip des Phasenantriebs, wie ihr ihn nennt, aufschlüsseln können. Wir erkannten nicht, daß Reisen mit Überlichtgeschwindigkeit möglich waren, bis die Marodeure uns den Antrieb demonstrierten – vielleicht aus Dummheit, aber auch zu unserem Glück. Denn der Phasenantrieb hinterläßt eine unauslöschbare Spur im Raum/Zeit-Gefüge, die man erkennen und bis zu ihrem Ursprung zurückverfolgen kann.«

Dorthy wußte sofort: Hier war er, der Riß im Bewußtsein, der Fehler. Genau hier.

»Die Marodeure, wie Ihr sie nennt, können die Spur von Phasenantrieben verfolgen?« fragte Andrews. »Wollt Ihr damit sagen, daß sie von unserer Existenz wissen?«

»Ihr habt ihnen eure Existenz signalisiert, und sie werden zu euch kommen, aus dem Kern. Es wird seine Zeit dauern, aber sie werden kommen.«

Das suchende Auge. Dorthy erinnerte sich wieder der Furcht, die sie im ersten Traum über die Heimatwelt der Alea empfunden hatte, und sah diese Furcht jetzt auch plastisch am Schnittpunkt der geteilten Aura, in der die verlorenen Bewußtseine flackerten.

»Wenn das also eine unumstößliche Tatsache ist«, knurrte Andrews immer noch ungläubig, »wäre es umso dringlicher, daß ihr euch mit uns zusammentut.«

»Nein. Als ich das erste Mal das Bewußtsein dieser Frau kontaktierte ...« – ungelenk wie eine Puppe hob der Übersetzer einen Arm und deutete auf Dorthy –, »... konnte ich durch sie erkennen, wie ihr seid. Was sich dann später auch bestätigte, nachdem einem meiner Brüder dieses Buch in die Hände fiel. Eure Leute sind alle in ihr Inneres eingesperrt. Es gibt kein Gefühl der Zugehörigkeit, der Loyalität ...« Der Übersetzer schüttelte den Kopf und winselte leise. Dann fuhr er fort: »Mein Diener findet nicht die richtige Bezeichnung dafür. Diesen Ausdruck scheint es in eurer Sprache nicht zu geben.«

»*Uchi!*« rief Dorthy.

Andrews drehte sich zu ihr um und zog die Brauen hoch. »In der Sprache meines Volkes bedeutet das Bodenständigkeit oder Zugehörigkeit zu dem Ort, an dem man lebt«, erklärte Dorthy ihm und dem weiblichen Neutrum den Wortsinn. »Die Zugehörigkeit zu einer Familie.«

Ich kann nicht unter Fremden leben. Das war's also.

»Hören Sie«, sagte Andrews. »Wir sind so unterschiedlich nicht. Ihr habt eure Loyalität zu eurer Familie. Meine ist allgemeinerer Natur – sie gehört meiner Spezies. Aber auch sie hat Schwerpunkte: das Land, in dem ich geboren bin, das Land meiner Familie. Mein Gehege, wenn Sie so wollen. Können Sie das nicht erkennen?«

Und tatsächlich erfaßte Dorthy ein schlecht umrissenes Bild in seinem Bewußtsein, das Bild einer steil aufragenden Burg mit hohen Mauern auf einer Felsklippe, gegen die ein grauer Ozean anbrandete. Sie sah aber auch den Riß im schimmernden Bewußtsein des weiblichen Neutrums, den Wurm im Kern.

»Es bringt nichts, Andrews«, raunte sie. »Merken Sie das eigentlich nicht? Sie will, daß der Krieg stattfindet. Hätte sie nicht die Veränderung in den Kindern der Hüter eingeleitet, gäbe es keine Feindseligkeiten. Nicht wir, der Anstieg der Strahlung infolge einer Sonneneruption ist schuld am Aufflackern der Kämpfe. Und sie hat diese Eruption gezielt verursacht. Sie *will* den Krieg!«

»Eure Leute bekämpfen meine«, meldete sich der Übersetzer wieder zu Wort. »Das weiß ich von dem anderen Stern, den wir im Asteroiden-System besiedelten. Die Kinder dort hielten euch irrtümlich für die Marodeure, doch dieser Fehler ändert nichts an den Tatsachen. Solange ihr in ihrem Territorium bleibt, werden sie euch bekämpfen. Es ist ihr Instinkt. Sei es drum – nach so langer Zeit soll das nicht mehr meine Sorge sein.«

»Und hier?« wollte Andrews wissen.

»Wenn ihr diesen Planeten verlassen würdet, hätten die sich verwandelnden Kinder keinen Grund, euch zu folgen. Nach und nach würden sie dann aussterben.«

Andrews sah zu Dorthy hinüber. »Dann nehmen wir das doch einfach als Basis für eine erste Kooperation. Ich könnte zusagen, unsere Basis auf der Oberfläche aufzulösen und die Leute von dort zu evakuieren. Wir könnten eine ständige Verbindung zu euch einrichten.« Er log natürlich, versuchte lediglich Zeit zu gewinnen.

Vielleicht hegte er auch die Hoffnung, daß die Weibliche zustimmen und sie gehen lassen würde …

Und danach würde die Navy sie auslöschen.

Dorthy sagte nichts.

Durch den Übersetzer antwortete die Weibliche: »Ihr habt mich mißverstanden. Ich will keinen Frieden. Deshalb wollte ich auch, daß diese Frau da stirbt, denn sie hätte die Wahrheit über die sich verwandelnden Kinder herausfinden können, ehe diese in der Lage gewesen wären, ihre Eltern zu verteidigen. Zweimal versuchte ich, ihren Tod zu arrangieren. Zweimal bin ich damit gescheitert. Aber sie kam ohnehin hierher.«

Dorthy erinnerte sich an die Vision, die ihr bei der Burg eingepflanzt worden war. »Sie wollten doch, daß ich hierherkomme.«

»Jetzt seid ihr in meiner Gewalt, und der Krieg wird weitergehen.«

Starrköpfig erwiderte Andrews: »Aber der Krieg muß doch nicht sein. Eure und meine Leute könnten doch gemeinsam die Marodeure bekämpfen, wenn sie auftauchen.«

»Für euch wäre es dann besser zu fliehen – wie wir damals. Aber das werdet ihr nicht tun. Eure Rasse unterscheidet sich darin nicht von vielen anderen untergegangenen Spezies, die wie ihr versuchten, sich die Galaxis zu unterwerfen. Das ist bereits geschehen – durch die Marodeure, mit Hilfe ihrer zweckentfremdeten Technologie. Wir leben nur noch in den Ruinen der Geschichte. Diese Familie hier mag durch eure Leute ausgelöscht werden. Sie muß sogar ausgelöscht werden – ehe die Marodeure kommen. Und sie werden kommen! Ja, ja. Und dann werden die anderen Flüchtlinge in ihren Verstecken zwischen den kleinen Sternen verständnislos die Lichtblitze an ihren Himmeln betrachten, die den Untergang der Sonnen all eurer Welten anzeigen.«

»Und auch eurer«, sagte Dorthy.

Ein langes Schweigen folgte. Die verkümmerten

Arme der Weiblichen fuhren unruhig über den Pelz. Das affenähnliche Wesen sprang mit hochgerecktem Schwanz von ihrer Schulter und rannte davon. Zwei Hüter folgten ihm durch einen Torbogen. Die anderen starrten weiter mit unbewegten Gesichtern auf die Menschen.

Dorthy beobachtete die Aura der Weiblichen und dachte dabei: *Das ist wie das Aufbrechen der unterirdischen Quelle eine Flusses, deren Fluten aber von einer starken Gegenströmung neutralisiert werden, ehe sie zur Oberfläche durchdringen können. Wenn ich nur den Ursprung kennen würde …*

Schließlich hob der Übersetzer wieder den Kopf. »Es ist notwendig«, sagte er. »Wenn wir am Leben bleiben, werden uns die Marodeure finden, indem sie den Spuren eurer Schiffe folgen. Und finden sie diese Welt, werden sie wissen, daß sie die anderen Flüchtlinge in der Umgebung der kleineren Sterne suchen müssen.«

»Kein Wesen würde freiwillig so weit gehen, die eigene Familie oder gar ein ganzes Volk auszulöschen, um anderen zu helfen«, rief Andrews.

»Es ist aber die Wahrheit.«

Andrews fuhr sich durchs Haar und sagte mit gezwungener Gelassenheit: »Dann sind Sie verrückt! Haltet uns hier fest – und ihr werdet mit Sicherheit umkommen. Alles auf diesem Planeten wird sterben.«

»Es ist notwendig«, beharrte das weibliche Neutrum, während die Aura um den Knoten kreiste, um den Riß, der sie spaltete. Sie log, Dorthy *las* es deutlich. Sie *log!* Ihre Loyalität gehörte einzig und allein ihrer eigenen Herde, der Familie, die auf diesem Planeten lebte, und nicht den anderen Kolonien, die seit mehr als einer Million Jahren getrennt von dieser Familie existierten. Mit anderen Worten hatte die Weibliche dies selbst gesagt.

»Würden Sie tatsächlich Ihrer Pflicht zuwider handeln und Ihre Familie opfern?« fragte Dorthy.

»Zum höheren Wohl der Rasse«, behauptete das Neutrum.

Eine Lüge, eine gemeine Lüge! Dorthy versuchte, in die ausströmende Helligkeit zu blicken. Es war, als versuche sie, den Schatten einer Schneeflocke vor dem Hintergrund einer Nova zu erkennen. Einen Moment war ihr ganzes Selbst dem Licht geöffnet. Der einzige Weg, an den Knoten zu gelangen, war, ihn in ihr Selbst aufzunehmen – ohne Rücksicht auf die Gefahr eines Gehirntraumas. Aus weiter Ferne hörte sie Andrews rufen: »Was machen Sie mit ihr? Hören Sie auf damit! Sofort aufhören, verdammt ...«

Und übergangslos, wie es schien, lag Dorthy auf dem Boden und schaute in Andrews' besorgtes Gesicht, das vom schwarzen Himmel darüber umrahmt wurde. Einen Moment lang schien es ihr, als sähe sie alles doppelt. Seine vertrauten Züge waren überlagert von einer unheimlichen nichtirdischen Maske, einer Falschheit. Dann fühlte sie die Wesensstruktur des weiblichen Neutrums verblassen, und sie war wieder sie selbst. Und jetzt verstand sie den Knoten, den Riß, das Schreckliche, das vor langer Zeit begangen werden mußte, um diese Welt versteckt zu halten, um sie vor der Gefahr aus dem Kern zu schützen.

»Jesus«, knurrte Andrews. »Sagen Sie etwas, Dorthy. Alles in Ordnung? Es sah aus, als hätten Sie einen Ihrer Anfälle.«

»Mir geht's gut«, antwortete sie – und schmeckte Blut. Sie hatte sich in die Zunge gebissen. Als sie sich aufsetzte, bemerkte sie, daß sie sich zu allem Überfluß auch noch eingenäßt hatte.

Pech. Aber dafür wußte sie jetzt alles.

Andrews half ihr auf die Beine, und sie sagte auf Englisch: »Versuchen Sie keine Tricks. Ich weiß jetzt, warum sie unbedingt sterben will ... und wie ich sie vielleicht überzeugen kann, von ihrem Vorhaben abzulassen.«

»War es nicht sie, die Ihnen das alles angetan hat?«

»Nicht unbedingt. Ich bin in ihr Bewußtsein eingedrungen. Und ich habe *gesehen.*« Dorthy lächelte und fühlte, wie ihr dabei ein Blutstropfen das Kinn herablief. »Ich dachte, ich hätte das Therapieren schon längst aufgegeben.«

»Benutzen Sie meinetwegen weiterhin Ihr TALENT, aber jetzt haben wir gerade noch eine Stunde Zeit bis zu unserem vereinbarten Treffen mit Angel. Wenn wir hier noch länger herumhängen, wird sie ohne uns verschwinden, und die Navy wird die Sonne beschießen. Wenn Sie noch etwas tun wollen, tun Sie es gefälligst rasch.«

»Vertrauen Sie mir«, sagte Dorthy und wandte sich dem weiblichen Neutrum zu, das, sollte es mitbekommen haben, was geschehen war, sich jedenfalls nichts anmerken ließ. Auf Portugiesisch sagte Dorthy: »Ich hätte erkennen müssen, daß Sie sterben wollen, als Sie uns Ihre seltsame Deutung der *Sonette* mitteilten.«

»War sie falsch?«

»Die dunkle Lady war nicht Gott. Sie war nur eine ganz gewöhnliche Frau, eine Weibliche. Der Dichter drängte seinen Herrn und Gönner, sie zu heiraten – die Frau, die auch er liebte. Dies ist die Dichotomie, der die Inhalte der *Sonette* entsprangen. Darin sind Schmeicheleien enthalten. Ebenso kommt darin aber die Nichterfüllung einer schweren, schmerzlichen Pflicht zum Ausdruck, wie auch des Dichters unsterbliche Liebe, so unsterblich wie seine Kunst. Sie sahen darin nur, was Sie sehen wollten: eine zwanghafte Todesbesessenheit, einen Weg, den Ihre Schwestern vor langer Zeit aus Scham wählten. Aber nicht Ihr habt Schande über euch gebracht, eure Vorfahren waren es, die so handelten, um diese Welt vor dem Untergang zu bewahren. Das war falsch, ja, aber Sie dürfen deswegen nicht zulassen, daß Ihre Familie jetzt untergeht. Dadurch würde die

Schande auch nicht getilgt. Ich weiß jetzt alles. Ich weiß, was damals geschah.«

»Und ich wußte, daß Sie gefährlich sind. Ja, ich wußte es.« Die Weibliche betrachtete Dorthy mit großen, funkelnden Augen. Hinter ihr scharrten die Hüter verwirrt mit den Füßen. Das zwanghafte Netz der Routine in ihren Köpfen lockerte sich.

»Was soll das alles? Von welcher Schuld sprecht ihr eigentlich?« Andrews schaute nervös von einer zur anderen.

»Vor ungefähr einer halben Million Jahren«, erklärte Dorthy und erwiderte fest den starren Blick der Weiblichen, »entstand eine Zivilisation auf einer der Welten eines nahegelegenen Sterns. Wir nennen den Stern Epsilon Eridani.«

»Nowaja Rosja«, sagte Andrews überrascht. »Das war es also, was diese Welt beinahe zerstörte.«

»Ja. Auf die gleiche Weise, wie sie diesen Planeten hier in Bewegung versetzten, veränderten einige weibliche Neutren den Orbit eines der Monde, die einen Gasgiganten umkreisten, und schickten ihn auf Kollisionskurs in Richtung Epsilon Eridani. Ich wunderte mich schon, warum das Antriebssystem der Arche nicht in einem Orbit um diesen Planeten hier geparkt war. Jetzt weiß ich es. Es verschwand mit dem Mond. Er war eigentlich nur ein unbedeutender Gesteinsbrocken – und das einzige, das der Antrieb nach Tausenden von Jahren mißbräuchlicher Benutzung noch von der Stelle bewegen konnte. Doch als er auf Nowaja Rosja traf, raste er mit annähernder Lichtgeschwindigkeit durch den Raum. Der Mond zerstörte nicht den gesamten Planeten, schlug aber auf ihm ein und vernichtete die Zivilisation, die gerade begonnen hatte, die Sterne der näheren Umgebung zu erschließen. Sicher hätte sie sich dadurch bald den Marodeuren verraten und diese Welt hier gleich mit.

Die weiblichen Neutren dieser Epoche versuchten,

den Genozid zu verhindern. Es kam zu einem Machtkampf. Sie können sich denken, wer gewann ...«

Dorthy hielt inne, weil die Weibliche sich rührte.

Grunzend rollte sie ihren massigen Leib auf die angewinkelten Knie, stieß sich mit den Armen ab und richtete sich schwankend auf. Sie war fast doppelt so groß wie die Hüter hinter ihr.

»Verdammt!« entfuhr es Andrews, und Dorthy faßte seine Hand und bedeutete ihm, still zu sein. Er aber schüttelte sie ab und trat vor. Seine Furcht war geschwunden.

»Ist das wahr, was Dorthy da erzählt? Ihr habt eine ganze Welt zerstört, nur um die Existenz von dieser hier geheimzuhalten?«

»Lassen Sie mich mit ihr reden«, mahnte Dorthy.

»Sie und Ihr dämlicher Stolz«, fuhr Andrews sie an. »Ihr gottverdammtes TALENT kann auch nicht alles!«

»Das alles geschah doch schon vor so langer Zeit«, sagte Dorthy zu der Weiblichen. »Warum quält Sie das immer noch?«

»Weil ich viele Wesen bin, nicht nur eins, und daher viele Erinnerungen habe. Als sich diese neue Zivilisation so nahe bei unserem Versteck einnistete, erinnerten wir uns wieder daran, wie schwer diese Welt hier von einigen wenigen Asteroiden in Mitleidenschaft gezogen wurde, nachdem unsere rebellischen Schwestern die Arche gestohlen hatten. Damals mußten wir sämtliche näheren Systeme abgrasen, um all das Leben zu ersetzen, das wir mit hierhergebracht hatten. Ja, daran erinnerten wir uns, als die neue Zivilisation entdeckt wurde. Wir waren zu diesem Zeitpunkt die ältesten unserer Art, und nur wir konnten uns daran erinnern. Nur wir wußten, was zu tun war. Einige unserer Schwestern verstanden es nicht und stellten sich gegen uns. Sie sind gegangen, schon so lange. Selbst die unserer Geschwister, die uns geholfen haben, sind gegangen. Nur wir sind noch übrig. Nur wir erinnern uns noch.«

Dorthy erkannte, wie alt und hinfällig die Weibliche war, wie einsam und allein, des Lebens müde. Die Familien der anderen weiblichen Neutren, die beim Genozid halfen, waren seit langem ausgestorben; die, die sich widersetzten, hatte man vernichtet. Nur diese Weibliche hier war übrig und stand immer noch unter dem Zwang, die Hüter zu beschützen. Dieser Instinkt, der sie zum Völkermord getrieben hatte und sie fast unter ihren Schuldgefühlen zerbrechen ließ, dieser Instinkt hatte sie auch durch die Jahrtausende erhalten ... bis eben die Menschen aufgetaucht waren. Die Weibliche war nicht in der Lage, ihr Handeln von damals zu wiederholen, sah aber in der Ankunft der Menschen die Möglichkeit, endlich Ruhe zu finden, ihre Schuld mit ihrem Tod zu sühnen – diese Kollektivschuld ihrer Vorfahren. Daß dieses Ende gleichzeitig auch das Ende ihrer Familie bedeutete, war das Paradoxon, das Dorthy im tiefsten Innern des Neutrums verankert gefunden hatte, der Drehpunkt, über den sich seine Meinung vielleicht noch ändern ließ.

»Wollen Sie Ihre Schuld loswerden, indem Sie Ihre Familie opfern?« fragte sie. »Ihre Familie weiß doch nichts davon. Wie könnte sie? Sie selbst erzählten uns von ihrer Unschuld, von ihrer Unwissenheit. Warum also sollten sie alle sterben?«

Das weibliche Neutrum antwortete nicht. Immer noch starrte sie Dorthy in die Augen. Aber der Übersetzer warf den Kopf hoch, winselte laut und krallte die Klauen seiner Hände so tief in die Hautkapuze, daß Blut herausrann. Auch die Hüter hinter der regungslos stehenden Weiblichen hatten ihren Kopf mit den Händen umfaßt.

Und in diesem sich dehnenden Schweigen ergriff Andrews seine Chance.

Dorthy erfaßte, was er vorhatte, und fuhr herum.

Zu spät! Er riß den Abzug des Signalstrahlers durch, und eine gleißende Lichtlanze zischte unter die Hüter.

Einer wirbelte brennend um seine eigene Achse. Seine Panik durchbrach das geschwächte Netz der Knechtschaft und Unterwerfung in seinem Bewußtsein. Verzweifelt zerrte er an seinem brennenden Pelz und taumelte dabei gegen zwei Artgenossen. Die Flammenlanze schlug in die gegenüberliegende Wand und prallte in einem Funkenregen davon ab. Andrews stürmte vorwärts und riß im Laufen das Gewehr vom Boden, das einer der Hüter fallengelassen hatte. Als er herumfuhr, las Dorthy gerade den harten Kern seine Vorhabens: Er glaubte, völlig richtig zu handeln, wenn er etwas zerstörte, ehe es ihn vernichtete, und war nicht fähig, sich auf seiten der Weiblichen eine andere Reaktion vorzustellen als die, von der er selbst getrieben wurde.

Töten – oder getötet werden!

Und das alles erfaßte Dorthy in diesem einen Moment, in dem Andrews das Gewehr hob. Der erste Schuß ließ Splitter des schwarzen Bodens dicht vor den krallenbewehrten Füßen der Weiblichen aufspritzen. Sie blinzelte nicht einmal, sondern betrachtete Andrews nur in stiller Resignation. Andrews unterdrückte seine Nervosität und feuerte den zweiten Schuß gezielter ab. Im selben Moment vereinigten sich die beiden Hälften in der Aura der Weiblichen.

Das Neutrum wankte und stürzte schließlich hart zu Boden. Die Hüter standen wie erstarrt. Dann brach auch der Übersetzer zusammen, als seien ihm plötzlich die Gliedmaßen durchtrennt worden. Die anderen Hüter drängten vorwärts.

Andrews riß Dorthy an der Schulter herum und stieß sie vor sich her. »Laufen Sie«, rief er, »laufen Sie schon, Sie kleiner Dummkopf«, und stellte sich selbst wieder dem FEIND entgegen.

Und Dorthy rannte.

Epilog

VIERHUNDERT MILLIARDEN SONNEN

Ein Stein, von ihren Füßen losgetreten, rollte über einen unsichtbaren Absturz. Dorthy blieb stehen und lauschte dem Echo. Sie fürchtete immer noch, einer oder mehrere der Hüter könnten ihr durch das pflanzenbewachsene Flußbett und um die Hänge des Beckens gefolgt sein, erwartete aber halbwegs auch, daß Andrews mit seinem typischen Grinsen jeden Moment an ihrer Seite auftauchte.

Doch er war tot, so tot wie Arcady Kilczer, so tot wie die Zwillinge und die Leute aus dem Hochlager vor der Burg. Alle tot.

Und rings um Dorthy nur die Einöde, die Wüste, still und unendlich unter dem Sternenhimmel. Vorsichtig ging sie weiter, stolperte durch Schattenfelder.

Endlich verstrahlte ihr Kompaß sein stetiges Glühen. Sie hatte den Treffpunkt erreicht. Sie warf den Kompaß achtlos weg. Sein schwaches Licht erlosch in der Dunkelheit.

Dorthy setzte ihre Nachtsichtbrille auf und rieb sich über den Nasenrücken. Ihr blieb jetzt nichts mehr anderes zu tun, als auf Angels Ankunft zu warten. In ein paar Minuten mußte sie eintreffen.

Und hinterher?

Sie würde ihre Geschichte erzählen und erklären, was sie erfahren hatte. Gelang ihr das überzeugend genug, konnte sie die Navy vielleicht dazu bewegen, sich von BD Zwanzig zurückzuziehen und so den Krieg zu beenden. Zumindest aber konnte sie erreichen, daß diese Welt nicht durch ein Flammenmeer

›gesäubert‹ werden würde. Dessen war sie sich sicher. Hatte die Navy erst mal begriffen, daß der FEIND im Grunde ängstlich war, würde das Risiko der Erschließung vor dem zu erwartenden Gewinn lächerlich gering erscheinen. Man würde über P'thrsn eine Blockade verhängen, bis die sich verändernden Kinder ausgestorben waren, den Planeten aber nicht zerstören.

Und wenn die Marodeure wirklich immer noch beim Schwarzen Loch lebten, würden sie zu Dorthys Lebzeiten nicht mehr auftauchen. Aus dem gesunden Rest der Bewußtseinsstruktur im Wesen des weiblichen Neutrums wußte Dorthy, daß die Spuren, die Phasenantriebe im Raum hinterließen, mit der gleichen Geschwindigkeit durch den Parallelraum reisten wie die phasengetriebenen Schiffe. Es würde also mindestens zweihundert Jahre dauern, bis die Marodeure in der Nähe von Sol auftauchen konnte.

Die unendliche Weite der Galaxis beschützte sie.

Es sei denn, Andrews behielte zum Ende doch recht, und die Menschheit würde aufbrechen, um die Marodeure auf deren eigenem Territorium anzugreifen ...

Nun, wie immer war die Zukunft unvorhersehbar. Aber Dorthy wußte, daß sie sich, wenn ihre Aufgabe hier beendet war, nicht länger verstecken konnte wie die Hüter, die Alea, die zwischen unbedeutenden Sonnen einer ungewissen Zukunft entgegensahen. Sie waren arme kleine Kreaturen, voller Furcht vor den Himmeln, vor dem Licht von vierhundert Milliarden Sonnen.

Nein, sie durfte nicht länger ihr Geburtsrecht leugnen. Sie würde hinaustreten unter die brennenden, mysteriösen Bewußtsein ihrer Rasse, ihrer Leute.

Sie setzte sich auf einen eiskalten Felsen und grübelte über diesen Entschluß nach. Sie machte sich in ihrem Overall ganz klein, damit ihr frierender Körper so wenig Wärme wie möglich verlor. Sie war viel zu erschöpft, um auf den Gedanken zu kommen, sie könnte das Rendezvous verpaßt haben …

Schließlich hörte sie das Brummen des Choppers, erst entfernt, dann immer lauter werdend, näher kommend. Ein Pulsschlag des Lebens über der lautlosen dunklen Wüste.

Sie stand auf und feuerte ihren Signalstrahler ab. Das helle Aufgleißen am Ende der kurzen Flugbahn löschte für einen Moment die Sterne am Himmel aus.

An die Ereignisse in diesem Roman schließt unmittelbar ›Ewiges Licht‹, der dritte Band des ALIEN-ZYKLUS, an. Der zweite Roman, ›Verborgene Harmonien‹, den der Autor dazwischengeschoben hat, spielt zwar in derselben Welt, aber mit anderen Protagonisten und in einer früheren Epoche der Besiedlung der Galaxis durch den Menschen, vor der Begegnung mit dem FEIND.

Lois McMaster Bujold

Barrayar-Zyklus

Die Vorkosigan sind ein altes Feldherren- und Herrschergeschlecht auf Barrayar, einem Planeten, die sich seit Jahren im Krieg gegen Escobar befindet. Als einer der Söhne eine gegnerische Raumschiffkommandantin zur Frau nimmt, bricht für viele eine Welt zusammen, und die Gegner der herrschenden Dynastie wittern ihre Chance.

Der erfolgreiche Zyklus einer jungen amerikanischen Autorin - zweimal ausgezeichnet mit dem begehrten HUGO GERNSBACK AWARD

Scherben der Ehre
06/4968

Barrayar
06/5061

Der Kadett
06/5020

Der Prinz und der Söldner
06/5109

Ethan von Athos
06/5293

Wilhelm Heyne Verlag
München